역사소설 임란전록

壬亂前錄

역사소설 壬亂前錄

임란전록

징비록, 난중일기보다
먼저 읽어야 할 조선의 역사

파격적인 용인술로 이순신과 권율을 천거한 유성룡과 병란에 앞서 부국강병을 강조한 이율곡을 만나다

권오단

산수야

임란전록 壬亂前錄

2쇄 발행   2015년 10월 7일

지은이   권오단
발행인   권윤삼
발행처   도서출판 산수야

등록번호   제1-1515호
주소   서울시 마포구 월드컵로 165-4
우편번호   121-826
전화   02-332-9655
팩스   02-335-0674

ISBN 978-89-8097-356-9 03810

이 도서의 국립중앙도서관 출판시도서목록(CIP)은 e-CIP 홈페이지
(http://www.nl.go.kr/cip.php)에서 이용하실 수 있습니다.
(CIP제어번호: CIP2015007231)

차례

화석정(花石亭)

선조 25년(1592년) 4월 13일, 일본을 제패한 도요토미 히데요시(豊臣秀吉)가 휘하 9개 부대 21만여 명을 파병하여 조선을 침략하였다.

임진년 4월 15일 부산진성과 동래성을 함락시킨 왜군이 중로(中路)를 택하여 양산, 밀양, 청도, 대구, 인동, 선산을 거쳐 상주를 향해 파죽지세로 북상을 거듭하여 4월 28일 충주를 지키던 신립을 대패시켰다.

선조는 신립의 패보를 전해 듣고는 4월 30일, 한양을 버리고 억수같이 쏟아지는 비를 맞으며 파천(播遷)을 감행하였다. 퍼붓는 비에 길은 진흙탕으로 변하였고, 궁녀들은 진흙탕에 빠져서 통곡을 하였다. 더 걸을 수 없는 궁녀들은 안간힘을 쓰며 따라오려고 했으나 점점 대열에서 멀어질 뿐이었다. 하나둘 대열에서 낙오된 궁녀들은 길바닥에 주저앉아 하염없이 울기만 하였다.

호종하는 행렬들이 눈에 띄게 줄어들자 선조는 통탄하고 비감한 심정으로 힘없이 고개를 떨구었다. 장대 같이 쏟아지는 빗줄기, 아무런 희망을 찾을 수 없는 피난민들과 호종 행렬, 길옆에 쓰러져 슬피 우는 나인들과 아녀자들을 볼 때에 회한의 눈물이 선조의 눈에서 왈칵 흘러나왔다.

원통하고 절통한 마음을 어찌 말로 다 표현하겠는가. 선조는 눈물을 보이지 않으려고 고개를 들어 창천을 바라보았다. 그러나 보이는 것은 알 수 없는 미래와도 같은 시커먼 먹구름이었다.

이날 밤, 호종 행렬이 임진강 나루에 당도하였다. 시야는 칠흑같이 어둡고 하루 동안 억수같이 쏟아진 비로 강물이 불어 세찬 물소리를 일으켰다. 강물에 허연 물보라가 고함을 지르며 굽이쳤다.

"사공 없는가? 사공 없는가?"

퍼붓는 빗소리 사이로 사공을 찾는 목소리가 애절하게 들려오고 있었다.

'앞도 보이지 않는 칠흑 같은 어둠 속에서 어떻게 사공을 찾는단 말인가. 모두가 부질없는 짓이야.'

"사공은 없는가? 사공은 없는가?"

사공을 찾는 목소리는 울부짖는 듯하였다. 궁녀들의 울음소리도 끊이지 않았다. 상황의 절박함이 비수처럼 임금의 가슴에 파고들어 가마에 앉아 있을 수만은 없었다. 가마에서 내린 임금은 하릴없이 비를 맞으며 하얀 거품이 부서지는 임진강을 바라보았다.

'강을 건네 줄 사공조차 없구나. 아! 어쩌다가 이 지경에 이르렀단 말인가.'

뒤를 돌아보면 사나운 왜병이 소리 없이 쫓아오는 것만 같고, 앞에서는 세찬 강물이 우레 같은 소리를 지르며 달려오고 있었다. 사면초가에 빠진 항우의 신세가 이와 같을까? 생각할수록 자신의 처지가 처량하고 서글퍼져서 선조는 다른 이들이 보지 않게 홀로 낙루(落淚)하였다. 그때였다.

붉은 불길 하나가 하늘 위로 치솟아 올랐다. 놀란 선조가 용안을 들어 불빛을 바라보았다.

깎아질 듯한 벼랑 위에서 붉은 불길이 맹렬하게 피어올라 먹장 같은 어둠을 밝혀주고 있었다. 그 불빛에 의지하여 사람들은 나루 근처에 있는 승정(丞亭)을 발견할 수 있었다. 호종하는 신하들이 승정 옆에 쌓아놓은 나무더미에 불을 질러 나루터를 비추었다.

신하들이 횃불을 들고 이리저리 뛰어다닌 끝에 간신히 나룻배 대여섯 척을 끌어왔다. 가장 큰 배에 왕과 왕비, 세자의 순으로 올라 비를 맞으며 앉았다. 나인들이 배에 서로 타려고 아우성을 하다가 혹은 물에 빠져 물살에 휩쓸려 내려가고, 혹은 배를 타지 못하여 나루에서 발을 동동 구르며 울부짖었다. 악을 쓰며 울부짖는 나인들의 울음소리가 빗소리와 뒤엉켜 구슬프게 들렸다.

"다 내 덕이 불민한 탓이로다. 내가 덕이 없는 탓이로다."

선조가 낙루하니 시립한 신하들이 덩달아 통곡하여 좁은 배 안이 온통 울음바다가 되었다.

배가 급류를 지나 운 좋게도 물이 불어난 건너편 언덕에 닿았다. 선조가 힘없이 지친 몸을 이끌고 언덕 위에 오르니 임진별장들과 관속들이 황톳물이 가득한 바닥에 엎드려 통곡하였다.

강을 건넌 선조는 고개를 돌려 건너편 절벽 위에서 타고 있는 불빛을 바라보았다. 꽤 오랜 시간이 지났음에도 절벽 위의 불길은 꺼질 줄을 모르고 더욱 환하게 타오르고 있었다. 장대 같은 비가 오는 것을 감안하더라도 실로 놀라운 일이었다.

'기이한 일이구나.'

선조가 절벽 위의 불길을 가리키며 임진별장에게 물었다.

"저 정자 이름이 무언고? 누가 불을 피웠기에 이렇게 비가 오는 날 꺼지지도 않고 활활 타오르는고?"

임진별장이 읍하며 말하였다.

"저곳은 화석정(花石亭)이라는 정자이온데 소신도 어찌 된 영문인지는 알지 못하옵니다."

선조는 더욱 이상하게 생각하며 다시 물었다.

"저것을 만든 이가 누구더냐?"

"화석정은 원래 고려 말에 길재(吉再)가 살았던 곳인데 이명신(李明晨)이 건립하고 이숙함(李淑諴)이 이름을 지었다고 정기(亭記)에 쓰여 있었사옵니다. 옛날 이명신의 후손인 이율곡이 저곳을 증수하곤 자주 경치를 완상하다가 지금은 그 후손이 관리하고 있는데 오늘 같은 날 갑자기 저렇게 불이 나다니 참으로 이상한 일이옵니다."

"이율곡?"

"네, 그렇지 않아도 전날 그 후손들이 매양 정자 기둥에 두껍게 기름칠하는 것을 보고 이상하여 물었더니 죽은 이율곡의 명이라 하였사옵니다. 율곡이 죽은 후 한 달에 한 번씩 기름칠을 하여 그 두께가 손가락 한 치만큼 하더니 오늘 같은 때에 불이 나 상감마마를 곤경에서 구하였으니 기이한 일이옵니다."

선조가 세차게 비를 퍼붓는 하늘을 우두커니 올려다보다가 불타는 화석정으로 고개를 돌렸다. 세차게 퍼붓는 빗줄기 속에서 환하게 타오르는 화석정의 불빛이 용안을 따라 흐르는 두 줄기 눈물을 은은하게 비추고 있었다.

선조의 가마 옆에서 비를 맞으며 시립하고 있던 유성룡은 조용히 고개를 들어 화석정을 바라보았다. 세차게 퍼붓는 빗줄기 속에서 화석정의 불빛이 환하게 타오르고 있었다. 화석정을 휘감은 불길 속에서 이율곡의 얼굴이 아련하게 떠올랐다.

징조(徵兆)

선조 15년(1582년) 4월, 근정전으로 걸어가던 유성룡의 시야에 눈에 익은 두 사람이 들어왔다. 이조판서 이율곡과 광해군 혼이었다. 왕자 혼은 율곡과 한동안 이야기를 나누다가 쪽지 하나를 건네더니 종종 걸음으로 사라졌다. 유성룡이 다가가며 물었다.

"이판대감, 저기 가시는 분이 광해군 아닙니까?"

"맞소."

"무슨 이야기를 하셨습니까?"

"왕자님께서 당파싸움을 걱정하시더군요."

"왕자님이 조숙하시군요."

"그러게 말이오."

유성룡과 이율곡이 동시에 혀를 찼다.

이때에 조정의 사류(士類)는 동서(東西)로 나뉘어 있었다. 당파가 나뉘게 된 것은 이조전랑(吏曹銓郎)이라는 벼슬 때문이었는데 그 중심에 김효원(金孝元)과 심의겸(沈義謙)이라는 두 인물이 있었다. 김효원은 조식과 이황의 문하에서 학문을 익혔는데 알성문과(謁聖文科)에 장원하여 벼슬길에 올라 세상에 이름을 알린 사람이었다.

어느 날, 김계휘가 이조전랑 문제로 심의겸에게 의견을 물었는데 이조참의로 있던 심의겸이 명종 때 공무로 영의정 윤원형(尹元衡)의 집에 갔다가 그곳에 김효원의 침구가 있는 것을 보고, 일신의 영달을 위해 권신의 집이나 드나드는 인물로 여겨 이를 거부하였다.

그 후 심의겸의 동생 심충겸(沈忠謙)이 이조전랑으로 추천되자 이번에는 김효원이 들고 일어났다. 심충겸이 명종의 비(妃)인 인순왕후(仁順王后)의 동생이므로 전랑의 관직은 척신(戚臣)의 사유물이 되어서는 안 된다고 반대하며 이발(李潑)을 추천하였던 것이다.

이에 심의겸이 김효원과 대립하여 그 싸움이 점점 커지게 되어 사람들이 두 패로 나누어지게 되었는데 그 당시 김효원의 집이 건천동(乾川洞)에 있고, 심의겸의 집이 정릉동(貞陵洞)에 있어 동인과 서인이라 부르게 되었던 것이다.

이조전랑은 품계는 그리 높지 않지만 조정의 주요 관직을 천거하거나 가려뽑는 인사권을 가진 요직 중의 요직이었다. 동인에서 이조전랑이 나오면 요직이 모두 동인에게 가게 되고, 서인에서 나온다면 서인이 집권할 수 있으므로 두 당파가 이조전랑 자리에 목숨을 걸게 된 것이다. 때문에 공론을 다투는 것이 아니라 시비를 다투어 제대로 된 국정이 이루어지지 않고 있었다.

유성룡이 좌우를 살피다가 조용히 입을 열었다.

"대감, 당파싸움이 이대로 격화된다면 장차 큰 화가 일어날 것입니다."

이율곡이 미소를 지으며 말하였다.

"서애(유성룡의 호)는 붕당(朋黨)을 나쁘게 보지만 그것이 반드시 나쁜 것만은 아니라네. 조정의 공론이 한 방향으로 치우치게 되는 것이 야말로 나쁜 일이지. 좋은 점을 보시게. 서로가 서로의 정책을 견제하며 좋은 방향으로 나아가는 것을 찾을 수 있다면 붕당도 좋은 정치의 방편이라 할 수 있네."

"대감, 정말 그렇게 생각하십니까? 동서의 당파는 대감이 생각하는 것과는 성격이 다릅니다. 자칫하면 원수가 되기 쉽습니다."

"자네와 나는 원수가 아니지 않은가?"

"대감, 사람들이 대감을 어떻게 부르는지 아십니까? 박쥐라고 부릅니다. 동에 붙었다, 서에 붙었다 한다고 대감을 박쥐라고 합니다."

이율곡이 얼굴을 찡그리며 말하였다.

"이 사람, 서애! 그렇다면 대체 동과 서가 무엇이란 말인가. 새는 두 개의 날개로 나는 법일세. 하나의 날개로는 날 수 없는 법이네. 누군가는 두 파의 싸움을 중재해서 바른 방향으로 나아가게 해야 하지 않겠나? 그것이 바른 신하의 도리일세."

"대감, 당파를 중재하여 올바른 방향으로 나가시겠다는 대감의 마음은 알겠습니다. 하지만 조정에서 그러한 대감의 진심을 알아주는 사람이 없지 않습니까?"

"흐흐흐, 자네가 알아주면 되지. 그렇지 않은가?"

율곡이 밝게 웃으며 쪽지를 유성룡에게 건넸다.

"광해왕자님이 나에게 건넨 쪽지일세."

유성룡이 쪽지를 펼치니 시 한 구절이 쓰여 있었다.

험난한 심곡에서 수많은 사람이 일어나고　　　十千深谷千人起

황량한 계곡의 흙먼지 어지러운데 오랜 달이 밝구나　荒谷紛塵古月明

"이것이 무엇인가요?"

"항간에 떠도는 시라는구먼. 이 시의 의미를 아는지 내게 물어보지 뭔가?"

물끄러미 유성룡을 바라보던 율곡이 물었다.

"서애는 이 시에 어떤 의미가 있다고 생각하는가?"

"제가 어찌 알겠습니까?"

"자네도 짐작하는 바가 있을 것이 아닌가? 주저하지 말고 생각을 말해 보게."

유성룡이 말하였다.

"국초(國初)에 무학(無學) 대사께서 지은 도참기(圖讖記)에 역대 국가의 일을 말했는데, 임진년(1592년)에는 이런 말이 있었다 합니다.

산악이 솟아서 구름 밑에 닿고　　　　　　　　岳聳雲根

여울물이 비었는데도 달그림자가 비치는구나　　潭空月影

있는 것이 없어져 어디로 가며　　　　　　　　有無何處去

없는 것이 있어 어디에서 오는가　　　　　　　無有何處來

대감! 이것이 무슨 뜻입니까? 듣기로 명종(明宗)대왕 말년에 남사고(南師古)가 머지않아 조정에서는 당파가 생길 것이며 또 오래지 않아 왜변이 일어난다고 했습니다. 남사고가 풍수·천문·복서·상법에 이르기까지 세상에 알려지지 않은 비결을 알아서 말하는 것은 반드시 맞추었는데 사직동에서 국왕이 나신 것이 기막히게 맞아 떨어져서 사람들이 병란이 진년(辰年)에 날 것인지 사년(巳年)에 날 것인지 궁금하게 생각한다 합니다."

"자네가 도참설을 믿는가?"

"반드시 믿는 것은 아니지만 작금의 상황을 생각하면 미래가 걱정되는 것은 사실입니다."

"왜변이라……. 임진년이나 계사년이면 10여 년 후가 되겠구먼."

"이판대감도 저와 같은 생각이십니까?"

"만약 그렇다면 자네는 어떻게 할 생각인가?"

"대비해야지 않겠습니까?"

"어떻게 대비할 것인가?"

"거기까지는 생각하지 않았습니다."

"미리 생각하지 않고서는 대비할 수 없는 법이네."

"병란을 대비하자면 재원이 필요한데 지금 나라의 사정으로 그것이 가능하겠습니까?"

"안된다고만 생각하지 말고 방법을 강구해 보게나. 그것을 대비한다고 하는 거라네."

이율곡이 유성룡의 어깨를 툭 치고는 걸음을 옮겼다.

"어딜 가십니까?"

"승정원에 가는 길일세. 자네도 같이 가겠는가?"

"그러지요."

두 사람은 승정원을 향해 발걸음을 옮겼다.

승정원에는 영의정 박순을 위시하여 많은 조정대신들이 모여 있었다. 율곡과 유성룡은 여러 대신들에게 인사를 한 후에 자리에 앉았다.

가장 윗자리에 앉아 있던 영의정 박순이 입을 열었다.

"오늘의 중요한 안건이 무엇이오?"

대사간 송응개(宋應漑)가 입을 열었다.

"얼마 전, 평안감사로 부임한 임제를 파면하는 건입니다."

율곡이 고개를 갸웃거리며 말하였다.

"송공, 그게 무슨 말이오? 임제가 평안감사로 부임하지도 않았는데 파면한다는 말씀이오?"

"이판대감, 임제는 무도하고 호색한 자입니다. 그는 평안감사의 자질이 없소이다."

"임제가 무도하고 호색하다니요? 그가 여자를 좋아하긴 하지만 호색한 자는 아니올시다. 임제가 시를 잘 짓고 무예가 절등하다는 것은 여러분들이 더 잘 아시지 않습니까?"

"제가 말씀드리는 것은 그의 자질입니다."

"그에게 어떤 문제가 있단 말입니까?"

"이번에 임제가 평안감사 도임 길에 개성을 지나다가 황진이의 무덤 앞에서 단가를 지었다 합니다. 들어보셨습니까?"

송응개가 단가 한 수를 읊었다.

청초(青草) 우거진 골에 자는가 누웠는가

홍안(紅顔)을 어디 두고 백골(白骨)만 묻혔나니
잔(盞) 잡아 권할 이 없으니 그를 슬퍼하노라

"북방을 지키는 중책을 맡고 가는 자가 죽은 황진이에게 미련이 있는지 잔을 권하지 못한 것을 슬퍼하고 있습니다. 과연 이것이 중임을 맡은 평안감사가 할 짓입니까? 임제는 교만하고 호색하여 평안감사를 맡길 수 없습니다."

율곡이 말하였다.

"설마 그가 죽은 황진이에게 음란한 마음이 있어서 그러한 단가를 지은 것이겠소? 임제는 문무겸전한 유능한 사람이외다. 북방의 야인들을 제압하고 오랫동안 쌓인 적폐를 해소할 수 있는 재목이외다."

"이판께서 임제를 천거하셨으니 그런 말씀을 하시는 것이 당연하시겠지요. 임제를 파면하는 것은 제 뜻이 아니라 양사의 공론이 모아진 결과입니다."

송응개가 율곡에게 쏘아붙였다.

임제는 나주 사람으로 선조 10년(1577년)에 알성문과에 급제하여 예조정랑(謁聖文科)과 지제교(知製敎)를 지냈다. 문무에 능하고 사람이 호방하여 능히 북방의 임무에 적합한 인재라 판단하여 율곡이 직접 천거한 인물이었다. 그런 임제가 평안감사 부임길에 오른 지 얼마 되지 않아 양사의 대간으로부터 탄핵을 받게 되었으니 율곡으로서도 기가 막힐 따름이었다.

"정말 임제를 파면하시려는 것이오?"

율곡이 물끄러미 송응개를 바라보다가 박순에게 고개를 돌렸다.

영의정 박순이 힘없이 고개를 가로저었다. 되돌릴 수 없다는 뜻이었다. 율곡이 유성룡에게 고개를 돌렸다. 유성룡도 난처한 얼굴로 고개를 좌우로 흔들었다.

"아!"

율곡이 더 말을 하지 못하고 천천히 몸을 돌려 승정원을 나오니 유성룡이 그 뒤를 따라 나왔다.

"이판대감, 기운 내십시오."

"대체 무엇 때문에 임제를 파면하려는지 모르겠구려."

"정말 모르십니까?"

"서애가 알고 있다면 말해 주시오."

유성룡이 좌우를 살펴보다가 이율곡의 소매를 붙잡아 끌었다. 유성룡은 이율곡을 회랑의 모퉁이로 데려오더니 소리를 낮추어 이야기하였다.

"임제가 평안감사 전지를 받고 부임을 떠나기 전에 알고 지내던 이들이 환송연을 열어 주더랍니다. 술자리가 무르익자 동인으로 가야 출세할 수 있다느니 서인으로 가야 현달할 수 있다느니, 줄을 잘 서야 한다고 말들이 많았다지요. 말없이 술을 마시던 임제가 거나하게 취해서 집에 돌아가려고 말에 올랐는데 대뜸 모인 사람들에게 호령하며 하는 말이 내가 무슨 신을 신었냐고 묻더랍니다. 왼편에 있는 사람들은 가죽신을 신었다고 하고, 오른편에 있는 사람들은 짚신을 신었다고 하였다지요."

"이상하네. 어째서인고?"

"임제가 가죽신과 짚신을 한 짝씩 신었더랍니다. 사람들이 그 모양을 보고 술에 취했냐고 물으니 임제가 말하기를 '전체를 보지 못하고 한쪽만 바라보는 너희들은 외눈박이 병신들이다. 나는 병신들과 한자리에서 술을 마시지 않겠다.' 하며 집으로 돌아가더랍니다. 임제가 동인과 서인을 외눈박이 병신이라고 모욕하였으니 미운털이 박히지 않을 수 있겠습니까? 동인과 서인이 만나기만 하면 입을 모아 임제가 교만하다고 단단히 벼르고 있었는데 꼬투리가 잡혔으니 벼슬이 떨어질 밖에요."

"이제 알 것 같소. 평소에는 동과 서가 팽팽하게 공론을 다투더니, 이 문제만큼은 동인과 서인이 힘을 합쳤구려."

"그렇습니다."

"한심한 일이 아닐 수 없구려. 황진이의 무덤에 단가 한 수 읊은 것으로 파면을 시키다니……."

"지금 조정이 이렇습니다. 당파에 들지 않고서는 몸 붙일 곳이 없습니다. 하지만 임제는 유능한 인물이니 어떻게든 파면을 면하게 힘을 써 보겠습니다."

율곡이 심각한 얼굴로 유성룡에게 말하였다.

"머지않아 북방에서 병란이 일어날 걸세."

유성룡의 얼굴이 일시 굳어졌다.

"대감, 방금 북방에서 병란이 일어난다 하셨습니까?"

율곡이 고개를 끄덕였다.

유성룡이 실소하며 말하였다.

"그럴 리 가요?"

"근래에 북방의 소식을 들어보면 야인들을 감독하고 조종해야 할 변방의 관리가 무능하여 기강이 점점 해이해지고 있다고 하오. 야인들에게 공물을 과하게 부과하여 불만이 쌓여가고 있단 말이오. 이 문제를 해결하려면 청렴하고 투명한 인재가 폐단을 해소하는 수밖에는 없소. 내가 임제를 평안감사에 추천한 것이 바로 그 때문이오. 임제는 문무를 겸전한 보기 드문 인물이오. 높은 이의 눈치를 보지 않을 만큼 강직하고 청빈한 인물이니 변방에서 오랫동안 쌓인 폐단을 일거에 처리할 수 있을 것이라 생각했던 것이오. 하지만 임제가 파면되었으니 일이 꼬여가는구면."

"만약 병란이 일어난다면, 대감께서는 어찌할 생각이십니까?"

"자네 같으면 어떻게 하겠나?"

"그, 글쎄요……."

"방법을 찾아야지."

"방법을 찾는다고요?"

"길이 하나만 있는 것은 아니라네. 다른 방법을 찾아야지. 궁하면 통하는 법이니까. 자네가 나를 따라올 텐가?"

율곡이 유성룡을 바라보며 빙그레 미소를 지었다.

유성룡은 이율곡과 함께 이조로 들어갔다. 율곡은 포도대장을 불러들였다.

"불러 계십니까?"

좌우포도대장이 이조에 들어와 인사를 하였다.

"내가 알아보라는 것은 어찌 되었는가?"

우포도대장이 아뢰었다.

"북방 야인들에게서는 특이한 움직임이 포착되지 않았습니다."

"야인들에게 특이한 점이 없다?"

"네, 그런데 이번에 사은사를 따라 다녀온 의주만상의 상인에게 이상한 이야기를 들었습니다. 근래 요동 일대에서 누르하치라는 여진족 추장이 세를 떨치고 있다고 합니다. 누르하치는 요동도독 이성량의 부하였는데 좌도독 용호장군이라는 칭호를 받았고 최근에 건주 일대의 여진족들을 수중으로 흡수하였다고 합니다."

"누르하치?"

율곡이 이번에는 좌포도대장을 바라보았다.

좌포장이 꾸벅 인사를 하곤 입을 열었다.

"대감, 동래 왜구들에게서도 특별한 움직임은 발견할 수 없었습니다. 대마도주 평조신과 현소라는 중이 조공을 하러 한양에 올라올 때 많은 무리를 대동하고 오는 것이 걸리지만 특별한 혐의를 포착할 수는 없었습니다. 그리고 이번에 동래 왜구들의 동향을 조사하는 과정에서 왜구와 거래하는 상인에게 이상한 이야기를 들었습니다."

"무언가?"

"왜국에는 불을 뿜어대는 무기가 있다 합니다. 이름을 조총(鳥銃)이라고도 하고 뎃포(鐵炮, 철포)라고도 하는데 계묘년(癸卯年, 1543년)에 남만(南蠻, 포르투갈)의 배가 종자도(種子島, 다네가시마)에 와서 처음으로 전하였다 합니다. 길이는 석 자쯤이고 철통(鐵筒)으로 되어 있는데 번개 같은 불과 천둥 같은 소리가 나면 멀리에 있던 사람이 짚단처럼 쓰러져 죽는다고 합니다."

"그런 무기가 있을라구?"

우포도대장이 너털웃음을 지었다.

"그런 무기가 있으니 지금 말하는 것이 아닌가. 지금 왜국에 조총이란 것이 널리 퍼져서 수를 헤아릴 수가 없다고 하네."

좌포도대장이 정색을 하였다.

율곡이 말하였다.

"좌포도대장의 말이 맞네. 왜국에는 조총이 널리 퍼져 있네. 각지의 수호들은 왜국을 통일하기 위해 전쟁을 벌이고 있는데 병사들이 조총을 사용한 지는 이미 오래되었다네."

"네?"

좌우포도대장이 두 눈을 휘둥그레 떴다.

"우포도대장, 자네에게 물어봄세. 누르하치가 여진족들을 데리고 우리 땅을 침입해 들어올 것 같은가?"

"대감께서 농담도 잘하십니다. 여진족들이 무슨 수로 우리 땅을 침입하겠습니까? 명나라 같은 대국이 버티고 있는데 말씀입니다."

"만약에 누루하치가 명나라를 멸망시킨다면?"

"일개 야인들이 대국을 멸망시킨다니요? 어림없는 이야기지요."

우포도대장이 고개를 설레설레 흔들었다.

율곡이 이번에는 좌포도대장에게 고개를 돌렸다.

"좌포장, 자네는 어떻게 생각하는가? 왜인들이 우리 땅을 침입해 들어오겠나?"

"왜구들의 노략질은 어제오늘의 일이 아닙니다만 대부분 적은 숫자가 해안가에 상륙해서 소란을 일으키는 정도였지 큰 변란을 일으킬 정도는 아닙니다. 왜구들에게 조총이라는 좋은 무기가 있다 하더라도 왜와 우리나라 사이에 큰 바다가 버티고 있는데 무슨 수로 침입해 오겠습니까?"

"왜인들이 수천 척의 배를 몰고 침입해 온다면?"

"에이, 설마 그런 일이 일어나기야 하겠습니까?"

좌포도대장이 실없이 웃었다.

"자네는 경오년(庚午年, 1510년)의 난을 모르는가? 그것이 불과 70여 년 전의 일이네."

좌포도대장의 얼굴이 일시 창백해졌다.

경오년의 난이란 중종 5년(1510년)에 일어난 삼포왜란(三浦倭亂)을 말한다.

중종 5년 4월, 내이포에 거주하고 있던 왜인들 가운데 우두머리 역할을 하던 오바리시(大趙馬道)와 야스코(奴古守長) 등이 갑옷과 칼로 무장한 왜인 5천을 거느리고 침입하여 들어왔는데 이 과정에서 부산포 첨사 이우증(李友曾)이 살해되었고, 제포 첨사 김세균(金世鈞)이 납치되었으며, 조선의 백성 270여 명이 살상되고 민가 796가구가 소실되었다.

조정에서는 즉시 황형(黃衡)을 좌도방어사(左道防禦使)로, 유담년(柳聃年)을 우도방어사로 삼아 삼포의 폭동을 진압하였는데, 폭동의 주모자였던 대마도주의 아들 소오 모리히토(宗盛弘)가 죽고 삼포의 왜인들이 대마도로 도주하면서 난은 진압되었다.

율곡이 미소를 지으며 좌우포도대장에 말하였다.

"유비무환(有備無患)이라는 말이 있네. 미리 대비하면 후환을 없앨 수 있다는 말일세. 옛일을 돌이켜보고 문제가 일어날 징후가 있다면 응당 그 문제를 해결하려고 힘을 쓰는 것이 나라의 녹을 먹는 자들의 임무일세. 자네들의 귀에 내 말이 기우(杞憂)처럼 들릴지 모르겠지만 미리 대비하는 것이 나쁜 일은 아니지 않은가?"

좌우포도대장이 웃음을 뚝 그쳤다.

"이 사람들, 그렇다고 너무 기죽을 것 없네."

율곡의 말에 좌우포도대장이 서로의 얼굴을 바라보았다.

좌포도대장이 머뭇거리다가 입을 열었다.

"대감의 말씀 명심하겠습니다. 대감, 병사의 일은 병조의 관할이 아닙니까? 그런데 이조에서 무엇 때문에 항상 변방의 상황을 궁금해 하시는 겁니까? 저는 도무지 이해가 안됩니다."

"이조가 무엇을 하는 곳인가? 관원들의 인사관리를 하는 곳이 아닌가? 변방의 상황을 알아야 합당한 관원들을 적절하게 뽑을 것이 아닌가."

"그도 그렇군요."

좌우포도대장이 고개를 끄덕였다.

"그보다도 이번 단옷날에 재미있는 놀이 하나를 해보면 어떨까?"

"재미있는 놀이라뇨?"

"씨름대회를 하는 것일세. 상금은 이조에서 댈 터이니 포도청에서 씨름대회를 개최하세. 이날 장원한 자는 빈천에 상관없이 포도군관으로 특채한다고 공고를 내면 천하의 장사들이 구름처럼 몰려올 것이네. 자네는 포도청에서 쓸 만한 인재를 구해서 좋고, 나는 조선팔도에서 힘깨나 쓰는 장사들의 씨름을 봐서 좋고. 자네들 생각은 어떤가?"

좌우포도대장이 서로를 바라보며 생각하니 과연 이전에 본 적이 없는 큰 씨름판이 벌어질 것이 분명하였다. 더구나 이조에서 상금을 댄다니 손해날 것도 없었다.

"좋습니다! 아주 재미있겠습니다."

"시간이 충분하니 자네들이 한번 추진해 보게."

"네, 그리하겠습니다."

좌우포도대장이 꾸벅 인사를 하곤 물러갔다.

율곡이 말없이 서 있던 유성룡에게 물었다.

"어떤가?"

"대감, 저는 정신이 없습니다. 누르하치는 무엇이고, 조총은 또 무엇입니까? 야인들이 명나라를 무너뜨린다니요? 왜놈들이 큰 바다를 건너올 수 있겠습니까?"

"자네는 이런 일이 불가능하다 생각하는가?"

"명나라가 야인들에게 망한다는 것이 우선 믿을 수 없습니다."

"금나라는 여진족이 세운 나라이고, 수나라는 거란족이 만든 나라일세. 원나라는 몽고의 야인들이 만든 나라 아닌가? 역사를 상고해 보면 넓은 대국을 지배한 것은 한족보다 오랑캐들이 더 많았다네. 야인들이 뿔뿔이 흩어져 살지만 단결하면 무서운 힘을 내는 자들이네. 야인들을 무시하면 아니되네."

"대감은 왜국이 우리나라를 침입해 올 가능성이 있다고 생각하십니까?"

"왜국은 오래전부터 영지를 가진 수호들이 패권을 잡기 위해 오랫동안 싸워왔네. 전쟁이 끊일 날이 없었지. 그런데 조총이 왜국에 유입되면서 전쟁의 양상이 달라졌다네. 올봄에 사신에게 들어보니 오다 노부나가(織田信長)라는 자가 조총을 이용하여 왜국에서 큰 세력을 키웠다고 하더군. 내가 걱정하는 것은 왜국의 전국시대가 끝이 난 후의 일일세. 천하를 통일한 진나라처럼 누군가가 왜국을 통일하여 전국시대를 종식시킨다면 막강한 군사력이 과연 어디로 향할 것인가? 나는 왜국의 전국시대가 끝나지 않기를 바라지만 미래는 알 수 없는 것이 아닌가?

"대감의 말씀을 들으니 약간 걱정이 되는군요. 저는 한 번도 생각해 보지 못했습니다."

"앞으로는 나라 밖의 사정도 알아보게나. 도움이 될 걸세."

"알겠습니다. 그보다 이판대감께서는 언제부터 이런 정보를 수집하셨습니까?"

"5년 정도 되었나? 지피지기면 백전백승이라고 하지 않는가? 내가 벼슬아치가 되어 조정 일을 보다보니 정보를 중요하게 생각하지 않더군. 나랏일을 소 잃고 외양간 고치듯이 하면 되겠는가? 정보를 미리 알고 있다면 상대방의 움직임을 예측할 수 있다네. 상대방의 움직임을 예측할 수 있다면 해답을 찾아낼 수 있는 것이네."

"씨름대회가 그 해답입니까?"

"상책이 좌절되었으니 어찌하겠나? 내 짐작컨대 갑작스럽게 병란이 일어난다면 병사들을 구하기도 어려울 것이네. 갑작스런 병란에 대비할 쓸 만한 인재를 찾기 위해서는 하책이라도 방도는 내는 수밖에……."

율곡이 쓸쓸한 미소를 지었다.

백두산(白頭山) 지킴이

붕당을 조롱한 대가는 혹독한 것이었다. 평안감사에서 일거에 낙마한 임제는 고산도(高山道) 찰방(察訪)으로 좌천되어 있었다. 감사에서 일개 수령만도 못한 역원의 수장이 되었으니 말이 좌천이지 유배나 다를 바가 없었다.

이날 임제(林悌)가 군량을 싣고 황초령(黃草嶺)을 넘어 완파연(莞坡衍) 옆에서 잠시 쉬고 있을 때였다. 시냇가에서 밥을 짓다 말고 저희들끼리 모여 앉아 두런두런 나누는 군졸들의 이야기가 귓가에 들려왔다.

"백두산에 산신령이 있다는 얘기 들었나?"

"응, 들었어. 참말로 신령님이 현신(現身)을 하시는 모양이지?"

"그렇다더라. 사람이 출입하지 않는 험한 곳이라 신선들이 자주 출입을 하는 모양인 게지."

"신선들이 사는 세계가 참말 있는 모양이지. 그렇지 않고서는 신령님들을 사람이 어찌 볼 수 있겠나? 그리고 보면 백두산이 신산(神

山)은 신산인 모양이야."

말없이 듣고 있던 임제의 입에서 실소가 터져 나왔다.

"이놈들아, 신령이니 신선이니 되도 않는 이야기 말고 밥이나 가져오너라. 아직 밥은 덜 되었느냐?"

군졸 하나가 임제의 눈치를 살피며 중얼거렸다.

"나리, 되도 않는 이야기가 아니굽쇼, 삼수(三水)에 번(番)을 서는 군졸에게서 들은 이야긴뎁쇼. 그 지역에 산신령이 빈번하게 나타난다는 겁니다요. 정말입니다요."

옆에 있던 군졸 하나가 그 말을 받아 입을 열었다.

"네, 삼수뿐 아니라 혜산, 보천보 지역에 사는 사람들도 곧잘 보았다는뎁쇼."

"허허허, 산신령을 보았다니. 그런 일이 있을라구?"

군졸이 임제의 실소에 발끈하였는지 두 눈을 부라리며 재빨리 대답하였다.

"정말입니다요, 나리. 제 말을 못 믿겠다면 삼(蔘)을 캐는 심마니나 삼수 지역에 사는 사람들한테 물어보십쇼. 제 말이 틀린지 맞는지 말입니다."

"허허허. 그래, 산신령이 어떻게 생겼다더냐? 호랑이를 탄 백발 노옹이라더냐?"

군졸은 임제의 웃는 모습에 적이 답답한 듯이 가슴을 두드리다가 길게 한숨을 내쉬고는 정색하며 말하였다.

"나리가 저희 말씀을 못 믿으시는 모양인데 말입니다. 쇤네의 말은 사실입니다. 나리가 그렇게 이놈을 믿지 않으신다면 저는 이야기하지 않겠습니다."

임제가 바라보니 군졸의 얼굴이 너무도 진지하여 농담이 아닌 것 같았다.

"이놈아, 내가 너희 말을 못 믿어서가 아니라 원체 믿을 수 없는 말이어서 농이구나 생각하고 해본 것이야. 이제부터는 믿고 들을 터이니 어서 말해 봐."

임제가 무안한 마음에 군졸을 다독거리니 그제야 군졸이 입을 열었다.

"이런 말씀드리기는 좀 황당스럽지만 백두산의 산신령을 봤다는 사람들의 말로는 호랑이를 타기는 탔는데 백발 노옹은 아니라 합니다."

군졸의 말에 임제는 두 눈이 부엉이만큼 휘둥그레져 자신의 귀를 믿지 못하는 듯 군졸에게 다그쳐 물었다.

"뭐, 뭐라구? 정말로 호랑이를 탔단 말이냐? 사람이 호랑이를 탔단 말이냐?"

군졸은 임제가 흥분한 모습을 보자 신이 나는 듯 눈을 휘둥그렇게 뜨고 손을 아래위로 크게 내저으며 말하였다.

"네, 집채만 한 호랑이를 타고 다닌다 합니다요. 그런데 그 형상은 백발 노옹이 아니라 조그마한 어린아이의 모습이라 합니다. 정말 기이한 일이지 않습니까요, 나리?"

군졸이 은근한 목소리로 믿어달라는 얼굴을 하니 임제는 군졸의 이야기를 기이하게 생각하며 다시 물었다.

"호랑이를 탄 어린아이라……. 그것 참 괴이하구나. 어찌 아이가 산중 맹수의 제왕인 호랑이를 타고 다닌단 말이냐?"

군졸은 '찰방 나리가 드디어 내 이야기를 믿어주는구나' 하는 기쁜 마음에 맞장구를 치듯 무릎을 탁 하고 치며 말하였다.

"그러게 말입니다요. 그러니까 산신령이라고 하는 것이지요. 백두산에 삼(蔘)을 캐러 가는 사람들 치고 산신령님을 보지 못한 사람이 없다고 합니다요. 그래서 사람들은 동자신령이라고 부른답니다요."

임제는 자세를 바로 하고 물었다.

"너는 더 자세히 이야기해 보거라."

"네, 그 이야기가 아마 삼년 전 이야기입지요. 백두산에 삼을 캐러 가는 심마니들이 허항령 아래에서 목욕재계한 후 제사를 지내려 하는데 고갯마루 바위 위에서 뭔가가 물끄러미 내려다보고 있더랍니다요. 심마니들이 괴이하게 생각하며 바라보니, 아 글쎄, 거기에 집채만 한 호랑이 한 마리가 등에 작은 벌거숭이 아이를 태우고 있더라지 뭡니까요."

군졸이 임제를 바라보며 말하였다.

"나리, 정말로 괴이하지 않습니까요?"

임제가 혀를 내두르며 중얼거렸다.

"그것 참 괴이하구나. 그것 참, 산신령이라……."

"그 후로도 봄과 가을이 되어 제사를 지내려하면 간혹 나타났다 하는데 그 해에는 운수가 좋아서 심마니들이 삼도 많이 캐어간다 합니다요. 신령님이 야인들에게서 심마니들을 지켜주시는 걸입쇼?"

"신령이 야인들에게서 심마니를 지켜준다고?"

"네, 야인들이 백두산에 간혹 출몰하여 심마니들의 삼을 뺏어 가는 경우가 있는데 신령님이 지켜주시는 까닭에 야인들이 백두산 일대에 얼씬도 못한다는 것 아닙니까요. 그 뿐만 아닙니다요."

"또 뭐가 있단 말이냐?"

"백두산에는 동자신령뿐만 아니라 흰 사슴을 타고 다니는 신령이 또 있다 하는데 어떤 때는 백발의 노옹이 되었다가 어떤 때는 어린 여동(女童)의 모습으로도 변해서 골짜기를 누비고 다닌다 합니다요. 흰 사슴을 타고 다니는 산신령 주위에는 언제나 수백 마리의 사슴 떼가 같이 다니는데 그 수효가 일일이 세기 힘들 정도로 많다고 합니다요. 그러고 보면 백두산은 참으로 기이한 산임이 틀림없는 것 같습니다요."

그 말을 듣고 보니 문득 과거 속리산에서 스승으로 모시던 성운 스님이 들려준 기이한 이야기가 떠올랐다.

백두산의 여름밤에는 사슴이 종종 시냇가로 내려와 물을 마시곤 하는데, 어떤 산척(山尺)[1]이 활을 가지고 시냇가에 엎드려 보니 사슴이 떼로 몰려와서 그 수효가 백 마리인지 천 마리인지 셀 수 없을 지경이었다고 한다. 그런데 그중 제일 웅장하고 흰 털빛을 띠고 있는 사슴의 등 위에 백발 노옹이 타고 있더란다. 놀랍고 괴이히 여겨 감히 범하질 못하고 있던 산척은 뒤에 처진 사슴 한 마리만을 쏘아 붙잡았는데, 이윽고 노옹이 사슴 떼를 점검하는 것 같더니 한가락 긴 휘파람을 불고는 눈 깜짝할 사이에 사라지더라는 것이다.[2]

임제가 그 이야기와 지금 군졸의 이야기를 교차하여 생각하니

---

1) 산척(山尺): 산에서 사냥을 하고 약재나 나물을 채취하는 천인.
2) 이 이야기는 백호문집(白湖文集)에서 발췌한 것이다. 원문은 노승(老僧)의 기담(奇談)이다.
"僧言夏夜則鹿就澗飲水, 近有山尺, 持弓矢伏澗邊, 見群鹿驟來, 數可千百, 中有一鹿, 魁然而白, 背上有白髮翁騎著, 山尺驚怪不能犯, 但射殪落後一鹿, 少頃騎鹿者如有點檢群鹿之狀, 長嘯一聲, 因忽不見云云, 亦奇談也."

기이하기도 하고 또 놀라운 마음도 들었다.

"허허허. 불경(佛經)에 보면 관음보살(觀音菩薩)이 남자로도 변하고 여자나 아이로, 혹은 노인으로도 변하여 나타나며 옛날 무산(巫山)의 여신(女神)이 구름과 비로 변해 초(楚)나라 양왕(襄王)을 속였다 하더니만, 백두산의 산신 역시 아이로 변하기도 하고 노인으로 변하기도 하여 이적(異蹟)을 보이는 것인가? 기이하구나, 기이해."

임제는 연신 기이하다는 말만 되풀이하다가 멀리 백두산이 있는 북녘 하늘을 바라보았다. 천길 첩첩이 길게 뻗어진 산허리에 걸려 있는 새벽안개 사이로, 뉘엿뉘엿 사라져가는 밤기운들이 희미하게 북녘 하늘에 잠기어 있었다.

그 하늘 아래에 백두산이 있으렸다. 본래 문장가로 이름이 높던 임제는 시상이 떠오른 듯 지그시 눈을 감더니 나직이 한 수를 읊조렸다.

仙山高萬仞	만 길이나 솟은 신비한 산
影浸重溟碧	한 바다에 잠겼어라, 파란 그림자
中有鶴髮翁	이 산중에 백발의 노옹
餐霞騎白鹿	노을을 마시고 흰 사슴을 탔다네
長嘯兩三聲	긴 휘파람 두세 가락 길게 뽑으니
海月千峰夕	천 봉우리 저녁 바다에 뜬 달

언젠가 백두산으로 올라가 군졸과 스님이 한 이야기가 정말인지 알아보리라 생각하는 임제였다.

2

백두산의 허항령(虛項嶺) 아래에서는 열 명 남짓 되는 심마니들이 돼지를 잡고 과일과 떡을 올려놓으며 제사 준비가 한창이었다. 이 무렵이면 겨우내 일손을 놓았던 심마니들이 약초를 캐러 백두산으로 올라가기 시작하는데 입산(入山)을 하기 전에 맑고 깨끗한 계곡 물에 목욕재계하고 경건히 고사를 지내는 것이 상례였기 때문이었다.

입가에 흐뭇한 미소를 흘리고 있는 돼지머리를 제사상 위에 올리던 심마니 하나가 과일을 올리는 곰보 심마니를 돌아보며 조용히 말하였다.

"이보라우! 올해도 제물을 풍성하게 올렸으니 고저 산신님께서 좋아하갔지?"

얼굴이 심하게 얽은 곰보 심마니는 연신 얼굴에 미소를 띠며 속삭이듯 대답하였다.

"기럼, 기럼."

"이번에도 나타나시갔지?"

"나타나시갔지가 뭐기요? 올해도 현신(現身)하셔야지."

그 옆에 있던 뻐드렁니가 난 심마니 하나가 그 말을 듣고 눈이 휘둥그레져서 곰보에게 나직이 말하였다.

"성님, 기럼 산신님께서 나타나신다는 말이 참말이란 말이야요?"

"시방 아직도 모름메, 꼭자무식한 사람 아님메?"

뻐드렁니 심마니는 상투 튼 머리를 긁적이며 무안한 듯이 말하였다.

"성님, 가담가담 풍문으로는 들었지만 뛰뛰해서리 믿지는 않았다 아님메."

"기럼 오늘 산신님께서 현신하시면 볼만하겠구만. 고저 기렇게 되면 등줄기에서 땀방울이 뽀직뽀직 흐르고 당황망초해서리 사지가 후들거리고 두 다리에 힘이 빠져서리 일어서다가 나가곤드래지고 말끼야. 고럼, 고럼."

"성님도… 아무럼 기렇게까지야 되겠음메까?"

"고거야 잠시 후면 알게 될 테니 부지깽이가 곤두서도록 제사 준비나 하자우."

심마니들은 바쁘게 과일을 준비하고 가져온 떡을 제사상에 펼쳐 놓으며 수선을 부렸다.

이윽고 제사 준비가 끝나자 가장 나이든 심마니가 상 앞에서 큰 절을 넙죽하였다. 그러자 그 뒤를 따라 다른 심마니들이 일제히 큰 절을 올렸다.

제를 주관하는 나이든 심마니는 술을 한잔 올리고 두 손을 모아 빌며 중얼거렸다.

"산신님! 고저 저희들을 후덥히 살피시어, 고저 하는 일마다 잘 되게 해주시고, 고저 못된 야인 놈들로부터 우리를 지키주시옵소서. 고저 산짐승을 만나도 해코지 당하지 않고 함께살이 하게 해주시고, 고저 올해도 인삼 몇 뿌리만 내려 주시옵소서. 고저 무식한 이놈들을 후딧후딧 살피시어, 올해도 고저 현신(現身)하소서."

수없이 큰절을 하며 소원을 이야기하던 심마니들은 나이든 심마니가 절을 하다가 돌연 죽은 듯 엎드리자 따라서 절을 한 채 가만히 엎드렸다.

뒤에서 죽은 듯 엎드려 있던 빼드렁니 심마니가 한쪽 눈을 갸름하게 뜨고는 주위를 둘러보다가 옆에 있던 곰보 심마니에게 조용히 말하였다.

"성님, 어째서 산신령님이 현신하시지 않는 겁네까?"

곰보 심마니는 눈을 부릅뜨며 입을 삐쭉 내밀어 더 이상 말하지 말라는 표정을 짓더니 고개를 숙였다. 뻐드렁니 심마니는 머리를 비스듬히 기울이더니 두 눈을 데굴데굴 굴리며 깊고 깊은 산림을 바라보며 생각하였다.

'정말 나타나기는 하는 건가?'

사람이 어찌 호랑이를 거느리고 다닐 수 있으랴? 산간벽지를 소리 없이 떠도는 소문이 진짜인지 알 수도 없으려니와 실제 보았다는 사람이 많긴 하지만 사람이 어찌 맹수를 거느리고 다닐 수 있겠는가? 동료들이 믿는 것을 볼 때에 자신도 믿고 싶은 마음이 들기도 하지만 호랑이를 타고 다니는 동자를 생각하면 어찌 그럴 수 있는가 하는 의혹이 생겨나 종내 믿는 마음이 생겨나지 않는 것도 사실이었다. 이렇게 얼마나 기다렸을까? 제사를 주관하는 가장 나이가 많은 심마니가 엎드린 채 조용히 중얼거렸다.

"오신다."

심마니들은 그의 말에 정신이 번쩍 들어 일제히 청각을 곤두세웠다. 과연 일시에 숲 속이 무거운 정적 속으로 가라앉는 듯한 느낌이 들었다. 그것은 자연과 함께 살아가는 산인들만이 느낄 수 있는 직감이었다.

잠시 후 어두운 숲에서 지저귀던 새들이 일제히 울음을 그치더니 갑자기 하늘 위로 요란하게 날아올랐다. 그 순간 심마니들에게 알 수 없는 두려움이 피어올랐다. 범접할 수 없는 절대자를 만난다는 기대감이 심마니들의 마음속으로 파고 든 것이다. 뻐드렁니 심마니는 가슴이 뛰고 입안이 바싹바싹 마르는 것을 느끼었다.

멀리서 낙엽 밟는 소리가 들리는 것 같더니, 서서히 제사상을 펼쳐둔 곳으로, 자신들이 있는 곳으로 다가오는 발자국 소리가 심마니들의 귓가에 쟁쟁하게 들려왔다.

사박… 사박… 사박… 사박…

귓가에 들려오는 무거운 발자국 소리에 심마니들은 마른침을 꿀꺽 삼키었다. 일정한 간격으로 들려오는 그 소리가 산중의 제왕인 호랑이의 발자국 소리임을 심마니들은 직감적으로 느끼고 있었던 것이다. 그러나 맹수가 다가오고 있다는 것을 알면서도 심마니들은 누구 하나 자리를 떠날 줄 몰랐다.

뻐드렁니 심마니는 마음속에서 두려움이 솟아나 엎드린 채로 두 눈을 디룩디룩 굴리며 눈치를 살폈다. 그는 머리를 슬쩍 들어 어두운 숲 속을 흘깃 바라보았다. 칠흑같이 어두운 수림 사이에 커다란 짐승이 붉은 아가리를 벌리고 자신을 노려보는 것만 같아 심마니는 겁이 덜컥 나서 소리쳤다.

"아, 아이고. 지는, 고저, 모, 모르겠음메다."

뻐드렁니 심마니는 오금을 당기며 슬슬 몸을 빼어 뒷걸음질을 쳤다. 그러자 늙은 심마니가 고개를 돌려 눈을 부릅뜨고 도망가려는 뻐드렁니 심마니에게 엄하지만 조용한 목소리로 말하였다.

"어허, 야질야질 얼뜬짓하지 말기요. 우리를 지켜주시는 산신님이 오시는데 무엇이 겁이 난단 말임메. 겁이 나더라도 고개를 숙이고 가만히 있기요."

뻐드렁니 심마니는 늙은 심마니의 위엄 있는 말에 도망갈 생각을 하지 못하고 슬그머니 제자리로 돌아와 엎드린 채 두 눈을 꼭 감았다. 그리고 두려움을 잊기 위해 두 손으로 귀를 막았다. 발자국 소리가 들리지 않으면 두려움이 사라지지 않을까 하는 마음에서였다. 그러나 듣지 않으려 해도 발자국 소리는 더욱 크고 선명하게 들려왔다. 커다란 맹수가 날카로운 발톱을 휘두르며 자신의 몸으로 달려들어 톱니 같은 이빨로 물어뜯을 것을 생각할 때에 뻐드렁니 심마니는 등줄기가 서늘해지고 두려움으로 자신도 모르는 사이에 두 다리가 오들오들 떨렸다.

이때 다가오던 발자국 소리가 갑자기 멈추었다. 두려움에 떨고 있던 뻐드렁니 심마니가 머리를 살짝 들어보았다. 그때였다.

크어헝――

산천초목이 떠나갈 듯한 호랑이의 포효가 벼락치듯 귓가에 울리었다.

"아이고, 살려줍쇼. 지는 아무 잘못이 없음메다. 고저 살려주시라요."

뻐드렁니 심마니는 호랑이의 포효에 혼이 달아날 듯 들었던 머리를 놀란 자라 마냥 재빨리 숙이곤 살려달라고 빌고 또 빌었다. 그러나 나이든 우두머리 심마니는 기쁨을 이기지 못하고 벌떡 일어나 큰절을 올리며 침착하게 말하였다.

"신령님, 올해도 잊지 않고 저희를 찾아주시니 감읍할 따름임메다. 고저, 올해도 산신님의 후덥한 가호로 고저 인삼 몇 뿌리만 캐도록 도와주시기요."

노련한 다른 심마니들도 이에 질세라 차례로 일어나 자신이 횡액을 당하지 않고 산삼을 몇 뿌리 캐도록 해달라고 소원하였다. 그러나 주변에 엎드려 있던 젊은 심마니들은 고개를 쳐들 생각조차 못하고 오금이 저려 이마를 땅바닥에 박은 채 그저 살려주기만을 빌 뿐이었다. 그들의 소원에 화답이라도 하듯 숲 속에서 호랑이의 포효가 다시 한 번 들려왔다.

크어헝--

노련한 늙은 심마니는 그 소리를 알아듣기라도 한 듯 연거푸 절을 하더니 싱글거리며 다른 심마니들에게 말하였다.

"이보라우! 어서들 가자우. 오늘 신령님을 보았으니 올해 우리는 운수대통할기야. 기럼, 기렇지 않음메?"

"기럼요, 성님. 이제 다른 걱정일랑 잊고 삼(蔘)이나 많이 캐자요."

"고럼, 고럼. 자, 자. 이제는 그만 가자우."

젊은 심마니들은 그들의 말을 기다렸다는 듯 벌떡 일어나 나이 든 심마니의 뒤를 잰걸음으로 따라갔다.

뻐드렁니 심마니도 도망치듯 그들을 따라 산을 내려가다가 호기심이 일어 고개를 돌려 산중을 흘깃 바라보았다. 그러고는 갑자기 눈이 휘둥그레져서 앞서가는 심마니에게 달려가 마치 산삼이라도 발견한 사람처럼 울부짖듯이 말하였다.

"성님, 성님! 지두 보았다 아임메. 지도 산, 산신령님. 고저, 호, 호랑이를 탄 진짜 산신령님을 보았다 아임메."

심마니의 우두머리가 빙그레 웃으며 말하였다.

"나도 첨에 산신님을 봤을 땐 어성버성해서 어줍어하였지비. 기래도 산신님을 본 해엔 운수대통했지 아임메. 자네도 올해 산신님을 보았으니끼니 이 해는 운수대통할기야. 고럼, 고럼. 내 장담하지. 고럼."

"기렇지요? 기럴 겁네다."

심마니들은 올해는 산삼을 몇 뿌리 캐겠다는 부푼 기대를 가슴 가득 안고 허항령 고갯길을 발걸음도 가볍게 내려갔다.

허항령 험난한 고갯길을 내려오던 심마니들은 반대편에서 고갯길을 올라오는 두 스님을 발견할 수 있었다. 한 사내는 큰 키에 부릅뜬 눈이 호랑이처럼 무섭게 생긴 역사(力士)같은 모습이었고, 다른 한 스님은 갸름한 키에 청수한 외모를 지니고 있었다.

해시시하게 생긴 스님이 산길을 내려오는 심마니를 발견하곤 그들에게 다가가 합장을 하였다.

"백두산으로 가려면 어디로 가야 합니까?"

연장자인 듯한 심마니가 손가락으로 허항령 이북을 가리키며 말하였다.

"백두산으로 가는 기야 어렵디 않디만 무인지경의 산에는 무슨 일로 가려 하십네까?"

역사처럼 생긴 스님이 호탕하게 웃으며 말하였다.

"하하하, 도를 닦으러 갑니다."

"도를 닦으러 가신다기요?"

"백두산에 도를 닦는 스님이 계신다던데 아십니까?"

스님의 목소리가 천둥치듯 우렁우렁 하였다.

"내 심마니 생활 40년에 어방없는 말임네. 스님은 무슨 스님입네까? 빽빽한 산 중에 짐승이나 살 수 있을까, 사람이 무신수로 살

수 있겠습네까?"

해시시한 젊은 스님이 말하였다.

"백두산에 사람이 정말로 없습니까?"

젊은 심마니가 뻐드렁니를 드러내며 웃었다.

"사람처럼 생긴 것이라면 백두산 산신령님께 물어보시라요. 저
위에 계시니 또 모르지 아님메."

역사처럼 생긴 스님이 인상을 찌푸리며 사내의 멱살을 움켜잡
았다.

"이놈, 네가 우리들을 놀리는 것이냐?"

뻐드렁니가 두 팔을 허우적거리며 있는 힘을 다하여 소리를 질
렀다.

"아이고! 사, 사람 살리라요."

동료 심마니들이 스님들을 둘러쌌다.

"매운 맛을 보기 전에 그 손 놓지 않갔어?"

역사 같은 스님이 심마니들이 안중에도 없다는 듯 껄껄 웃으며
뻐드렁니의 허리춤을 잡아 획 돌렸다. 뻐드렁니가 스님의 손에 발
목이 잡혀서 힘없이 거꾸로 매달리게 되었다.

"아이고, 죽갔음메."

심마니들이 숫자가 많지만 역사 같은 스님이 사람을 공기 놀리
듯 하는 것을 보고 감히 나아가지 못하고 눈치를 살피며 소리만 건
성으로 질렀다.

"그 손 놓으라우."

"어서 그 손 놓으라우."

해시시하게 생긴 스님이 역사 같은 스님에게 말하였다.

"이보게, 이게 무슨 짓인가? 어서 그 손 놓게."

스님이 다시 사내의 허리춤을 잡아 물구나무를 선 뻐드렁니를 일으켜 세웠다.

"이놈아, 내가 그리 호락호락하게 보였느냐?"

뻐드렁니 심마니는 사색이 된 얼굴로 입을 열었다.

"노, 농이 아님메다. 소인의 말은 저, 정말입메다."

"그럼 네가 산신령을 직접 보기라도 하였단 말이더냐?"

"저, 정말입메다. 제사를 지낼 때 산신령님을 제 두 눈으로 보았습메다. 저만 본 것이 아님네. 여기 있는 심마니들이 모두 봤습네다. 그렇지 않습메까?"

뻐드렁니가 고개를 돌려 다른 심마니에게 재촉하듯 물었다.

"맞습메. 백두산에서 사람처럼 생긴 것은 동자신령님밖에 없습메. 바로 저 위에서 우리들이 봤습메."

늙은 심마니 하나가 허항령 제사에 동자산신령이 나타나는데 오늘도 나타났다고 이야기를 해주었다.

두 스님이 서로의 얼굴을 바라보았다.

"산신령이라……."

뻐드렁니가 말하였다.

"그렇습네다. 항상 호랑이와 함께 다니시는데, 사람이 어찌 호랑이와 함께 다닐 수 있겠습메까? 산신님이라면 몰라두……."

"기렇습메다. 우리들의 말은 거짓이 아님메다."

늙은 심마니가 침착하게 말하는 것을 듣고 키가 큰 스님이 뻐드렁니의 멱살을 놓고 산 위로 성큼성큼 걸음을 옮겼다.

"실례하였습니다."

청아하게 생긴 스님이 합장을 하곤 그 뒤를 따라 걸었다.

"저, 저런……."

심마니들의 눈이 일시에 휘둥그레졌다. 번쩍번쩍 걸어가는 걸음이 예사 달음박질로 따라가기 어려울 만큼 빨랐기 때문이었다.

"저게 사람임메까?"

"사람이 아니고 사슴입메다."

"그러게 말이야요. 기럼, 저거이 축지법(縮地法)이라는 겁메까?"

"축지법? 기런지도 모르디요."

심마니들이 떠들어대는 사이에 두 사람의 모습은 수림 속으로 사라져버리고 말았다.

제사상 위에 놓인 인절미를 먹고 있던 소년은 옆에서 돼지고기를 뜯어먹고 있는 표범의 옆구리를 발로 '툭-' 찼다.

"맛있냐?"

표범은 귀찮다는 듯 대꾸도 하지 않고 '빠드득- 빠드득-' 소리를 내면서 맛있게 돼지고기를 뜯어 먹었다.

일 년 중 하루, 심마니들이 고사를 지내는 날은 범이가 손꼽아 기다리는 날이었다.

종덕사에서 할아버지와 함께 약초나 산나물, 곡물가루를 먹으며 살아온 범이에게는 인간세상의 음식들은 최고의 성찬이었다.

작은범이(표범)를 대동하고 나타나면 사람들은 범이에게 이유도 묻지 않고 차려놓은 음식을 놓아두고 좋아라 하며 물러갔는데 그렇게 되면 임자 없는 음식은 범이와 작은범이 차지였다.

사과와 배 같은 과일하며, 인절미, 떡과 같은 음식은 범이의 차지고, 피가 뚝뚝 떨어지는 돼지고기와 돼지머리, 닭고기는 늘 작은 범이의 차지였다.

'이런 음식을 어떻게 만들까? 인간세상은 정말 먹을 것이 많은가봐.'

쫄깃쫄깃한 인절미를 씹어 먹던 범이는 남아 있는 떡과 과일을 주섬주섬 한지에 쌌다.

'할아버지와 설아에게 가져다주면 좋아할 거야.'

그때였다. 상 옆에서 돼지고기를 뜯고 있던 표범이 머리를 번쩍 들었다.

범이 역시 표범이 바라보는 방향으로 고개를 돌렸다.

범이의 시야에 머리를 빡빡 깎은 두 사내가 나는 듯 달려오고 있는 것이 보였다.

유정과 처영 두 사람이 심마니의 말을 듣고 달려와 보니 과연 심마니의 말이 틀림없었다. 제사상 뒤에 머리를 치렁치렁하게 늘어뜨린 소년 하나와 노란빛이 나는 털에 검은 매화꽃이 아름답게 피어 있는 듯한 무늬의 표범 한 마리가 있었던 것이다.

사람이 맹수와 함께 있는 것이 신기하여 두 스님이 멍하니 소년을 바라보는데 소년 역시 열기가 이글거리는 두 눈으로 뚫어지게 두 사람을 바라보고 있었다.

역사처럼 생긴 스님이 물었다.

"애야? 너는 누구냐?"

"범이."

소년이 옆에 앉아 시름없이 돼지머리를 뜯고 있는 표범을 가리켰다.

"작은범이."

"작은범이?"

소년이 고개를 끄덕였다.

두 스님이 서로의 얼굴을 바라보다가 해시시한 젊은 스님이 자신을 가리키며 말하였다.

"난 처영 스님이라고 한단다."

그는 옆에 있는 건장한 스님을 가리켰다.

"여긴 유정 스님이라고 해. 그런데 범이야, 물어볼 말이 있어. 네가 혹시 대주 스님을 모시고 있느냐?"

"응, 나를 따라와."

범이라는 소년이 제사상 위에 차려진 음식들을 갈무리하여 작은범이를 앞세워 어두운 숲으로 두 사람을 안내하였다.

햇살이 안개처럼 수림 사이로 파고 들어왔다. 해가 중천에 떠 있건만 백두산의 수림은 끝없이 하늘을 향해 뻗어나간 나무들로 오히려 저녁 무렵처럼 어두웠다. 나무뿌리가 얽힌 부드러운 땅을 밟으며 범이와 작은범이는 성큼성큼 앞서나갔다.

숲이 말이 숲이지 몇 천만년 동안 사람의 손을 타지 않은 수림이라 거인 같은 나무들이 하늘을 찌를 듯한 기세로 빽빽하게 자라 있어 한낮에도 밤처럼 어두웠다. 밤이 되면 달빛은 물론이거니와 별빛까지 새어 들어오지 않아 말 그대로 먹장 같은 어둠이 가뭇가뭇하게 펼쳐져 있었다.

산더미 같은 나무가 부러져서 앞을 막아서고 그 나무 사이에서 나무가 자라 빛이 새어 나오는 하늘로 자라고 있었으며, 그늘과 땅바닥에는 이름을 알 수 없는 버섯들과 이끼들이 무성하게 자라고 넝쿨들이 경쟁하듯 나무를 타고 올라가서 마치 별천지에 온 것만 같았다.

맹인이 지팡이에 의지하듯 처영과 유정이 범이와 작은범이에 의지하여 방향도 알 수 없는 수림 속을 무작정 따라갔다.

유정은 표범이 길들인 강아지처럼 사람의 말을 잘 듣는 것이 신기하여 범이의 뒤를 바짝 따라가며 물었다.

"범이야, 작은범이가 길이 잘 들었구나."

"……"

범이가 말이 없어서 유정이 무안한 표정으로 처영을 바라보았다.

처영이 빙그레 웃으며 말하였다.

"말이 없는 아이인가 봐."

이 말을 듣고 범이가 가슴을 몇 번 두드리다가 말하였다.

"나는 말이 없는 아이가 아니다. 말이 없으면 답답하다."

"알았다. 내가 미안하다."

"좋아! 이렇게 가다가는 해가 저문다. 뛰어가야 한다."

말을 마치기 무섭게 범이가 달음질을 시작하였다. 작은범이가 그 뒤를 따라 뛰는데 쏜살같아서 달려가는 모습이 번쩍거리는 것이 마치 축지를 하는 것 같았다.

"어이구, 이러다가 놓쳐 버리겠다."

두 사람이 허둥지둥 장달음을 하여 범이를 쫓아갔다.

유정과 처영이 도력(道力)이 높다는 서산대사 휴정에게 술법을 배운 까닭에 달리는 걸음이 화살처럼 빠르다는 이야기를 들어왔지만 앞서가는 소년 역시 다를 바가 없었다. 수림을 앞서가는 소년의 걸음은 달리는 표범과 비슷하여 마치 바람을 타고 가는 것 같았다. 앞서가는 소년은 두 사람이 못 따라올까 저어되었는지 힐끔힐끔 고개를 돌려 보조를 맞추는 것 같았다.

한참을 걸어가다 보니 어둠침침한 수림이 끝이 나는지 나무가 점점 적어지고 밝은 빛이 많아졌다. 이내 찰찰거리는 물소리가 가까이에서 들려왔다. 잠시 후 맑은 물이 흐르는 계곡이 나타났다. 사방이 넓은 협곡처럼 갈라진 넓은 골짜기 사이로 흐르는 물이 우레 같은 소리를 내며 빠르게 흘렀다.

표범과 소년은 물가 앞에 걸음을 멈춘 채 기다리고 있었다.

"빨리 와라. 날이 저문다."

소년은 처영과 유정이 수림 바깥으로 나타나자 다시 달음질을 하였다. 처영과 유정, 두 사람은 쉴 사이도 없이 소년의 뒤를 따라 달리는 수밖에 없었다.

봄이지만 서산에 해가 기우는지 땅거미가 뉘엿뉘엿 내려앉고 있었다. 구절양장(九折羊腸) 같은 물길을 따라 한참을 올라가니 우레 같은 소리를 지르는 폭포소리가 들려왔다.

눈앞을 바라보니 하얀 눈이 쌓인 커다란 산 가운데에 엄장 큰 폭포가 큰 물줄기와 장엄한 물안개를 일으키고 있었다. 잠시 멈추어 고개를 들어보니 서산을 물들이던 노을이 검은빛을 띠며 하늘에 수많은 별무리가 총총히 내려앉아 있었다.

"저것이 백두산인 모양이네요."

"저기에 사람이 살까요? 저 소년이 우릴 백두산으로 데려가는 것 같은데요."

"그러게. 여기까지 왔으니 따라가는 수밖에 도리가 없지."

두 사람이 물길을 따라 걸어오니 커다란 폭포 옆에 범이라는 소년과 작은범이라는 표범이 기다리고 있었다.

소년은 두 사람이 나타나자 가파른 산비탈로 올라가기 시작하였다. 두 사람이 폭포 구경을 할 사이도 없이 소년을 따라 올라가다 보니 산정에 눈이 쌓여 있어 운신하기도 어려울 정도였다.

무릎까지 빠지는 눈을 밟아가며 꾸역꾸역 소년을 따라가니 소년이 표범과 함께 들어간 곳은 산정의 절벽 아래에 있는 작은 암자였다.

"이런 곳에 암자가 있었던가?"

사람이 살 것 같지 않은 백두산의 벼랑 가운데에 암자가 있는 것을 확인한 두 스님이 놀란 얼굴로 서로를 바라보는데 암자 안에서 어여쁜 소녀가 나타났다.

"스님들, 어서 오세요. 할아버지께서 기다리고 계세요."

예쁜 소녀가 방긋 웃으며 유정과 처영을 암자 안으로 안내하였다.

어두컴컴한 암자 안에는 머리가 길게 늘어진 백발의 노옹이 정좌를 한 채 앉아 있었는데, 그 옆에 앉은 범이와 작은범이의 털을 쓰다듬어주고 있었다.

소녀는 입구에서 숨을 죽이고 천천히 노옹(老翁)에게 다가가 그의 얼굴을 살펴보며 조심스럽게 입을 열었다.

"할아버지, 손님들이 오셨어요."

방 안에서 죽은 듯이 정좌해 있던 백발의 노옹이 감았던 눈을 가볍게 뜨곤 고개를 끄덕이며 미소를 머금었다.

"잘 오셨습니다."

유정과 처영은 노옹의 거룩한 모습에 압도되어 그 자리에서 두 손을 모아 큰절을 하였다.

"대주(大珠) 스님, 처음 뵙겠습니다. 휴정 스님의 명을 받고 스님을 찾아왔습니다."

유정과 처영이 대주라는 노옹에게 자기소개를 하였다.

대주는 온화한 얼굴로 빙그레 웃으며 그들에게 답례하였다.

"휴정 스님의 제자였구려. 무인지경을 마다 않고 산중의 늙은이를 찾아오느라 수고가 많으셨습니다. 저 아이는 설아(雪兒)라고 하고, 옆에 있는 아이는 범이라 하지요. 표범의 이름은 작은범이라 하는데 모두 내가 데리고 있는 아이들입니다."

유정이 대주의 옆에 있는 소년과 표범을 신기한 듯 바라보았다.

"사람이 맹수와 친하게 지낸다는 말은 옛이야기에나 있는 것으로 알았더니 현실로 가능한 것이군요."

대주가 빙그레 웃으며 말하였다.

"사람이나 짐승이나 우주의 일부일 따름인데 마음만 먹는다면 친해지지 못할 이유가 있겠소? 사실은 저 아이가 표범의 젖을 먹고 자란 아이오."

"표범의 젖을 먹고 자랐다고요?"

"내가 백두산에 들어오기 전에 삼수 땅에서 저 아이를 거두었소. 그게 벌써 15년 전의 일이니 시간이 살처럼 흘렀구려. 저 아이 부모가 백두산에서 심마니를 하며 살았는데 아버지가 중국인들에게 삼을 몰래 팔다가 관원들에게 걸려서 장살을 당하고 홀로 남은 어머니가 저 아이를 낳자마자 산후더침으로 세상을 떴소. 깊은 산중이라 젖을 구하기 어려웠는데 마침 새끼를 낳은 표범이 있어서 내가 표범의 젖을 아이에게 먹여 키웠소."

"표범이 아이를 해치지는 않았나요?"

"살찐 노루와 사슴들이 지천에 널렸는데 표범이 무엇 때문에 아이를 해치겠소? 저 아이가 자라서 표범과 거리낌 없이 지내는 것이 바로 그 때문이라오."

유정이 고개를 끄덕이며 말하였다.

"옛날에 견훤이 호랑이의 젖을 먹고 자랐다는 이야기는 들은 적이 있습니다. 참으로 세상에는 믿기지 않는 일이 많이 일어나는군요."

처영이 옆에 있는 설아를 가리켰다.

"저기 설아 낭자도 범의 젖을 먹고 자랐습니까?"

"설아는 사람의 젖을 먹고 자랐지요. 내 손녀외다."

"스님이 장가를 가셨습니까?"

"허허허, 천지 안에 발을 담그고 살고 있으니 천지와 장가를 들었소. 이 아이들은 천지가 낳은 아들딸이고, 내 손자, 손녀들이외다."

대주가 허리까지 내려오는 탐스러운 수염을 쓸며 조용히 웃었다.

"그런데 청허(휴정의 호)가 무슨 일로 그대들을 보내었을까요?"

"몇 가지 물어보실 것이 있다고 저희들을 보내셨습니다."

처영은 품속에서 편지 한 장을 꺼내어 대주 앞에 내밀었다. 편지를 펼쳐보니 안부를 묻는 짤막한 문구와 시 한 구절이 들어 있었다.

十千深谷千人起　험난한 심곡에서 수많은 사람이 일어나고
荒谷紛塵古月明　황량한 계곡의 흙먼지 어지러운데 오랜 달이 밝구나

"이것이 무엇이오?"

"항간에 떠도는 시인데 휴정 스님께서 저와 유정을 보내어 스님에게 물어보라고 하셨습니다."

대주가 한동안 시를 바라보다가 빙그레 웃으며 말하였다.

"이는 처사인 전우치가 남긴 시요."

처영과 유정의 두 눈이 동그래졌다.

"이것이 전우치의 시란 말씀입니까?"

"그렇소. 내가 옛날에 이 시를 본 적이 있소. 훗날 내가 다시 보게 될 것이라고 하셨지요."

"오! 전우치가 이인이었다면서요?"

"네, 살아생전에 종덕사에도 여러 번 찾아온 적이 있습니다."

"전우치와 친하셨습니까?"

"노승이 어릴 적 부석사에서 동자승 노릇을 하고 있을 때 처음 만났었지요. 제 스승님께서 전우치의 스승이 되십니다. 그러니까 노승에게는 사형이 되지요."

처영이 호기심 가득한 얼굴로 물었다.

"듣기에는 전우치가 도술까지 할 줄 안다고 하던데 그게 사실입니까?"

대주가 말없이 빙그레 웃다가 두 사람에게 되물었다.

"요즘 세상 돌아가는 것이 어떻습니까? 유정 스님이 말씀해 주실 수 있겠소?"

유정이 각진 두 눈에 열기를 띠며 말하였다.

"작금의 세상 돌아가는 것은 연산군이 왕위에 있을 그때와 대동소이(大同小異)하오이다. 기근이 극심하여 민심이 흉흉하기 이를 데

없고, 내정은 동인(東人)과 서인(西人)의 붕당싸움으로 하루라도 조용할 날이 없습니다. 그것은 비단 나라 안의 문제만이 아니올시다. 바깥으로 왜국의 상황 또한 심상치 않아 걱정입니다. 왜국의 첩자들이 각 도를 누비고 다닌다는 소문이 나라에 파다하게 퍼졌습니다. 현소(玄蘇)라는 중이 조선에 사신으로 다녀가면서 많은 무리의 무사들을 대동하고 다녔는데, 그들의 동향이 심상치 않아 휴정 스님께서 영규(靈圭)와 태능(太能)을 시켜 정탐하게 하였습니다. 따로 사람을 시켜 왜국에 사신으로 다녀온 사람을 수소문하여 정세에 대해 물어보시곤 하셨는데…… 제가 생각하기에 마음에 걸리는 것이 하나 있습니다."

"무엇이 마음에 걸리었소?"

"왜국에 다녀온 사람 말로는 왜국에서 이상한 무기를 보았다 하였는데 그것이 마음에 걸렸습니다. 그 무기 이름이 조총이라 하는데 계묘년(癸卯年, 1543년) 남만(南蠻, 포르투갈)의 배가 종자도(種子島, 다네가시마)에 와서 처음으로 전하였다고 합니다. 길이는 석 자쯤이고 철통(鐵筒)으로 되어 있는데 그것을 쏘면 번개 같은 불과 천둥 같은 소리가 나, 산을 무너뜨리고 철벽을 뚫을 듯하다 해서 사람들이 뎃포(鐵炮, 철포)라고 한답니다. 그 무기의 제조법과 사격법을 츠다 겐모츠노조(津田監物丞)라는 사람이 일본에 전하였다 하는데 지금은 그 무기가 일본에 퍼졌다 하더이다. 그것은 멀리서도 화살처럼 사람을 살상할 수 있다는데 어찌나 빠른지 눈에 보이지도 않고 사람이 맞으면 짚단처럼 쓰러져 죽는다 하더이다. 가정이지만, 만일 왜인들이 마음을 단단히 먹고 군사를 모아 그 무기를 들고 쳐들어온다면……. 아! 생각이 여기까지 미치니 탄식이 절로 나옵니다. 나무아미타불."

석상처럼 듣고 있던 대주가 고개를 끄덕끄덕하니 유정이 말을 이었다.

"휴정 스님께선 스님께서 편지의 답장을 써 주실 것이라고 하셨습니다."

"그 사람이 쓸데없는 짓을 하였군. 천도의 순행이란 정해져 있어서 막기도 어렵고 어길 수도 없는 것이오. 휴정, 그 사람이 세상 속에 살다보니 다급증이 난 것 같은데 세상일이라는 것이 천도의 순행대로 가는 것이지 별 다를 것이 있을라구? 따로 답장을 쓸 만한 것도 없지만 돌아가거든 머지않아 한번 찾아갈 테니 그때 남은 이야기를 하자고 전해 주시오."

대주 스님이 빙그레 웃으며 두 사람을 바라보았다.

처영과 유정이 암자에서 며칠을 머물다가 돌아간 후였다. 산정에서는 겨울과 마찬가지로 간간이 눈이 내려 날씨는 여전하였지만, 양지 바른 곳에는 서서히 눈이 녹고 파란 풀과 갖가지 들꽃들이 피어나 설원의 아지랑이와 더불어 봄이 한껏 다가왔음을 느끼게 해주었다.

범이는 이날도 작은범이와 함께 침침한 백두산의 수림을 날렵하게 내달리고 있었다. 이 무렵이면 심마니들의 삼을 노리는 야인들이 곧잘 출몰하기 때문이었다. 범이는 어릴 적부터 대주 할아버지에게 이 땅이 우리의 땅이며 야인들로부터 이 땅이 침범당하는 것을 막아야 한다는 것을 배워왔었다.

범이가 어릴 적에는 대주 할아버지가 그렇게 했었지만 할아버지가 나이가 들고 범이가 철이 들면서부터는 자신의 일인 것처럼 백두산을 샅샅이 돌아다니며 야인들이 이 산에 발을 붙이는 것을 막아왔던 것이다.

언젠가 범이는 대주 할아버지와 함께 백두산 이북으로 몇날 며칠을 가서 넓은 평원에 거대한 기둥처럼 서 있는 비석을 보고, 넓은 요동과 북녘 땅이 우리의 땅이며 누군가가 반드시 지켜야 한다는 이야기도 들은 바가 있었다.

범이는 넓은 평원 한가운데에 거인처럼 서 있는 이끼 낀 거대한 비석을 손으로 만지며 평원을 질주하는 자신의 모습을 상상하기도 하였다. 그럴 때면 가슴이 두근거리며 터질 것도 같고 무언지 알 수 없는 기쁨이 마음을 벅차오르게 하였다.

어두운 수림을 다람쥐처럼 달리던 범이는 바람이 실어다주는 피비린내에 걸음을 멈추었다. 큰 나무에 기대서서 눈을 감고 피비린내가 나는 방향을 찾던 범이는 번쩍 눈을 떴다. 수림의 북쪽에서 나는 피비린내였다.

범이보다 작은범이가 앞서나갔다. 쏜살같이 달려가는 작은범이의 뒤로 범이가 껑충껑충 내달았다.

잠시 후 작은범이가 달리던 걸음을 멈추었다. 피비린내의 진원지였다.

범이가 걸음을 멈추고 바라보니 가죽이 벗겨진 표범 한 마리가 숲에 널브러져 있는데 파리들이 요란한 소음을 일으키며 날아다니고 있었다. 가까이 다가가 파리들을 쫓고는 살펴보니 껍데기가 벗겨진 표범의 목덜미와 복부에 화살에 박힌 자국이 보였다.

'야인들이다.'

백두산에서 사냥을 할 이들은 야인들 밖에는 없었다. 조선 사람들은 무기를 지니지 않으며, 심마니들은 더욱 엄격하게 이러한 무언의 법을 지키고 있었기 때문이었다. 말발굽의 개수를 보아 다섯 명 정도는 되어 보이는 한 무리의 야인들이 틀림없었다.

범이는 주먹을 불끈 쥐고 자리에서 일어났다. 용서할 수 없었다. 우리의 땅에 거주하는 야인들이 이 산을 침범하는 것은 더욱 용서할 수 없는 일이었다.

범이는 야인들의 흔적을 쫓았다. 말을 타는 야인들은 흔적을 쫓기에 아주 쉬웠다. 수천년 동안 쌓여서 썩어버린 보드라운 땅에 말발굽이 만들어낸 흔적은 아주 선명하였다.

발자국을 따라 한참을 가다보니 파리들이 다시금 어지럽게 날아다녔다. 주변에 등성을 하는 것은 피비린내인데 사향이 진하게 묻어 나오는 것으로 보아 사향노루를 사냥한 모양이었다.

범이의 눈에 불이 일었다. 범이는 말발굽의 흔적을 쫓아 달려갔다. 저희 땅도 아닌 곳에서 야인들이 무참하게 사냥하는 것을 참을 수 없었던 것이다.

범이는 야인을 쫓아 수림을 달렸다. 멀리서 보면 수림 사이를 화살 하나가 번쩍번쩍 날아가는 것 같았다. 어두운 수림 사이에서 말 울음소리가 들려왔다.

범이는 소리 나는 곳을 한동안 응시하다가 성큼성큼 그곳을 향하여 걸었다. 큰 나무가 쓰러져 햇살이 쏟아지는 숲의 한가운데에 말과 사람들이 모여 있었다.

사람들은 모두 머리가 벗겨졌는데 귀 옆 부분과 뒷부분에 약간의 머리가 있는 것으로 보아 야인들이 틀림없었다. 그들 뒤에는 여섯 마리의 말들이 서 있었고, 말 등에는 짐승들의 가죽들이 치렁치렁 매달려 있었는데 사향노루 한 마리가 걸려 있었다.

갓 잡은 사향노루의 고기로 요기를 하는 모양이었다.

"도둑놈들!"

범이가 수림 사이로 나아가며 천둥처럼 크게 소리를 질렀다.

나무뿌리 가운데 앉아 있던 야인 하나가 범이를 보고 깜짝 놀라 무어라 소리를 지르며 허둥지둥 말에 올랐다.

"어딜 가!"

범이가 소리치자 작은범이가 번개처럼 내달려 말을 내몰았다. 놀란 말이 앞발을 치켜들며 허우적거렸다. 야인들은 말을 타지도 못하고 고삐를 잡아 쥐며 범이와 작은범이를 번갈아 바라보았다.

범이가 화가 난 듯 눈을 부릅뜨고 다가가자 말을 진정시킨 늙은 야인 하나가 두려움이 가득한 얼굴로 두 손을 바닥에 대고 엎드려 알아듣지도 못하는 말을 열심히 중얼거렸다.

범이가 그들의 말을 알 리 없지만 손이 발이 되도록 비는 것으로 보아 잘못했다는 뜻 같았다. 범이는 마음이 조금 누그러졌으나 다른 말 등에 걸려 있는 망태기를 보고 노기가 치솟아 다시금 크게 소리를 질렀다.

"나쁜 놈들! 그건 조선 사람들의 것, 조선 사람을 죽였나?"

그것은 허항령에서 자신에게 음식을 주던 심마니들이 가지고 있던 망태기였다. 어쩌면 이들이 짐승뿐 아니라 심마니들까지 죽였을지도 모를 일이었다.

화가 머리끝까지 치솟았다. 그때였다. 땅바닥에 엎드려 머리를 조아리던 늙은 야인 하나가 앞으로 기어오더니 머리를 바닥에 박으면서 이야기를 하였다.

"살려주십시오! 신령님, 한 번만 살려주십시오."

또박또박한 조선말이었다. 백두산과 가까운 곳에 사는 야인들이 분명해 보였다.

범이는 늙은 야인의 가슴팍을 밀치듯 걷어차고는 성큼성큼 걸어가서 말 등에 있는 망태기를 들고 눈을 부라리며 말에게 다가가 잔등에 걸어놓은 사냥한 짐승과 짐승의 가죽들까지 바닥에 내던져버렸다. 그때였다.

"저놈은 신령이 아니다. 사람이다. 겁먹을 것 없다, 늙은이!"

늙은 야인의 뒤편에 서 있던 야인 중 하나가 소리쳤다.

범이가 돌아보니 젊고 건장한 야인들이 앞으로 나서며 소리쳤다.

"그래, 저놈도 칼을 맞으면 피가 흐르는 사람이라구. 겁먹을 것 없어 늙은이."

늙은 야인은 울상이 되어 무릎걸음으로 다가가 젊은이들에게 뭐라고 말하였다.

"내 말을 들으시오. 우린 신령님이 사는 땅을 침범하였소. 이제 용서를 구하는 것만이 우리가 살 길이오."

"흥, 표범을 데리고 다닌다고 신령이라 한다면 연경의 저잣거리에는 신령이 수를 셀 수 없을 만큼 많다구. 우리가 저놈을 해치울 테니 늙은이는 걱정할 것 없어."

젊은 야인이 허리에 차고 있던 칼을 빼들었다. 그 뒤에 있던 야인들이 허리춤에서 반월도를 빼들었다. 칼날이 반달처럼 휜 반월도는 달리는 말 위에서 휘두르기 좋은 도검이었다. 야인들의 핏대

오른 두 눈에 살기가 충천하였다.

"난 모르오. 난 몰라."

늙은 야인은 울상이 되어 범이와 젊은 야인들을 번갈아 바라보며 눈치를 살피다가 재빨리 뒤로 물러났다.

다섯 명의 건장한 야인들이 흉악한 얼굴로 서서히 다가오더니 일제히 칼을 휘두르며 달려들었다.

범이는 이들이 시퍼런 반월도를 빼드는 것을 보곤 미리 방비를 하고 있던 터라 첫 번째 사내가 달려들자 재빨리 그의 가슴속으로 파고들 듯 돌진하였다.

퍽――

범이의 이마에 가슴을 받친 사내는 맥없이 바닥으로 나뒹굴었다.

"죽여."

양옆에서 두 사람이 반월도를 휘두르며 달려들었다. 범이는 무릎을 구부렸다가 발을 차며 허공으로 솟구쳤다. 반월도가 맥없이 허공을 갈랐다. 범이는 바닥으로 착지하기 무섭게 자세를 낮추어 달려들었다.

야인 두 사람이 깜짝 놀라 범이를 향해 반월도를 휘둘렀다. 그러나 이미 범이의 억센 손이 야인들의 손목을 움켜진 후였다.

범이는 갈고리 같은 손에 힘을 주며 야인들을 노려보았다.

반월도가 바닥에 떨어지며 찢어지는 듯한 비명소리가 수림을 흔들었다.

손목을 잡은 손을 놓기 무섭게 주먹으로 야인들의 얼굴을 가격하였다. 야인들이 코피를 쏟으며 그 자리에서 나뒹굴었다.

야인들은 부러진 손목을 잡고 비명을 질렀다.

"내가 처리하겠다."

우두머리로 보이는 건장한 야인 하나가 큰 창을 꺼내 들고 범이에게 소리치며 달려들었다.

범이가 바라보니 제일 처음 반기를 들던 야인이었는데 부리부리한 눈에서 불똥이 튀는 것 같았다. 그는 긴 창을 휘두르며 범이의 목을 단번에 쳐버리려는 듯 공격을 퍼부었다.

범이는 그가 휘두르는 것이 마치 호랑이가 날카로운 발톱으로 공격해 들어오는 것 같아 섣불리 공격할 생각을 못하고 이리저리 창끝을 피하였다.

그는 창을 휘두르며 숨어 있는 늙은 야인에게 소리쳤다.

"이 아이는 산신령이 아니다. 산신령이라면 어찌 이렇게 피하기만 하는가?"

늙은 야인은 그 말을 들으면서도 두려운 눈으로 주변을 두리번거리며 살폈다. 이때 쓰러졌던 야인들이 다시 일어나 범이를 향해 달려들었다. 멀리 늙은 야인이 창을 들고 허둥거리며 작은범이를 위협하고 있는 것이 보였다.

범이는 손목이 부러진 사내들이 포기하지 않고 반월도를 휘두르며 달려들자 갑자기 화가 치솟아 한 야인의 반월도를 피하면서 오른손으로 그의 목덜미를 후려쳤다.

억--

목덜미를 맞은 야인이 그 자리에서 꼬꾸라졌다.

"죽여."

다른 야인이 범이의 배를 향해 칼을 휘둘렀다. 범이는 살짝 몸을 피하며 지나간 칼날의 뒷부분을 손으로 턱석 잡고는 야인의 팔을 힘껏 내려쳤다.

뿌직-

둔탁한 소리와 함께 야인이 찢어질 듯한 비명을 지르며 그 자리에 고꾸라져 온몸을 버둥거렸다.

"크아아악---"

팔을 부여잡은 야인이 바닥을 구르며 발광을 하였다.

이내 범이는 야인에게 빼앗은 반월도를 창을 부여잡고 서 있는 덩치 큰 야인을 향해 힘껏 내던졌다.

핑---

칼날이 바람을 가르며 날아오는 기세에 창을 든 야인은 가슴이 철렁하여 감히 막을 생각을 하지 못하고 벌렁 넘어지고 말았다. 그러자 힘차게 날아간 반월도가 그의 뒤편에 있는 전나무에 꽂혀 검신을 부르르 떨었다.

야인들은 그 광경을 보고 얼굴이 새파랗게 질려 칼을 들고 천천히 뒤로 물러났다. 창을 들고 작은범이를 위협하던 늙은 야인은 가슴이 철렁 내려앉는 듯하여 재빨리 창을 버리고 달려와서 범이의 발 아래에 이마를 쿵쿵 찧으며 사정하였다.

"산신님, 산신님. 살려주세요, 살려주세요. 이들은 우리 마을 사람이 아닙니다. 이들은 이곳이 산신님의 땅인지 모르고 한 일이니 한 번만 살려주세요."

범이는 늙은 야인을 보는 듯 마는 듯 고개를 돌려 창을 든 야인을 노려보았다. 야인은 범이의 가공할 주먹을 보자 얼굴에서 식은땀이 흘러나왔다.

'나는 무서움을 모르는 알타리(斡朶里)족의 전사 상굴로(王山弓奴-본래는 왕산굴로라고 불렀으나 부족 내에서는 상굴로라 부른다.)다. 죽음이 있을지언정 무릎을 꿇는 수치란 있을 수 없다.'

상굴로는 창을 들고 몸을 일으키며 소리쳤다.

"좋다. 어디 나와 다시 겨뤄보자."

상굴로는 말을 마치자 창을 휘두르며 공격해 들어왔다. 그러나 범이는 움직이지 않고 상굴로의 눈을 노려보았다. 그 눈은 마치 상굴로가 공격해 오길 기다리는 것 같았다.

상굴로의 창은 범이의 가슴을 노리고 곧장 찔러 들어왔다. 범이는 그때까지 아무런 미동도 하지 않고 상굴로의 눈을 노려보고 있다가 상굴로의 창이 자신의 목에서 한 척의 거리에 이르자 살짝 몸을 비껴 피하며 두 손을 번개같이 뻗어 날아드는 상굴로의 창을 잡았다.

상굴로는 범이가 창을 잡자 창이 바위처럼 꿈쩍도 하지 않는 것을 보고 등줄기가 서늘해지는 것을 느끼었다. 그는 재빨리 창을 놓으며 범이의 복부를 향해 주먹을 휘둘렀다. 이를 짐작한 범이가 창을 내려 상굴로의 팔목을 때린 후에 발바닥으로 상굴로의 복장을 내질렀다.

"어이쿠."

상굴로가 보기 좋게 땅바닥으로 굴렀다.

상굴로는 건주위에서 무예실력을 인정받고 있는 용사였다. 그럼에도 어린아이에게 이처럼 망신을 당하자 화가 머리끝까지 치솟았다.

"알타리족의 용사는 죽음을 두려워하지 않는다. 너희가 알타리족으로 돌아가거든 상굴로가 추장의 명을 이행하지 못하고 이곳에서 죽었노라고 말하라. 그리고 상굴로는 용사답게 죽었노라고 말하라."

상굴로는 마음을 모질게 먹고 다시 범이를 향해 달려들었다.

두 팔을 활짝 벌려 마치 곰처럼 달려드는 상굴로의 가슴팍이 활짝 열려 있었다.

범이가 껑충 발돋움을 하여 번개처럼 두 발로 상굴로의 가슴팍을 내질렀다.

순간 상굴로가 몸을 돌치며 범이의 가슴을 껴안았다. 건주위 야인들 간에 자주 하는 씨름으로 단련된 상굴로가 생각한 수법이었다.

범이는 강한 힘이 가슴을 조이자 숨을 쉴 수가 없었다. 큰 덩치에서 나오는 힘이 대단하였다. 그도 그럴 것이 상굴로는 건장한 남자의 허리도 꺾을 수 있는 여진족의 장사였다.

컥--컥---

상굴로는 범이가 기침을 하는 것을 보더니 팔뚝에 더욱 힘을 줘서 범이의 목을 조였다.

"도적놈들······."

범이는 두 손으로 상굴로의 팔뚝을 움켜잡았다. 그리고 두 손에 힘을 주었다.

끄응-----

범이가 힘을 쓰자 상굴로의 팔이 벌어졌다. 상굴로는 깜짝 놀라 재빨리 팔을 움직여 목을 조이려 하였다. 그 순간 상대방의 손이 사타구니 사이로 파고들었다. 상굴로는 몸이 번쩍 들리는 것 같더니 하늘이 빙글 돌면서 바닥에 엉덩방아를 찧었다. 등과 엉덩이에 말할 수 없는 극심한 고통이 전해졌다.

"으윽."

비명을 지르기도 전에 범이의 손이 상굴로의 목을 움켜잡았다. 상굴로의 얼굴이 붉게 변하였다.

상대방의 손은 손이 아니라 쇠로 만든 갈고리 같았다. 두 손으로 상대방의 팔목을 잡았지만 엄청난 악력에 숨이 막히고 머리가 핑 돌았다. 눈앞에 서 있는 소년의 얼굴과 숲이 흐릿하게 보였다. 바로 그때였다.

"범이야, 그만두거라."

부드러운 목소리와 함께 목을 조이던 강한 힘이 일시에 풀리며 상굴로는 바닥에 맥없이 쓰러졌다. 잠시 멍하니 정신이 없었다. 숨을 헐떡이던 상굴로는 차차 시야가 또렷해지고 정신이 드는 것을 느끼고 천천히 몸을 일으켰다.

자신을 이렇게 만든 소년이 머리카락이 눈처럼 희고 긴 노인 옆에 서 있었다. 신령처럼 거룩하게 생긴 노인은 손목과 팔이 부러진 야인을 치료해 주고 있었다.

그 노인은 능숙한 솜씨로 부러진 뼈를 맞추어 이은 후 품속에서 약을 꺼내 발라주더니 나뭇가지 여섯 개를 꺾어 와 부러진 야인의 손목에 둘러대곤 납의(衲衣) 밑단을 찢어 싸매어 주었다. 그리고 품속에서 사기병을 꺼내더니 그 안에서 검은 환약 몇 개를 꺼내어 야인에게 삼키게 하였다.

치료가 끝나자 이번에는 바닥에 쓰러진 야인에게 다가가 목에 손을 대고 맥을 살피다가 크게 탄식을 하며 불호를 외웠다.

"나무아미타불……."

상굴로는 그 광경을 보자 경외심이 솟아나 스님에게 다가가 고개를 숙여 읍하였다.

"누구신지는 모르겠지만 고맙습니다."

노인이 고개를 돌려 상굴로를 바라보았다. 머리가 눈처럼 하얀 노인의 두 눈이 금빛으로 반짝이는 것 같았다.

"그대는 건주위에서 왔군."

상굴로가 놀란 얼굴로 노인을 바라보았다. 노인은 유창한 야인들의 말을 하고 있었는데 상굴로가 건주위에서 왔다는 것을 처음 보는 사람이 알 리가 없어서 그 놀라움이 더하였다.

"그, 그것을 어떻게?"

"보지 않아도 알 수 있다오. 가서 그대의 주군에게 전하시오. 여긴 조선의 땅, 불손한 의도를 가지고 있다면 하늘이 먼저 벌을 내릴 것이라는 것을 말이오."

노인이 지팡이를 땅에 꽂자마자 갑자기 벼락 하나가 가까운 나무에 떨어지더니 불길에 휩싸인 커다란 나무가 요란한 굉음을 일으키며 숲으로 쓰러졌다.

상굴로가 놀란 마음에 저도 모르게 땅바닥에 무릎을 꿇었다. 가슴이 벌벌 떨렸다. 노인의 온몸에서 은은하게 금빛이 나는 것 같은데 말로 형용할 수 없는 거룩한 무게감에 절로 고개가 숙여졌다.

"시, 신령님의 말씀을 반드시 전하겠습니다."

상굴로는 이마를 땅에 대고 한동안 엎드려 있었다. 천천히 고개를 들어보니 사방에 안개가 자욱하게 퍼지는데 노인과 소년이 수림 저편으로 멀어져 가는 것이 보였다.

"시, 신령님……."

상굴로가 자리에서 일어나 말을 타고 그들의 뒤를 따라가 보았으나 아무리 말을 달려도 점점 거리가 멀어질 따름이었다. 잠시 후, 노인과 소년의 모습이 수림 속에서 완전히 사라져버렸다.

상굴로는 맥이 빠져 말을 멈추고 어두운 수림을 바라보며 중얼거렸다.

"아! 과연 이곳 사람들의 말이 거짓이 아니로구나."

그는 말을 돌려 야인들이 있는 곳으로 돌아왔다. 늙은 야인이 다가와 두려운 얼굴로 말하였다.

"이보시오. 그러게 내가 이곳에 오지 말자 하지 않았소. 이 산은 산신이 사는 성산(聖山)이오. 우리들이 함부로 들어올 수 있는 산이 아니란 말이오."

"내가 몰랐소. 미안하오. 이 산은 산신이 사는 산이오. 우리가 다가갈 수 있는 산이 아니오."

상굴로는 경외심이 생겨 번개에 맞아 아직도 불에 타고 있는 나무를 잠시 바라보다가 곧장 야인들에게 돌아갈 것을 명하였다. 살아남은 야인 하나가 입을 열었다.

"누르하치 추장님께는 뭐라 말합니까?"

"있는 그대로 이야기한다."

"있는 그대로 이야기하면 믿으실까요?"

"믿으시겠지. 믿으실 것이다. 이 산이, 이 땅이 범접할 수 없는 곳이라는 것을 말이다."

상굴로는 야인들을 데리고 곧장 백두산을 떠났다.[3]

---

3) 야인들에게 백두산은 신성한 산이었다. 훗날의 이야기지만 청나라의 전신인 후금(後金)을 세운 누르하치는 병력을 일으키기 전 백두산에 찾아와 치성을 드렸고, 청(淸)나라가 개국한 후에도 백두산의 천신에게 제사 지내는 것을 잊지 않았다고 한다. 백두산에 있는 '여진제태(女眞祭台)'는 여진족이 백두산의 천신에게 제를 지내는 곳이었으며, 누르하치 생애에는 대주와의 약속을 지켜서 백두산 이남을 침범하지 않았다고 한다.

세상 속으로

해가 점점 길어지면서 산정의 눈이 서서히 녹아 순록들이 하나둘 종덕사와 산정으로 찾아들 무렵이었다. 대주는 동굴 속으로 들어가 커다란 나무함을 가지고 나오더니 설아에게 말하였다.

"설아야, 할아버지가 잠시 다녀올 데가 있구나."

설아는 대주가 종덕사 깊은 곳에 보관하던 나무함을 꺼낸 것을 보고 눈이 동그래져 물었다.

"어딜 가시게요, 할아버지?"

"휴정 스님을 만나러 간단다. 범이와 함께 가니 준비를 해다오."

"범이와 함께 간다구요? 할아버지와 범이가 가버리면 저 혼자 이곳에 있어야 하잖아요."

"허허허. 작은범이가 있지 않느냐? 이참에 범이에게 세상 구경도 시켜줄 겸, 사람 사는 곳이 어떤 곳인가 보일 겸하여 같이 가볼 생각이다."

"그렇지만……."

이때 종덕사로 범이가 들어왔다. 범이는 손에 수십 뿌리의 산삼을 들고 있었는데 아침 일찍 대주의 심부름으로 산삼을 캐온 것이었다.

설아는 범이의 손에 들려진 산삼을 보곤 깜짝 놀라 대주에게 말하였다.

"할아버지, 저렇게 많은 산삼은 어디에 쓰시게요?"

대주는 빙그레 웃으며 말하였다.

"쓸 데가 있어서 가져가는 거란다. 저것을 보자기에 싸다오. 그리고 범이와 내가 먹을 양식도 준비해 주렴."

설아는 세상으로 떠난다는 범이를 흘끔 보고는 동굴 속으로 들어갔다.

'쳇, 나를 두고 간단 말이야? 얄미워.'

범이는 설아의 눈빛이 자신을 원망하고 있는 것 같아서 산삼을 든 채 설아의 뒤를 따랐다. 식량 창고에 들어선 설아는 등을 돌리고 바닥에 쪼그려 앉더니 뒤로 손을 내밀며 앙칼진 목소리로 말하였다.

"그거 이리 줘!"

범이는 설아의 목소리를 듣고 시무룩해져서 산삼을 내주며 중얼거렸다.

"설아, 왜 그러는 거야?"

"범이 너! 바깥세상에 나가면 나보다도 예쁜 여자들이 많을 텐데, 내 생각이 나겠어?"

범이는 설아의 하얀 얼굴을 바라보며 고개를 도리도리 흔들었다.

"나는 이 세상에서 설아만 좋아해."

"바보."

기분이 풀린 설아는 범이에게 받은 산삼을 보자기에다 갈무리하였다. 갈아놓은 식량도 함께 담아 범이에게 내주었다.

"잠깐만 기다려."

이때 무엇이 생각났는지 설아가 바깥으로 나가더니 무언가를 손에 들고 들어왔다.

"자, 이거 입어봐."

그것은 하얀 무명으로 만든 저고리와 바지였다. 다 떨어진 누더기 옷을 입고 있던 범이는 새 옷을 보자 눈이 함박만큼 벌어졌다.

"어서 입어보라니까!"

설아는 옷을 내주고 등을 돌렸다. 범이는 설아가 준 옷을 받아들었다. 옷에서 설아의 체취가 느껴졌다. 설아가 자신을 위해 만든 것이라 생각하니 하늘을 날아갈 것만 같았다.

범이는 주섬주섬 옷을 입었다. 잠시 후, 범이는 설아의 등을 살짝 두드렸다. 설아가 돌아보니 범이의 옷이 흐트러져 있다. 아직 저고리 고름을 매는 데 서투른 범이였다.

"바보! 옷도 못 입어?"

설아는 범이의 앞으로 다가가 저고리 고름을 묶어주었다. 설아의 체취가 진하게 코를 파고들었다. 범이는 가슴이 쿵쾅쿵쾅 요동을 치고 숨이 막힐 듯 정신이 황홀하여 얼굴이 불타듯 화끈거리는 것을 느꼈다.

"자, 이젠 머리를 땋아야지?"

고름을 묶고 난 설아는 이번에는 범이의 등을 돌려 헝클어진 범이의 머리를 참빗으로 빗은 후 조심스레 머리를 땋았다.

"범이야, 나는… 나는……."

설아는 머리를 땋으면서 무언가를 이야기하려 했지만 가슴이 콩닥거려 더 말하지 못하고 입 밖으로 나오던 말이 쑥 들어가 버리고 말았다. 푸른 명주로 만든 제비꼬리 댕기로 범이의 긴 머리끝을 동여맨 설아는 범이를 본 척 만 척 봇짐을 쥐어주고 말없이 동굴 바깥으로 걸어 나왔다.

범이는 아직도 설아의 체취에 마음이 설레어 두근거리는 가슴을 겨우 가라앉히고 말없이 설아의 뒤를 따랐다.

종덕사 바깥에는 떠날 채비가 끝난 대주가 우두커니 서 있었다. 범이가 설아와 함께 종덕사 바깥으로 나오니, 아침나절까지 자욱하던 운무가 개어 푸른 하늘에 구름 몇 조각이 유유히 떠다니고 있었다. 그 아래 하늘빛을 그대로 안은 천지(天池)가 펼쳐져 있었으니 바깥 경치를 조망하던 대주는 고개를 돌려 새 옷을 입고 머리를 땋은 범이를 보고 웃으며 입을 열었다.

"허허허. 그렇게 입으니 범이가 딴사람이 되었구나."

설아가 그 말을 듣고 밝은 볕에서 바라보니 범이는 정말 완연히 다른 사람이 되어 있었다. 그 옛날 꼬질꼬질하던 범이의 모습은 간 곳 없고 훤한 이마, 짙게 쭉 뻗은 검미(劍眉), 불꽃이 타오르는 듯 부리부리한 두 눈, 우뚝 선 콧날과 다부져 보이는 각진 턱은 천군만마를 호령하는 용맹스러운 장수를 떠올리게 하였다.

설아는 그 모습에 또다시 가슴이 울렁거리고 얼굴이 화끈거리더니, 마침내는 두 볼이 붉어지고 말았다.

대주는 설아의 모습을 보고 빙그레 웃으며 말하였다.

"허허허. 이번에 다녀오거든 설아의 머리를 올려야겠구나."

설아는 부끄러운 마음에 종덕사 안으로 뛰어 들어가며 소리쳤다.

"할아버지 놀리지 마세요!"

"내가 언제 거짓말하는 것 봤느냐? 허허허."

설아는 종덕사로 쏙 들어가 벽에 몸을 붙인 채 조심스레 문밖에 있는 대주와 범이를 훔쳐보았다. 설아는 대주 할아버지가 자신과 범이를 짝지어 준다는 말을 떠올리곤 달콤한 상상에 갑자기 마음이 싸하여 어쩔 줄을 몰랐다.

"설아야, 할아버지 가는데 나와 보지 않을 게냐?"

설아는 부끄러움을 참으며 천천히 종덕사에서 걸어 나왔다. 범이는 설아가 나오자 얼굴이 환해져서 싱글벙글거렸다.

"녀석."

대주는 빙그레 웃으며 천천히 걸음을 옮겼다. 범이도 설아를 힐끔힐끔 돌아보며 대주의 뒤를 따라 산정으로 올라갔다. 이윽고 두 사람의 모습은 산정 뒤로 사라져버리고 말았다.

백두산 아래에는 이미 봄이 찾아와 울긋불긋 아름다운 꽃들이 진한 향기를 풍기고 있었으며 짝을 찾는 산새들이 부산하게 날아다니고 있었다.

백두산을 내려와 몇 개의 험한 산을 지나고 또다시 몇 개의 내를 지나서 내려가다 보니, 좌우의 높은 산들이 모두 백두산처럼 눈이 녹지 않아 허연 머리를 내놓고 있었다.

"범이야, 조금 쉬었다 가자꾸나."

앞서가던 대주는 계곡 옆에 있는 새파랗게 물이 오른 버드나무

앞에서 걸음을 멈추더니 그 옆에 있는 널찍하고 평평한 바위 위에 걸터앉았다. 물오른 버드나무가 부는 바람을 맞아 산발한 가지를 살랑거리고 있는데, 그 아래에 맑은 계곡물이 찰찰거리며 흘러내리고 있었다.

범이는 메고 있던 나무함을 내려놓고 바닥에 앉아서 좌우에 보이는 깊은 산과 계곡을 바라보았다.

대주가 계곡의 머리 위로 보이는 산을 가리켰다.

"저기 보이는 산은 태백역산(太白亦山)이라 하고 그 옆에 작은 산을 소백역산(小白亦山)이라 한단다. 봄이 오고 여름이 와도 저렇게 눈이 녹지 않고 흰빛을 띠기 때문에 백역(白亦)이라고 하는데 백두산도 마찬가지지. 이 세상에 백두산과 같은 높은 산은 많고도 많으니 언제나 자신을 낮출 줄 알아야 한다."

"알았다."

"'알았다'가 아니라 '네'라고 하는 거다. 어른에게는 반말을 하지 않는 거란다. 그게 사람들의 법이지. 앞으로는 '네' 하거라."

"네."

대주가 빙그레 웃었다.

"저녁 무렵이면 함흥에 도착할 수 있겠구나."

"하, 함흥?"

"그래, 함흥. 사람들이 많이 사는 곳이지."

범이는 그 말을 듣자 가슴이 뛰었다.

'나와 같은 사람이 많이 사는 곳이다. 나와 같은 사람이 많이 사는 곳이다.'

범이는 산중을 벗어난 적이 없어서 사람들이 사는 곳이 과연 어떻게 생겼을까 일변 궁금하고 일변 어서 빨리 그곳으로 갔으면 좋겠다고 생각하였다.

대주가 쓸쓸히 웃으며 말하였다.

"네 생각처럼 인간 세상은 그리 좋은 곳이 아니란다. 실망할지도 모르겠구나. 자, 이제는 그만 가볼까?"

산길을 따라 얼마쯤 가다 보니 눈앞에 높은 고개가 나타났다. 대주와 범이가 그곳에 난 잔도(棧道)를 따라 무심히 올라가고 있을 때였다.

두 사람은 산 중턱의 고갯길에서 사람들이 떼를 지어 싸우고 있는 것을 발견할 수 있었다. 검은 옷을 입은 사람들과 흰옷을 입은 사람들이 어울려 싸우고 있었는데 검은 옷을 입은 사람들은 대부분 바닥에 쓰러져 있었고, 유독 한 사람만이 주먹과 발길질을 하면서 흰옷을 입은 사람들을 상대하고 있었다.

대주는 걸음을 멈춘 채 가까운 바위 턱에 가만히 앉아 그들을 바라보았다. 범이는 그 옆에서 나무함을 내려놓고 대주처럼 조용히 그들을 바라보았다.

"이놈들! 감히 군량(軍糧)을 도둑질하려 해?"

남철릭에 쾌자를 입은 사내가 고함을 지르더니 사람들 틈에 뛰어들어 이리 치고 저리 치며 때리고 있었다. 범이가 바라보니 그 모습이 마치 한 마리의 성난 호랑이가 이리 떼 속에서 싸우는 것만 같았다. 삼십여 명의 사람들이 그를 둘러싸고 몽둥이와 칼을 휘둘렀으나 그는 날쌘 동작으로 마치 미꾸라지가 손을 빠져나가는 것처럼 사람들 사이를 피해 다니며 닥치는 대로 쓰러뜨리고 있었다.

"저놈을 내가 상대하겠다."

사람들 뒤에 물러서 있던, 덩치가 큰 털북숭이 장한이 소매를 걷어붙이고는 두 팔을 휘두르며 그 사내를 향해 달려들었다. 상대편 사내는 그 주먹을 날렵하게 피하면서 장한의 옆구리를 향해 발길질을 하였다. 그러자 장한은 새가 날갯짓을 하듯 팔을 둥글게 휘둘러 군관의 발길질을 막으며 소리쳤다.

　"흥, 제법이구나. 택견을 배운 모양인데 실력은 보통이 아니다만 네놈은 오늘 임자를 제대로 만났다."

　"흥! 네놈의 몸놀림을 보니 수박(手搏)을 배운 모양인데. 그래, 누가 임자를 만났는지 한번 겨루어 보자."

　"우하하하! 네놈 호기가 마음에 드는구나. 그럼 우리 장부답게 한번 겨루어 볼까?"

　"하하하! 좋다. 네놈이 도적이지만 그 호기(豪氣)는 정말 마음에 드는구나. 좋다, 어디 한번 자웅을 겨루어 보자꾸나."

　두 사람은 각자 자기의 수하들에게 싸움을 멈추게 하고 천천히 너른 평지로 걸어 나왔다. 둘이 정식으로 대결을 벌이자, 주변의 사람들은 싸움을 멈추고 천천히 물러섰다. 검은 쾌자를 입은 군졸들은 군량을 실은 수레 뒤에 모여 화적들의 눈치를 살피고 있었으며, 화적들은 그 장한의 뒤쪽에 둥글게 도열하였다.

　범이는 곁눈질로 슬쩍 대주를 바라보았다. 대주도 범이를 향해 빙그레 웃더니 그 모습을 지켜보았다. 범이는 대주가 무슨 뜻이 있을 것이다 생각하고 다시금 그들의 싸움을 바라보았다.

　두 사람은 그 자리에서 서로를 노려보다가 양손을 앞에 모으고서 숨을 길게 내쉬었다. 이내 양손을 벌리면서 목을 돌리기 시작하였다. 그리고 팔을 여러 번 둥글게 휘두르더니 기지개를 몇 번씩

켜고 온몸을 두드린 후 이리저리 온몸을 움직였다.

구레나룻의 장한은 손바닥으로 허공을 향하여 몇 번 휘두르고, 관원은 발목을 빙글빙글 돌리다가 별안간 허공으로 발길질을 몇 번 하였다. 한동안 몸을 풀던 구레나룻의 장한이 허리를 쭉 펴더니 컬컬한 목소리로 소리쳤다.

"이놈아, 준비 다 되었느냐?"

다리를 풀고 있던 군관이 기다렸다는 듯 답하였다.

"도적놈아, 준비 다 되었다."

"그럼 붙어볼까?"

"좋지."

두 사람은 한동안 껄껄껄 웃더니 그 자리에서 몸을 움직이기 시작하였다.

남철릭을 입은 군관은 다리를 번갈아 움직이며 품(品)자로 왔다 갔다 하면서 '이크', '이크' 하는 소리를 지르고, 구레나룻의 장한은 몸을 들썩거리면서 두 손을 둥글게 돌려 교차시키면서 '얼쑤', '얼쑤' 하는 소리를 질렀다.

두 사람 사이에 감도는 긴장감과는 전혀 다른 두 사람의 모습에, 범이는 우스운 생각마저 들었다. 그런데 한편으로는 두 사람이 하고 있는 행동이 마치 대주 할아버지가 백두산에 팔진법을 쳐놓은 것처럼 빈틈과 살기가 뒤섞여 있는 것 같아 이상한 느낌이 들었다. 그렇게 두 사람은 춤을 추듯이 몸을 굼실거리며 주위를 둥글게 원을 그리며 돌았다. 춤을 추는 듯한 두 사람의 눈빛이 번들거렸다. 휘청휘청 흔들흔들 움직이고는 있었지만 그 와중에서도 서로를 가늠하는 듯 간격의 변화가 없었다. 가끔씩 번뜩이는 눈빛은 사냥감을 노리는 매처럼 날카로워 서로가 끊임없이 상대방의 빈틈을 엿보고 있음을 알 수 있었다. 한동안 그렇게 두 사람의 춤사위는 계속되었다.

"핫!"

품밟기를 하고 있던 군관이 갑자기 기압을 지르면서 허공으로 몸을 솟구쳤다. 솔개가 된 것처럼 솟구친 군관의 두 발이 공중에서 뛰어가듯 달음질을 하더니 구레나룻 사내의 가슴과 턱을 연달아 차올렸다.

구레나룻의 장한은 한 걸음 뒤로 슬쩍 물러나며 팔을 아래로 나래질하듯 휘둘러 턱을 차는 군관의 다리를 막았다. 순간, 구레나룻 장한의 다른 손이 갈고리처럼 군관의 목을 치고 들어갔다.

"아이쿠."

이와 동시에 군관의 다른 발끝이 장한의 턱을 파고들고 있었다. 장한은 미처 군관의 목을 치지 못하고 껑충 뛰며 물러섰다.

"하마터면 걸려들 뻔했네그려. 어, 참 대단하다."

구레나룻 사내가 천천히 자리에서 일어나 두 손을 탁탁 털었다.

"물구나무 쌍발차기라. 대단해, 대단해."

군관 역시 허리에 두 손을 대고 호탕하게 웃었다.

"그놈, 피하는 실력이 제법이로구나. 그래, 네 이름이 무어냐?"

"야, 이놈아! 내 이름은 알아서 뭐 하게?"

"이놈아! 통성명은 예의가 아니더냐?"

"하하하. 야, 이놈아. 이름을 물어보려면 너부터 이야기해야 할 것이 아니냐?"

군관은 화통하게 웃으며 입을 열었다.

"그놈, 기백이 참 마음에 드는구나. 나는 함흥의 고산도 찰방으로 있는 임제라는 어르신이다."

"임제? 가만, 가만. 그렇다면 네놈이 기생 황진이 무덤 앞에서 시를 짓고서 좌천되었다는 바로 그 임제냐?"

"화적 주제에 들어먹은 선성은 있는 모양이구나. 그렇다! 내가 바로 그 임제다."

"움하하하. 네놈 이름은 익히 들었다. 당대 호걸이라 하더니 헛말이 아니구나."

"도적놈아, 내 이름을 알았으면 너도 이야기를 해야 할 것이 아니냐?"

"하하하. 미안하지만 내 이름은 말해 줄 수가 없구나. 어떡하냐?"

구레나룻 사내가 군관을 놀리듯이 히쭉거렸다.

임제의 검은 눈썹이 치켜 올라갔다.

"이놈이, 나를 놀려? 좋다. 내가 네놈을 무릎 꿇게 한 연후에 들어도 안 될 것은 없지."

임제는 두 손에 침을 퉤 하고 뱉더니 구레나룻 장한에게 달려들었다.

"이번에는 쉽지 않을걸?"

구레나룻 장한 역시 그와 어울려 몇 합을 상대하였다.

임제가 공격해 들어오면 장한이 활개로 막고 지르고, 장한이 두 손을 억세게 휘두르면 임제 역시 활개로 막고 지르는데, 범이가 한참 동안 주의해서 보고 있자니 두 사람의 수법은 별다른 차이점이 없어 보였다. 다만 임제라는 군관은 다리를 많이 사용하고, 장한은 주먹과 손을 많이 사용하는 것이 차이라면 차이였다.

그러나 임제는 장한보다는 더 빠른 듯하였다. 걷어차고, 째 차고, 후려치면서 공격을 하던 임제는 어느 순간 다시금 허공으로 솟구쳐 구레나룻 사내의 머리통을 찍어 내렸다. 뒤로 한 걸음씩 물러나며 막던 장한은 갑자기 앞으로 한 걸음 다가서며 임제의 공격을 활개로 쳐내고 그의 목을 갈고리로 걸듯 잡아당겼다. 이때 임제는 바닥에 내려앉기 무섭게 한 손으로 장한의 손을 잡으면서 다른 한 손으로 허리춤을 움켜쥐었다.

"이놈이?"

구레나룻 장한 역시 재빠르게 임제의 허리춤을 움켜쥐었다. 두 사람은 그 자세에서 서로 부둥켜안은 채 다리를 걸고 몸을 좌우로 흔들면서 서로를 넘어뜨리려 하였다. 끙끙거리며 힘쓰는 소리가 멀리까지 들려왔다.

범이는 그들의 모습을 보며 머리를 갸웃거렸다. 방금까지만 해도 주먹과 발길질이 오가던 무서운 싸움이, 일시에 몸통을 부여잡고 힘을 쓰는 싸움이 되고 말았으니 말이다.

한동안 힘을 쓰며 서로 부둥켜안고 있던 사내들은 끙끙대며 안간힘을 쓰다가 일제히 떨어져 다시 숨을 길게 들이쉬고 내쉬고를 반복하였다. 잠시 숨을 고르던 구레나룻의 장한이 말하였다.

"안 되겠다, 이놈아. 이래서는 승부가 안 나겠으니 다른 것으로 승부하는 것이 어떠냐?"

"도둑놈아, 좋은 생각이다. 그렇다면 검으로 대결해 보자."

"좋다, 좋아. 내가 바라던 바다."

이내 수하인 듯한 사내가 커다란 장도를 가지고 왔다.

"이 칼을 보고 겁먹지나 말아라."

장한이 으스대며 장도를 빼어 들자 시커먼 박도가 모습을 드러내었다. 망나니들이나 사용한다는 박도는 장한의 큰 덩치에 잘 어울리는 것 같았다.

"도적놈이 입만 살아 설치는구나."

임제도 지지 않고 수레에 걸어놓았던 환도를 들고 나왔다. 그러자 구레나룻 장한이 임제에게 소리쳤다.

"준비되었느냐?"

임제는 호탕하게 웃으며 대답하였다.

"준비된 지가 오래다. 네놈이야말로 목 떨어질 준비가 되었으면 어서 덤벼보거라."

"좋다, 이놈아. 호언장담을 한다만, 어디 네 실력이나 한번 보자."

장한은 커다란 박도를 휘두르며 임제를 향해 달려들었다. 그러자 임제도 손에 든 환도를 빼어 들며 소리쳤다.

"좋다, 좋아!"

이내 두 사람은 검과 도를 휘두르며 어울려 싸웠다. 은빛 검과 흑빛 도가 부딪치자 불꽃이 튀고 찬바람이 겨울바람처럼 매섭게 불었다.

산더미로 정수리를 누르는 듯 투박한 박도가 허공에서 내려오고 풀 헤치는 뱀을 찾듯이 박도가 바닥에서 치솟아 날렵한 장검이 박도를 막느라고 위아래로 올 지 갈 지를 반복하다가 다시금 태산처럼 내리누르는 기세에 임제가 뒤로 물러난 틈을 타서 장한이 땅을 차고 훌쩍 뛰어올라서 임제를 압박하였다.

그러나 장검을 휘두르는 관원이 법식이 좋아서 내리치는 박도를 피하며 요리조리 찔러 들어가니 장한이 뒤로 물러서며 장검을 막기 바빴다.

장검이 한번 몰아붙이다가 법식이 다하면 박도가 기운을 내어 밀어붙이는데 박도가 기운이 다하면 장검이 다시금 세를 내어 장군명군 피장파장 주고받기를 수백여 합이나 하였어도 끝날 기미가 보이지 않았다.

두 사람이 힘이 다하고 기가 빠질 만도 하건만 목숨이 걸린 싸움이라 치고받을수록 악이 돋아서 두 사람의 눈에 살기가 가득하고 휘두르는 법식이 차차 매섭게 변하였다.

"허허허, 저러다가 사람 잡겠구나."

대주가 빙그레 웃다가 성큼성큼 걸음을 옮겼다. 범이가 얼른 대주의 뒤를 따랐다.

"이보게, 잠시만 싸움을 멈춰 보시게."

크게 부르짖는 소리에 임제와 장한이 몇 걸음씩 물러났다. 임제가 몸을 돌려 바라보다가 놀란 얼굴로 소리쳤다.

"대주 스님!"

"백호(白湖)를 이런 곳에서 만날 줄은 몰랐습니다."

대주가 빙그레 웃었다.

백호는 임제의 호(號)이다. 임제는 소싯적 속리산에서 대곡선생(大谷先生) 성운(成運)[4]의 문하로 들어와 학문과 무예를 배웠었는데, 이때 속리산 법주사에 와 있던 대주에게도 가르침을 받은 적이 있었으므로 한눈에 대주를 알아보았던 것이다.

---

4) 성운(成運, 1497년(연산군 3년)~1579년(선조 12년)): 조선 전기의 학자로 본관은 대곡(大谷). 자는 건숙(健叔), 대곡(大谷). 부정(副正) 세준(世俊)의 아들로 중종 때 사마시에 합격. 1545년 을사사화로 화를 입자 보은 속리산에 은거. 그 뒤 참봉, 도사들에 임명되었으나 곧 사퇴. 서경덕(徐敬德)·조식(曺植)·이지함(李之菡) 등과 교류하였으며 임제의 스승이다.

임제는 얼굴을 붉히면서 대주에게 말하였다.

"대주 스님을 여기서 뵙게 될 줄은 몰랐습니다."

"못 본 사이에 관직에 오른 것을 경하드리외다."

"경하라니요, 스님. 말씀을 낮추시지요. 평안 감사로 가다가 외려 탄핵되어 찰방 노릇을 하고 있는걸요."

"허허허. 예전에는 백수서생이었다가 지금은 찰방이라도 하고 있으니 그만하면 크게 승진하신 것 아니겠소? 사람은 항상 낮은 곳을 보며 살면 근심걱정이 없나니, 내가 보기에 그만하면 헛산 것은 아니외다. 마음에 불만을 품고 살면 몸도 괴로운 법이지요."

이때 구레나룻 장한이 대주의 얼굴을 바라보며 말하였다.

"대주 스님이라면… 정희량 어르신의 제자이신 대주 스님 아니십니까?"

"그렇소."

"아! 그렇다면 우리 외숙부님을 잘 아시겠군요. 칠장사의 생불(生佛)이셨던……."

"알다 뿐인가? 그렇다면 그대의 성이 임(林)가가 맞군. 전조에 난을 일으켜 나라에 물의를 빚더니 피는 속일 수 없음인가?"

"……."

장한은 큰 죄라도 지은 듯 기가 죽어 슬그머니 머리를 조아렸다.

대주가 고개를 돌려 임제에게 말하였다.

"나리, 잠시 군졸들을 물러나게 해주십시오."

"네? 네, 스님."

임제는 곧장 수레로 가서 군졸들에게 어서 군량을 끌고 내려가 완파연에서 자신을 기다리라고 일렀다.

군졸들은 군량이 산적들의 수중에 떨어질 줄로만 알고 간이 콩알만 하였다가 임제의 말을 듣고 살 맞은 뱀처럼 산 아래로 곤두박질치듯 내려가 버렸다.

　군졸들의 모습이 시야에서 사라지자 대주는 장한에게 꾸짖어 말하였다.

　"이놈, 백손아. 네 아비가 산중의 도적으로 천하를 횡행하다가 천벌을 받아 죽임을 당하였음에도 너는 어찌 아비와 같은 행동을 또다시 하여 같은 업을 되풀이하려는 것이냐?"

　임제는 그 말을 듣고서 문득 뇌리를 스쳐가는 것이 있었다.

　'산중의 도적으로 천하를 횡행하였다고? 그럼, 이놈이 임꺽정의 아들?'

　임제는 침을 꿀꺽 삼키며 임백손(林伯孫)이라는 도적을 바라보았다.

　임꺽정(林巨正)은 양주의 백정 출신으로, 명종 조에 수년간을 경기도와 황해도 일대를 주름잡으며 탐관오리들을 죽이고 여러 고을을 소란케 하다가 재령(載寧)에서 토포사(討捕使) 남치근(南致勤)에게 붙잡혀 죽음을 당한 대도(大盜)였다.

　백손은 대주 앞에 무릎을 꿇은 채로 하소연을 하였다.

　"스님, 이놈이 죽을죄를 지었습니다. 하지만 가난이 원수지, 어찌 저만이 죄가 있겠습니까? 저희는 황해도에서 화전을 일구고 사는 백성들이온데 혹여 죄 없는 가족들이 연좌를 당할까 싶어 이곳까지 와서 도적질을 하고 있었습니다. 부디 용서해 주십시오."

　백손의 말이 끝나자 그의 뒤에 서 있던 도적들이 일제히 무릎을 꿇었다.

　"저희가 잘못했으니 살려만 주십시오!"

"먹고살기가 힘들어 한 짓이니 용서해 주십시오!"

대주가 한숨을 내쉬었다.

"가난이 원수이고 배고픔이 죄지, 너희에게 무슨 죄가 있겠느냐?"

임제는 도적들의 모습을 보니 측은한 마음이 들었다.

몇 년 전부터 온 나라에 가뭄과 홍수 등의 천재지변과 돌림병이 돌아 많은 백성들이 고통을 겪기 시작하였다. 천재(天災)는 해를 거르지 않고 삼 년 동안이나 계속되었으나, 조정에서는 당파 싸움에 정신이 없어 백성들의 생활은 돌아보지 않았으니 눈덩이처럼 불어나는 세금과 기아를 피하기 위해서는 자신의 터전을 버리고 유랑자가 되거나 도적이 되는 수밖에 없는 것이 현실이었다.

임제는 백성의 고통은 눈에 없고 조정의 권력 다투기에만 혈안이 되어 있는 벼슬아치를 보면서 회의에 빠져 있었다. 그는 화적이 된 이들이 보릿고개를 넘기기 위해 군량을 약탈할 수밖에 없는 사연은 외직 생활을 통하여 알고 있었기 때문에 백손의 말에 연민의 정을 느끼었다.

풋보리가 누릇누릇 익어가는 춘 사월이면 대부분의 농가는 양식이 떨어지기 일쑤였으니, 그나마 시기의 도움으로 이른 봄이면 나물죽으로 간신히 끼니를 이어나갈 수 있었다. 그러나 가난한 백성들에게는 그것조차 먹지 못하는 것이 부지기수여서 궁여지책으로 늦은 밤 다 자라지도 않은 보리밭에 숨어들어 풋보리를 베다가 맞아 죽기도 하고 기근을 피하려 곡식을 꾸었다가 노비가 되기도 하는 일이 다반사였다.

실로 가난한 백성들이 넘어가기 힘든 고개라 하여 이 시기를 보릿고개라 불렀으니, 나라에서는 이러한 실상을 알고도 방법을 찾

지 못하여 매년 수많은 생명들이 덧없이 굶어 죽어 나갔다. 굶지
않기 위해서, 죽지 않기 위해서 순박한 백성들이 도적이 되었다는
것을 누구보다도 잘 알고 있는 임제였기에 그것이 모두 자기 탓인
것만 같아 가슴이 아파왔다. 허나 군량을 한때의 동정심으로 내줄
수도 없는 노릇이었다. 임백손과 도적들을 볼 면목이 없어진 임제
는 고개를 돌려 착잡한 심정으로 하늘을 바라보았다.

그때, 대주의 목소리가 들려왔다.

"백손아, 내가 곡식을 구해 주랴?"

임제가 얼른 대주에게 말하였다.

"스님, 군량은 아니 됩니다."

"빈도는 도적이 아니외다. 군량을 건드릴 생각은 추호도 없으니
안심하셔도 되오."

"그, 그럼 어떻게?"

대주가 말없이 빙그레 웃으니 영문을 모르는 임백손과 임제는
멍한 표정으로 서로의 얼굴만 바라볼 뿐이었다.

함흥(咸興)에는 성천강 유역으로 넓은 평야가 펼쳐져 있고, 그곳에
쌀이 많이 재배되었다. 성루의 북서쪽에 용이 똬리를 틀고 있는 것
같이 불쑥 튀어나온 반룡산(盤龍山)을 제외하고는 대부분의 지역이
평탄한 평야인지라 동북 지역 최대의 곡창 지대라 할 수 있었다.

이 함흥에서 내로라하는 부자를 말하자면 반룡동(盤龍洞)에 사는
김좌수(金座首)와 서하동(西下洞)에 사는 배진사(裵進士), 용흥동(龍興洞)에

사는 이생원(李生員)을 꼽을 수 있었다. 이들은 대대로 함흥에서 터를 잡고 살았는데 모두 조선 초기에 함흥에서 이성계(李成桂)를 따라다니던 충복의 후손으로, 그들의 땅은 모두 태조 이성계에게 받은 것이었다.

이들 중에 가장 부자라면 단연 용흥동에 사는 이생원을 꼽을 수 있었는데, 초시에 합격하였으나 진사 시험을 포기하고 집에서 부모님을 봉양하며 글만 파먹고 사는 위인이었다. 기질이 부드럽고 어질어 남들에게 베풀기를 좋아하고, 천성이 유순하여 부모님께 효도하며 어진 처를 만나 남부럽지 않게 사는 것에 만족하여 세상에 부러울 것이 없는 이 위인에게 한 가지 걱정이 있었으니, 정정하던 부모가 갑자기 병이 들어 자리에 누운 것이었다.

효성이 지극한 이생원은 전국 방방곡곡을 수소문하여 용하다는 의원들은 모두 불러 부모님의 병을 치료하여 보았지만 노환이라는 이유로 고치지 못한다는 말이 고작이었다. 그렇다고 부모님이 돌아가실 때까지 기다릴 수만은 없는 노릇이라, 이생원은 어찌 되었건 부모님의 기력을 회복시켜 자리에서 일어나게 하기 위하여 좋은 약이란 약은 모조리 수소문하여 병구완을 해가며 노심초사로 하루하루를 보내었다.

따뜻한 햇살이 내리쬐는 봄날이었다. 부모의 점심을 차려 드리고 돌아와 안방의 문턱에 기대어 따스한 봄볕을 쬐던 이생원은 몸이 나른하여 저도 모르는 사이에 꾸벅꾸벅 고개를 떨구었다. 그때였다.

"이생원 계시오?"

바깥에서 누군가가 부르는 소리에 선잠이 들었던 이생원이 번쩍

깨었다. 자리에서 일어나 입가에 흐른 침을 닦으며 대청마루로 나가보니, 마당 한가운데에 누더기 옷을 입고 머리와 눈썹이 눈처럼 하얀 노인이 서 있었다. 선풍도골(仙風道骨)의 풍도가 한눈에도 느껴지는 노인의 모습에 이생원이 조심스레 물었다.

"누, 누구십니까?"

"지나가는 길손이외다."

"무, 무슨 일이십니까?"

"이 집에 우환이 깊은 것 같아서 방도를 알려 줄까 하여 들렀소이다."

"방도를 말입니까?"

이 집안의 우환이라면 노부모의 병환이었으니 이생원은 눈이 번쩍 뜨였다. 백발노인의 풍모가 마치 옛날이야기에 나오는 신선이나 도사와 비슷하다는 생각이 문득 들었던 것이다.

이생원은 희망이 생겨나자 버선발로 내려가 땅바닥에 무릎을 꿇고 애걸하듯이 물었다.

"제, 제가 사람을 몰라 뵈었습니다. 제발 부모님을 살릴 수 있는 법을 말해 주십시오. 무슨 일이든 할 터이오니 제발 그 방도를 가르쳐주십시오."

노인은 물끄러미 이생원을 바라보다가 허리를 굽혀 그의 손을 잡아 일으키며 말하였다.

"일어나시오. 그대의 효성이 그토록 지극한데 어찌 감응이 없겠습니까? 내 방도를 말해 주리다. 잘 들으시오."

"네, 네. 명심하겠습니다. 어서 말씀해 주십시오."

"내일 날이 밝거든 용흥동 여위천 가로 가보시오. 그곳에 가면 방죽 위에 커다란 바위가 하나 있는데 사람이 앉아 있을 것이오. 그 사람에게 가서 사정을 이야기해 보면 방도가 나오리다."

노인은 말을 마치자 이내 바깥으로 천천히 걸어 나갔다. 그러자 이생원이 재빨리 일어나 노인의 앞을 막아섰다.

"도사님, 도사님. 도사님의 성함이라도 말해 주십시오. 아니, 이렇게 아니라 저와 함께 들어가시지요."

노인은 걸음을 멈추고 물끄러미 이생원을 바라보다가 조용히 말하였다.

"착한 일을 하는 사람에게는 하늘이 복을 내리지요. 마음을 선하게 쓰시오."

말을 마치자 노인은 다시금 걸음을 옮겼다.

"가지 마시오, 가지 마시오."

이생원은 필사적으로 노인의 허리를 잡았다. 이때였다.

"무얼 가지 마라는 겁니까?"

이생원이 번쩍 눈을 떠 바라보니 아내가 이상한 눈으로 물끄러미 자신을 바라보고 있었다.

'꿈이었구나.'

이생원은 마음이 허탈하여 길게 한숨을 내쉬었다. 그러나 아무리 생각하여도 현실처럼 생생한 꿈이라 미련을 버리지 못하고 고개를 돌려 바깥을 바라보았다. 도사가 나타났던 마당은 그 모습 그대로이건만, 바깥은 땅거미가 조용히 내리고 멀리 개 짖는 소리가 간간이 들려올 뿐이었다.

"꿈이었어, 꿈이었구나. 일장춘몽이었구나. 허허. 이런 원통할 데가 있나. 이렇게 절통할 데가 있나."

이생원은 허탈한 마음에 바깥을 바라보며 푸념을 하듯 중얼거렸다. 이때 이생원의 아내가 이생원을 힐끔힐끔 살피며 물었다.

"그런데 어디 나갔다 오셨어요?"

갑작스런 아내의 물음에 이생원은 고개를 돌려 아내를 바라보았다.

"무슨 소리를 하는 거요? 나갔다 오다니?"

달덩이 같은 이생원의 아내는 그의 바지를 바라보며 대답하였다.

"버선과 바지에 흙이 묻어 있는데 어디 나갔다 오셨나 해서 물어보았어요."

이생원은 고개를 숙여 자신의 바지와 버선을 살펴보았다. 무릎과 버선 밑에 누런 흙이 묻어 있었다. 정신이 황망하여 어찌 된 영문인지 알 길이 없었다.

'내가 오늘 바깥에 나간 적이 없건만 버선과 바지에 흙이 묻어 있는 건 또 무슨 조화인가.'

아무리 생각해 보아도 너무도 기이하고 이상한 일이라, 이생원은 은근히 마음 한구석에 한줄기 희망을 품으며 내일이 오길 기다렸다.

다음 날, 날이 밝기 무섭게 이생원은 의관을 정제하고 노복 두 명을 데리고서 꿈속에서 노인이 말한 곳으로 가보았다.

파릇파릇한 보리가 누런빛을 띠면서 익어 가는 넓은 들판을 지나 여위천으로 향하는 이생원의 발걸음은 어느 때보다 재빨랐다. 노복들은 이생원이 그렇게 서두르는 것을 처음 보는 까닭에 두 눈을 놀란 토끼처럼 뜨고 허둥지둥 그의 뒤를 따랐다.

잠시 후 여위천에 도착한 이생원은 다시 방죽을 따라 올라갔다.

여위천 방죽가에는 버드나무가 심겨져 있었는데 오래되어 고사(枯死)한 버드나무 둥치에 노인이 말한 바위가 하나 있었다. 그 바위를 발견하자 이생원은 과연 꿈에 노인이 한 말과 다름이 없는지라 크게 기뻐하며 더욱 바삐 걸음을 재촉하였다.

바위에 가까이 다가갔을 때였다. 이생원은 바위 위에 누워 있는 사람을 발견할 수 있었다. 그는 덩치가 크고 구레나룻이 장대한 사내였는데 이생원은 이것저것 따져볼 것 없이 그에게 다가가 사정하듯이 물었다.

"이보시오. 말 좀 물읍시다."

"말해 보시오."

이생원은 험상궂게 생긴 사내의 눈치를 살피며 조용히 말하였다.

"나는 용흥동에 사는 이생원이라 하는데 부모님이 병을 앓고 계시다오. 혹, 그대가 이 병을 낫게 해주실 수 있겠소?"

머슴들은 느닷없이 이생원이 처음 보는 낯선 사람에게 그런 말을 꺼내자 서로의 얼굴을 쳐다보다가 눈치를 살피며 저희들끼리 귓속말로 소곤거렸다.

"나리가 부모님 병간호를 무리하게 하시더니 실성한 게 아니여?"

"그러게. 의원이 안 되니까 이제는 처음 보는 낯선 사람에게도 그런 부탁을 하네그려."

"쯧쯧쯧. 오죽 답답하시면 그러시겠나?"

"하긴 저 심정을 알만도 하련만 하늘도 무심하시지."

"그려, 그려."

이때 구레나룻 사내가 입을 열었다.

"나리의 심정도 이해가 갑니다만 저도 사정이 있어서 나리의 청을 들어줄 수 없네요."

이생원은 그 말을 듣자 선몽(仙夢)이 틀림없다 생각하여 재빨리 그의 옷소매를 부여잡고 말하였다.

"아니 되오. 내 부탁을 들어줘야 하오. 그대의 사정이 무어요. 내가 들어줄 테니 어서 말해 보시오."

사내는 이생원을 물끄러미 바라보다가 다시 말하였다.

"나리의 심정은 알겠는데 이것이 없으면 여러 사람이 굶어 죽습니다."

"그것이 무엇이오. 그것이 무엇이오. 내가 다 해결해 줄 터이니 내 부탁을 들어주시구려. 제발 내 부탁을 들어주시구려."

물끄러미 이생원을 바라보던 사내가 잠시 후 입을 열었다.

"저는 지금 쌀 이백 섬이 필요한데, 그걸 주실 수 있겠습니까?"

"이백 섬이 문제요? 그대가 내 청을 들어주면 당장 이백 섬을 마련해 주리다."

"정말이오? 자그마치 쌀이 이백 섬이오."

"내가 함흥의 천석지기 이생원이오. 당장 구해줄 테니 어서 그것을 주시오. 아, 아니오. 내가 이 자리에서 보여주리다."

이생원은 노복들에게 필묵을 준비시킨 후 당장에 먹을 갈아 함흥의 이생원이 쌀 이백 섬을 주노라 하고 쓴 뒤 품속에서 인주를 꺼내어 찍었다. 그리고 그것을 구레나룻 사내에게 내밀었다.

"자, 이래도 내 말을 믿지 못하겠소?"

노복들은 이생원이 난데없이 쌀 이백 섬을 주겠노라는 문서를 낯선 사람에게 건네주자 놀라 입이 벌어진 채로 서로의 얼굴을 바라보았다. 이생원이 완전히 미쳤다고 생각한 노복들은 주인의 눈치만 살폈다.

이생원에게서 문서를 받은 구레나룻 사내는 두 눈이 휘둥그레져 이생원을 멍하니 바라보다가 이내 품속에서 뭔가를 꺼내어 이생원에게 건네주며 말하였다.

"그럼 이것을 드리리다."

이생원이 받아보니 족히 천 년은 넘을 것 같은 산삼(山蔘)이었다. 꼭 육 년 근 인삼처럼 커다란 굵기에 무수한 잔뿌리가 관운장의 채 수염처럼 길게 늘어져 코가 짜릿할 정도로 진향을 풍기는, 실로 대단한 산삼이 분명하였다.

이생원의 눈이 함박만큼 벌어지는 것은 당연한 일이었다. 그는 무 뿌리 같은 커다란 산삼을 바라보다가 떨리는 목소리로 말하였다.

"이, 이것이 무엇이오?"

"보면 모르시오? 산삼이오."

산삼을 잡은 이생원의 두 손이 부들부들 떨렸다.

"이것이 정말 산삼이 맞소?"

보고도 믿을 수 없어서 재차 확인을 하는 이생원이었다.

"그렇쇠다. 보고도 모르시오?"

"이, 이것을 어떻게?"

말이 끝나기도 무섭게 구레나룻 사내가 말하였다.

"어떤 노인이 어제저녁 나에게 이것을 주시며 여기서 이맘때쯤 기다리라고 하셨소."

이생원은 그의 말을 듣자 더욱 괴이하여 다시 물었다.

"댁은 어디 사시는 뉘시오?"

"나는 황해도에 사는 임모라는 사람이오. 그곳에 기근이 심하여 사람들이 많이 죽었수다. 그것뿐이면 괜찮겠지만 돌림병까지 번져 그곳은 지옥이나 다름이 없게 되었소. 그런데 어떤 노인이 나에게 이것을 주며 이곳에 있으면 무슨 수가 날 거라면서 꼭 기다리라고 하지 않겠소? 그래서 무작정 기다리는 중에 나리가 나타난 거요. 그런데 약속은 반드시 지켜야 하오.”

이생원은 꿈속의 이야기와 딱 들어맞는지라 어안이 벙벙하여 멍하니 하늘을 올려다보다가 임모라는 사내에게 말하였다.

“나는 나쁜 사람이 아니오. 문서에도 적어놓았지만 쌀 이백 섬은 걱정하지 마시오. 내가 책임지고 황해도까지 보내드리리다.”

그러자 사내는 더 이상 묻지 않고 이생원에게 말하였다.

“그럼 생원님을 믿고 나는 가오. 쌀은 황해도 구월산의 월정사(月精寺)로 보내주시오.”

그는 한 걸음을 옮기다가 이생원을 돌아보며 말하였다.

“착한 일을 하였으니 복을 많이 받을게요.”

말을 마친 사내는 방죽을 따라 달음질을 하여 사라지고 말았다. 순식간에 사라져버린 사내를 바라보던 이생원은 또 한 번 정신이 멍해져 뒤에 있는 노복들에게 말하였다.

“애야, 저것이 사람의 걸음이 맞느냐?”

노복들도 시위를 떠난 화살처럼 빠르게 멀어져 가는 사내의 뒷모습을 바라보며 어리둥절하여 말하였다.

“사, 사람이 어찌 저렇게 빠를 수 있겠습니까? 아마도 저것이 말로만 듣던 축지법(縮地法)인 것 같습니다요.”

옆에 있던 노복이 거들었다.

“축지법을 한다면 저 사람은 사람이 아니라 신선이 아닙니까?”

"시, 신선?"

"그래, 신선."

"설마… 생긴 걸로 봐서는 신장(神將)이나 역사(力士)쯤 되어 보이네."

노복들의 말을 듣고 보니 이생원은 필시 신선이 자신을 도운 것이라 생각하게 되었다.

"아! 감사합니다, 감사합니다!"

이내 이생원은 무릎을 꿇고 앉아 임모라는 사내가 사라진 곳을 향하여 큰절을 올리며 기뻐하였다.

세월의 풍상에 지금은 사라져버렸지만 용흥동 여위천 가에 가면 그 바위에 수성각(壽星閣)이라는 작은 사당을 지어 매년 제사를 지냈다 한다. 이것은 아버님의 병환을 구하여 준 그 노인을 기리기 위해 이생원이 사비(私費)를 털어 직접 지어놓은 것이라 전한다.[5]

신증동국여지승람(新增東國輿地勝覽)에 구월산(九月山)을 아사달산(阿斯達山)이라 하는데 다른 이름이 궁홀산(弓忽山)이요, 또 다른 이름은 증산(甑山)이요, 또 다르게 부르는 이름이 삼위산(三危山)이다. 세상에서 전하기를, 단군(檀君)이 처음 평양에 도읍하였다가 후에 또 백악(白岳)으로 옮겼다 하는데 곧 이 산이다. 주무왕(周武王)이 기자(箕子)를 조선에 봉하니, 단군이 이에 당장평으로 옮겼다가 후에 이 산으로 돌아와

---

5) 수성각(壽星閣)이라는 것은 수성(壽星)을 모시는 전각이라는 말이다. 수성(壽星)을 노인성(老人星)이라고 부르는데 수명을 관장한다고 해서 붙여진 말이다. 예부터 우리 조상들은 환갑을 축하하는 시(詩)에 노인성을 많이 인용하여 축수(祝壽)의 말로 사용하였는데 이생원은 꿈속에서 본 노인을 수성(壽星)에서 내려온 신선으로 생각한 모양이다.

서 몇 천 년을 다스리다 화하여 신(神)이 되었다 한다. 민간에서는 아직도 구월산을 아사달산으로 부르는데 가만히 산의 이름을 살펴보자면, 아사는 아침이란 말이고 달은 산이란 뜻이니 아사달이 바로 구월산의 본이름일지도 모르겠다. 또 보자면 구월산의 구(九)는 우리말로 아홉이고 월(月)은 달이니 아달산, 즉 아사달산이 한자로 뒤집어져서 그러한 이름이 나왔으리라.

각설하고, 서해(西海)를 향해 쭉 뻗어간 넓은 벌판 끝자락에 돌출해 있는 구월산은 서해에서 불어오는 바닷바람을 등지고 거인처럼 우뚝 서서 안악·신천·재령 일대를 품 안에 감싸 안고, 긴 능선을 따라 사황봉·오봉·인황봉·주거봉·아사봉 등의 석봉(石峰)들이 삐쭉삐쭉 톱날처럼 이어지면서 산의 장엄함을 더해 주는데, 이 구월산 아사봉의 동쪽 골짜기에 월정사(月精寺)가 자리 잡고 있었다.

통일신라시대 월정 대사가 창건한 이 절은 구월산 골짜기의 한적한 산사로, 간간이 불공을 드리러 찾아오는 대갓집 마나님 이외에는 사람의 발길이 닿지 않는 곳이건만 오늘따라 스님들이 부산하게 움직이고 있었다.

이것은 때 아닌 공양미가 산사로 들어오는 데서 연유하는 것이었다. 임백손에게서 받은 산삼 값으로 함흥의 만석지기 이생원이 즉시 보낸 쌀 이백 섬이 이 절에 도착했기 때문이었다.

극락보전(極樂寶殿) 앞마당에 차곡차곡 곡식들이 쌓여가고 있음에도 정작 월정사 주지인 지공 대사는 어찌 된 연유인지 몰라 어리둥절한 판이었는데, 마침 절을 찾아온 휴정 스님에게 그 연유를 물어보았다.

"스님, 도대체 이게 어떻게 된 일인지 소승은 알 수가 없습니다.

함흥에서 이곳에 이백 섬이나 되는 쌀을 보내다니요. 임모라는 사람이 이곳으로 보내라 하였다는데 소승은 당최 알 수가 없어서……. 혹 스님께서 아시는 것이라도 있는지요?"

"허허허. 기다려보면 연유를 알 수 있겠지요."

휴정은 빙그레 웃으며 멀리 남쪽 하늘을 바라보았다.

이 무렵, 대주 일행은 굽이굽이 구월산을 오르고 있었으니, 고산에서 구월산까지 험난한 육백 리 길을 쉬지 않고 엿새 동안 걸어서 도착한 것이다.

따사로운 봄볕에 저마다 산새들이 짝을 찾는 모양으로 요란하게 지저귀고, 울긋불긋 진달래와 노릇노릇 산수유가 골짜기마다 만개하여 울울창창 화사하고, 아름다운 봄 풍경이 이 산자락 저 골짜기마다 다채롭게 펼쳐지고 있었지만, 산길을 가고 있는 사람들은 저마다 침통한 표정으로 아무 말이 없었다.

그들은 모두 구월산 회장골에서 화전을 일구며 사는 사람들로, 지나오는 길에 구월산 근처의 문화, 신천, 송화현에 돌림병이 돌아 많은 사람들이 죽거나 죽어가는 참상을 보았던지라 처자식들의 염려와 두려움으로 분위기가 가라앉은 것이었다.

무리의 우두머리인 백손은 이런 분위기가 내키지 않아 고개를 돌려 소리쳤다.

"이봐, 힘들 내라고! 온 세상에 돌림병이 돌아도 구월산은 괜찮을 거야. 어떻게 되었는지도 모르는데 지레 걱정할 거 무어 있어? 그렇지 않습니까, 스님?"

대주는 빙그레 웃으며 고개를 끄덕였다.

"이보라고! 우리 스님께서 괜찮다 하시잖아."

고승 대주의 웃음이 무리에게 안도감을 주었는지 일행들의 얼굴에 일순 화색이 돌았다.

잠시 후 앞장서던 백손이 맑은 시내가 흐르는 계곡 앞의 두 갈래 길에서 걸음을 멈추더니 대주에게 말하였다.

"스님, 저 길을 따라 산 위로 올라가시면 월정사입니다. 저희는 반대편 길이니 이만 작별을 고해야 할 것 같습니다."

대주는 걸음을 멈추고 백손에게 말하였다.

"백손아, 네가 할 일이 있느니. 너는 일행들과 함께 집으로 돌아가 사람들을 모두 데리고 월정사로 오너라. 한 사람도 빠뜨리면 안 되느니라."

백손은 대주의 말에 멍하니 그의 얼굴을 바라보다가 반드시 무슨 뜻이 있으려니 생각하고 고개를 굽혀 읍하며 대답하였다.

"알겠습니다요."

이내 백손은 부랴부랴 일행들을 인솔하고 수림 속으로 난 소로를 따라갔다.

대주는 그들이 수림 속으로 사라지자 다시금 걸음을 옮겼다. 범이는 백손 일행이 보이지 않을 때까지 그 자리에 서 있다가 대주가 멀어져가는 것을 보고 급히 뒤를 따랐다. 그렇게 얼마나 올라갔을까. 범이는 산 위에서 내려오는 낯선 스님을 발견할 수 있었다.

그 스님은 대주를 발견하자마자 곧바로 달려와 두 손을 모아 길게 읍하며 말하였다.

"대주 스님, 잘 오셨습니다."

"오! 처영 스님이시군요."

휴정 스님의 수제자인 처영이었다. 범이가 백두산에서 본 적이 있는 스님이었다. 처영은 다시금 대주에게 합장을 하며 낭랑한 목소리로 대주에게 말하였다.

"그렇지 않아도 스승님께서 스님을 기다리고 계십니다."

대주가 웃으며 고개를 끄덕였다. 이때 처영은 대주 뒤에 나무함을 지고 서 있는 범이를 흘금 보다가 놀란 눈으로 다시 한 번 범이를 확인하곤 대주에게 물었다.

"스님! 이, 이 아이는?"

대주는 빙그레 웃으며 말하였다.

"지난봄에 백두산에서 보았던 범이라오."

처영은 두 눈이 왕방울만 하게 변하여 범이를 보곤 다시금 대주에게 되물었다.

"작은범이라는 표범과 함께 있던 그 소년이지요?"

"그렇다오."

처영의 뒤를 따라 산길을 얼마쯤 가다보니 풍경 소리가 은은하게 들리더니 이내 월정사란 현판이 걸린 이층 누각이 나타났다. 고색창연한 월정사의 누각 앞에는 여러 명의 스님들이 나와 있었는데 그들은 대주를 발견하자 일제히 앞으로 달려와 합장을 하였다.

월정사 주지 지공이 먼저 대주에게 합장을 하며 말하였다.

"대주 스님, 잘 오셨습니다."

대주가 답례하자 이번에는 휴정 스님이 합장하며 말하였다.

"대주 스님, 잘 오셨습니다. 스님을 뵈려고 묘향산(妙香山)에서 이곳까지 달려왔습니다."

"허허허. 미천한 사람 때문에 그런 수고를 하시다니 면목이 없네그려."

"아니올시다."

휴정은 이내 대주의 뒤에 있는 범이를 바라보며 말하였다.

"그런데 뒤에 있는 아이는?"

"범이라는 아이지요."

"오! 이 소년이로군요. 호랑이와 함께 다닌다는 이야기는 처영과 유정에게 들었습니다. 온몸에 정기가 뭉친 것처럼 아주 좋은 기운을 가진 아이로군요."

휴정이 자애로운 미소를 지으며 범이를 바라보았다. 범이는 휴정의 모습이 대주 스님과 많이 닮았다는 생각이 문득 들었다.

휴정이 대주에게 말하였다.

"스님, 함흥의 이생원이 쌀 이백 섬을 갖다놓고 갔습니다. 스님께서 마련한 것이지요?"

"허허허. 대자대비하신 부처님의 법력이지요. 곧 사람들이 몰려올 것이니 그 쌀로 죽을 쑤십시오."

대주는 범이가 지고 있는 나무함에서 산삼 두 뿌리를 꺼내어 지공에게 주며 말하였다.

"이것은 따로 커다란 솥 안에 넣고 달이시구요."

"알겠습니다."

지공은 월정사의 스님들에게 죽을 쑤고 산삼을 달이도록 명하였다.

스님들이 부산을 떨며 부엌에서 죽을 쑤고 산삼을 달이는 사이에 임백손이 사람들과 함께 월정사로 몰려왔다.

"지공 스님, 회장골의 화척들이 떼거지로 몰려왔습니다."

행자승이 지공에게 말을 전했다.

지공이 대주에게 물었다.

"스님은 사람들이 올 줄 이미 알고 계셨습니까?"

"제가 이리로 불렀습니다. 저 사람들에게 산삼 달인 물을 한 모금씩을 마시게 하고 그 후에 죽을 주십시오. 그리고 돌아갈 때 식량을 넉넉히 주시면 회장골에는 돌림병의 문제가 없을 것입니다."

지공은 행자승에게 이 같이 행하도록 명하였다.

한편, 백손은 월정사 마당에 산더미처럼 쌓인 쌀들이 함흥의 부자인 이생원이 보낸 것임을 짐작하였다. 그는 극락보전 앞에 서 있는 범이를 발견하고 계단을 훌쩍 뛰어 범이에게 다가갔다.

"범이야, 대주 스님이 오셨느냐?"

"네, 휴정 스님과 함께 계세요."

"휴정 스님, 그럼 휴정 스님도 이 절에 계신단 말이냐?"

"네, 저기 계세요."

범이가 손가락으로 극락보전을 가리켰다.

백손이 바라보니 과연 극락보전 안에 세 명의 스님이 앉아서 이야기를 나누고 있었다.

"어유! 이거 인사나 하고 와야겠네."

백손은 천천히 계단을 올라가 극락보전 앞에서 대주에게 꾸벅 인사를 하고 말하였다.

"스님, 스님 말씀대로 회장골에 있는 사람들을 모두 데리고 왔습니다."

대주가 웃으면서 말하였다.

"수고가 많았다."

대주는 휴정과 지공을 소개해 주었다.

백손이 인사를 하는 것을 보고 휴정이 대주에게 말하였다.

"장군감이군요."

"그렇지요?"

휴정과 대주의 말을 들은 백손이 두 눈을 동그랗게 뜨고 말하였다.

"스님, 옛날에 용한 점쟁이가 저더러 장군이 될 거라고 말한 적이 있습지요. 그런데 저처럼 비천한 놈이 정말 장군이 될 수 있겠습니까?"

"그건 두고 보면 알 테지."

대주가 빙그레 웃었다.

그때였다. 처영이 극락보전 앞에서 말하였다.

"사부님, 유정(惟政)과 영규(靈圭)가 돌아왔습니다. 선수(善修) 스님도 함께 오십니다."

"선수(善修)가?"

"네."

고승들이 일제히 자리에서 일어나 바깥을 바라보니 과연 만세루 아래로 스님 셋이 들어오고 있었는데 앞서 오는 사람은 유정이요, 그 뒤에 젊은 스님이, 그리고 그 뒤에 삿갓을 쓴 스님이 따르고 있었다.

휴정이 세 사람을 소개해 주었다.

유정의 뒤를 따라오는 젊은 스님은 영규(靈圭)이고, 삿갓을 쓴 스님의 이름은 선수(善修)였다. 이내 세 스님이 극락보전의 계단 위로 올라와 스님들에게 합장을 하였다.

휴정이 영규에게 말하였다.

"영규야, 갔던 일은 어떻게 되었느냐?"

"송화현(松禾縣)에서 정탐을 하던 왜놈을 끝내 사로잡지 못하였습니다. 그렇지만 그놈이 가지고 있던 물건은 이렇게 찾아올 수 있었습니다."

영규는 품속에서 종이 하나와 날카로운 단검 하나를 꺼내어 휴정에게 올렸다.

휴정이 받아서 종이를 펼쳐보니 황해도를 구석구석 그린 지도였는데 각 현의 병력 상황과 인구까지 상세하게 기록이 되어 있었다.

휴정의 옆에서 지도를 보던 지공은 얼굴을 찌푸리며 말하였다.

"이것 정말 보통 일이 아니군요. 이렇듯 상세히 기록할 정도라면 말입니다."

휴정은 고개를 끄덕였다.

"그렇습니다. 이 나라가 어찌 되려는지……."

한숨을 길게 쉬던 휴정은 유정에게 받은 단검을 뽑아 보였다. 단칼에 무엇이라도 베어낼 것 같은 시퍼렇게 날이 선 왜도(倭刀)가 햇살을 받아 번득였다.

"대주 스님, 왜구의 첩자들이 이 나라를 돌아다니며 나라의 사정을 캐고 있습니다. 왜란의 전조가 이렇듯 손에 있고, 닥쳐올 화가 눈에 보이는데 어찌하면 좋겠습니까?"

"휴정 스님도 예상하고 있겠지만 머지않은 장래에 남북으로 큰 화(禍)가 박두할 것입니다."

"이것이 이 나라의 천명이외까?"

"허허허. 이것도 천명이라면 천명이겠지요."

"대주 스님, 변란을 막을 수 있는 방법이 없겠습니까?"

대주가 고개를 끄덕이며 말하였다.

"외부의 변란은 무서운 것이 아니올시다. 정작 무서운 것은 내부의 변란이올시다."

"당파싸움을 말하십니까?"

"네. 저는 내부의 변란이 이 나라의 백성을 죽음과 고통으로 몰아넣을 것을 두렵게 생각합니다. 변란을 막을 방법을 물어보셨지요? 내부의 변란을 막아내지 못한다면 외부의 변란은 예정된 것이올시다. 그렇지만 그 역시 정해진 길이라면 우리가 할 수 있는 일이란 변란의 피해를 최소화하는 것입니다."

"어찌하면 그리할 수 있겠습니까?"

"대비하는 수밖에 없지요."

대주는 밝은 눈을 반짝이며 휴정에게 말하였다.

"만물은 누구나 정해진 소명이 있습니다. 예상하시겠지만 훗날 남쪽으로부터 큰 병란이 일어날 것입니다. 스님이 세상에 나올 때는 그때이지요."

"그럼 대주 스님께서는?"

"제 몫은 따로 정해져 있습니다. 머지않아 북방에 변란이 일어날 것입니다. 그것은 운명이 저에게 남긴 몫입니다. 저는 그 몫을 다하러 세상으로 내려왔습니다."

"나무아미타불."

휴정이 불호를 외웠다.

대주가 말하였다.

"황해도에 역병이 번지고 있다던데 당장은 눈앞에 닥친 시급한 화란을 해결하는 것이 순서가 아니겠습니까?"

휴정이 고개를 돌려 유정에게 물었다.

"유정아, 돌림병은 어찌 되었느냐?"

"돌림병이 문화, 신천, 송화현 일대에 만발하여 그 형상이 말로 표현할 수 없을 지경이었습니다. 다행히 관원이 사람들의 출입을 막아 재령(載寧) 이북과 개성으로 병이 번지지는 않았지만 이대로 가다간 세 고을의 사람들이 몰살하게 생겼습니다."

"나라에서는 어떤 대책을 세웠는지 알아보았느냐?"

"대책이란 게 있겠습니까? 관원들이 사람들의 출입을 막는 게 고작이지요. 기가 막히는 것은 역병보다 굶어 죽은 이들이 더 많다는 것입니다. 군졸들이 역병이 난 마을 입구를 차단하니, 식량을 꾸러 갈 수도 없는 백성들이 앉아서 굶어 죽는 것이지요. 고을마다 시체가 쌓여서 처참한 지경입니다. 민생이 파탄에 빠져 있는데 조정에서는 당파싸움이 한창이니, 나라는 대체 무엇 때문에 있는 것인지 참으로 한심한 일이지요."

대주가 말하였다.

"위정자의 눈이 사사로운 권력을 좇을 때, 민생은 도탄에 빠지게 되는 것이지요."

한탄하던 휴정이 대주에게 물었다.

"대주 스님, 우리가 그들을 구할 방도를 말해 주십시오."

대주가 입을 열었다.

"지금 월정사에 모인 사람들을 세 무리로 나누어 각각 한 고을씩 맡되, 한 무리는 소승이, 또 다른 무리는 휴정 스님이, 그리고 나머지 무리는 지공 스님이 맡아 식량을 각 고을에 운반토록 하십시오. 그리고 이곳에서처럼 고을에 들어가시거든 산삼을 달여서 병자에게 한 사발씩 먹이고 죽을 쑤어 먹인 후 식량을 나누어 주신다면 돌림병도 없어질 뿐더러 보릿고개도 무사히 넘길 수 있을 겁니다."

대주는 가져온 나무함에서 수십 뿌리의 산삼을 꺼내 지공과 휴정에게 나누어 주었다. 갑자기 월정사 경내가 산삼 향기로 가득하였다. 휴정은 산삼을 받들며 대주에게 말하였다.

　"이렇게 많은 삼을 어찌 구하셨습니까?"

　"허허허, 우리 범이가 수고를 하였지요."

　대주가 고개를 돌려서 옆에 있는 범이를 바라보니 사람들의 시선이 일제히 범이에게 고정되었다. 어릴 적부터 백두산을 제 집 안마당처럼 돌아다니던 범이는 심마니들이 늘 찾아 헤매는 산삼이 어디에 있는지 손바닥처럼 알고 있었다. 그런 범이에게 산삼을 찾아오는 것은 수고라고 할 것까지는 없어서 부끄럽고 무안한 마음에 머리를 긁적였다.

　휴정이 말하였다.

　"어서 산을 내려갈 채비를 하거라. 할 일이 많다."

　유정과 처영, 영규 등 월정사의 많은 스님들이 부산하게 움직였다.

　구월산을 내려온 대주는 백손 일행을 이끌고 문화현(文化縣)으로 향하였다. 구월산에서 삼십 리 길을 내려와 문화현에 이르니 바람결에 역겨운 냄새가 코를 찔러 일행들은 모두 얼굴을 찡그렸다.

　문화현과 가까워질수록 사람 타는 고약한 냄새는 더욱 진하게 풍겨왔다. 노린내 같기도 한 역겨운 냄새에 절로 얼굴이 찌푸려졌다. 변두리에 있는 집에서 시뻘건 불길이 솟아오르는 것이 눈에 띄었다. 마을 앞에는 금줄이 쳐져 있고 그 앞에 창을 든 군졸들이 삼

엄하게 길을 막고 있었다.

"웬 놈들이냐? 이곳은 통행이 금지되었으니 돌아가라."

"사람을 굶겨 죽일 작정이오? 식량과 약을 가져왔소. 들여보내 주시오."

군졸이 재빨리 관아의 사또에게 사람을 보내었다.

잠시 후, 사또가 도착하여 백손 일행에게 말하였다.

"너희들의 뜻은 가상하다만 이곳은 돌림병이 돌고 있는 곳이니 출입할 수 없다. 식량과 약도 들일 수 없다. 어서 돌아가거라."

대주가 사또에게 다가가 합장을 하며 말하였다.

"사또, 사람 인(人)의 자의(字意)는 사람과 사람이 서로 기대어 돕는다는 의미입니다. 사람이 어려움에 처한 사람을 돕지 않고서 어찌 사람이겠습니까? 돌림병을 고칠 수 있으니 길을 열어 주십시오."

사또는 대주의 거룩한 풍도를 보곤 탄식하며 조용히 말하였다.

"스님은 뉘시오?"

"저는 산천을 떠도는 객승입니다. 제게 방도가 있사오니 길을 열어 주옵소서."

대주의 얼굴에서는 감히 범접치 못할 위엄이 서려 있었다. 그의 말에 알 수 없는 신뢰감이 느껴졌다. 사또가 부드러운 어조로 다시 물었다.

"그대가 돌림병을 고칠 수 있단 말이오?"

"그렇습니다. 저를 믿으신다면 어서 길을 열어 주십시오."

대주의 머리 뒤로 금빛 광배가 쏟아지는 것 같았다. 사또는 무엇에 홀린 듯이 군졸들에게 말하였다.

"기, 길을 열어 주거라."

관원이 길을 열어 주자 대주는 사람들과 함께 마을로 들어갔다.

뿌연 연기가 자욱한 문화현은 그야말로 죽음의 마을이었다. 불타는 초가에서는 사람 타는 냄새가 진동하고 있었으며 곳곳에 죽은 사람들이 널브러져 있었다. 입을 천으로 가린 관원들이 시신을 거적에 말아 부산히 옮기고 있었고, 가족을 잃은 병자들이 시신을 따라가며 울부짖는 모습들도 흔하게 발견할 수 있었다.

마을 안으로 들어가니 실로 처참함이 극에 달하였다.

살은 어디 가고 대나무 마디 같은 앙상한 팔과 다리, 뼈만 남은 갈빗대, 그리고 부황(浮黃)이 들어 누런 살갗에 배만 볼록한 채 갈빗대가 드러난 앙상한 몰골로 죽어 가는 아이와 노인들의 모습들이 여기저기에서 발견되었다. 돌림병도 큰일이었지만 극심한 기아(飢餓) 역시 돌림병 못지않은 고통임을 알 수 있었다.

백손은 안타깝고 불쌍한 마음에 소매로 눈가를 쓱 닦았다.

"이런 젠장. 정말 눈 뜨고는 못 봐주겠구먼."

일행들 역시 이런 처참한 광경이 펼쳐지고 있으리라고는 생각지도 못했던 참이라 어안이 벙벙하여 들고 있던 쌀섬을 내려놓고 대주를 바라보고만 있었다.

대주는 길게 한숨을 내쉬더니 백손에게 말하였다.

"백손아, 폐가를 뒤져서 가마솥을 우물가로 가져 오거라. 우물가에 가마솥을 걸고 물을 끓이되 우물물을 그냥 마셔서는 아니 된다. 앞으로는 펄펄 끓인 물을 마시게 하거라."

대주가 소매 속에서 산삼을 꺼내었다.

"물을 끓일 때 산삼을 넣으면 병자들의 기운이 돌아올 것이다. 여자들은 쌀을 넣어 죽을 쑤고, 남자들은 살아 있는 마을 사람들과 돌림병 환자들을 우물가로 데려 오너라."

명을 받은 사람들이 재빠르게 움직였다.

잠시 후, 우물가로 병자들이 모여들었다. 대주는 병자들에게 뜨거운 삼물과 하얀 쌀죽을 한 그릇씩 퍼주라 명하였다.

오랜 굶주림 덕에 병을 깊이 얻은 병자들은 쓰디쓴 삼물을 마시자 기운이 나고 정신이 들었다. 허기에 지치고 병마와 싸우던 사람들은 아낙네들이 주는 쌀죽을 허겁지겁 받아먹었다. 허기가 가신 병자들의 얼굴에 화색이 돌았다.

정신을 차린 병자들 중에는 덧없이 떠나버린 가족을 생각하곤 땅을 치며 통곡하는 사람들도 있었으며 살아남은 가족들을 부여잡고 오열하는 사람들도 있었는데, 일을 도와주러 온 아낙들이 그 모습을 보며 눈시울을 적시지 않는 이가 없었다.

병증이 심해 죽어 가던 환자들은 따로 격리한 후, 산삼 달인 물과 흰죽을 먹여 기운을 돋워주었다. 그렇게 한나절이 지나자 마을에는 언제 돌림병이 돌았냐는 듯 사람들이 하나둘 원기를 회복하였다.

대주는 돌림병으로 죽은 시체들을 마을 어귀에 있는 초가집으로 모으라 명하였다. 마을을 이 잡듯이 뒤져서 사십 구 남짓 되는 시신들을 끌어 모으자 이번에는 마른 장작을 초가 주위에 높게 쌓으라 하였다.

잠시 후 장작이 초가 주위를 가득 메우자 대주는 미련 없이 불을 들어 초가 위에 던졌다. 초가에 불이 옮겨 붙기가 무섭게 불길은 마귀의 혓바닥처럼 초가를 날름날름 집어삼켰다. 원기를 회복한 병자들은 자신의 친지와 가족이 불길 속에서 재가 되어 사라지자 슬픔을 이기지 못한 채 바닥에 엎어져 발을 굴리기도 하고 땅을 치며 통곡하였다.

"아이고, 아이고……."

하루아침에 가족을 잃은 사람들의 슬픈 곡성이 메아리쳤다.

사람들의 원통한 마음이 하늘까지 미친 것일까. 맑던 하늘에 먹장 같은 구름이 드리워지더니 이내 사방이 칠흑처럼 어두워졌다.

"나무아미타불 관세음보살……. 나무아미타불 관세음보살……."

대주는 마당 한가운데에 서서 불타는 초가를 바라보며 염불을 외웠다. 사람들이 대주의 뒤에 꿇어앉아 손을 모았다.

범이는 돌림병으로 죽은 이들이 아픔도 모르고 배고픔도 모르는 극락정토에 가게 되길 진심으로 기도하였다.

염불은 불길이 사그라진 다음 날 오후까지도 계속되었는데, 대주가 염불을 마치자 시커먼 구름이 걷히더니 이윽고 둥근 해가 사방을 환히 밝혀 주었다. 사람들은 이것을 이상하게 생각하여 죽은 사람들이 대주 스님의 덕분에 극락으로 갔다고 수군거렸다.

씨름대회

딱-딱-딱-딱-딱-

목탁소리가 방문 바깥에서 조용하게 들려왔다. 범이는 조심스럽게 객사의 방문을 열었다. 아직 동도 트지 아니 한 어스름 속이었다. 월정사 한켠에 있는 종각(鍾閣) 앞에서 누군가 오르락내리락하며 중얼거리는 모습이 그림자처럼 희미하게 보이더니 '딱딱딱딱' 하는 목탁(木鐸) 소리와 높았다 낮았다 끊일 듯 끊이지 않을 듯 조용한 염불 소리가 들려왔다.

땅-땅-땅-땅-땅-

맑은 종소리가 뒤이어 들렸다. 목탁을 두드리던 비구니가 종각에 매달린 종을 두드린 것이다. 청아한 종소리가 산사의 새벽을 깨뜨리며 오랫동안 여운을 남기었다.

종을 때리던 스님은 이내 두 손을 합장하여 열심히 무언가를 외
웠다.

淸響徹雲頻到耳	청향철운빈도이
憑覺光陰似急流	빙각광음사급류
大扣小扣自有由	대구소구자유유
再鳴三鳴各報更	재명삼명각보경
願北鐘聲編法界	원북종성편법계
鐵圍幽暗悉皆明	철위유암실개명
三途離苦破刀山	삼도수고파도산
一切衆生成正覺	일절중생성정각

맑은 소리 구름을 뚫고 번번이 들리오니
광음(光陰)이 급류 같음을 그때마다 깨닫습니다
크게 치고 작게 치니 모두가 까닭이 있사오며
두 번 울고 세 번 우니 각각 때를 아룀이라
원컨대 이 종소리 법계를 두루 울려
지옥의 그윽한 어둠까지 모두 밝게 하소서
삼도(三途) 비록 괴로워도 도산(刀山)을 깨뜨리고
일절 중생(一切衆生)이 바른 깨달음 이루게 하소서

하루를 시작하는 삼계의 중생들이 모두 다 깨어나라는 축원의
소리였다. 범이는 스님이 정성스럽게 외는 경(經)이 무슨 뜻인지는
알지 못하나 맑은 종소리와 경건한 스님의 모습을 바라보니 헝클

어진 머리가 맑아지는 것을 느꼈다.

어느덧 종을 치던 스님도 어디론가 사라져버리고 거무스름한 새벽 찬바람에 먹이를 찾는 부산한 참새들이 종각 주위를 분주하게 날아다니고 있었다.

범이는 방문을 열어 깊은 호흡을 들이쉬었다. 찬바람이 답답하던 가슴을 맑고 청량하게 만들어 주는 것 같았다.

"일어났느냐?"

고개를 돌려보니 가부좌를 틀고 고요하게 앉아 있던 대주가 말하였다.

"할아버지."

범이가 꾸벅 인사를 하자 대주는 자리에서 일어나 하얀 도포를 입으며 말하였다.

"나와 함께 가자꾸나."

"어딜?"

"한양에 갈 거다. 거기서 만날 사람이 있단다."

도포를 갖추어 입은 대주가 빙그레 웃었다.

주위가 깊은 새벽에 잠긴 시간에 범이는 대주를 따라 구월산을 내려왔다.

백두산을 떠나올 때 가져온 짐이 없어져서 마냥 홀가분한 차림이라 발걸음이 나는 듯이 가벼웠다.

범이는 흥인문을 들어서면서부터 생전 보지 못한 거대한 성과 큰 건물, 수많은 사람들의 모습에 입에 쩍 벌어졌다. 범이가 백두산을 내려온 짧은 시간동안 보았던 사람들과 마을은 한양에 비할 바가 아니었다.

정연한 길과 다리, 크고 빼곡한 기와집들과 사람들이 범이의 넋을 빼어 놓았다.

"범이야, 정신 차리고 잘 따라오너라."

범이는 대주를 행여 놓칠세라 병아리가 암탉 뒤를 쫓듯이 대주를 뒤따랐다.

다리를 건너고 큰길을 지나 얼마나 갔을까? 멀리 푸른 강물이 넘실거리며 흘러가고 그 앞에 모래사장이 넓게 펼쳐진 강변이 나타났다. 동재기 나루였다.

하늘을 그대로 담은 푸른 한강 중앙에는 사람들을 잔뜩 태운 나룻배가 강을 건너고 있었는데 하얗게 펼쳐진 모래사장 위에 한 무리의 사람들이 개미떼처럼 빼곡하게 모여 있었다.

범이가 대주와 함께 나루를 향해 다가가 보니 마침 강을 건넌 배에서 사람들이 썰물처럼 빠져나와 나루터 모래사장에는 더욱 많은 사람들이 모여들었다. 가까이 다가가 보니 이미 한쪽에서는 광대들이 줄타기를 하고 있었는데 다른 쪽에서는 웅성웅성 둘러선 사람들 사이에서 격렬한 환호성이 터져 나오고 있었다.

하늘을 찌를 듯 높이 솟은 커다란 붉은 깃발 아래 햇빛을 막는 천막이 쳐 있는 곳에는 쌀 세 가마, 광목 몇 필과 커다란 황소 한 마리가 말뚝에 매어져 있었고 그 옆에는 벙거지를 쓰고 검은 쾌자를 입은 군졸 여러 사람이 창을 들고 서 있었다.

농자천하지대본(農者天下之大本)이라는 글자가 쓰인 붉은 깃발이 부는 바람에 힘차게 펄럭거렸다.

대주가 물끄러미 깃발을 바라보다가 씨름판이 열리는 곳으로 천천히 다가갔다.

"엿 사쇼! 엿이요! 엿이요!"

떡이며, 엿을 파는 사람들이 좌판을 들고 커다란 가위를 쨍강거리며 돌아다니는 씨름판에는 구경꾼들이 모래판 위에 빼곡히 앉아 한참 벌어지고 있는 씨름을 구경하고 있었다. 한쪽에서는 기회를 노리는 건장한 사내들이 팔짱을 낀 채 험상궂은 얼굴로 씨름판을 바라보고 있었다.

전에 없이 벌어지는 씨름대회라 황해도와 경기 일대의 장사들이 너나없이 몰려들어 씨름판 좌우에 덩치 큰 사내들이 즐비해 있었는데, 씨름판 앞에 마련된 휘장 안에는 검은 수염이 탐스럽게 난 이조판서 이율곡과 홍문관 부제학 유성룡이 교의(交椅) 위에 앉아 있었다. 이율곡은 온화한 기품이 서린 얼굴에 난 탐스러운 수염을 쓰다듬으며 옆에 앉아 있는 유성룡에게 말하였다.

"동인들이 보면 좋아하지 않을 텐데 괜찮겠소?"

"저는 다만 씨름구경이 하고 싶어서 찾아온 것이니 염려 마십시오."

유성룡이 빙그레 웃으며 씨름판을 바라보았다.

"와아아아."

사람들 사이에서 격렬한 환호성이 터져 나오는 바람에 범이는 얼른 씨름판으로 고개를 돌렸다. 한 사내가 커다란 덩치의 사내를 모랫바닥에 매어 꽂고는 두 팔을 벌리며 호랑이처럼 포효하고 있었다.

땀에 젖은 장사의 넓은 어깨가 햇빛을 받아 번쩍거렸다. 모래판에 엎어진 사내가 얼굴에 잔득 묻은 모래를 털며 바깥으로 나가자 휘장 앞에 서 있던 급창이 소리를 질렀다.

"과천의 길개똥, 승."

씨름판 옆에서 녹의홍상(綠衣紅裳) 곱게 차려입은 기생들이 북을 치고 장구를 치며 노래를 불러 흥을 돋우었다.

어얼시구 저얼시구 자진 방아로 돌려라

아하 하- 에헤요 에헤여라 방아 흥아로다-

정월이라 십오일 구머리 장군 긴 코백이 액맥이 연이 떴다

에라디여- 에헤요 에헤여라 방아 흥아로다-

이월이라 한식날 종달새 떴다

에라디여- 에헤요 에헤여라 방아 흥아로다-

삼월이라 삼짇날 제비새끼 먹마구리 바람개비가 떴다

에라디여- 에헤요 에헤여라 방아 흥아로다-

사월이라 초파일 관등하러 임고대 사면보살 장안사 아가리 벙실

잉어등에 등대줄이 떴다

에라디여- 에헤요 에헤여라 방아 흥아로다-

오월이라 단오일 송백수양 푸른 가지 높다랗게 그네 매고 작작도

화 늘어진 가지 백능 버선에 두 발길로에 후리쳐 툭툭차니 낙엽이

둥실 떴다

에라디여- 에헤요 에헤여라 방아 흥아로다-

방아타령 한 자락에 구경하던 사람들은 흥에 겨워 춤도 추고 노
래도 부르며 한바탕 어우러졌다. 소란하던 노래판이 잦아들자 씨
름판에서 장부를 뒤적이던 급창이 소리쳤다.

"길개똥이는 세 판을 내리 이겼으니 좀 쉬기로 하고 다음 사람
나오시오."

그의 말에 또 다른 두 사내들이 씨름판으로 들어와 자웅을 겨루었

다. 모래가 튀고 환호성이 들려오는 떠들썩한 접전이 계속되었다.

씨름의 규칙은 한 사람이 세 사람을 이기면 쉬고 다음번에 또 세 사람을 이긴 사람과 승부를 겨루는 것이었는데 아직까지 세 사람을 연거푸 이긴 사람은 과천에서 온 길개똥과 적성에서 온 마길상이라는 거구의 장사뿐이었다.

장사들은 끊임없이 나왔고, 씨름판의 씨름은 계속되었다.

범이는 씨름 구경하느라 시간 가는 줄을 모를 지경이었다. 덩치가 커다란 사내가 무릎치기나 오금채기같은 기술에 걸려 작은 사내들에게 힘 한번 써보지 못하고 맥없이 주저앉는 광경에 범이는 자신도 모르게 씨름에 빠져들었다.

"씨름이 재미있느냐?"

"네, 정말 재미있어요."

범이는 대주의 물음에 두 눈을 씨름판에 고정시키고 고개를 몇 번이나 끄덕였다.

와————

사람들의 환호성이 일어나자 범이가 손을 뻗어 씨름판을 가리켰다.

가슴에 시꺼먼 검은 털이 배꼽 아래까지 숭숭 나 있고 얼굴에 구레나룻이 그득한 그 사내가 씨름판으로 나왔다. 그는 다름 아닌 임백손이었다.

"황해도 문화현에서 온 임백손이오."

임백손이 모래를 두 손에 쥐고 비비며 모래판 중앙에 가 앉았다.

상대는 내리 두 판을 이긴 포천(抱川)에서 온 돌석이라는 사내였다. 돌석은 임백손보다 덩치가 컸는데 상대를 모두 들배지기로 이긴 역사였다.

"모래판에 머리를 꽂아주마."

"시답잖은 소리 말고 너나 걱정하거라."

백손이 돌석의 샅바를 잡고 몸을 일으켰다. 샅바가 왼쪽 다리를 잡아당기는 힘이 엄청났다.

끄응--

백손이 앓는 소리를 내며 오른손에 힘을 주었다. 백손이 샅바를 잡은 오른손에 힘을 주니 돌석의 커다란 허벅지가 팽팽해지며 굵은 다리가 서서히 들렸다.

돌석은 마치 소가 다리를 잡아끄는 것 같아 두 눈이 휘둥그레지며 안간힘을 다해 다리를 모래판 깊숙이 집어넣었다.

칭---

징소리와 함께 임백손은 오른손에 더욱 힘을 주어 돌석의 다리를 모래사장에서 들어올렸다. 마치 칡덩굴이 뽑혀지듯이 깊숙이 박아 넣었던 돌석의 다리가 모래위로 빠져나오기 무섭게 임백손은 허리를 빠르게 회전시켜 들배지기로 보기 좋게 돌석을 모래 바닥에 뉘이고 말았다. 모래가 사방으로 힘차게 튀어 사람들은 손으로 얼굴을 가렸다.

우아아아----

백손은 가슴을 두드리며 소리를 질렀다. 마치 '나의 넘치는 힘을 보라' 며 울부짖는 것 같았다. 흥미진진하게 지켜보던 사람들은 너무도 싱거운 승부에 어이가 없었으나 백손의 괴력을 보고 손뼉을 치며 환호성을 연발하였다. 백손은 잇달아 같은 기술로 세 사람을 이기고 삼인승자(三人勝者)의 대열로 들어갔다.

기생들의 흥겨운 소리가 끝이 나자 다시 씨름판이 벌어졌다. 후

반부로 갈수록 더욱 덩치가 큰 사내들이 나타났다. 대개 몇 번을
씨름판에서 우승한 적이 있는 장사들이었다.

"장단에서 온 양만석이오."

컬컬한 쇳소리를 내며 산더미 같은 덩치의 사내가 모래판에 무
릎을 꿇었다. 바로 그때, 웃통을 벗은 범이가 씨름판 안으로 걸어
들어갔다.

2

급창이 명단을 부르려다가 말고 범이에게 소리쳤다.

"이놈아, 저리 가거라. 여긴 너 같은 자가 노는 곳이 아니야. 어
여 가거라."

범이는 고개를 내저었다.

"나도 한다."

"저놈이 큰일 날 놈이네. 여기가 어디라고 나오길 나와. 썩 들어
가지 못해?"

범이가 고개를 내저으며 물러서지 않자 급창이 소리쳤다.

"이봐! 포졸들은 뭐 하는 게야? 어서 이놈을 내쫓지 않고?"

포졸 둘이 황급하게 씨름판으로 들어와 범이를 끌어내었다. 때
아닌 소동에 씨름판이 웃음바다가 되었다.

"저 꼬마가 죽으려고 환장을 한 모양이네."

"글쎄 말이여. 양만석이는 작년에 우승한 사람이 아닌가? 하룻
강아지 범 무서운 줄 모른다더니 정말 기가 막힐 노릇이네."

"그러게 말이여. 이놈아, 어서 나가거라. 다치기 전에 어서."

범이는 눈을 부릅뜨고 모래판 가운데에서 버텼다. 소매를 걷은 포졸 둘이 으름장을 놓으며 범이의 양팔을 하나씩 잡고 끌어내렸지만 어찌 된 일인지 요동조차 없었다.

"씨름할 거다."

범이가 밀어내자 포졸 두 사람이 짚단처럼 꼬꾸라졌다. 구경하던 사람들이 한바탕 웃음을 터뜨렸다.

삼인승자의 대열에 끼여 있던 임백손이 범이를 발견하고 씨름판으로 뛰어들며 소리쳤다.

"범이야, 네가 여긴 웬일이냐?"

심판이 두 눈을 휘둥그레 뜨며 말하였다.

"임 장사가 아는 사람이오?"

"그렇소."

범이는 싱글벙글 웃으며 자신의 가슴을 두드렸다.

"나도 씨름하고 싶다."

백손이 고개를 돌려 급창에게 말하였다.

"이 녀석이 보기는 이래도 힘이 장사요. 그러지 말고 시켜보시오."

모래판 가에 서 있던 급창이 때 아닌 소동에 난처한 기색으로 포도대장에게 다가왔다.

"명단에는 없는데 어찌할까요?"

포도대장이 이율곡에게 다가와 급창의 말을 전하였다.

이율곡이 손을 내저으며 말하였다.

"씨름을 하게 놔두게."

포도대장은 고개를 숙여 읍하고는 휘장 바깥으로 나가 급창에게 놔두라 명하였다.

백손이 범이의 다리와 허리에 샅바를 매어 주었다.

"범이야, 이 씨름판은 보통 씨름판이 아니다. 어째서 그런가 하면 벼슬길이 걸려 있거든. 5도의 장사들이 빈천에 상관없이 응시할 수 있고, 장원을 하면 포도청의 관원이 될 수 있단 말이다. 그래서 전국의 장사들이 죄다 몰려왔어. 너도 잘만하면 벼슬길에 나갈 수 있어. 그러니 잘해 보거라."

백손이 범이의 샅바를 묶어주는 동안 급창이 범이의 인적사항을 장부에 적은 후 씨름판 가운데로 가서 크게 소리쳤다.

"백두산에서 온 범이---"

구경꾼들이 그 말에 고개를 돌려 저희들끼리 수군거렸다.

"백두산에서 왔다고?"

"아따, 참으로 멀리서도 왔구먼."

"그러게 말이여. 저 아이가 임 장사도 잘 아는 것 같은데 천하의 양만석을 이길 수 있을까?"

"이 사람이 장난치나? 어디 저 아이가 양 장사를 이길 수 있겠는가. 저 덩치를 보게! 양 장사가 세 배는 될 것 같구먼. 그리고 관리를 아는 것하고 씨름 실력이 무슨 상관인가? 안 그런가?"

"그건 그렇지. 하긴 아무리 실력이 좋아도 양 장사를 어떻게 이겨? 작년에도 황소 한 마리를 통째로 들던 위인을 말이여. 더구나 저렇게 왜소한 체격으론 어림없지. 암, 어림없고말고."

"그러게 다치지나 않으면 좋겠구먼."

구경하는 사람들이 걱정스런 얼굴로 범이를 바라보았다.

"범이야, 샅바싸움이 중요해. 내가 일러준 데로 하거라, 알겠지?"

범이는 임백손이 샅바를 매어 주면서 설명해 준 것들을 머릿속에 떠올리면서 천천히 씨름판으로 들어갔다.

양만석이 코웃음을 쳤다.

몸집의 차이는 힘의 차이로 이어졌다. 간혹 기량이 뛰어난 사람이 덩치 큰 사람을 이기는 수가 종종 있기는 하였지만 일반적으로 덩치가 작은 사람이 덩치 큰 사람을 이긴다는 것은 불가능한 일이라 할 수 있었다. 더구나 양만석 같은 경우에는 힘과 기술이 절륜하여 여러 차례 씨름대회를 우승한 경력이 있다 보니 제아무리 기술이 뛰어난 사람도 같은 조건에서 힘이 월등한 상대를 이길 수 없었던 것이다.

범이가 샅바를 잡기 위해 양만석의 앞에 무릎을 꿇고 앉았다. 그 모습이 어른과 아이가 무릎을 꿇고 앉은 것 같았다.

양만석은 털이 숭숭 난 솥뚜껑 같은 손으로 범이의 머리를 쓰다듬으며 쇳소리로 말하였다.

"범이라 했지? 용기는 가상하다만 너는 상대를 잘못 만났다."

범이는 머리를 들어 양만석을 바라보며 이를 앙다물었다. 범이의 두 눈에서 불이 일었다.

"이 녀석 보게."

범이가 허리를 굽히더니 사타구니로 손을 깊숙하게 집어넣어 양만석의 샅바를 잡았다. 샅바를 잡는 손에 힘이 실리자 양만석은 정신이 번쩍 들었다.

'이놈 봐라. 힘이 보통이 아니구나. 작다고 무시해서는 안 되겠는데……'

양만석은 장딴지를 당기는 통증을 느끼곤 범이를 끌어안듯이 허리를 구부려 범이의 샅바를 잡았다. 그는 범이의 왼쪽다리 샅바를 아래로 끌어내려 무릎 가까이에 걸쳐놓곤 심판의 구령소리에 맞추어 자리에서 일어났다.

사람들이 빙 둘러 있는 모래판 안에서 양만석과 범이가 샅바를 잡고 있는 모습이란 마치 큰 황소와 어린 송아지가 머리를 맞대고 마주 서 있는 모습과 다를 바가 없었다. 양만석이 살짝 힘만 주면 범이의 몸이 달랑 들려져 바닥에 거꾸로 처박힐 것만 같았다.

범이는 양만석이 샅바를 무릎 가까이에 걸치고 슬쩍 당기자 자기도 모르게 앞발이 들썩 들렸다. 아무리 힘을 주어도 발이 들리는 것은 어쩔 수 없었다. 양만석도 힘이 장사였기 때문이었다. 범이는 임백손이 했던 것처럼 샅바를 바싹 잡아당겼다. 그러나 기둥 같은 그의 다리는 약간의 요동만 할뿐 마음먹은 대로 당겨지지 않았다.

구경하던 백손이 소리쳤다.

"범이야, 샅바를 무릎까지 내리고 당겨야지."

범이가 이 말뜻을 알아듣기 무섭게 급창이 징을 쳤다. 순간 무서운 힘이 범이의 다리를 끌어당기며 양만석의 다리가 범이를 들기 위해 움직였다.

범이는 순간적으로 양만석의 오른다리가 뒤로 빠지는 것을 보곤 재빨리 몸통으로 파고들었다. 뒤집기였다. 그러나 그것을 눈치 채지 못할 양만석이 아니었다.

범이가 뒤집기를 시도하자 양만석이 두 손을 놓으며 범이의 몸을 내리눌렀다.

"저런……."

두 다리를 모래판에 딛고 있는 범이의 허리가 크게 휘어졌다. 거대한 양만석의 몸을 지탱하는 범이의 허리가 부러질 것 같았다.

끄응——

갑자기 양만석의 몸이 번쩍 들렸다. 동시에 양만석의 덩치가 공중에서 한 바퀴를 돌아 모래판에 큰 대(大)자로 벌렁 뒤집어졌다. 모래가 사방으로 튀었다. 믿을 수 없는 일이었다. 양만석은 모래 바닥에 대자로 누워 있었고, 그 앞에서 범이가 두 팔을 들고 고함을 지르고 있었다.

씨름판에서 잔뼈가 굵은 양만석으로서 믿을 수 없는 일이었다.

'이것이 꿈인가?'

양만석은 솥뚜껑 같은 손으로 자신의 수염을 잡아 당겼다. 아픔이 느껴졌다. 그때 범이가 손을 내밀었다.

'이런 건방진 놈.'

양만석은 화가 치밀어 범이의 내민 손을 잡고 힘을 주었다. 엄청난 악력이 전해지자 범이는 깜짝 놀라 힘을 주었다.

"억!"

양만석이 오만상을 찡그리며 범이를 올려보았다. 쇠집게가 양만석의 손을 압박하는 것 같았다. 이대로라면 손뼈가 모조리 부러질 것 같았다.

"일어나라."

손을 압박하던 힘이 종적 없이 사라졌다.

모래판에서 일어난 양만석은 시퍼렇게 멍이 든 자신의 손을 보곤 범이에게 말하였다.

"힘이 장사로군. 내가 졌다."

양만석이 털털하게 웃으며 씨름판을 걸어 나왔다.

천하의 양만석이 깨끗하게 패배를 시인하고 물러가자 범이는 다시 손을 머리위로 올리고 크게 소리를 질렀다.

"으아———"

우렁찬 목소리가 한강변을 찌르르하게 울리었다. 구경하던 사람들의 박장대소가 이어졌다.

"목소리가 천둥 같네. 참말 소년장사일세."

"아! 장살세, 장사야."

"역시 범이로구나. 백두산의 정기를 받은 범이로구나."

사람들 틈에서 이 광경을 지켜보던 임백손이 혀를 내두르며 자기 일처럼 기뻐하였다.

장부를 바라보던 급창이 소리쳤다.

"청개천의 장팔이가 누구요? 어서 나오시오."

"여기 나가외다."

사람들 틈에서 키가 큰 사내 하나가 어슬렁거리며 걸어 나왔다. 키는 장대 같은데 몸통이 길고, 다리가 짧은데 팔은 길어 손가락이 무릎까지 내려오는 언뜻 보기에 균형이 맞아 보이지 않는 사내였다. 사내는 구멍이 숭숭 뚫린 걸레 같은 옷을 입고 있었는데 머리도 올리지 않은 삐죽한 터벅머리를 노끈으로 동여매고 근엄하게 눈을 아래로 내리깐 채 씨름판으로 걸어 나왔다.

"엥? 어찌 장팔이가 나오지 않나 했더니만 결국 나왔구먼."

"산 넘어 산이라더니 정말 저 아이 재수 없네그려."

"정말 안됐어. 쯧쯧쯧."

갑자기 사람들이 술렁거렸다. 장팔이라는 사내는 키가 장대처럼 크고 팔이 길다 하여 붙여진 이름이었다. 도성 안에서 살고 있는 각설이패의 우두머리로 손 기술이 뛰어난 장사였다. 그는 재작년 도성에서 벌어진 씨름대회에서 황소를 거머쥐었는데 긴 팔에서 펼쳐지는 손 기술이 뛰어나 도성 안에서는 소문이 난 이름 있는 장사였다.

"아! 정말 재수 더럽게 되었네. 하필이면 장팔이야. 쯧쯧쯧."

"막판으로 가니까 소문난 장사들은 다 나오는구먼."

"그러게 말이야. 저 소년이 힘들게 양만석을 이겼는데 아깝게 되었네."

사람들의 웅성거림 속에 장팔이는 모래사장에 무릎을 꿇었다. 범이가 그의 앞에 무릎을 꿇자마자 진한 구린내가 콧구멍으로 파고들었다. 무언가가 썩는 듯한 역겨운 냄새였다. 범이는 숨이 막힐 듯하여 얼굴을 찌푸렸다.

"역겹더라도 조금만 참드라고."

듬성듬성한 누런 이빨에 먹다 남은 시퍼런 나물쪼가리가 걸려 있는데 입을 열기 무섭게 역한 구린내가 등성을 하였다.

범이는 속이 매스꺼워 얼른 숨을 참았다. 사람들 틈에서 서리 맞은 갈대처럼 머리를 산발한 거지들이 삐죽삐죽 튀어나와 바가지를 두드리며 장팔이를 향해 소리쳤다.

"장 꼭지, 꼭 이기시오."

"왕초, 그놈을 바닥에 뉘어버리시오."

거지들이 한마디씩 하자마자 바가지를 두드리며 각설이타령을 멋들어지게 불렀다.

어얼-씨구씨구 들어간다 저얼-씨구씨구구 들어간다

작년에 왔던 각설이가 죽지도 않고 또 왔네

어허-픔바가 잘도 헌다어허-픔바가 잘도 헌다

일 자나 한 자나 들고나 보니 - 일편단심 먹은 마음 죽으면 죽었지 못잊겠네

이 자나 한 자나 들고나 보니 - 수중 백로 백구떼가 벗을 찾아서 날아든다

삼 자나 한 자나 들고나 보니 - 삼월이라 삼진날에 제비 한 쌍이 날아든다

사 자나 한 자나 들고나 보니 - 사월이라 초파일에 관등불도 밝혔구나

오 자나 한 자나 들고나 보니 - 오월이라 단옷날에 처녀 총각 한데 모아 추

천 놀이가 좋을씨고

어허 - 품바가 잘도 헌다 어허 - 품바가 잘도 헌다

육 자나 한 자나 들고나 보니 - 유월이라 유두날에 탁주 놀이가 좋을씨고

칠 자나 한 자나 들고나 보니 - 칠월이라 칠석날에 견우직녀가 좋을씨고

팔 자나 한 자나 들고나 보니 - 팔월이라 한가위에 보름달이 좋을씨고

구 자나 한 자나 들고나 보니 - 구월이라 구일 날에 국화주가 좋을씨고

남았네 남았네 십 자 한 자가 남았구나 - 십 리 백 리 가는 길에 정든 님을

만났구나

각설이들이 신명나게 떠들어대자 구경하는 사람들도 흥이 나서 손뼉을 같이 치기도 하고 술이 얼큰하게 달아오른 노인들은 그들과 함께 어울려 두 팔을 흔들며 춤을 추었다.

"샅바 안 잡을 거유?"

장팔의 느린 목소리를 듣고 범이는 정신을 차려 재빨리 그의 샅바를 잡았다. 순간 그의 살에서 풍기는 냄새에 범이는 정신이 혼미하였다.

"내가 좀 지저분하제? 거지 팔자가 그런 거제. 조까만 참드라고 잉."

장팔이 다 썩은 누런 이빨을 드러내어 히죽거리며 웃었다.

장팔이의 몸에서 풍기는 심한 악취에 정신이 멍할 정도였다.

장안의 내노라하는 장사들은 웬만하면 장팔이와 씨름을 하지 않으려 하였는데 그것은 그의 몸에서 풍기는 무시무시한 악취 때문이었다.

씨름판 주위에 둘러서 있던 장사들은 너나 할 것 없이 얼굴을 찌푸리며 범이에게 안됐다는 표정을 지어 보였다.

심판은 멀찍이 떨어져서 소리쳤다.

"뭐해? 빨리 씨름 안 할 거야?"

범이는 심판의 성화에 못 이겨 손을 뻗어 그의 샅바를 잡았다. 샅바를 잡다보니 범이의 얼굴이 그의 어깨에 닿게 되었는데 감지 않은 머리에서 풍겨오는 냄새가 또한 지독하여 범이는 정신이 혼미할 정도였다.

'세상에 이런 사람도 있구나.'

범이는 숨을 참으며 샅바를 잡고 일어났다.

징소리가 울리자 장팔은 오른다리에 걸린 샅바를 잡아당기며 긴 팔로 범이의 무릎을 잡고는 긴 몸으로 범이의 가슴을 밀었다.

장팔의 기술에 중심을 잃고 뒤로 기우뚱거리는 순간 범이는 장팔의 다리샅바와 허리샅바를 몸 쪽으로 끌어 밀착시키면서 왼쪽 발을 오른쪽 발 뒤로 옮겨 중심을 잡고 가슴과 오른쪽 어깨로 장팔의 몸을 순식간에 꺾어 바닥에 넘겨버리고 말았다.

철퍽–

장팔의 긴 몸이 모래사장에 떨어졌다. 장팔은 이긴 줄만 알았다가 잡치기로 당하게 되자 어이가 없어 모래판에 누운 채 푸른 하늘만 껌뻑껌뻑 바라보았다. 하늘과 구름사이로 까만 파리들이 어지럽게 날아다니고 있었다.

장팔은 손을 들어 머리 위에서 날아다니는 파리를 휘휘 쫓으며 몸을 일으켰다. 장팔은 찡그린 얼굴로 자신을 보고 있는 범이에게 느릿한 목소리로 말하였다.

"나가 깨-끗하게 져-뿌렀소."

장팔은 긴 팔을 들어 범이의 등을 잡더니 갑자기 힘차게 껴안았다.

장팔의 머리와 몸에서 풍기는 심한 악취에 범이는 숨이 멎어버리는 것만 같았다. 한동안 낄낄거리던 장팔은 손을 풀어 범이에게서 물러섰다.

"포도관원 한번 해보려 하였더니 내 맘대로 되는 일이 없네."

장팔이가 중얼거리며 저희 패거리들에게 다가갔다.

신명나게 타령을 하던 각설이 패거리들이 썰물 빠지듯이 나루 쪽으로 사라져버렸다.

바가지에 물을 한 사발 가져온 임백손이 혀를 차며 말하였다.

"욕봤다. 저런 지저분한 놈과 몸을 맞대고 씨름을 하다니 그것만으로도 대단한 일이다. 더러운 놈! 꿈에 나타날까 두려운 놈 같으니라구."

백손은 모래 바닥에 가래침을 몇 번씩이나 뱉었다.

범이가 두 장사를 이기고 나자 사람들은 한마음으로 범이를 응원하였다.

풍파에 시들고 권세에 눌리는 자신들의 모습이 거구의 장사들 틈에서 선전하는 작은 범이의 모습에 대비된 까닭인지도 몰랐다.

급창은 기울어 가는 태양을 힐끔 보다가 손에 든 장부를 펼치더니 손으로 하나둘 숫자를 세었다.

'오늘 무려 52명이나 되는 장사들이 다녀갔네그려.'

이내 급창이 눈을 들어 사람들을 이리저리 둘러보며 다시 소리 쳤다.

"도전할 사람 더 없소? 도전할 사람 없소?"

아무리 불러도 더 이상 사람이 나오지 않았다. 급창은 들고 있던 장부를 덮고 휘장으로 가서 포도대장과 몇 마디를 나눈 후에 다시 금 총총걸음으로 돌아왔다.

"삼인승자가 결승에 진출하는 것이 관례인데 마지막 진출자는 더 상대할 자가 없어서 삼인승자로 뽑았다. 이의 없겠지?"

양만석과 장팔을 이긴 사람이니 실력으로도 의심할 사람이 없어 서 범이는 두 사람을 이기고도 삼인승자의 한 사람으로 결승에 진 출할 수 있었다. 이제 50여 명이 넘는 장사 중에서 남은 사람은 마 길상, 길개똥, 임백손과 범이 네 사람뿐이었다.

순서를 정하여 길개똥과 임백손이 먼저 겨루게 되었고, 마길상 과 범이가 다음 차례가 되었다.

여기서 이긴 사람이 황소 한 마리와 포도청의 관원자리를 동시 에 얻게 되는 것이다.

범이는 모래판 앞에서 임백손과 길개똥이 겨루는 것을 바라보았 다. 이번에 이겨야만 결승에 나갈 수 있는 까닭에 무릎을 꿇고 앉 은 두 사람의 눈빛이 칼날보다도 서슬 푸르다. 한동안 서로의 눈을 바라보며 기 싸움을 벌이던 두 사람은 이윽고 샅바를 잡았다.

임백손은 길개똥이 기술에 능한 것을 보았기 때문에 어떻게 이 를 물리쳐야 할까 생각에 생각을 거듭하였다. 그러나 두 사람이 일 어설 때까지 별다른 묘안을 찾아낼 수 없었다.

'뭐 있나? 힘으로 밀어붙이는 수밖에.'

백손은 샅바를 잡은 손에 힘을 주었다.

칭--

임백손은 길개똥을 번쩍 들었다. 그러나 길개똥은 예상하고 있었다는 듯이 재빠르게 허리 중심을 뒤로하여 호미걸이로 되치기하여 임백손을 가볍게 넘겨버리고 말았다. 그야말로 전광석화였다. 임백손은 모래 바닥에 엉덩이를 붙인 채 허무한 얼굴로 길개똥을 바라보다가 엉덩이에 묻은 모래를 털며 자리에서 일어났다.

사람들 사이에서 열화와 같은 박수갈채가 나온 것은 말할 것도 없고 두 사람은 다시금 무릎을 맞대고 상대의 샅바를 잡은 후 몸을 일으켰다.

임백손은 길개똥이 기술에 능하여 들배지기로는 상대할 수 없을 것 같아 몸을 오른쪽으로 비틀며 그의 몸이 움직이기를 기다렸다. 길개똥은 상대적으로 힘이 약해 임백손이 이끄는 대로 조금씩 몸을 움직였다.

임백손은 길개똥이 자신이 움직이는 반대 방향으로 조금 움직이는 것을 보자 재빨리 오른쪽으로 힘을 주고 그의 몸이 왼쪽으로 반발하기를 기다려 앞무릎치기를 시도하였다. 그런데 임백손이 오른쪽으로 움직이기 무섭게 길개똥의 손이 그의 오른 무릎 위를 짚었다. 백손의 오른쪽 다리가 앞쪽으로 중심 이동을 못하게 되었다.

'뭐, 뭐야?'

백손이 다음 생각을 하기도 전에 길개똥의 허리와 오른쪽 발이 뒤쪽으로 빠르게 물러나며 오른 방향으로 몸을 빠르게 회전시켰다.

"어, 어…"

갑자기 중심이 흐트러진 백손이 깜짝 놀라 버둥거리며 중심을 잡으려 하였다.

"어딜."

길개똥의 머리가 백손의 옆구리 부분에 완전히 밀착되어 백손이 빠져나갈 틈을 만들어 주지 않았다. 모래판 위에서 오른발을 들고 껑충껑충 뛰던 백손은 다시금 길개똥의 발등걸이에 왼발이 걸려 모래판에 그대로 쓰러지고 말았다. 허무하게 주저앉은 백손의 귓가에 사람들의 환호성과 기생들의 노랫소리가 흥겹게 들려왔다.

"제길."

백손은 솥뚜껑 같은 주먹으로 모래를 집어 바닥에 내던졌다.

"임 장사, 수고하셨소."

길개똥이 손을 내밀었다.

"내가 졌소. 길 장사! 씨름을 쉽게 봤더니 쉽게 볼 것이 아니오."

"그렇지요?"

길개똥이 빙그레 웃었다.

지화자를 부르는 기생들의 얼굴에서도 꽃 같은 웃음이 흘러나오고 사람들의 얼굴에서도 환한 미소가 걸리었다.

모래판에서 걸어 나온 백손이 범이에게 말하였다.

"범이야! 너는 꼭 이겨라."

급창이 범이와 마길상을 불렀다.

범이와 마길상이 모래판으로 걸어 들어갔다. 그러자 구경꾼들이 일방적으로 범이를 응원하였다.

마길상은 볼에 살이 통통하고 눈이 팔자로 내려가 순한 인상이었다. 다만 얼굴이 뻐끔뻐끔한 곰보라서 눈을 깔고 입을 다물면 조금은 험악한 모습으로 보였다.

"잘하거라."

마길상이 씽긋 웃으며 솥뚜껑같은 손을 내밀어 범이의 샅바를 잡았다. 악력이 샅바를 타고 전해 왔다. 당기는 힘이 강하여 허벅지가 아플 정도였다.

범이도 지지 않고 고개를 숙여 마길상의 샅바를 깊숙이 움켜잡았다. 어느새 땀으로 흠뻑 젖은 물컹물컹한 그의 가슴살이 범이의 볼에 와 닿았다.

두 사람은 샅바를 붙잡고 심판의 일어서라는 소리와 함께 모래바닥에서 몸을 일으켰다.

징――

"으라차차차."

마길상이 범이를 모래판에 내리 꽂았다. 들배지기였다. 너무나 순식간에 일어난 일이라 범이는 정신이 없을 지경이었다.

"뭐가 저리 싱거우냐?"

"양만석이하고 씨름할 때와는 딴판인데?"

범이를 응원하던 사람들이 한마디씩 중얼거렸다.

범이는 모래에 주저앉은 채 멍하니 마길상을 바라보았다. 거대한 바위처럼 우뚝 서 있는 마길상의 어깨 위로 지는 해가 걸리어 빛나는 광선이 눈을 부시게 만들었다.

마길상은 말없이 손을 뻗어 범이를 일으켰다. 범이는 들배지기를 처음 당해본 터라 정신이 없었다.

"범이야, 괜찮아?"

"네."

"앞무릎치기야. 상대는 널 들어서 넘기려 할 거야. 그럴 때는 앞

무릎치기로 중심을 빼앗아야 돼. 알았지?"

백손이 등을 두드리며 말하였다.

'다음 판에는 꼭 이길 테다.'

범이는 이를 앙다물었다.

급창이 두 사람을 불렀다. 두 사람이 씨름판 가운데에서 샅바를 잡고 일어서자 징소리가 울렸다.

"으싸!"

마길상이 처음과 똑같이 범이를 번쩍 들었다. 범이는 재빠르게 오른손으로 마길상의 오른발을 짚으면서 머리를 그의 옆구리에 밀착시켜 우측으로 돌았다. 앞무릎치기였다. 마길상은 중심을 잡지 못하고 그 자리에서 맥없이 무릎을 꿇고 말았다.

"와아아아——"

범이는 마길상을 쓰러뜨리자 너무 기뻐 손을 치켜들며 크게 소리쳤다.

"잘했다 범이야. 이번 판만 이기면 된다. 힘 내거라."

범이의 선전에 흥분한 임백손이 주먹을 불끈 쥐며 소리쳤다.

급창이 두 사람을 불러들였다.

씨름판 가운데서 샅바를 잡은 두 사람이 천천히 자리에서 일어났다.

상반된 덩치, 그러나 승부는 알 수 없는 것이었다.

씨름장은 적막에 잠겨 구경꾼들의 잡담조차 들리지 않았다.

이때 급창이 손을 바르르 떨며 들고 있던 징을 내리쳤다.

징———

범이는 마길상이 샅바를 잡아당기자 들배지기를 하려는 것이라 생각하고 재빨리 왼쪽 발로 마길상의 오른 다리를 걸어 넘어뜨리기를 시도하였다. 그러나 덩치가 큰 마길상의 중심이 흐트러질 리 없었다.

"으샤――"

마길상은 오른쪽 다리에 중심을 두고 그대로 범이를 넘어뜨리려 허리를 비틀었다. 두 사람의 다리와 다리가 엉켜 포개진 상황에서 범이의 모습은 마치 커다란 고목을 걸어서 넘어뜨리려는 것과 다를 바가 없었다.

"끄응."

마길상이 샅바에 힘을 주며 허리를 비틀자 범이의 작은 몸이 활처럼 기울었다.

'이길 테다. 이길 테다.'

범이는 깊게 숨을 들이마시며 아랫배에 힘을 주었다.

"끄응."

범이는 오른쪽 다리를 모래에 깊숙이 박아 넣고 두 팔에 힘을 주어 허리를 비틀었다. 마길상의 얼굴에서 땀이 비 오 듯 흘렀다. 두 사람의 몸이 팽팽하게 대치하더니 마길상의 몸이 서서히 기울어졌다.

"끄응."

마길상의 몸이 허공으로 튕기는 듯하더니 모래판에 내리꽂혔다. 모래가 파편처럼 튀어 구경꾼들에게 흩어졌다.

우와아아아――――

사람들이 손뼉을 치며 환호성을 질렀다.

기생들의 풍악소리가 들리는 가운데 백손이 모래사장 안으로 뛰어들어 범이를 얼싸 안으며 소리쳤다.

"범이야, 네가 정말로 장사구나. 네가 정말로 장사야."

백손은 마치 자기 일이나 된 것처럼 범이를 목말에 태워 덩실덩실 어깨춤을 추었다.

휘장 안에서 범이를 바라보고 있던 이조판서 이율곡은 자리에서 벌떡 일어나 감탄을 하며 말하였다.

"허허, 정말 대단한 소년이구나."

유성룡이 말하였다.

"씨름이 정말 재미있네요. 이제 마지막 판이 남았나요?"

율곡이 유성룡을 바라보며 고개를 끄덕였다.

황소 한 마리와 포도청 특채 관원 한 자리를 놓고 겨루는 마지막 한판이 남게 되었다. 씨름판은 달구어질 대로 달구어져 사방은 입추의 여지도 없이 구경하는 사람들로 인산인해를 이루었다.

강가에 단오를 맞아 풍류를 즐기러 나온 선비님네들은 뱃전에서 고개를 쳐들고 바라보고 있었으며 미처 자리를 잡지 못한 아이들과 어른들은 어떻게든 구경꾼들 사이를 비집고 들어가려고 안간힘을 쓰고 있었다.

엿장수도 신이 나 엿판을 매고 커다란 가위를 짤그락거리면서 한몫 볼 생각에 목청을 높여 엿 사라고 고함을 지르고, 간간이 나이든 노인네와 데리고 온 아이들의 성화를 견디지 못한 아비들이 몇 푼을 주고 엿을 사먹었다.

기생들은 하루 종일 목청껏 노래를 부르느라 목이 칼칼한 것도 잊고 모래판에 우두커니 서 있는 두 장사를 바라보며 히쭉해쭉 추파를 던졌다.

"자, 자. 이제 결승을 시작하자고."

모래판 가운데 있던 심판은 두 사람을 꿇어앉혔다. 무릎을 맞대고 앉아 있는 길개똥은 범이보다 한주먹 정도가 클 뿐 그리 큰 체격은 아니었다.

길개똥이 손을 뻗어 샅바를 잡았다. 샅바를 움켜잡은 완력으로 보아 역시 길개똥이 만만찮은 상대라는 것을 느낄 수 있었다. 범이도 길개똥의 샅바를 단단히 움켜잡았다.

"자, 일어나시오."

두 사람이 모래판에 몸을 일으키자 저잣거리처럼 시끄럽던 씨름판이 한순간 무거운 침묵 속으로 잠기었다.

징소리가 나기 무섭게 길개똥은 오른손으로 잡고 있는 허리샅바를 놓으며 손바닥으로 범이의 목을 아래로 누르면서 다리샅바를 높이 들었다. 꼭뒤집기 기술이었다. 범이는 그의 전광석화와 같은 동작에 영문도 모른 채 중심이 무너지며 앞으로 꼬꾸라지고 말았다.

사람들의 환호성 소리와 함께 기생들이 북을 치며 노래를 불렀다. 엿장수도 이때다 싶어 기생들의 노랫소리 장단에 맞추어 가위를 치면서 상혼(商魂)을 불태웠다.

"엿 사시오--- 엿을 사-- 엿을 사시오, 엿을 사---"

범이는 꼭뒤집기라는 기술을 처음 접해 보았을 뿐더러, 모래판에서 자신이 힘을 쓰려 앞으로 발을 내디뎠을 뿐인데 그 순간을 노려 기술을 성공시킨 길개똥의 실력을 감탄하지 않을 수 없었다.

'중심을 잃어버렸다.'

범이는 머리를 갸웃거리며 다시금 길개똥이 앉아 있는 모래판에 무릎을 꿇고 숨을 깊이 들이쉬었다.

이때 급창이 징채를 들고 있는 손을 머리 위로 몇 번을 휘두르다가 구경꾼들에게 소리쳤다.

"이제 길개똥이 한 판만 더 이기면 오늘의 장원이오."

'반드시 이겨야 해. 반드시!'

범이는 이를 앙다물었다.

징소리가 울리기 무섭게 범이는 길개똥을 번쩍 들어 모래판에 매다 꽂았다. 들배지기 기술이었다.

"우와."

사람들의 환호성과 함께 또다시 질펀한 풍악마당이 계속되었다.

길개똥은 자신보다 덩치가 작은 범이가 들배지기를 하리라 예상치 못했던 터였다. 허무하다는 듯 모래를 감싸 쥐고 있던 길개똥이 천천히 모래판에서 몸을 일으켰다.

급창은 두 사람을 불러 들였다.

"이제 두 장사 중에 한 판을 이기는 사람이 오늘의 장원이오."

사람들은 모두 숨을 죽인 채 휘장 옆에 묶어놓은 황소의 행방이 어떻게 될지 궁금한 마음을 가지고 두 사람을 바라보았다.

임백손은 모래판 가에서 침을 꿀꺽 삼키며 말없이 두 주먹을 불끈 쥐었다. 휘장 안에 앉아 있던 이율곡과 유성룡은 단오선을 부치면서 두 사람을 바라보았다.

"일어나시오."

두 사람이 일어서자 급창은 침을 꿀꺽 삼키고 징채를 번쩍 들어 힘차게 휘둘렀다.

징——

범이는 번개처럼 길개똥을 번쩍 들었다. 그런데 범이가 들배지기를 하려고 오른쪽 다리를 깊이 들어 올리자 길개똥은 빠르게 허리 중심을 뒤로하여 호미걸이로 되치기를 하였다. 범이는 갑자기 중심이 무너져 왼발을 껑충껑충 뒤로 두 걸음을 물리었으나 길개똥은 여유를 주지 않고 간신히 중심을 잡고 있는 왼발에 빗장걸이를 시도하여 범이를 모래 바닥에 쓰러뜨리고 말았다.

"우아아아아———"

범이를 쓰러뜨린 길개똥은 두 손을 번쩍 들며 세상이 떠나가라는 듯이 소리를 질렀다.

기다렸다는 듯이 기생들은 흥에 겨워 모래판을 빙글빙글 돌면서 북 치고 장구 치며 노래를 부르고 춤을 추었다.

길개똥이 범이에게 손을 내밀었다.

범이는 길개똥이 내민 손을 잡고 모래판에서 일어났다.

"범이라 했지? 씨름은 힘이 좌우하지만 반드시 힘만으로 이길 수는 없는 것이란다. 상대의 힘을 역으로 이용하면 힘들이지 않고 이길 수도 있으니 네가 그것을 더 잘 알게 되면 일이 년 후에는 정말 무서운 상대가 될게다. 그때 내가 너를 이길 수 있을지는 모르겠구나. 아무튼 좋은 승부였다."

"좋은 승부였어요."

범이가 미소를 지었다.

구경하던 사람들이 너도나도 달려들어 길개똥과 범이를 번쩍 들어 무등을 태우고 모래판을 돌았다.

나루 앞 주막에서 실랑이를 하고 있던 각설이패들도 그들의 주위를 돌며 신명나게 각설이 타령을 연창하였다. 엿장수도 지지 않고 장원을 한 길개똥과 범이를 따라다니며 가위질로 신명을 돋우었다.

"자, 자. 이제는 그만하라."

좌우포도대장이 포도군관들과 모래판으로 들어와 정리를 하자 사람들의 질펀한 놀음이 멈추었다. 휘장 안에서 이율곡이 유성룡과 함께 모래판으로 걸어 나왔다.

"결승까지 오른 네 사람은 앞으로 나오라."

급창이 포도대장의 말을 재빨리 받았다.

"결승까지 오른 네 사람은 앞으로 나오라."

네 사람이 모래판으로 걸어 나왔다.

"너희들과 같은 장사들이 있으니 나라의 큰 복이다. 내가 오늘 나와 본 것이 헛되지 않았구나. 내 마음이 흐뭇해."

이율곡이 포도대장에게 이들에게 줄 상을 가져오라 명하였다. 이내 포도대장의 명에 따라 포졸들이 재빠르게 움직였다.

포졸 하나는 등에 장원(壯元)이라 써 놓은 커다란 황소를 한 마리 몰고 왔으며, 세 사람이 각각 쌀 한 가마씩 짊어지고, 두 사람이 면포 두 필씩을 가지고 왔다.

이율곡은 길개똥에게는 황소 한 마리를 상으로 주었고, 범이, 임백손, 마길상에게는 각각 면포 한 필씩을 내주었다. 쌀은 씨름대회에 참가했던 장사들에게 골고루 나누어 주었다.

장원에게만 상이 주어지던 것에 반해 그야말로 파격적인 상금이 아닐 수 없었다. 범이와 임백손, 마길상은 눈이 휘둥그레지면서 입가에 웃음이 흘러나왔다.

이율곡은 상을 주고 난 다음에 주위에 둘러선 장사들을 둘러보다가 말하였다.

"길개똥은 장원을 하였으니 얼마 후 포도청에서 너를 부를 것이다. 그리고 오늘 씨름한 장사들은 후일 크게 쓰일 것이니 실망하지 말라."

하늘같은 이조판서의 말에 모여 있던 장사들이 크게 함성을 질렀다.

모든 행사가 끝이 나자 사람들이 뿔뿔이 흩어졌다.

가마를 타고 돌아가려던 이율곡은 면포를 받은 범이가 스님과 이야기를 나누는 것을 보곤 군졸을 손짓하여 불렀다.

"저기 범이라는 아이와 함께 있는 승복 입은 처사를 모셔오너라."

군졸이 재빨리 대주를 데리고 왔다.

이율곡이 반가운 얼굴로 말하였다.

"이게 누구요? 대주 스님 아니시오?"

대주가 이율곡을 향하여 공손하게 합장을 하였다.

"네, 대감. 오랜만이옵니다. 아홉 번 장원하셔서 판서에 이르신 것은 들었습니다."

"스님, 어디서 어떻게 지내셨습니까? 그동안 일이 없을 때마다 스님의 소식을 백방으로 수소문하였습니다만 알 길이 없어서 매양 궁금하게 생각하던 참이었습니다."

"대감께서 저 같은 사람을 찾으셨다니 과분한 말씀입니다. 저는 그동안 백두산에서 지내고 있었습니다."

"백두산에서요?"

마침 대주의 옆에 범이가 면포를 들고 있는 것을 보고 말하였다.

"그럼, 범이라는 저 아이가 스님이 데려온 아이입니까?"

"네, 제가 데리고 다니는 아이입니다."

"보통 아이가 아니라고 생각하였지만 대주 스님의 제자인줄은 몰랐습니다."

"제가 일부러 산에서 이 아이를 데리고 나왔습니다."

"그게 무슨 말씀이시오?"

"머지않은 장래에 작은 병화가 일어날 터이지만 지금 이렇게 대감께서 대비하시고, 변방에 능력 있는 장수들이 즐비하니 너무 걱정하실 일은 없을 것입니다. 장차 먼 훗날에 일어날 병화는 대감이 막고자 하셔도 막을 수 없을 것이나 그때가 되면 또한 대감과 같은 생각을 가진 이들이 나타나서 병화를 막아낼 수 있을 것입니다."

대주가 이율곡의 곁에 있는 유성룡에게 공손히 합장을 하곤 이율곡에게 말하였다.

"대감께서는 심력을 과도히 손상시켜 건강이 상하는 일이 없도록 주의하십시오."

"나는 이조의 수장일 뿐이오. 내가 병권을 관리하는 수장이 아닌데 어찌 병화를 막을 수 있단 말이오."

"대감께서 씨름대회를 여신 것이 훗날의 변란을 대비할 인재를 찾으려 하심이 아닙니까?"

이율곡의 두 눈이 휘둥그레졌다.

"때가 무르익으면, 그럴 수 있는 조건이 되는 사람에게 기회란 찾아오기 마련이지요. 병화가 일어나면 병권을 관리할 수장이 되실 것입니다."

"역시 내가 해결해야 한다는 말이로군요."

"이번에는 대감이 수고하셔야겠습니다. 훗날에는 또 그럴 수 있는 조건이 되는 사람이 수고를 맡겠지요."

대주가 이율곡과 유성룡을 번갈아 바라보더니 옆에 있는 범이를 가리켰다.

"대감, 제가 이 아이를 제자로 삼아 무예를 가르친 것이 10년 정도 됩니다. 나이는 열일곱밖에 안 되지만 무예 실력이 뛰어나 머지 않은 장래에 박두한 화란(禍亂)에 크게 도움이 될 것입니다."

자애로운 미소를 짓던 대주가 율곡에게 합장을 하였다.

"볼일을 다 봤으니 저희는 이 길로 돌아갈까 합니다."

"스님, 벌써 가신단 말입니까?"

"할 일을 다 했고, 할 말을 다 했으니 갈 밖에요. 궁하면 통하는 법이올시다. 대주, 마지막 인사를 드리겠습니다."

대주가 두 손을 모아 공손하게 합장을 하곤 휘장 밖으로 나가자 범이도 꾸벅 인사를 하곤 대주의 뒤를 따랐다.

휘장 바깥에 있던 포도대장이 다가와 말하였다.

"대감, 지금 나간 자를 다시 데려올까요?"

"아니다! 그럴 것 없다."

이율곡이 휘장 바깥으로 나아가 인파 사이로 멀어져 가는 대주와 범이를 바라보았다.

곁에 있던 유성룡이 말하였다.

"대주라고 했던가요? 범상하지 않은 스님이군요."

"이인(異人)일세. 앞일을 손바닥처럼 들여다보는 이인이지."

"앞일을 손바닥처럼 들여다본단 말입니까?"

"그렇다네. 신분이 천할 뿐 능력은 나보다도 뛰어난 스님이라네."

"대감보다 뛰어나단 말씀입니까?"

"나는 발꿈치에도 미치지 못하지. 대주같이 뛰어난 이가 벼슬자리에 있다면 세상은 많이 달라졌을 것이오."

"어떻게 만나셨습니까?"

"내 나이 16세에 어머니가 돌아가셨소. 3년 상을 치른 후에 슬픔을 잊고자 불가의 책을 읽다가 사생설(死生說)에 깊이 느낀 바가 있어 세상일을 버리고 출가하여 금강산에 들어가 지낸 적이 있었소. 그 때 내가 절에 살면서 계정(戒定)을 굳게 지키고 침식까지 잊어버려 승려들로부터 생불이라는 소리를 들었는데 근방의 한 암자에 기거하고 있던 대주를 우연하게 만나게 되었소. 그와 이야기를 나누는 동안에 그 학문이 간편청정(簡便淸淨)하며 깊고 식견이 투철하여 앞일을 요량하는 법이 범상치 않아 알면 알수록 나의 재주가 대주에 미치지 못함을 알게 되었다오. 그 이후로 내가 대주를 스승처럼 생각하고 암자에 자주 찾아가 이런저런 이야기로 시간을 보내었는데 재미가 붙어서 암자에서 아예 이야기로 밤을 지새우고 갈 때가 많았다오. 하루는 대주 스님이 나에게 이런 물음을 하더군요. '의암(義庵, 이율곡의 선호)은 불가에서 그 제자들에게 생각을 더하고 덜하지 말라고 가르치는 것은 무슨 뜻인지 아십니까?' 내가 대답하길, '마음을 굳게 잡고 정신을 모아 해탈의 경지에 오르기 위함이 아닙니까?' 하니 대주 스님이 이렇게 말합디다. '공자께서는 사는 것도 모르는데 죽음 후를 어찌 알겠느냐 하였는데 후생의 해탈을 위해 아까운 삶을 허비하는 것은 실로 허공에 뜬 달을 두 손으로 잡으려 하는 것이 아니고 무엇이겠습니까? 유학의 본의는 수신제가치국평천하(修身齊家治國平天下)에 있고 불학의 본의는 수신청심(修身淸心)하여 윤회의 사슬을 끊어버리는 것뿐이니 유학에 비하며 불학이란 실로 허망한 것이외다. 공산명월같이 허망한 것을 좇지 마시고 눈앞의

백성들을 유익하게 할 수 있는 길이 무엇인가 생각하십시오.' 내가
그 말을 듣고 느끼는 바가 있어 그 길로 산을 내려와 유학에 전심
을 다하여 지금의 위치에 이른 것이오."

"듣고 보니 아까운 인재로군요."

"신분의 벽에 가로막혀 능력을 발휘하지 못하는 사람들이 세상
에는 참으로 많다오."

"대감, 씨름판의 장사들로 북방의 난리를 극복할 수 있겠습니
까? 많아 봐야 50여 명인데 제가 보기에는 불가능할 듯합니다."

"그건 두고 보면 알겠지요. 그것보다 서애는 나라의 재정이 빈약
해서 군인을 늘일 수 없다면 어떻게 할 것이오?"

"재정이 빈약한데 군인을 어떻게 늘리겠습니까?"

"그럼 넋 놓고 있는 게 옳단 말이오?"

"어떻게든 백성들을 군병으로 뽑아야겠지요."

"하지만 백성들 가운데 나서려는 자가 없다면 어찌하겠소?"

"그, 그건……."

"외적(外狄)들과 싸우는 것은 신하들이 아니라 백성들이오. 백성
들이 싸우지 않으려 한다면 싸우도록 만들어야 할 것이 아니오?"

"그것이 말이 쉽지 어떻게 싸우게 한단 말입니까?"

"그것이 그대와 나 같은 벼슬아치들이 할 일이니 함께 궁리해 봅
시다."

이율곡이 빙그레 웃었다.

노을처럼 가다

단오(端午)가 지난 백두산(白頭山)에는 뒤늦은 봄이 찾아와 있었다. 백두산의 머리에 있는 만년설을 제외하곤 산등성이며 계곡할 것 없이 파란 풀들이 보송보송하게 자라나 푸른 융단을 깐 것만 같았다.

범이는 설아와 백두산 곳곳을 쏘다니며 놀았다. 이날도 어김없이 날이 저물 무렵까지 백두산 구석구석을 자기 집처럼 쏘다니던 범이는 날이 어둑해지자 산정으로 올라왔다.

종덕사에 다다랐을 때 범이는 벼랑 앞에 우두커니 서서 먼 하늘을 바라보고 있는 대주를 발견할 수 있었다. 큰 키에 하얀 백발이 길게 늘어지고 긴 수염이 가슴 앞까지 내려온 그는 세속의 티끌 하나 없는 백두산과 같은 모습으로 불어오는 미풍을 맞으며 서 있었다.

범이가 조용히 대주의 곁으로 다가가 대주가 바라보는 하늘을 쳐다보았다. 희미한 달이 어두워오는 남빛 하늘에서 창백한 모습을 드러내고 있었다. 잠시 후 밝은 별무리들이 어두운 하늘을 가득히 채우기 시작하였다.

대주는 끝없이 높은 하늘을 응시한 채 아무런 말이 없다가 범이에게 고개를 돌렸다.

범이는 수심이 가득한 대주의 눈빛을 보고 가슴이 철렁하였다. 이전에는 본 적이 없는 대주의 눈빛이었다. 속내를 알 수 없던 대주의 마음을 범이가 읽은 것이었다.

대주는 한동안 범이를 바라보다가 고개를 돌려 북쪽에서 밝게 빛나는 별을 가리켰다.

"범이야, 저기 저 별을 무엇이라 부르는지 아느냐?"

범이는 붉게 빛나는 별무리를 바라보며 고개를 내저었다.

"저건 치우기(蚩尤旗)라는 것이다. 옛날 이 나라에 치우(蚩尤)라는 황제가 계셨는데 그 분이 돌아가셔서 저 별이 되었지. 그 분이 싸움을 좋아하였던지 세상 사람들은 저 별이 나타나면 난리(亂離)가 일어난다고 한단다."

범이는 가슴을 두드리며 대주를 바라보았다.

"싸움! 나쁘다."

대주는 물끄러미 범이를 바라보며 웃었다.

"그래, 싸움이란 나쁜 것이지. 그런데 사람들은 그것이 나쁜 줄을 알고 있지만 그것을 아니하려 하진 않는단다."

"왜?"

"글쎄다. 왜 그런지는 할애비도 잘 모르겠구나. 서로 정(情)을 나누고 화합하여 살면 좋으련만 말이다."

등 뒤에서 설아의 목소리가 들여왔다.

"할아버지."

대주와 범이는 고개를 돌려 종덕사에서 나오고 있는 설아를 바라보았다.

"음, 설아로구나."

설아는 한 손에 커다란 장검 한 자루를 들고 바깥으로 나오고 있었는데 비취빛 검집에 금빛으로 구름무늬가 아로새겨진 아름다운 검을 대주에게 건네주었다.

"할아버지, 갑자기 칼은 무엇 때문에?"

대주는 설아의 말에 답하지 않고 손으로 가볍게 검을 뽑았다.

스르릉――

경쾌한 금속성의 소리와 함께 시퍼런 칼이 검집에서 모습을 드러내었다. 일자로 길게 뻗어나가다가 마지막에서 버선코처럼 가볍게 들려 올라간 그 검은 은은한 달빛을 받아 마치 안개가 서린 듯 서기를 검신 주위에 그윽이 풍기고 있었다.

한동안 검신을 바라보던 대주가 비취빛 검집에 칼을 집어넣더니 범이에게 건네었다.

"이제부터 네 것이다."

"이 검을 내게?"

"이 검은 대대로 백두산을 지키는 이들에게 전해져 왔단다."

설아가 말하였다.

"할아버지, 칼날이 무디던데요?"

"백두산은 성스러운 산이라 살생을 금해 왔단다. 때문에 이처럼 무딘 칼이 전해져 온 것이란다."

대주가 천천히 설아의 손을 잡았다. 그리고 그 옆에 멍하니 서 있는 범이의 손을 잡아 두 손을 마주 쥐었다.

설아는 얼굴이 붉어져 어쩔 줄 모르고 고개를 숙였다.

대주는 설아와 범이의 얼굴을 번갈아 바라보다가 범이에게 말하였다.

"범이야, 네가 있어 이 할아버지는 든든하구나."

설아는 범이의 손을 잡게 되자 일변 부끄럽기도 하고 일변으로 기뻐 어쩔 줄을 몰랐으나 오늘 대주 할아버지의 행동과 모습이 다른 때와 달라보여서 이상한 마음에 대주의 얼굴을 바라보며 물었다.

"할아버지 그게 무슨 말씀이세요?"

대주는 빙그레 웃었다.

"허허허. 백두산 정상에서 사방을 둘러보면 무엇이 보이느냐?"

"끝없는 들판이 보이지요."

"옛적에는 이 나라의 산하가 백두산 산정에서 바라보아도 끝을 알 수 없을 만큼 넓고도 넓었단다. 끝없이 넓은 영토를 가지고 있던 이 나라는 수많은 세월을 거치면서 점점 작아져서는 지금처럼 줄어들게 되었단다. 그 이유가 무엇 때문인지 아느냐?"

"잘 모르겠어요."

"힘이 없었기 때문이었다. 이 나라 이 땅을 지키기 위해선 힘이 필요한데 이 나라 사람들은 힘을 키울 생각을 하지 않는구나. 그것이 천도의 순환이라면 할 수 없는 일이지만 그리하여도 이 나라의 슬픈 운명을 생각하니 가슴이 아프구나."

대주는 끝없이 펼쳐진 북녘 땅을 바라보며 길게 한숨을 쉬다가 고개를 돌려 범이의 얼굴을 바라보았다.

"범이야, 나는 너를 보면 마음이 놓인단다. 이제 범이가 이 나라와 설아를 지켜줄 것이니 이 할애비가 마음이 놓인다는 말이다."

범이는 대주에게 받은 비취빛 검을 바라보았다. 이제부터는 대주를 대신해서 백두산을 야인들로부터 지켜야 하는 사명이 생긴 것이었다. 그 무게가 검신을 통해 느껴지는 것 같았다.

설아가 말하였다.

"할아버지, 오늘따라 왜 그러세요? 저희들과 오래 사셔야지요."

"그럼, 그래야지. 하지만 사람의 수명이란 유한한 것이어서 이 할애비가 얼마나 더 이 세상에 살아 있을지 어찌 알겠느냐? 나는 그저 범이가 네 옆에 이렇게 있어 주니 든든한 마음이 드는구나."

대주는 물끄러미 설아의 얼굴을 보며 미소를 짓다가 긴 수염을 쓰다듬으며 하늘을 바라보았다. 붉은 연기 같은 치우기가 밝은 빛으로 반짝거리고 있었다.

다음날 아침부터 대주는 범이와 설아를 데리고 백두산을 한 바퀴 돌았다. 대주는 백록(白鹿)을 타고 설아와 범이는 순록(馴鹿)을 타고 백두산 이곳저곳을 구경하였다. 대주는 범이와 함께 간간이 순록을 거느리고 백두산을 소풍하듯 돌아다닌 적이 많았으나 설아는 왠지 모를 불안감에 유심히 대주를 살피었다.

대주는 평상시와 마찬가지로 범이와 설아를 데리고는 백두산의 울창한 수림을 산책하기도 하고, 넓은 들판에서 아름다운 꽃을 아기 대하듯 어루만지기도 하고, 산 중턱에 있는 커다란 노송을 쓰다듬어주기도 하고, 맑은 물이 송송 품어져 나오는 옹달샘과 차가운 산골 물이 흘러내리는 냇가에 손을 씻기도 하고 그 물에 발을 담그기도 하면서 완연하게 찾아온 백두산의 여름을 즐기는 듯하였다.

대주는 범이와 설아에게도 더할 나위 없이 자상하게 풀과 나무와 꽃의 이름도 가르쳐 주고 이름 모를 물고기와 산짐승들의 이름도 가르쳐 주었다. 설아는 대주가 자애로운 부모처럼 행동하는 모습이 자꾸만 불안하게 느껴지는 것을 이상하게 생각하였으나 어쩔 수 없는 일이었다.

　그것은 태곳적 창조주가 여자들에게만 부여한 감각 때문이라 할 수 있었는데 말을 하지는 않았지만 대주의 행동에서 느껴지는 일말의 불안감을 감지하고 있었던 것이다. 설아는 아무런 동요도 없는 대주를 바라보며 설마 하는 의구심을 가졌지만 마음속에는 알 수 없는 풍랑이 슬금슬금 일어나고 있었던 것이다.

　그렇게 며칠 간을 백두산 구석구석 돌아보던 어느 날이었다.

　노란 태양이 지평선 너머로 기울어 붉게 물든 노을이 차양처럼 지평선에 가득히 깔릴 무렵 종덕사로 돌아오던 대주는 천왕봉 봉우리 위의 너럭바위 위에 정좌한 후 설아와 범이를 그 앞에 앉히고는 석양을 바라보았다.

　지평선 위로 석양이 붉은 빛을 머금고, 꺼져 가는 밝은 불빛이 마지막 힘을 쓰며 태양 주위를 노닐 때, 지평선 위로 깔린 보드라운 구름은 연보라색을 머금고 노을 역시 붉은 빛에서 보랏빛으로 변해 가고 있었다.

　"보거라, 석양이 참으로 아름답지 않느냐?"

　설아는 노을빛에 비치어 불그스름해진 대주의 백발을 바라보자 마음이 불안하여 가슴이 콩닥거리며 뛰었다. 범이는 대주의 차분한 말을 듣자 마음이 불안하여 무릎을 꿇은 채 안절부절 대주의 얼굴을 힐끔힐끔 바라보았다.

대주는 말없이 지평선의 아름답고 붉은 노을을 바라보다가 고개를 돌려 범이와 설아를 지긋이 바라보았다.

하얗고 긴 눈썹 아래로 깊은 수심을 담은 그의 눈은 설아와 범이의 얼굴을 지나쳐 다시금 짙은 남빛으로 물들어 가는 석양으로 향하였다. 그 엄숙하고 무거운 분위기에 설아는 입을 열 수가 없어 불안한 마음을 가득 안은 채 대주가 먼저 입을 열기만을 기다릴 수밖에 없었다.

"설아야, 범이야."

한동안 말이 없던 대주가 입을 열었다.

"네."

대주가 무슨 말을 하기를 기다리던 설아는 재빨리 대답하였고 범이는 두 눈을 크게 뜨고 대주를 바라보았다. 대주는 두 사람의 얼굴을 지그시 바라보며 빙그레 웃더니 입을 열었다.

"너희들과 나는 삼생(三生)에 끊일 수 없는 큰 인연이 있는 듯하구나."

조마조마하던 설아는 뜻밖의 말에 가슴을 쓸며 웃었다.

"할아버지도 참……."

미소를 지으며 물끄러미 설아와 범이를 바라보던 대주가 다시금 입을 열었다.

"내가 떠날 때가 된 모양이구나."

설아는 그 말에 그만 가슴이 철렁하고 내려앉았다. 알 수 없는 불안감이라는 것이 현실로 맞닥뜨려지자 설아의 두 눈에는 벌써 수정 같은 눈물이 그렁그렁 맺혔다.

"할아버지, 그게 무슨 말씀이세요? 할아버지는 저희와 오래오래 사신다 하셨잖아요."

당혹한 마음에 어쩔 줄 모르던 설아의 눈에서 닭똥 같은 눈물이 뚝뚝 떨어졌다. 범이 역시 대주의 모습에서 지평선 너머로 사라져가는 석양의 모습을 발견하고 고개를 숙인 채 말없이 눈물을 흘렸다.

대주는 설아와 범이를 바라보며 마음이 아려왔다. 평생을 수양한 대주였다. 대주는 인간의 사사로운 정에 이렇듯 마음 아파하는 자신의 모습을 발견하곤 평생의 수양이 모두 부질없는 일이며 헛된 것만 같아서 참담한 심정을 억제할 수 없었다.

대주는 길게 한숨을 내쉬며 남빛 노을 속으로 사라져가는 석양을 바라보며 입을 열었다.

"있는 것은 모두 무상(無常)이란다. 이 커다란 백두산도 저 붉은 태양도 날로 노쇠와 괴멸의 길을 가고 있거늘 하물며 이 작은 늙은 몸이야……. 꽃은 묵묵히 피었다 묵묵히 지는 것, 사람의 목숨도 그와 마찬가지인 것이니 인생(人生)의 길이란 그런 것이다. 떠날 때도 있고 만날 때도 있으니, 떠날 때가 되면 아니 떠날 수가 없는 것이다. 그러니 너무 슬퍼하지 말거라."

"슬퍼하지 말라고요? 할아버지가 이 세상에 없는데, 이제 설아를 버리고 가는데 슬퍼하지 말라고요? 설아는 어찌해요. 이 불쌍한 설아는 어찌해요. 의지할 곳 없는 설아는 이제 어찌하라고요."

설아는 슬피 흐느끼며 무릎으로 기어와 대주의 품에 안기었다. 대주는 설아를 품에 안고 그녀의 탐스러운 머리를 쓰다듬었다.

"슬퍼 말거라. 설아야! 이별이 반드시 슬픈 것만은 아니다. 저기 낙조에 기우는 석양이, 가을날 방긋 웃는 한 송이 꽃이, 동트는 아침에 힘없이 스러져 가는 달빛이 비록 무상한 것이지만 그렇다고 아니 아름다울 수는 없는 것이다. 도리어 그들은 무상한 것이기 때문에 지금은 있다가 없어질 것이기 때문에 도리어 아깝고 가련한 것이란다. 나는 아름다운 젊은 시절을 보내었고, 세간의 사람들이 겪어야 하는 질병의 고통도 없이 이렇게 살아왔다. 그런데 무엇이 애석하겠느냐. 모든 있는 것은 없어지는 것이다. 아니, 삶이란 그런 것이다. 죽음 앞에 스러지는 것이 삶이니 삶은 그 형체가 없어지기 때문에 슬프기도 하거니와 또 아름답기도 한 것이다. 삶이 다하면 죽음이니 할애비가 가는 것은 본래 가야 할 길을 가는 것이니 가슴 아파하거나 슬퍼할 것은 없다. 너는 할애비가 없더라도 범이가 있지 않느냐? 내가 없더라도 범이에게 의지하면 될 것을……. 아픔은 순간일 따름이란다. 얼마 후면 언제 그랬냐는 듯이 방실거리며 웃을 녀석이 울긴 왜 운단 말이냐."

대주는 연신 설아의 머리를 쓰다듬었다.

설아는 대주의 품속에서 더욱 세차게 흐느꼈다.

"싫어요! 할아버지 가는 것 싫어요. 나는 할아버지랑 천년만년 같이 살래요."

대주는 길게 한숨을 내쉬다가 범이에게 손짓하며 말하였다.

"범이야, 이리 오련."

범이는 눈물을 닦으며 무릎으로 기어 다가왔다.

대주는 설아의 어깨를 잡아 범이의 옆에 앉히곤 설아의 손을 범이의 손에 얹어주었다.

"범이야, 너에게 설아를 맡긴다."

범이는 눈물이 가득한 눈으로 대주의 인자한 얼굴을 바라보며 고개를 끄덕였다. 범이의 턱으로 흘러내린 눈물이 뚝뚝 떨어져 한 손으로 소매를 당겨 눈물로 범벅된 얼굴과 턱을 번갈아 닦았다. 그리하여도 흘러내리는 눈물은 멈출 줄을 모르고 범이의 얼굴을 축 축하게 적시었다.

대주가 차분한 목소리로 말하였다.

"어떤 일이 있더라도 서로 용서하거라. 사람과 사람이 서로 의지 하며 사는 데는 이해하고 용서하는 마음이 가장 중요한 것이다. 시기하는 마음, 질투하는 마음, 서운한 마음, 이러한 마음이 불같이 일더라도 한 번을 참으면 금세 누그러지는 법이니 인내하는 마음 과 용서하는 마음, 이해하는 마음을 언제나 마음속 깊이 간직하거 라. 세상을 살다보면 내 마음대로 되는 일이 없으니 언제나 느긋한 마음으로 참고 기다리거라. 밝은 생각으로 세상을 살아가다 보면 반드시 좋은 날이 찾아올 것이니 내 말을 명심하거라. 반드시 명심 해야 할 것이다."

대주는 설아와 범이에게 다짐을 받으려는 듯 재차 물었다.

설아는 슬픔과 서러움에 목이 메어 울먹이며 머리를 내저었으나, 범이는 입술을 굳게 다물고 두 눈을 부릅뜨며 머리를 끄덕였다.

"허허허, 설아는 범이가 싫은 모양이로구나."

범이는 설아를 바라보며 잡았던 손에 가만히 힘을 주었다. 울던 설아는 범이의 따스한 손을 느끼고 범이를 바라보았다.

범이가 고개를 끄덕이고 있었다. 설아는 눈물 맺힌 눈으로 대주 를 바라보며 고개를 끄덕였다.

"허허허. 그래, 그래야 한다. 그렇고말고……."

대주는 범이가 설아의 손을 꼭 쥐는 것을 보곤 빙그레 웃으며 가 만히 눈을 감았다. 그 모습이 마치 입정(入定)에 든 모습과도 같아 범 이는 대주가 입적(入寂)한지도 모르고 가만히 앉아 대주의 다음 이야기를 기다렸다.

울먹이던 설아는 대주가 한동안 말이 없자 소매로 얼굴을 닦으며 물끄러미 대주를 바라보았다. 대주의 긴 백발과 눈썹이 미풍을 맞아 가볍게 흔들렸다.

"할아버지, 할아버지……."

설아는 가슴이 철렁하여 대주의 손을 잡고 그의 몸을 흔들었다. 대주는 얼굴 가득히 미소를 머금은 채 석상처럼 아무 말이 없었다.

설아는 가슴이 내려앉았다.

"하, 할아버지… 할아버지! 할아버지, 죽으면 안돼요. 설아는 어찌하라고. 할아버지, 할아버지……."

설아는 온기를 잃어가는 대주의 몸을 흔들며 흐느꼈지만 대주는 다시 눈을 뜨지 않았다.

일세의 고승(高僧) 대주(大珠)[6]는 이렇듯 무심하게 이승을 떠나고 말았다. 황혼(黃昏)이 사라진 천왕봉의 하늘 위로 내려앉은 무수한 별들과 창백한 초승달 사이로 설아의 슬픈 울음소리가 바람소리 마냥 덧없이 메아리치고 있었다.

범이와 설아는 일세의 고승 대주를 백두산 천왕봉 아래에 묻어주고 극락왕생을 기도하였다.

몇 달 동안 설아는 말을 잃고 틈만 나면 대주 스님이 묻힌 곳으로 가서 울기를 거듭하였는데 사람의 슬픈 기억이란 오래 가지 못

---

6) 중(僧) 대주(大珠)에 대한 기록은 역사에는 나타나 있지 않으나 해동전도록(海東傳道錄)에 짧게 소개되어 있다. 그 내용은 정희량(鄭希良: 1469~?)이 중 대주에게 도를 전수하고 대주는 정렴(鄭礦: 1506~1549)과 박지화(朴枝華: 1513~1592)에게 도를 전수해 주었다고 전한다. 정희량이 연산군 시절 기인(奇人)으로 이름이 높았고, 정렴과 박지화 역시 기인으로 크게 알려진 것으로 미루어 대주 역시 범상치 않은 기인이었음을 짐작할 수 있다.

하는지 백두산에 단풍이 물들기 시작할 무렵에는 마음의 평정을 찾아 범이와 함께 백록을 타고 백두산을 돌아다니며 그 옛날과 같은 생활을 시작하였다.

출새행(出塞行)

해가 살처럼 지나가서 하얀 목련처럼 새하얀 눈으로 얼어 붙었던 백두산에 봄이 찾아오고 있었다. 이미 백두산의 아래쪽은 겨우내 쌓였던 눈이 봄볕에 녹아 개울마다 물이 제법 많이 불어났으며 개울가에 언 얼음이 햇빛에 녹아 수정 같은 눈물을 뚝뚝 흘렸다.

따스한 햇살에 성급한 봄풀들이 쌓인 눈 위로 머리를 들고 솟아나 푸른 생명력을 자랑하는 듯하였고 겨우내 맹렬한 추위를 견뎌온 앙상한 가지마다 연녹색의 새순들이 움을 틔워 봄이 왔음을 알리고 있었다.

겨우내 굶주렸던 사슴들과 노루들은 따스하고 물기 오른 봄의 냄새를 맡고 산 아래로 뛰어 내려와 눈 위에 자라난 보드라운 풀과 가지에 달린 새순을 먹느라 여념이 없었다. 산새들도 질세라 사슴 주위를 종종 걸음으로 뛰어다니며 사슴이 어지러이 밟아놓은 땅바닥을 부리로 콩콩 찧으며 먹이를 찾아 수선을 떨었다.

뿌드득—— 뿌드득——

겨우내 단단하게 굳었던 눈이 힘없이 밟히는 소리에 보드라운 새순을 정신없이 따먹고 있던 사슴들이 놀라서 숲 속으로 부리나케 달아났다. 아직도 흰 눈을 주렁주렁 매달고 있는 덤불 아래로 숨어 든 사슴들은 먹잇감에 대한 미련 때문인지 고개를 빠끔히 내밀고 호기심 어린 눈초리로 눈 위를 걸어오는 사람들을 바라보고 있었다.

"저놈들이 사람을 보고도 도망갈 생각을 안 하네. 거참."

"짐승들이 사람을 처음 보는 모양입니다. 그건 그렇고 산이 참 험하긴 험하네요."

"그렇군. 정말 험한 산이야."

검은색 벙거지를 쓴 구레나룻이 무성한 덩치 좋은 사내가 얼굴에 맺힌 땀을 닦으며 멀리 허연 머리를 높이 드리운 백두산을 바라보며 중얼거렸다. 뒤에 있던 벙거지를 등 뒤로 젖히고 검은 쾌자를 입은 사내의 어깨 위로 허연 김을 풀풀 날렸다. 그 사내 역시 멀리 백두산을 바라보다가 얼굴에 맺힌 땀을 소매로 닦으며 옆에 있는 구레나룻 사내에게 물었다.

"임 비장님, 정말로 이곳에 범 장사가 사는 겁니까?"

이렇게 말하는 것은 길개똥이요, 임 비장이라는 사람은 다름 아닌 임백손이었다.

임백손은 손을 들어 백두산을 가리키며 말하였다.

"저기 백두산 위에 산다 하던데……. 허 참! 이런 험한 곳에 살고 있으니 참으로 용하군."

말은 이렇게 하고 있지만 임백손도 역시 백두산에서 태어났다. 그는 이미 저 세상 사람이 되어버린 어머니 운총과 외삼촌 황천왕동이가 범이처럼 인적 없는 험한 백두산에서 살았으며 자신 역시 이곳에서 태어났음을 생각하니 감회가 새로웠다. 어쩌면 범이와 자신이 같은 곳에서 태어난 까닭에 이런 인연이 있는지도 모른다 생각하였다.

백손의 말에 길개똥은 두 눈이 휘둥그레져서 말하였다.

"허항령에서 여기까지 오는 데도 꼬박 하루가 걸렸는데 다시 저기까지 어떻게 간단 말입니까? 눈앞이 아득하네요."

"그러게. 하루는 잡아야 되겠네. 그동안 오랑캐 놈들이 다 도망가면 어떡하지? 그렇게 되면 내가 공을 세울 길이 없잖아."

길개똥이 웃으며 말하였다.

"그놈들의 수가 일만이 넘는다 하는데 어디 하루아침에 잠잠해지겠습니까? 오늘이 이월 십일, 나라님께서 5도(道)에 명을 내려 군사들을 징발시키신 것이 열흘 전이니 아직도 군사들이 모이려면 시간이 많이 남아 있습니다."

"그래도 먼저 출발한 팔천 군사가 우리가 가기 전에 공을 세워버리면 우리는 그야말로 콩 떨어진 콩깍지 신세가 아닌가?"

백손이 툴툴거리자 길개똥이 웃으며 말하였다.

"이럴 것이 아니라 어서 가시지요. 내일 아침이면 저 산까지 당도할 수 있겠지요?"

"가봐야지. 오늘도 눈 속에서 밤을 보낼 생각을 하니 기가 막히는군. 이것 참, 두더지도 아니고."

"어찌합니까? 병조판서 대감의 명령이니 두더지가 아니라 개구리가 되는 한이 있더라도 범 장사를 데려가야지요."

작년 단옷날 이조판서였던 이율곡은 한 달 후인 6월에 형조판서가 되었다가 11월 병조판서로 임명되었다. 올해 정월에 이탕개의 난이 일어나자 율곡은 백손과 개똥에게 백두산에 사는 범이를 데리고 오라는 명을 내렸던 것이다.

"하긴 범이가 있음 정말 든든할 거야."

백손은 멀리 장엄한 모습으로 우뚝 높이 솟아 있는 백두산을 바라보곤 다시 걸음을 옮겼다.

그날 저녁에도 범이는 종덕사 앞에서 북녘 하늘을 바라보았다. 먹장 같은 까만 하늘에 밝은 별이 조는 듯 깜빡거리고 빛을 잃은 반달이 힘없이 떠 있었다. 범이는 벌써 보름이나 넘게 북녘 하늘에 붉은 빛으로 반짝이는 별을 바라보며 대주를 생각하였다. 그것은 대주가 죽기 전날 가르쳐준 치우기란 별이었는데 범이는 저 별을 볼 때마다 대주가 생각났던 것이다.

"또 별을 보는 거야?"

범이는 설아의 목소리를 듣고 고개를 돌렸다. 설아는 시꺼먼 순록 털옷을 입고 범이에게 다가와 범이의 어깨에 얼굴을 기대고 하늘을 바라보았다. 범이는 설아의 머리에서 반짝이는 붉은색 패옥 노리개를 사랑스러운 눈으로 바라보다가 고개를 돌려 까만 하늘 위에 붉은 연기 같은 치우기(蚩尤旗)를 가리켰다.

"치우기다."

"저 별이 뭔데 매일매일 저것만 보는 거야?"

"지금도 세상 어딘가에 싸움이 일어나고 있을 거다."

"그게 우리 이야기도 아닌데 무엇이 걱정이야?"

설아는 방긋 웃으며 범이의 허리를 두 손으로 껴안았다.

"이제 보니 범이가 할아버지를 꼭 빼어 닮았네."

설아는 별안간 범이의 볼에 입술을 '쪽-' 하고 맞추었다. 두 사람이 인간 세상의 예법을 몰라 상투를 틀지 아니하고 쪽을 틀지 않았을 뿐이지 부부나 마찬가지였다.

범이는 부끄러운 마음에 얼굴을 붉혔으나 이내 설아의 어깨를 감싸 안고 입을 맞추었다. 하늘 위에 떠 있던 반달도 부끄러웠던지 구름 속으로 얼굴을 가리었다.

다음날 해가 떠오르기 무섭게 백두산을 뜨르르- 하게 울리는 목소리가 천지연을 둘러싸고 있는 봉우리들에서 메아리쳤다.

"버- 어- 미- 야---- 버- 어- 미- 야----"

범이는 낯익은 소리에 종덕사를 나왔다. 사방을 둘러보던 범이가 어디서 들려오는 소리인지 가만히 귀를 기울여보니 달문 근처의 높은 봉우리 위에서 까만 점이 움직이고 있는 것이 보였다. 천지연 주위가 하도 넓어서 그 봉우리에 있는지 없는지도 모르는 모래알 같은 사람을 찾기란 쉬운 일이 아니었으나 은백의 설원에서 까만 점이 움직이는 것을 찾는 일은 백두산이 제집이 되어버린 범이에게는 식은 죽 먹듯이 쉬운 일이었다.

설아도 그 소리를 듣고 뒤따라 종덕사를 나왔다. 설아는 봉우리들을 두리번거리면서 범이에게 말하였다.

"누가 범이를 찾지?"

범이는 설레설레 고개를 흔들었으나 목소리가 귀에 익어서 누군지 짐작이 갔다.

"아무래도 종덕사를 찾는 모양인데 찾을 수 있을까?"

범이는 고개를 좌우로 흔들었다. 종덕사는 하얀 자작나무를 덮고 있어서 평상시에도 찾기가 쉬운 곳이 아니었다. 더구나 눈에 덮여 온통 하얗게 된 지금은 눈과 종덕사가 구별이 되지 않아 눈을 부릅뜨고 아무리 찾아보아도 찾을 수가 없는 곳이었다.

"범이, 가봐야 하는 거 아니야?"

범이는 잠에서 깨어나 졸린 눈을 비비며 말하는 설아를 보고 빙그레 웃더니 가볍게 땅을 차고 허공으로 몸을 솟구쳤다. 이제 종덕사의 지형을 완전히 알고 있는 범이는 이곳을 눈감고도 다닐 수 있을 정도였다.

설아가 고개를 들어 범이를 바라보는 사이에 이미 범이의 신형은 그녀의 시야에서 사라지고 없었다. 범이는 까만 점이 있는 곳을 향해 빠르게 달려 나갔다. 범이의 몸이 지나가는 자리마다 하얀 눈보라가 가볍게 일어났다.

잠시 후 범이는 까만 점이 움직이던 산정 부근에 도착하여 눈 쌓인 바위 뒤에 몸을 숨기고 그들의 모습을 가만히 살펴보았다.

꿩 깃털을 단 까만 벙거지를 등 뒤에 늘어뜨리고 허연 베수건으로 상투 위에서 턱까지 질끈 동여맨 우스꽝스러운 두 사람이 두 손을 입에 모으고 열심히 범이를 부르고 있었다.

"범이야아—— 범이야아———"

범이는 그들의 모습을 보고 나오는 웃음을 참을 수 없었다. 한참을 소리치던 두 사람은 입으로 두 손을 호호 불더니 다시금 설원을 걸었다. 어디서 잡았는지 순록의 가죽을 까만 쾌자 위에 이리저리 걸치고 두 발 역시 순록 가죽을 칭칭 감고는 그 아래에 둥근 나무를 오리발처럼 둘러 설피처럼 만들어서 눈 위를 뒤뚱뒤뚱 걷고 있었다.

"이 자식은 도대체 어디에 사는 거야? 이런 오지에 사람은커녕 짐승도 살 수 없을 것 같은데 도대체 어디에 있다는 거야? 제기랄."

"그래도 병조판서께서 여기 산다 하지 않았습니까. 군명(軍命)이 지엄하니 찾아봐야지요."

"에이, 춥다. 더럽게도 춥다. 이놈의 자식 내가 찾기만 해봐라. 으—— 더럽게 춥다."

범이는 백손의 투덜거리는 모습을 보고 빙그레 웃다가 그들이 다시금 범이의 이름을 목이 터져라 부를 때에 천천히 그들 앞에 모습을 드러내었다.

"범이야아——"

"이, 빌어먹을 자식아—— 백손이 얼어 죽겠다아——"

목이 터져라 범이를 부르던 두 사람은 눈앞에 가죽옷을 입은 사내가 나타나자 소리치던 것을 멈추곤 뚫어져라 범이를 바라보았다.

임백손의 왕방울 같은 두 눈이 끔벅거리다가 이내 얼굴을 싸매고 있던 천을 벗어 목에 아무렇게나 걸치고 범이에게 말하였다.

"버, 범이냐?"

범이는 반가운 마음에 웃으며 고개를 끄덕였다.

임백손의 얼굴에 화색이 돌았다.

"이눔, 범이야. 네가 살아 있었구나."

백손은 반가운 마음에 뒤뚱뒤뚱 범이에게 다가오다가 그만 눈 위에 넘어지고 말았다.

"아이쿠."

범이는 재빨리 백손에게 다가가 깊숙이 쌓인 눈 속에 얼굴을 박아 넣은 임백손을 일으켜 세웠다.

임백손은 흰 눈이 상투까지 범벅이 된 얼굴로 범이를 뚫어질듯이 바라보았다.

"이눔아, 키도 크고, 못 보던 사이에 어른이 다 되어 버렸네. 하마터면 내가 몰라볼 뻔했지 않느냐?"

백손은 껄껄 웃으며 범이를 힘껏 껴안았다.

범이는 인정 많던 백손의 변함없는 모습을 대하자 그에게 안긴 채 미소를 흘렸다. 길개똥은 백손의 어깨 위로 자신을 바라보며 웃고 있는 범이를 보곤 멋쩍은 듯 상투머리를 긁적이며 중얼거렸다.

"정말 단옷날 씨름할 때완 많이 달라졌는데……."

범이는 두 사람을 종덕사로 안내하였다. 임백손과 길개똥이 천왕봉 아래에서 내려다보는 종덕사는 낭떠러지 중턱에 위치하고 있었기 때문에 발을 헛디디기라도 한다면 만장 같은 절벽 아래로 떨어져서 귀신이 되기 십상이라 그 조심하는 모양이 살얼음판 위를 걸어가는 사람 같았다.

길개똥은 범이가 깊이 쌓인 눈 위에서도 평지 위를 걷는 것처럼 하는 것을 보고 적잖게 놀라 범이가 신선의 술법을 배운 사람이라 생각하였는데 백손은 옛적에 외삼촌인 황천왕동이가 하루에 칠백리 길을 가는 사람이라 범이가 바람처럼 걷는 것을 보고 축지를 배웠다고 짐작하였다.

범이의 도움으로 길개똥과 임백손은 어렵지 않게 종덕사에 도착할 수 있었다. 종덕사에 도착하자 그들을 제일 처음 맞은 것은 꽃무늬 표범이었다. 백손과 개똥은 종덕사 석굴 안에서 난데없이 표범이 뛰어나오자 깜짝 놀라 허리에 차고 있던 칼을 뽑아들었다.

범이는 두 사람에게 손을 내저으며 표범에게 손짓을 하였다.

'괜찮다, 내 친구다.'

범이의 손짓을 알아들은 것처럼 표범은 범이의 다리 아래에 앉아서 입을 적 벌리고 하품을 길게 하였다.

"표범이 사람을 따르네. 허허, 거 참 신기하다."

임백손은 칼을 칼집에 집어넣고 신기한 눈빛으로 표범과 범이를 번갈아 바라보았다. 옆에 있던 길개똥 역시 놀랍기는 마찬가지여서 맹수와 사람이 함께 살 수 있는 것이 그저 기이할 따름이었다.

두 사람이 신기하게 표범과 범이를 바라보고 있을 때 석굴 안에서 인기척이 들렸다.

백손과 길개똥은 또 어떤 괴상한 짐승이 나타날까 싶어 자기도 모르게 뒷걸음질을 치며 환도에 손을 가져갔다. 그러나 환도를 뽑아들려는 두 사람의 눈이 박힌 듯하더니 입이 쩍 벌어졌다.

"오셨으면 들어오지 않으시고……."

종덕사를 나와 인사를 하려던 설아는 길개똥과 임백손의 우스꽝스러운 모습을 보곤 손을 입으로 가져가며 웃었다. 오지에서 선녀처럼 아름다운 여인을 발견한 두 사람은 망부석이 되어 동태처럼 풀린 눈으로 설아를 바라보고 있었다. 하지만 백손은 이내 정신을 가다듬고 머리를 좌우로 후드득 돌리다가 헛기침을 하더니 범이에게 말하였다.

"범이야, 누구시냐?"

설아가 재빨리 말하였다.

"저는 설아라고 합니다. 범이는 제 서방님입니다."

임백손의 두 눈이 휘둥그레졌다.

"아, 그렇습니까? 범이 안사람 되시는군요. 비녀를 하지 않아서 몰라 뵈었습니다. 저는 임백손이라는 사람입니다. 작년에 범이와 알게 되었습지요."

"그곳에 계시지 마시고 어서 들어오세요. 안은 따뜻하답니다."

범이는 백손과 길개똥을 종덕사 안으로 안내하였다.

종덕사 안으로 들어온 백손은 설아의 안내로 넓은 바위 평상에 앉아 주위를 둘러보았다. 사방이 온통 돌로 된 석굴 안은 따뜻하기가 봄날과 같았고 바깥에 있는 눈이 반사되어 무척 밝았다.

돌바닥 역시 온돌 마냥 따뜻하여 백손과 개똥은 얼어붙은 손을 엉덩이 사이에 끼우고 물끄러미 범이를 바라보았다. 설아가 차를 준비하러 간 사이에 백손은 범이를 흘겨보며 누런 이를 드러내고 웃으며 말하였다.

"그놈, 재주도 좋네그려. 언제 장가를 들었느냐? 머리를 올리지 않으니 알 수가 있나? 범이 아내가 선녀 같구나. 부럽다."

범이는 부끄러워 머리를 긁었다.

"여전히 과묵하구나, 녀석."

백손이 퉁명스럽게 말하였다.

잠시 후 따끈한 차를 내온 설아가 백손에게 물었다.

"보아하니 벼슬하시는 분 같은데 이곳까지는 어쩐 일로 오신 건가요?"

백손은 뜨거운 차를 입으로 호호 불어 한 모금 마시곤 설아에게 말하였다.

"관리가 된지는 얼마 안 된답니다. 범이가 어떻게 사나 궁금하기도 하고……."

백손은 차마 신혼의 단꿈을 꾸고 있는 범이를 전장에 데려가려고 왔다는 말을 할 수 없어 말을 목구멍으로 삼키고 김이 모락모락 나는 차만 홀짝거리며 마셨다. 그때 옆에 있던 길개똥이 말하였다.

"범 장사를 데리고 오라는 임금님의 명이 계셔서 이곳까지 왔습니다."

"임금님께서요?"

"네."

길개똥은 단옷날 씨름에서 우승하고 포도청으로 불려가 반년이 넘도록 포도관원으로 생활한 사람이라 관록이 붙어서인지 자신의 용무를 또박또박하게 말하였다.

"오랑캐들이 침입해서 함경도의 성을 빼앗고 백성들을 도륙하는 난리가 일어나는 바람에 나라 전체가 술렁거리고 있습니다. 나라님께서는 앞서 팔천 명의 군사들을 그곳으로 보내셨는데 따로 5도에서 장사들을 뽑아 올리라 하셨습니다. 그렇지만 일이 여의치 않아서 근심하던 차에 병조판서께서 작년 단옷날에 씨름판에 모인 장사들의 명부를 확인하곤 그들을 따로 불러들이라는 명을 내리셨는데 그때 장사들은 모두 불려왔지만 범이가 홀로 빠져서 저희 두 사람이 데리러 온 것입니다."

설아는 나라님께서 범이를 전장으로 불러들이신 이유도 놀랍지만 어젯밤 범이가 하늘을 보고 싸움이 일어났다고 하던 것이 이렇듯 맞아떨어진 것이 놀랍기도 하고 신기하기도 하여 눈을 크게 뜨고 다시 물었다.

"함경도에 오랑캐들이 침입했다고요?"

"그렇습니다. 북쪽 국경에 사는 오랑캐들이 난을 일으켰지요. 죄 없는 백성들이 오랑캐의 말발굽에 짓밟혀 죽고 식량마저 약탈을 당하여 고초가 한량이 없다 하오. 지금 북쪽에서 일어난 오랑캐들의 형세가 파죽지세라 급히 군사를 징병하느라 도성 안이 물 끓듯이 어수선하답니다."

설아는 그 말을 듣자 당장 어찌해야 할지 몰라 범이에게 고개를 돌렸다. 그런 위급한 상황에 범이가 도움이 된다면 당장에 가야 할 터이지만 아녀자의 마음으로 범이를 전장에 보낸다는 것이 마음에 거리낌이 있었기 때문이었다.

범이는 당장이라도 떠나고 싶지만 설아를 홀로 남겨둘 생각을 하니 걱정이 되어 난처한 얼굴로 설아를 바라보았다.

설아는 한동안 범이를 바라보다가 뭔가를 결심한 듯 입술을 굳게 다물더니 석굴 안으로 들어갔다. 잠시 후 검 하나를 들고 나온 설아는 범이에게 건네주며 말하였다.

"할아버지의 검이에요, 받으세요. 대장부가 되어 나라에 환란이 일어났는데 쥐새끼처럼 숨어 있어서야 되겠어요? 이 칼로 나라에 침입한 오랑캐들을 물리치고 돌아오세요."

범이는 주저주저하다가 설아에게서 검을 건네받았다. 범이가 백두산을 지키고 있는 것은 산을 침범하는 야인들을 쫓기 위해서였다. 이제 백두산은 아니지만 우리 땅을 침입한 야인들을 가만히 두

고 볼 수는 없는 일이었다. 그러자 이제까지 차를 마시며 눈치만
보고 있던 백손이 입을 열었다.

"제수씨는 참으로 화통한 데가 있으시오. 대장부가 되어서 뭔가
나라에 도움이 되는 일을 해야 하지 않겠소? 실은 나도 이번에 함
경도에서 난리가 났다 하여 자원을 하려 했는데 글쎄 고산에 찰방
으로 계신 임제 형님이 나를 천거(薦擧)하신 것이 아니겠소? 병판대
감께서 주상께 임제 형님을 조방장으로 천거하였지만 신하들이 벌
떼처럼 달려들어서 반대하는 바람이 나만 이렇게 덕을 입었소. 내
가 비록 말단 비장이지만 아무튼 떳떳한 군복을 입고 나라를 위해
무언가를 할 수가 있으니 그야말로 세상 살맛이 나외다."

자물쇠처럼 참고 있던 입이라 터져 나온 말이 쉴 새 없이 흘러나
왔다.

"제수씨한테 미안한 일이라 말도 안 나오던데 이해해 주니 정말
로 고맙수. 그건 그렇고, 제수씨는 정말 미인이우. 범이는 정말 복
을 타고났다니까."

백손이 범이의 어깨를 툭툭 쳤다.

설아가 빙그레 웃다가 말하였다.

"그럼 언제 가시는 건가요?"

"우리야 지금 당장이라도 돌아갈 수만 있다면 좋지요. 다른 놈들
이 공을 가로채기 전에 말이우. 그런데 다시 돌아갈 생각을 하니
아득하기만 하오."

백손은 돌아갈 길을 생각하곤 얼굴을 찡그렸다. 차가운 눈 속에
서 잘 생각을 하니 벌써부터 치가 떨리고 오금이 저리는 것이다.

"그럼 지금이라도 출발하시지요. 순록을 타고 가면 반나절 만에

백두산을 벗어날 수 있을 겁니다."

설아의 말에 백손과 길개똥의 눈이 번쩍 뜨였다. 짐작할 수 없을
만큼 깊은 눈이 쌓인 험난한 길을 하루도 아니라 반나절 만에 갈
수 있다니 두 사람은 꿈을 꾸는 것만 같았다.

"고맙지요, 그렇게 해주신다면 정말 고맙지요."

범이는 갑자기 설아를 두고 간다는 생각을 하자 마음이 심란하
였다. 설아 역시 먼 곳으로 범이를 떠나보낸다는 생각을 하자 가슴
이 아프긴 매일반이었으나 내색하지 않고 범이를 바라보았다. 이
때 백손은 슬며시 길개똥의 소매를 끌어 조용히 석굴을 빠져나왔
다. 개똥이 바깥에서 백손에게 말하였다.

"임 비장님, 왜 그러시는 겁니까?"

"이런 바보, 너는 서방이 멀리 전장으로 간다는데 눈치도 없느냐?"

개똥은 그제야 백손이 자기를 끌고 나온 이유를 알아채곤 고개
를 돌려 하얀 눈으로 덮힌 얼어붙은 산봉우리와 천지연을 바라보
았다. 괴수의 이빨같이 삐죽삐죽하게 솟아난 봉우리 가운데에 하
얀 평원과도 같은 천지연이 햇살을 받아 눈이 부실 지경이었다.

임백손과 길개똥이 나가자 설아가 빙긋 웃으며 입을 열었다.

"할아버지가 돌아가시기 전에 검법을 보여주신 적이 있지요? 그
때 당신이 이 나라와 저를 지켜줄 거라고 말씀하신 적이 있어요.
그때는 몰랐는데 갑자기 할아버지의 말씀이 생각났어요. 가서 이
나라를 지켜주세요. 가서 오랑캐를 무찌르고 오세요. 할아버지가
당신에게 무예를 가르쳐 주신 것은 이유가 있을 거예요. 당신이 오
랑캐를 무찔러 이 나라를 구할 사람이라면 저는 당신이 이곳에 있
는 것보단 백성들에게 뭔가 도움이 되는 대장부가 되길 원합니다."

설아의 음성은 차분하고 침착하여 그 안에 뭔가 무서운 힘이 있
는 것 같았다.

"응."

범이는 입술을 굳게 다물고 고개를 끄덕였다.

세 사람은 걸음을 재촉하였다. 범이가 길을 잘 알고 있었기 때문
에 상당히 시간을 단축할 수 있었다.

설아와 인사를 나누고 종덕사를 나온 세 사람은 남쪽으로 압록
강을 따라 내려가다가 석양이 땅거미를 불러일으키는 저녁 무렵에
는 작은 돌성이 바라다 보이는 곳에 도착할 수 있었다.

"저기가 어디냐?"

붉은 깃발이 펄럭거리는 돌성을 바라보며 백손이 중얼거렸다.

길개똥도 그 성을 바라보다가 고개를 갸웃거리며 말하였다.

"모르겠습니다. 보기에는 진보(鎭堡) 같아 보이는데 말입니다."

"진보라면 사람들이 사는 곳이지 않아?"

백손은 다시금 깃발들이 펄럭거리는 돌성을 바라보다가 걸음을
재촉하였다. 세 사람이 돌성 가까이 다가갔을 때였다.

작은 돌성의 문이 열리더니 말을 탄 사람 하나가 달려오는 모습
이 보였다.

"누가 오는데요? 우리를 발견한 모양입니다."

잠시 후 말을 탄 사내가 날듯이 다가와 이들 주위를 빙글빙글 돌다
가 백손과 길개똥이 관복을 입은 것을 보곤 말을 멈추고 소리쳤다.

"너희는 누구냐? 이 근방의 진보에서는 못 보던 놈들인데?"

그는 온몸에 물고기의 비늘처럼 무장한 갑주를 입고 있었는데 허연 점이 이마에 찍힌 커다란 검은 말을 타고 있는 모습이 위풍당당하여 백손은 일변 부럽기도 하고 일변 기가 죽을 지경이었다. 그러나 쉽게 기가 죽을 백손이 아니었다. 그는 가슴을 당당히 펴고 더욱 큰 소리로 말하였다.

"우리는 병조판서님의 명을 받고 온 사람이오. 도대체 이곳이 어디요?"

산적같이 생긴 사내가 야료를 부리듯 큰소리를 땅땅 치자 말을 타고 있던 사내는 백손의 말이 참말처럼 보이기도 하고 일변 저놈이 나를 속이는가 하는 생각이 들어 다시 소리쳤다.

"이놈이 어디서 그런 헛소리를 하는 게냐? 네가 정말로 병조판서님의 명을 받고 왔으면 뭔가 징표가 있을 것이다. 그것을 보이도록 하거라."

그러자 길개똥이 품속에서 서찰 하나와 자신이 차고 있던 병부(兵符)를 꺼내 보여주었다. 병부와 병조판서의 직인이 찍힌 서찰을 보자 사내는 깜짝 놀라 말에서 내렸다.

정승집 개에게 빌붙어도 떡고물이 떨어지는 시절이라 두 사람이 눈 아래에 있는 일개 포졸이었지만 하늘같이 서슬 퍼런 병조판서의 명을 받고 온 사람이라 무시할 수 없었던 것이다. 말에서 내린 사내의 목소리가 낮아졌다.

"아, 내가 사람을 몰라보았소. 그런데 어찌 이리 먼 변방까지 오시었소? 이곳은 보천보(普天堡)요. 나는 보천보 갑사(甲士)로 있는 김석견(金石堅)이란 사람이오. 그래 이곳까지는 무슨 일로 오시었소?"

"그 문서를 보면 모르시오? 사람을 데리러 오지 않았소. 글도 모르담?"

백손은 까막눈이면서 마치 자기가 글을 아는 사람인냥 비아냥거렸다.

"아! 미, 미안하오."

김석견은 무안한 얼굴로 서찰과 병부를 길개똥에게 건네주었다.

이내 김석견은 자신의 말 등을 쓰다듬다가 백손 일행을 보천보로 안내하였다.

보천보(普天堡)는 혜산진에서 60~70리 정도 떨어진 외딴 작은 성이었다. 이곳에서 북쪽으로 50리 정도를 가면 백두산 최북단의 조선인 마을인 농사동이 나오는데 보천보는 말하자면 혜산진의 최북단에 위치한 국방상의 요지라 할 수 있었다.

보천보는 창을 들고 파수를 보는 몇 사람을 제외하고는 사람의 흔적은 발견하기조차 힘들었다. 보천보의 권관(權判)이란 사람은 병조판서의 문건을 가지고 온 사람들이라 반겨 달려왔으나 꾀죄죄한 행색의 일개 비장인 백손과 군졸인 길개똥과 야인인지 백수인지 짐작키 어려운 범이의 몰골을 보고 시큰둥하여 몇 마디를 건네다가 흥이 다했는지 그 길로 어디론가 사라져버리고 말았다.

백손 일행은 김석견이 사냥해 온 사슴고기로 저녁을 먹은 후에 모닥불을 쬐다가 김석견에게 말하였다.

"여기는 어찌 이리 사람이 없소? 너무 황량하구려."

김석견은 빨간 혀를 날름거리며 타오르는 불을 바라보며 '흥-'하고 코웃음을 쳤다.

"사람이 있어야지요. 보의 인원들을 방수(防守)에 투입하지는 않고 관아의 역무에 투입시키니 자연 보에 사람이 없는 것이지요. 원래 저 같은 갑사는 보가 5인이 따르고, 정병은 보가 3인이 따르는데 그 보의 인원들을 관아의 역무에 투입하니 저 같은 갑사나 정병이 홀로 마필과 군장을 꾸려 방수하러 나오지 않으면 안 됩니다. 참으로 고달픈 일이지요."

"어찌 그리할 수 있소. 오랑캐를 막는 일이 얼마나 중요한데……. 만약에 여러 야인들이 한꺼번에 덤벼들면 어찌하려고?"

김석견은 처연히 불쏘시개를 들어 불을 휘적거리며 말하였다.

"이런 일이 어제오늘 일인가요? 그저 그러려니 하고 지내는 거지요. 허나 이 지역은 다른 지역에 비해 야인들이 온순하고 우리와도 친하게 지내는 편입니다."

"그럼, 함경도에 야인의 난이 일어난 것은 아시오?"

"금시초문입니다. 야인들이 난리를 일으켰다니 그게 무슨 말입니까?"

"아직 모르고 계셨구려. 지금 경원에는 야인들이 침입해서 나라에 난리가 났소. 나라님께서는 군사를 모집하느라 온 장안과 나라가 벌집을 쑤신 듯한데 여긴 아직 모르고 있으니 참 이곳이 궁벽한 곳이긴 한 모양이우."

"그러게 말입니다. 같은 변방인데 저희는 깜깜무소식이니 이곳이 참 오지는 오지인 모양입니다. 어찌 된 일인지 말씀 좀 해주시오."

백손이 차근차근 야인의 난에 대해 전말을 이야기해 주었다.

계미년 2월 1일, 북쪽 국경의 번호(藩胡)가 난을 일으켜 경원부(慶源府)를 함락시켰다는 파발이 도성으로 들이닥쳤으니, 일만여 기가 넘는 야인들이 경원부성을 포위하고 약탈과 살육을 자행하고 있으며 계속해서 아산보(阿山堡)와 안원보(安原堡)같은 부내의 모든 진보를 점령했다는 소식이었다.

동·서간의 당파싸움으로 소란스럽던 조정이 때 아닌 난리 소식에 찬물을 끼얹은 모양으로 조용해지고 말았다.

세종대왕 이후로 태평세월을 누려온 까닭에 문(文)을 높이고 무(武)를 가벼이 한 풍조가 시간이 갈수록 더해져서 이때에는 변방의 군정이 해이해진지 오래요, 부임해 오는 장수들의 자질에도 문제가 많아서 변방의 번호(藩胡) 부락에 폐를 끼치기 시작한지 이미 오래였다.

조선의 야인에 대한 방어책은 이이제이(以夷制夷), 곧 야인으로 야인을 막는 방법이었다. 이이제이란 조선의 변방 가까이—이를 번보(藩堡)라 한다—에 사는 야인으로 조선과 무역을 하며 공물을 바치는 야인을 번호라 하고, 백두산 북쪽에 사는 여러 오랑캐들로서 조선과 무역을 하지도 않고 공물을 바치지도 않는 오랑캐를 심처호(深處胡)라 하는데 심처호가 우리 변방에 들어오려고 하면 번호가 즉시 보호하고 이들을 막거나 구원 역할을 하는 것이었다. 말하자면 야인이 방패막이가 되어 조선을 지키는 것이다.

조선 초기부터 번호(藩胡)를 후하게 대해 준 것도 바로 이 때문이었으니 야인들을 잘 감독하고 조종해야 할 변방의 관리가 무능하여 기강이 점점 해이해지자 변방의 방위가 소홀해지게 되었고 강성해진 번호들이 조정의 관리에게 불만을 품고 마침내 반란을 일으킨 것이다.

처음에 경원부(慶源府) 아산보(阿山堡) 번호의 추장인 우을지(迂乙知)는 조선 관리의 무능과 침탈에 분노하여 난을 일으킬 생각을 하고, 전

만호(萬戶) 최몽린(崔夢麟)이 번호를 침학한다는 소문을 내어 불만에 싸인 야인들을 들쑤셔 난을 일으키려 하였다. 이 역시 그릇된 소문은 아니어서 전 만호였던 최몽린은 제 잇속과 조정의 대신들에게 뇌물을 챙기기 위하여 야인들에게 무리한 공물을 바치게 하고 침탈을 일삼았기 때문이었다.

오랜 세월동안 조선 관리들에게 억눌려왔던 번호들은 조선 군사들의 허약한 모습을 보고 이에 동조하여 힘을 모아 난을 일으킬 준비를 하고 있었다. 이때 만호 유중영(柳重榮)은 야인들 사이에서 이런 모의가 있는 줄 모르고 토병 몇을 보내어 정탐하게 하였는데 우을지가 이들을 잡아서 심처호에게 보내고 마침내 난을 일으켜 보성(堡城)을 습격한 것이었다.

그러나 이때에 이성현감(利城縣監) 이지시(李之詩)가 계원장(繼援將)으로 보에 있다가 적과 싸워 물리쳤는데, 유중영은 겁에 질려 감히 나가 싸우지를 못하였다. 이지시는 자신의 공을 드러내지 않았고, 또한 유중영의 죄를 상부에 보고하지도 않고 덮어주어 무마가 되었던 것이다.

이지시의 보고가 없어 야인들이 난을 일으켰는지도 모르는 경원부사 김수(金璲)와 판관 양사의(梁士毅)는 아산의 토병이 잡혔다는 말을 듣고 적은 병력을 인솔하고 강을 건너가 야인들로부터 토병을 데려오려 하였지만 도리어 수많은 야인에게 포위당하여 군수품을 모두 빼앗긴 채 간신히 탈출해 돌아올 수밖에 없었다.

싸움에 이긴 야인들은 이 기세를 몰아 1만여 기를 이끌고 경원부성을 포위하고 조선 군사들과 부딪히게 되었는데 이때에 종성(鐘城)의 오랑캐 율보리(栗甫里)와 회령(會寧)의 야인 우두머리 이탕개(尼湯介)

등이 호응하여 싸움을 도왔다.

당시 이탕개의 세력이 가장 강성한 까닭에 이탕개의 난이라 불렀는데, 처음에 임금께서 이탕개의 난에 관한 보고를 들으시고 수심이 가득한 용안으로 삼공과 비변사의 재신들을 인견한 후 파산무신(罷散武臣) 오운(吳澐)과 박선(朴宣)을 조방장(助防將)으로 삼아 용사 8천을 인솔하고 먼저 나가 오랑캐를 막으라 하는 한편 경기감사 정언신(鄭彦信)을 우참찬겸도순찰사(右參贊兼都巡察使)로 이용(李鏞)을 남도병마사(南都兵馬使)로 삼아 5도에 방을 내어 걸고 군사를 징발하여 북쪽으로 나아가게 하였다는 것이다.

그러나 군사를 징발하는 일이 쉽지가 않아서 골머리를 앓던 끝에 병조판서가 작년 단옷날에 참석한 장사들의 명부를 확인하여 어명으로 그들을 데려오게 하여 변란에 쓰도록 하고 있다고 하였다.

듣고 있던 김석견이 머리를 끄덕이다가 범이를 가리키며 말하였다.

"그럼 저 젊은이를 데려가기 위해 멀고 먼 백두산까지 왔단 말입니까?"

"그렇소. 그날 병조판서께서 나라님의 윤허를 얻어 정언신 장군의 휘하로 장사 50여 명을 징발하여 보내었는데 그들이 바로 단옷날 동재기 나루에서 씨름을 하던 장사 50여 명이오. 여기 있는 범이는 그때 2등을 한 장사로 우리가 백두산까지 와서 데려가는 것이오."

"오! 그럼 정말 대단한 장사인 모양이외다."

"그걸 말이라고 하시오? 내가 가장 좋아하는 아우외다."

백손은 껄껄 웃으며 범이의 어깨를 두드렸다.

용호군(龍虎軍)

계미년(1583년) 이월 보름, 백손 일행은 함흥에 도착할 수 있었다. 혜산진에서 함흥까지라면 한나절에 달려올 수 있는 범이였지만 길개똥의 걸음이 상대적으로 느려서 나흘이나 걸렸다.

함흥에는 임금의 명을 받아 이미 많은 병사들이 주둔하고 있었다. 닷새 전에 조방장에 임명된 오운(吳沄)과 박선(朴宣)이 8천의 군사를 거느리고 북쪽을 향해 올라갔으며, 지금은 도순찰사로 임명된 정언신(鄭彦信)과 남도병마사 이용(李鏞), 방어사 김우서(金禹瑞)가 함흥부 관아에서 5도에서 올라오는 군사들을 휘하의 여러 장수에게 배치하느라 여념이 없었다.

함흥관아에 도착한 범이는 눈에 익은 사람들을 속속히 찾아볼 수 있었는데, 단옷날 씨름판에서 보았던 장사들이 한 막사를 차지하고 있었기 때문이었다. 막사 안에 있던 사람들 중에 범이와 씨름을 했던 마길상과 양만석이 알아보고 다가왔다.

"음, 범 장사가 왔군. 반갑네!"

이렇게 말하는 것은 마길상이고,

"아! 이제야 왔군, 범 장사가 안보여서 서운하더니 정말 반갑네, 반가워."

이렇게 말하는 것은 양만석이었다.

"뭣이라? 나를 이겼던 그 꼬맹이가 왔단 말이여?"

이렇게 말하는 것은 꿈에 볼까 두렵던 각설이대장 장팔이었다. 범이의 얼굴이 울상이 된 것은 말할 나위가 없었으나 지금은 풍신이 그때와는 많이 달라져서 쾌자를 입은 멀끔한 모습이 어엿한 군졸과 다름없었다.

장팔의 이런 변화에는 사연도 많았다. 안 씻기로 유명한 각설이패 우두머리 장팔이 때 아닌 나라의 부름을 받고 좋아서 멀끔한 군복을 빼 입고 각설이들의 환영 행렬 속에 청계천 다리를 건너 함흥으로 떠나던 날, 청계천 물이 시커멓게 변하고 악취가 진동하며 물고기가 죽어 떠오르는 등 며칠 동안 사람들이 물을 긷지 못하는 사건이 있었다.

사람들은 두고두고 장팔이가 그날 저녁 청계천에서 목욕을 해서 청계천 물이 더러워졌느니, 그리하여 이제는 죽어도 청계천 물로는 밥도 해먹지 않겠다느니, 옷도 빨지 않겠다느니, 청계천 물에 들어가지 말라느니 하는 우스갯소리가 장안을 소리 없이 떠돌더란다.

수정같이 맑은 내가 흐른다 하여 이름 붙여진 청계천(淸溪川)을 오염시키고 떠나온 장팔이답게 깔끔한 모습이었지만, 어찌했던 그와 씨름을 할 때 곤욕스러웠던 일을 떠올리자 범이는 그가 다가올수록 얼굴이 창백해지면서 숨이 턱턱 막혔다.

장팔은 범이의 속내도 모르고 능글거리며 다가오더니 갑자기 긴 팔로 범이를 덥석 껴안았다.

"범 장사, 반갑네. 나 장팔이야."

막사 안에 있던 사람들의 얼굴이 이 광경을 보고 흙빛이 된 것은 말할 나위도 없고, 범이는 머리에서 풍기는 냄새에 정신이 혼미할 지경이었다.

범이는 얼른 두 손으로 장팔이 어깨를 잡아 뒤로 물리곤 애써 웃으며 고개를 끄덕였다. 반갑다는 표시였지만 이미 범이의 얼굴은 일그러질 대로 일그러져 괴롭다는 표정이 되어 있었다.

장팔은 허연 비듬이 풀신풀신 떨어지는 머리를 몇 번 긁으며 씽긋 웃다가 어슬렁거리며 막사를 돌아다녔다. 덩치 큰 장사들은 행여 장팔이의 몸에 닿을까 싶어 자연히 길을 열었으니 그야말로 장팔이는 막사 안에서 종횡무진 거칠 것이 없었다.

난이 일어나는 바람에 급하게 긁어모은 군대에서 가장 힘 있고 용맹이 뛰어난 정병들이 거처한다 하여 용호군(龍虎軍)이라 부르는 이 막사의 주인은 바로 장팔이였던 것이다.

차례로 강만돌 · 황상만 · 장범이 같은 장사들이 범이에게 다가와 인사를 하였고 막사 안에 있던 50여 명의 장사들 역시 범이와 인사를 끝내었다.

백손은 장사들과 인사가 끝나자 목에 힘을 주고 범이의 어깨를 두드리며 말하였다.

"범이야, 우리가 배속된 곳은 용호군이라 하는데 이곳 군사들 중에서 가장 강한 정병이 모여 있다는 말이야. 이제 잠시 후면 장군님께 가야 하니까 어서 이 군복으로 갈아입거라."

범이는 백손이 준 깨끗한 검은 쾌자를 입고 설아가 준 비취빛 검을 허리에 차고는 김우서가 거처하는 막사로 향하였다.

김우서는 정언신의 명을 받고 이들을 정병 집단에서 가장 강하다고 용호군(龍虎軍)이라 칭하곤 최고의 대우를 해주었다. 그가 그런 대우를 해준 것은 도순찰사 정언신의 특별한 명이 있었기 때문이었으나 천하디 천한 상것들을 위해 가장 좋은 대우를 해주는 것이 못마땅한 것은 사실이었다.

본데 시정무뢰배들을 싫어하는 김우서가 더구나 자신의 관할인 용호군이 군졸들 가운데서 가장 천박하고 버릇도 없는 무식쟁이들의 집합소가 된 것이 분할 따름이었다.

김우서는 이들 무리 중에서 특별히 병조판서의 명으로 백두산까지 데리러 갔다는 범이가 왔다는 말을 듣고 관아에서 범이를 기다리고 있었다.

이미 씨름판에서 차석을 한 장사라는 이력을 들어 커다란 체구에 우락부락한 범이의 모습을 기대하고 있던 김우서는 뜻밖에 호리호리하고 날렵한 모습의 범이가 백손과 길개똥을 따라 들어오자 황망한 얼굴로 범이의 모습을 흘겨보았다.

'이런 놈을 어째서 병조판서가 부르셨을까?'

머리를 갸웃거리며 자세히 다시 보니 두 눈에서 불이 나듯 부리부리하며 기골이 늠름한 것이 장수의 기상이 역력하였다.

"범이라 하였느냐?"

"네."

범이가 고개를 숙였다.

"네가 백두산에서 왔다며?"

"네."

"어, 멀리서도 왔구나."

김우서가 눈앞에 서 있는 범이를 아래위로 훑어보았다. 아래위로 부지런히 돌아가던 눈이 범이가 허리에 차고 있는 환도에 쏠렸다. 막 개인 듯한 하늘을 닮은 비취빛에 금으로 구름무늬가 아로새겨진 환도는 한눈에도 보통 검이 아닌 것 같았다. 아름다운 고려청자 같은 환도를 보니 김우서는 욕심이 동하였다.

"그 환도가 아주 멋있군. 이리 가져와 보게."

범이는 얼른 허리줄을 풀어서 두 손으로 환도를 김우서에게 내보였다. 김우서가 비취빛 검집을 자세히 바라보니 과연 천하의 명품이었다. 마치 파란 하늘에 구름과 바람이 소요하는 것 같은 검집에는 장인의 예술혼과 수고로움이 한눈에 잡히는 듯하였다. 김우서는 감탄을 하며 이번에는 손잡이를 잡아 칼날을 뽑아보았다.

스르릉--

경쾌한 금속성의 울음을 토하며 검집을 빠져나온 검은 하얀 햇살 같은 광선을 장막 안에 품어내었다. 새하얀 검날에는 파란 안개가 서린 듯도 하고 신령한 기운이 숨겨져 있는 듯도 하여 김우서는 자기도 모르게 감탄을 흘리었다.

칼날이 무도 썰 수 없을 것 같이 뭉툭한 것이 흠이었지만 김우서도 보는 눈은 있는 사람이라 명검에 대한 욕심이 물 끓듯 일어나는 것을 어찌할 수 없었다. 하지만 일개 사병의 검을 빼앗았다 막하에 소문이 퍼지면 이제 곧 변방에서 싸움을 할 장졸들이 자신을 따르지 않을 것이요, 그렇게 되면 공을 세우기는 애초에 그른 것. 소득대실(小得大失)의 이치를 아는 김우서는 다만 그 검을 바라보며 입맛을 다실 수밖에 없었다.

"좋은 검이군. 그러나 칼이 너무 뭉툭해. 이래 가지곤 오랑캐의 목은커녕 옷자락 하나도 못 베겠어."

김우서는 안타까운 마음으로 그러나 태연한 척 내색하지 않고 범이에게 검을 내어주며 대장장이에게 가서 칼날을 날카롭게 갈 것을 명하였다.

명을 받고 장군의 막사를 나온 범이는 백손과 길개똥을 따라 도성 안에 있는 대장간으로 걸음을 옮겼다.

땅―― 땅―― 땅――

누런 초가지붕 위로 시커먼 연기를 내뿜는 대장간은 곧 변방으로 갈 군인들의 창이며 칼 같은 무기를 만드느라 여념이 없었다. 삼면이 휭 하니 뚫려 안이 훤히 내다보이는 대장간은 대장장이 일곱이 땀으로 범벅이 된 웃통을 드러내놓고 열심히 망치질을 하고 있었다.

빠알간 숯불로 달구어진 붉은 쇠를 선반 위에 올려놓고 커다란 정을 휘두르는 대장장이 둘은 손발이 척척 맞아 이쪽이 내리치면 저쪽이 내리치고 저쪽이 내리치면 이쪽이 내리치어 '땅― 땅― 땅― 땅― 따당― 따당― 따당― 따당―' 쇠망치 두드리는 소리가 장단에 맞추어 노래를 부르는 것 같았다.

대장간 앞개울에 있는 사람들은 그렇게 만들어진 칼과 창을 날카롭게 갈고 있었는데 개천이 숫돌에서 나온 검은 쇳물로 시커멓게 변하여 있었다. 그러나 여전히 개천은 쉬지 않고 흘러 거뭇거뭇한 물을 하류로 흘려보냈다.

마당가에는 창과 칼이 수백 개도 넘게 쌓여 있었고, 그것을 새끼줄로 묶는 사람들도 개미처럼 몸을 바쁘게 움직였다.

백손은 대장간 앞에서 대장장이들을 살폈다.

"불을 더 피워라, 아직 쇠가 안 달았다, 더 두드려라."

넓은 턱에 허연 수염이 텁수룩한 대장장이 하나가 여섯 명의 대장장이들에게 명령을 하는 것으로 보아 그가 수대장장이임을 한눈에 알 수 있었다.

"이보오. 이 칼 좀 갈아주시오."

백손이 수대장장이를 불러 범이의 칼을 건네주니 무심히 칼을 받아든 수대장장이는 손을 벌벌 떨었다.

쇠만 만져보아도 잘되었는지 못되었는지 알 수 있다는, 평생을 쇠를 두드리는 것을 업으로 살아온 수대장장이의 날카로운 두 눈이 칼끝부터 손잡이까지 천천히 훑어갔다. 칼집에서 칼날을 꺼내 유심히 바라보는 수대장장이의 얼굴이 긴장으로 가득하였다.

"왜 그런가? 무슨 문제가 있는가? 장군님의 명령이니 그 칼을 날카롭게 갈아놓게."

"자, 잠시만 기다리십시오. 잠시만 기다리십시오."

수대장장이는 재빨리 대장간을 나가더니 가까운 초가집으로 부리나케 달려갔다.

"뭐야? 뭘 잘못 먹었나? 왜 저러는 거야?"

백손은 수대장장이가 사라진 초가집을 바라보며 중얼거렸다.

잠시 후 초가집에서 수대장장이가 한 노인을 이끌고 바깥으로 나왔다. 수대장장이의 부축을 받고 안간힘을 쓰면서 걸어오고 있는 등이 꼬부라진 백발의 노인은 한 손을 싸리나무 지팡이에 의지하고 대장간을 향해 비틀비틀 걸어오고 있었다.

바람만 불어도 쓰러질 것 같은 그 노인은 한참 만에 대장간에 도착하여 어린 심부름꾼 아이의 부축을 받아 노환에 풍이 들어 벌벌 떨리는 몸을 바로 하며 대장장이가 준 검을 바라보았다. 번데기같이 쪼글쪼글한 노인의 얼굴에는 시꺼먼 검버섯이 피어 죽을 날이 얼마 남지 않은 사람 같았지만 숱이 없는 듬성한 눈썹을 움찔거리며 검을 바라보는 눈빛은 부축하는 소년의 눈보다 밝게 번쩍거렸다.

한참을 들여다보는 노인의 눈가에 이슬 같은 눈물이 어리더니 이내 그의 주름이 가득한 입이 옴찔거렸다. 입안에 엿을 넣고 굴리는 것 같은 노인의 말은 파리가 앵앵거리듯 작게 들려서 백손 일행은 좀처럼 알아들을 수 없었다. 이 일에 익숙한 모양인 듯 옆에 서 있던 수대장장이가 재빨리 그의 입에 귀를 가져가 노인의 말을 백손에게 전하였다.

"나리, 이 검은 날카롭게 갈(磨)수 없다 합니다."

"그게 무슨 말이야? 검을 갈 수 없다니?"

노인의 입이 다시 오물거렸다. 수대장장이가 다시금 귀를 가져가 그 말을 전하였다.

"이 검은 원래 이렇게 만들어진 검이라 손을 타서 검의(劍意)를 훼손시킬 수 없다 합니다."

"검의라고? 도통 무슨 말을 하는 건지 모르겠군. 내가 알아들을 수 있도록 시원하게 말을 해보구라구."

백손의 말에 대장장이는 노인의 귀에 대고 크게 소리쳤다.

"아버님, 어째서 그런지 이유를 말하랍니다."

노인의 입이 다시 옴찔거렸다. 검을 갈 수 없는 이유는 이런 것이었다.

이 검을 만든 장인의 뜻을 받들어 검에 인위적으로 손을 댈 수 없다는 것이다. 함흥은 변방이고 태조 때의 무풍(武風)이 남아 있어 검을 만드는 장인들이 대대로 많이 살아왔는데 이 늙은 노인도 어려서부터 아버지의 대를 이어받아 평생을 대장장이로 살아와 검을 보는 견해가 남다른 데가 있었다. 그것은 농사꾼이 평생을 땀과 씨름하며 땅에 대해 아는 것처럼 평생을 쇠와 함께 살아오면서 몸으로 체득한 감각이었다.

검을 만드는 장인은 농기구를 만드는 대장장이와 격이 같을 수 없었다. 장인이 만든 검에는 검 하나하나마다 그 검의(劍意)를 드러내기 때문에 마치 신명(神命)을 받는 무당처럼 어떠한 계시나 뜻이 없이 명검이 만들어지지 않는다는 것이었다. 장인이 검을 만드는 것은 사람의 몸에 혼을 담는 과정과 같으니 장인의 마음과 뜻이 검에 담겨 있지 않으면 명검(名劍)이 탄생될 수 없는 것이다.

노인이 비취빛 검집을 살펴봄에 문양을 새기고 색을 바르는 솜씨는 분명 천하에 이름 있는 장인의 솜씨가 분명하였다. 검을 살펴봄에도 강철로 제련한 솜씨가 천하에 이름난 장인의 솜씨가 아니고는 이런 검을 만들 수 없음을 알게 되었던 것이다. 그러나 검에서는 그 재주가 어디론가 달아나버린 듯 문양도 없고 날카로움도 없는 그야말로 이름뿐인 검이 되어 있었다. 평범한 사람에게는 이상하게 보일는지 모르지만 평생을 쇠를 두드리며 살아온 이 노인이 이러한 이치를 모를 리가 없었다.

노인은 아무런 아름다움도 없는 이 검에서 마치 달이나 바위처럼 투박한 자연의 아름다움을 느꼈던 것이다. 그는 아름답게 상감을 할 수 있는 실력을 가지고도 이름도 새겨 넣지 않고 평범함 그자체로 하나의 예술품을 만든 장인의 예술혼을 검에서 느끼고 억제할 수 없는 기쁨과 평생에 이런 검 하나를 만들지 못했던 무능에 대한 부끄러움이 겹쳐 검을 건드려서는 아니 된다고 극구 주장하는 것이었다.

"검의 뜻(劍志)이 살아 있는 검을 건드린다는 것은 바로 이 검을 만든 장인에 대한 모욕이며, 스스로 명검을 망치는 것입니다. 그러니 이 검은 날카롭게 갈지 말고 그대로 두는 것이 낫겠습니다."

이렇게 말하는 데야 백손도 더는 어찌할 수가 없어서 건네받은 검을 범이에게 돌려주었다. 범이는 살생을 싫어하여 검을 날카롭게 가는 것이 싫었는데 마침 그의 뜻대로 온전하게 자신의 품으로 돌아오자 기뻐 어쩔 줄을 몰랐다.

범이가 기뻐하는 것을 본 노인의 자글자글한 눈에서 눈물이 흘러나왔다. 백손은 갑자기 노인이 소매로 눈물을 닦는 것을 보고 이상하게 생각하며 물어보니 수대장장이가 노인의 말을 전하여 이렇게 대답하였다.

"하나는 아버님이 돌아가시기 전에 진실로 명검(名劍)을 본 것이 기뻐 우시는 것이고, 또 하나는 그 검이 임자를 바로 만난 것 같아 기뻐서 우시는 겁니다."

죽음을 눈앞에 둔 대장장이 노인의 눈에 범이의 본상(本像)이 드러난 모양이었다.

백손은 궁금한 것이 하나 있어 다시 물었다.

"그럼 이 검의 이름을 혹 아는지 물어 보시구랴?"

수대장장이가 다시 노인의 말을 전하였다.

"이름이 없답니다. 그건 이름이 없는 검이랍니다."

"뭐라고? 세상에 이름 없는 검이 어디 있단 말이우?"

백손의 물음에 수대장장이는 노인의 말을 전하며 말하였다.

"이름이 없답니다. 그래야 이 검이 온전한 검이 되는 거랍니다."

백손은 무슨 말인지 알 수가 없어 고개를 갸웃거리다가 돌아와 대장간에서 겪은 일을 김우서에게 전하였다. 김우서는 이 말을 듣고 더욱 기괴하게 생각하여 이름 없는 소졸이 명검의 주인이 된 것을 안타깝게 생각하였다.

'아무렴 그런 명검은 일개 무명소졸보다야 나 같은 장수에게나 어울리지. 암, 그렇고말고……'

김우서는 욕심이 불처럼 일어나 야인을 막으러 갈 생각보다 범이에게 그 검을 빼앗아 자기 것으로 삼을 생각을 먼저 하였다.

며칠 동안 함흥관아에서 주둔하던 김우서는 도순찰사 정언신의 명을 받고 자신의 부대를 이끌고 먼저 북쪽으로 출발하였다. 김우서는 5도에서 충원한 군사들과 용호군, 100여 기의 철기군을 거느리고 보무도 당당하게 경원(慶源)을 향해 출발하였다.

이날 함흥의 모든 백성이 저잣거리에 나와 손을 흔들고 환호성을 지르며 북을 치고 노래를 불러 북방으로 진군하는 군인들의 사기를 높여주었으니, 이때에 김우서는 머리에 은빛 투구를 쓰고 백은쇄자갑(白銀刷子甲)을 입고 그 위에 홍라(紅裸) 전포(戰袍)를 겹쳐 입고, 푸른 갈기를 나부끼는 청총마(靑驄馬) 위에 걸터앉아 두 손을 내어 휘두르며 대로 좌우에 둘러서 있는 백성들에게 손을 흔들어 위엄을 한껏 과시하였다.

군고(軍鼓)를 두드리고 징을 치고 나팔을 부는 군악대 뒤로 푸른 청총마를 탄 장수가 은빛 갑옷 번쩍이며 의기양양하게 손을 흔들고, 그 뒤를 따라 100여 기 철기군이 형형색색 번쩍이는 기치창검을 빼곡히 들고 따라갈 새 전송하는 사람들은 넋을 잃었다.

그 뒤로 덩치가 산만한 우락부락한 50여 명의 장사들이 덩치에 걸맞은 쇠망치, 쇠도리깨, 쇠도끼같이 보기만 해도 오금이 저리는 온갖 무기를 들고 위세를 부리며 지나가고, 그 뒤로 활 든 군졸, 창 든 군졸, 도끼를 든 군졸이 대오를 맞추어 따라갈 새 구경하는 사람들은 제아무리 오랑캐가 흉맹하다 하더라도 반드시 이들의 손에 토벌되리라 생각하는 것이었다.

범이도 그 대열 속에 끼어서 수많은 사람들의 환호를 받다보니 기분이 좋아져서 어깨가 으쓱으쓱 올라가고 목에 힘이 들어갔다. 그것은 다른 사람들도 마찬가지였는데 흥이 오른 어떤 장사는 쇠망치를 들고 오랑캐 놈들의 대가리를 이걸로 바숴버려야지 하기도 하고 어떤 장사는 커다란 도끼를 어깨에 걸치고 오랑캐 놈들의 대가리를 이걸로 날려버려야지 말하며 잔뜩 사기가 오른 발걸음으로 성큼성큼 대열을 따라가는 것이었다.

이미 오랑캐들이 쳐들어온 사실을 알고 불안감에 휩싸여 있던 북방의 주민들은 오랑캐를 토벌하는 군사들이 동네 앞을 지나갈 때면 길가에 늘어서서 손을 흔들며 잔치를 베풀고 먹을 것을 가져다주랴 무어 부족한 것은 없나 수선을 부리며 그들을 맞았다.

군사들은 풍성한 대접에 배가 부르도록 먹고 사기가 드높아 어서 경원으로 달려가 오랑캐 놈들을 물리쳐야겠다는 생각으로 가득하였다.

반면 김우서는 가는 곳마다 극진한 환대와 대접을 받아 마음이 자연히 교만해져 빨리 가고 싶은 마음이 생기지 않았다. 그는 여러 차례 변방을 지키는 임무를 맡아본 무인이었으나 야인들과 접전 한번 해보지 못한 실로 유약하고 용기가 없는 인물이었다.

　태평한 변방 생활에 자리만 지키던 위인이 그동안의 경력과 인맥으로 방어사로 임명되어 오랑캐를 토벌하는 임무를 맡게 되었으나 흉맹한 야인과 맞서 싸울 생각을 하면 몸이 오그라지고 가슴이 새가슴처럼 두근거렸다. 그것은 또한 그가 오랜 변방 생활을 통해 야인들이 얼마나 용감한지 알고 있었기 때문이었다.

　예로부터 여진(女眞)은 그 수가 만(萬)을 차면 감당하지 못한다고 하였다. 이 말은 금나라가 세워진 송(宋)대 이후부터 중국에 널리 퍼진 말이었다. 12세기 초 여진족 추장인 아골타(阿骨打)가 세운 금나라는 여진인의 용맹성을 중국인의 머릿속에 각인시켜 놓았다. 그리하여 명(明)나라가 세워진 이후에도 이런 이유 때문에 여진족에게는 분산정책으로 일관했던 것이다.

　여진족 역시 몽고족들과 마찬가지로 유목생활을 하며 수렵과 인삼 채취로 살아온 족속들이었다. 말을 타고 사냥하는 것은 그들의 장기였다. 평생을 숲과 평원에서 말을 달리고 사냥을 해온 그들의 전투력은 단연 최고라 할 수 있었으니 후일 청(淸)나라를 일으킨 누르하치 역시 여진인이다.

　김우서가 이를 모를 리 없었다. 1만이 넘는 야인들이 쳐들어왔다는 장계에 김우서는 마음이 콩알처럼 오그라들었다. 되도록 천천히 도착하여 여진인과의 싸움을 피하고 싶은 마음에 전방에서 들려오는 소식을 예의 주시하였다.

변방에서 들려오는 소식에 온성부사 신립(申砬)이 동분서주하며 야인들을 격파하고 있다는 말에 김우서는 일변 마음이 놓였다. 그러나 전방으로 들어가서 싸움을 할 생각을 하면 머리가 지끈지끈하였다.

자신이 데리고 있는 무리들은 군대에서 정예교육을 받은 이가 3분의 1도 아니 되고 대부분 시정백도(市井白徒)들이었으니 야인들이 웅거하고 있는 경원이 가까워질수록 김우서의 마음은 두려움과 불안감에 살얼음을 밟는 것 같았다.

방어사의 임무를 맡은 수장이 이런 생각을 하고 있으니 진군이 빠르게 될 리가 없었다. 길이 험하다는 핑계로 이 마을에서 하루, 저 마을에서 시간을 끌고 있으니 병사들의 사기는 점점 떨어지고 불신의 마음이 일어났다.

변방의 백성들 역시 마찬가지였다. 많은 수의 병사들이 한바탕 지나간 자리에는 그들의 며칠 식량이 바닥이 날 정도였다. 울며 겨자 먹기로 그들을 웃는 얼굴로 맞이하기는 하였으나 먹성 좋은 병사들을 감당할 수 없어 속히 떠나주길 바라는 것이었다.

김우서가 이를 모를 리 없었으나 그렇다고 빨리 진군할 수도, 마냥 걸음을 늦출 수도 없는 노릇이었다. 북쪽에서 연일 파발이 닥쳐 군대를 빨리 보내라고 재촉하는 까닭에 김우서는 난감하여 잠을 이룰 수 없을 지경이었다. 군대를 빨리 진군시키려니 야인들이 겁나고, 늦추려니 북쪽에서 재촉하고 진퇴양난(進退兩難)이 따로 없었다.

김우서는 머리를 굴렸다. 원래 능력 없는 사람들이 잔머리는 잘 굴리는 법이다. 김우서는 그의 장막으로 중군장 김시민(金時敏)을 불러들었다. 김시민은 정언신의 발탁으로 김우서의 휘하에 들어와 있었는데 사람이 의기가 있고 바른말만 일삼아 김우서에게 미운털이 박힌 장수였다.

김시민은 본래 무인년(戊寅年: 선조11-1578년) 무과에 급제하였으나, 훈련판관(訓練判官)으로 병조판서에 상신한 것이 뜻대로 안 되자 항의하고 벼슬을 떠났다가 도순찰사 정언신이 추천하여 중군장으로 임명된 만만찮은 인물이었다. 후일 임진왜란이 발발함에 영남우도병마절도사로 혁혁한 전공을 세우게 되는 김시민은 이때에는 이렇다할 두각을 나타내지 못하고 한직에 있었다. 이 무렵 김시민의 나이가 29세였으니 김우서의 휘하에 있으면서도 바른말만 일삼던 까닭에 미운털이 박힌 것이다.

김시민은 방어사가 부른다는 말을 듣고 갑주를 입은 채로 김우서의 막사로 들어갔다. 김우서는 탁자 위에 장계를 펼쳐놓은 채 김시민의 인사를 받는 둥 마는 둥 얼굴을 잔뜩 찡그리며 말하였다.

"북쪽에서 병사들을 빨리 보내라 독촉을 하는데 어떻게 생각하시오?"

김시민이 김우서의 마음을 모를 리 없었다. 김시민은 저 생쥐가 또 무슨 잔머리를 굴리려고 하나 싶어 고개를 숙인 채 눈을 치켜뜨고 김우서를 바라보다가 고개를 들며 말하였다.

"장군, 군명(軍命)이 지극히 엄하니 한시바삐 군사들을 이끌고 가야 하지 않겠습니까? 이렇게 지체 하셨다간 싸워보지도 못하고 책망을 받겠습니다."

"내가 그것을 모르는 게 아니야."

김우서는 쥐꼬리처럼 좌우로 길게 난 수염을 엄지와 검지로 돌돌 말다가 김시민을 바라보며 말하였다.

"아직 도순찰사의 명이 없었지 않은가? 군명이 지엄한데 어찌 사사로이 행동을 할 수 있나? 하지만 북쪽에서는 자꾸 병력을 재촉하고……."

김우서는 볼멘소리로 중얼거리며 눈을 새득새득 치켜들어 김시민의 눈치를 살피다가 입을 열었다.

"우선 자네가 병력을 이끌고 북쪽으로 올라가게. 뒷일은 나에게 맡기고 말일세."

마치 큰 인심을 쓴다는 듯이 하는 말을 듣고 김시민은 기가 막힐 따름이었다. 이런 사람을 방어사로 뽑은 조정의 높은 대신들의 눈이 의심되었다.

김시민은 화가 치솟아 두 눈을 부릅뜨고 김우서에게 말하였다.

"장군, 그게 무슨 말입니까? 도순찰사께서는 장군을 먼저 보내시어 북방의 병력들을 지원하라 하지 않았습니까? 군명을 어기다니 참 기가 막힐 노릇이외다."

김우서는 화가 치솟아 당장에 군율로 자신의 위엄을 보이고 싶었지만 그럴 용기도 없을 뿐더러 김시민의 기세에 눌려서 목구멍에서 말이 겉돌았다. 김시민의 말은 일구일언이 사리에 들어맞았고 병졸들 사이에서 신망이 대단하여 감히 건드릴 수 없을 지경이었다.

"이보게, 그렇게 생각지 말게. 나도 입장이 곤란하네."

김우서의 입에서 볼멘소리가 흘러나왔다.

"자네도 생각을 해보게. 훈련받은 정병은 앞서 오운과 박선이 팔천을 데리고 가지 않았는가? 모르긴 몰라도 북쪽에 병력이 모자라지는 않을 걸세. 그런데도 자꾸 독촉하는 것은 어쩔 수 없지만 자네도 생각을 해보게. 우리가 데리고 있는 병력들은 대부분 군사훈

련도 제대로 받지 못한 무지렁이 백수들 아닌가? 더구나 병조판서께서는 천하의 무뢰배들인 씨름꾼들을 모아 용호군이라 일컬어 특별한 대우를 해주라니 나는 기가 막혀 말도 안 나오네. 아무리 군사들이 없다지만 어찌 이다지도 궁핍한가. 생각하면 어이없는 노릇이네. 변방 오랑캐들이 보통 흉악하고 용맹한가? 활은 또 얼마나 잘 쏘고 칼은 또 얼마나 잘 휘두르는데…….”

그는 다시금 눈을 빠끔히 들어 김시민의 눈치를 살피며 입을 열었다.

“내가 다 생각이 있네. 우선은 자네가 군사들을 이끌고 먼저 가게. 나는 이곳에서 무지렁이 군사들을 훈련시키고 있다가 도순찰사님과 함께 뒤따라감세.”

“그렇게 하지요.”

김시민은 가슴속에 치미는 울분을 애써 삭히며 인사도 하는 둥 마는 둥 장막을 와락 걷어 재치고 바깥으로 나가버렸다.

“휴––”

김우서는 김시민이 사라지자 한숨을 내쉬며 가슴을 쓸었다. 체면이 말이 아니게 구겨졌지만 목숨이 왔다 갔다 하는 판에 체면을 차릴 틈이 없었다. 아니 김우서는 체면을 생각하지 않았다. 그까짓 체면보단 목숨이 소중하다는 것을 잘 알고 있기 때문이었다. 뻘건 피를 뚝뚝 흘리며 오랑캐 놈들의 장대 끝에 잘려진 목이 매달리는 것보단 한 번 체면을 구겨서 소중한 목숨을 보전하는 것이 이익이라 생각하였다.

김우서는 흡족한 듯 쥐꼬리 같은 수염을 만지며 전장으로 보낼 사람들을 생각해 보았다. 눈엣가시 같던 김시민과 함께 갈 사람들 역시 눈엣가시 같은 사람들이 일 순위였다. 그것이 누구냐? 철기병(鐵騎兵)은 정예부대로 유사시에 기동력이 있어서 자신의 목숨을 구해줄 가장 유력한 병사이므로 보낼 수가 없고, 궁수들은 활을 쏘아 오랑캐를 막으니 안 되고, 창병(槍兵)과 부병(斧兵)들은 마지막 수단인 백병전을 할 때 가장 필요한 병력이며 부대장들도 모두 마음에 들어 보내기가 싫었다.

그럼 누가 남았는가? 부대 내의 가장 골칫거리 용호군이었다. 이놈들은 군율도 가장 해이하고 제멋대로 된 놈들이라 김우서가 감당하기 어려운 부대였다. 한번은 버릇이 없다고 한 놈을 잡아다가 군율로 곤장 삼십 대의 장형을 치는데 그곳에 50여 명이나 되는 덩치가 우락부락한 장사들이 둘러서서 흉악한 눈을 부라리며 장졸과 김우서를 노려봄에 김우서는 등골이 오싹하고 오금이 저려서 측간에 간다는 핑계를 대고 그곳을 빠져나온 적이 있었다. 장을 치던 장졸들도 겁에 질리긴 마찬가지여서 김우서가 사라지기 무섭게 들고 있던 곤장을 바닥에 내려놓고 발바닥이 안 보이도록 달아나버렸다.

담장 안에서 장사들의 웃음소리가 들리더니 철썩철썩하는 소리가 들려오는데 도망가던 장졸이 고개를 돌려 바라보니 장사들이 커다란 곤장을 회초리 다루듯 하며 땅바닥을 내리치고 있었다. 삼십 대를 바닥에 때린 용호군 장사들은 그 자리에서 곤장을 두 동강 내버리고는 자기네 막사로 돌아가 버렸는데 그날 이후로 김우서는 용호군 장졸들이 무서워 그들이 보이면 아예 고개를 돌리거나 피해버리기 일쑤였다.

용호군 장사들도 날이 갈수록 김우서의 실체를 알게 되어 두려운 마음이 없어지고 나중에는 공공연히 김우서를 놀렸다.

김우서가 항상 이를 마음에 두고 분해하며 이를 뿌드득 갈면서 언제고 한번은 그놈들을 묵사발이 될 때까지 치도곤을 내고 싶지만 그것은 마음뿐이고 어느 놈이 앙심을 품고 야심한 밤에 쇠망치를 가지고 몰래 들어와 자신을 해할지 몰라—그놈들은 법도 모르는 부량무식한 놈들이기 때문에 자신을 해치고 도망가면 그뿐이라고 김우서는 생각하였다—전전긍긍 울며 겨자 먹는 식으로 내버려두고 있었다.

김우서가 용호군을 미워하는 데는 용호군의 비장을 맡고 있는 임백손도 한몫을 톡톡히 하였다. 고산찰방 임제의 추천으로 말단 관리가 된 임백손은 천하의 호랑아(豪郞兒) 임제의 아우라고 자칭하였으니, 실제 임제와 흡사하게 호기가 높고 간담이 드세었다.

유유상종이라는 말처럼 백손은 용호군의 장졸들과 허물없이 지내었고 그렇지 않아도 바른말을 하여 심기를 어지럽히는 김시민과 의기투합하여 자신을 무시할 때에 김우서의 뱃속에서 천불이 일었다.

'그래, 쓸모없는 놈들을 보내자. 그놈들과 김시민이 내 눈에 안 보이면 내 명이 10년은 길어질 것이다.'

생각이 여기에 미치자 김우서의 수염 아래로 미소가 피어오르고 둥글둥글한 얼굴에 화색이 돌았다. 김우서는 기쁜 마음에 나졸들을 시켜서 술상을 차려 오라하곤 용호군에게도 술과 고기를 내리라고 명하였다. 마지막 가는 길에 술이라도 마음껏 주자는 심산이었다.

잠시 후, 술상을 받은 김우서는 한 잔을 따라 입술을 축이곤 골치 아픈 문제를 한꺼번에 해결해 버린 자신의 명석한 머리에 스스로 탄복하며 흐뭇한 미소를 지었다. 그는 눈앞에 살랑거리며 타오르는 등불을 바라보곤 여인네의 가는 허리가 생각나 입맛을 쩝쩝 다시다가 갑자기 눈을 크게 뜨고 술잔을 '탁-' 소리가 나도록 술상 위에 내려놓았다.

'아차! 보검을 깜빡했구나. 그 범이라는 놈의 검을 빼앗아야 하는데……'

범이의 보검에 생각이 미치자 김우서는 욕심이 동하여 다시금 눈을 가늘게 뜨고 살랑거리는 등불을 바라보며 이해득실을 따졌다. 그러나 아무리 생각해 보아도 좋은 수는 생각나지 않았다. 머리를 두드리다가 두 손으로 상투머리를 질끈 누르며 꾀를 짜내어도 좋은 묘책이 없었다. 그렇지 않아도 말이 많은 용호군에 또다시 이야깃거리를 주면 자신에게 손해가 되었으면 되었지 일말의 이익이 없음을 그는 잘 알고 있었다. 더구나 범이는 병조판서가 주목하는 인물이 아닌가.

'아! 보검을 결국 포기할 수밖에 없는가?'

그는 한숨을 길게 내쉬다가 갑자기 꾀를 생각해 내었다. 욕심은 무궁한 묘수를 머릿속에 만들어주는 모양이다.

김우서는 사람을 불러 김시민의 말구종을 불러오라 명하였다. 잠시 후 김시민의 말구종이 김우서의 앞에 불려왔다.

"나으리, 부르셨습니까요?"

차돌이라는 말구종은 두 눈을 반짝거리며 김우서를 바라보았다. 김우서는 차돌이가 반질반질한 얼굴만큼 머리가 영특하고 그 안에 욕심이 많다는 것을 알았다. 그것을 어떻게 아느냐면 언젠가 김시민에게 말먹이를 잘못 주어 설사가 나게 하였다고 곤장을 맞은 이후로 앙심을 품어 김시민의 험담을 늘어놓는 것을 우연히 들었기 때문이었다. 원래 말구종이나 하고 있을 만큼 어리석지도 않고 그

래도 상놈답지 않게 공부를 해서 언문을 깨친 이놈은 먹물이 들어
간 만큼 생각하는 것이 보통의 종놈들과는 달랐다.

김우서는 부드러운 얼굴로 차돌에게 말하였다.

"차돌아, 네가 고생이 많지?"

차돌은 높으신 방어사가 갑자기 말구종인 자기를 부르자 뭔가
이상한 낌새를 채었다. 그는 자신이 모시는 상전 김시민이 김우서
막사에 불려갔다가 붉으락푸르락한 얼굴로 돌아온 것을 알고 있었
으므로, 그가 돌아온 지 얼마 되지 않아 자신같이 미천한 종놈을
친히 부르는 것이 무슨 이유가 있을 것이라 생각하였다. 그리고 막
사에 들어온 자신을 부드러이 대해 주는 김우서를 보자 차돌은 그
가 자신에게 뭔가 부탁할 일이 있을 것이다 추측하였다. 차돌은 얼
굴색 하나 변하지 않고 퉁명스럽게 말하였다.

"나으리도 고생은 무슨 고생입니까? 그저 제 일에 열심일 따름
이지요."

그러나 김우서의 눈에도 차돌의 잔머리가 들어왔다. 김우서는
차돌이에 비하면 그 계통의 고수였다.

김우서는 넌지시 차돌에게 물었다.

"차돌아, 네가 말구종을 언제부터 하였느냐?"

차돌은 눈에 생기가 돌았다. 뭔가 느낌이 오는 모양이었다.

"제 나이가 이제 열일곱이니 한 오륙년 되었습니다."

"그래? 듣기로 너는 다른 종들과 다르게 언문도 깨치고 보고 배
운 바도 많다며?"

언감생심 자신의 칭찬하자 차돌은 뭔가 수가 나는가 싶었으나
얼굴을 잔뜩 찡그리며 말하였다.

"그건 그렇지만 관노(官奴) 팔자가 어쩔 수 있나요?"

그 모양을 보는 김우서는 마음속으로 쾌재를 불렀다.

'이놈아 내가 네 속에 있다.'

김우서가 주변을 둘러보다가 차돌의 얼굴 가까이로 다가가 노골적으로 말하였다.

"차돌아, 내가 너를 양인으로 만들어 주랴? 아니면 말단 관속이라도 한자리 주랴?"

차돌이는 정신이 번뜩 들었다. 관노비가 양인(良人)이 된다니 말구종이라도 면했으면 싶은 차돌에게는 엄청난 이야기가 아닐 수 없었다. 하지만 눈앞에 있는 방어사는 자기 같은 관노비 하나쯤은 충분히 양인으로도, 아님 급창(及唱)이나 통인(通印) 같은 거들먹거리는 관속으로 만들어줄 수 있다는 것을 차돌은 잘 알고 있었다.

차돌은 그 자리에서 엎드려 땅바닥에 머리를 박을 듯이 큰절을 하며 말하였다.

"나으리, 소인에게 시키실 일이 있으면 말씀하십시오. 소인이 뭔들 못하겠습니까? 시켜만 주십시오. 견마지역(犬馬之役)을 다하겠습니다."

그래도 좀 배운 놈이라 사자성어도 튀어나왔다.

'그럼 그렇지 네까짓 게 누굴 시험하려는 게야.'

김우서는 빙그레 웃으며 차돌에게 은근한 목소리로 말하였다.

"정말 그래 줄 테냐?"

"네, 타는 불에 들어가라면 불에 들어갈 것이요, 끓는 기름에 들어가래도 들어가겠습니다."

차돌은 똘망똘망한 눈을 들어 말하였다. 김우서는 눈을 감고 흡족한 듯 고개를 끄덕였다. 그는 이런 부류를 잘 알았다. 이런 부류는 의리보다는 이익이 우선이다. 맹자에 항산(恒産)이 항심(恒心)이라는 말이 있지 아니한가. 의리가 없는 자들을 부려먹는 데에는 떡고물이 최고임을 김우서는 너무도 잘 알고 있었다. 그것은 자신 역시 그러한 부류이기 때문인지도 몰랐다.

하지만 김우서는 자신이 이런 부류여서 차돌이 같은 부류를 싫어한다. 이런 부류는 의리가 없어서 이익을 보면 언제라도 배신을 해버릴 수가 있기에, 우서는 자신이 이런 부류이면서 또한 자신과 같은 부류를 싫어하는 것이다.

그런데 이런 부류를 싫어하지만 의리로 똘똘 뭉친 부류는 더욱 더 싫어한다. 그 의리가 도대체 뭐기에 아무리 지켜봐야 돈 한 푼나오지 않고 누구 하나 알아주지도 않는 그 궁핍한 의리란 것을 죽음도 두려워하지 않고 지키려는 부류들을 이해할 수 없기 때문이다. 그가 보기에는 그 모든 것이 배운 자들의 위선이고 정신없는 자들의 변설이 분명하였다. 눈앞에 칼이 무서운데도 무섭지 않다 하고 배가 고픈데도 고프지 않다 하는 그들의 모습이 가식으로 보이기 때문에 김우서는 그들을 싫어하는 것이다.

한 가지를 더 말하자면 자신이 의리 있다는 부류들에게 죄 없이 항상 눈치를 봐야 하는 이유도 있다. 그리하여 차라리 배신을 당할 망정 인간적으로 가식이 없는 의리 없는 부류 차돌이에게 일을 맡긴 것이다.

김우서는 말 한마디로 차돌을 복종시킨 자신의 영특한 머리를 스스로 감탄하면서 눈을 떠 차돌에게 말하였다.

"차돌아, 너는 내 심부름만 잘 해주면 된다. 그것을 어떻게 하냐면……."

김우서는 차돌을 가까이에 불러들여 귀에 대고 무언가 이야기를 하였다. 차돌의 치켜 뜬 여우같은 눈이 별빛처럼 반짝거렸다.

그날 저녁 김시민은 말을 살피러 왔다가 차돌이 방어사 김우서에게 불려갔다는 소리를 듣고 차돌을 불렀다.

차돌은 말에게 저녁을 줄 생각도 않고 멀거니 짚더미 속에 누워서 양인이 되어 자유롭게 농사나 짓고 살까? 급창이 되어 사또의 위세를 대신 부려볼까? 통인이 되어 사또 심부름이나 하면서 관기들을 희롱하며 놀까 하는 생각으로 정신이 없었다.

그때 관노 하나가 허둥지둥 뛰어와 차돌을 찾았다.

"차돌아, 시방 나리께서 너를 찾으시네."

"어떤 나리 말이야?"

"어떤 나리긴 네가 모시는 나리 말이지, 다른 나리가 어디 있어?"

차돌은 그제야 말에게 저녁을 주지 않았다는 것을 떠올리고는 후닥닥 일어나 마구간으로 내달렸다.

"나리, 찾으셨습니까?"

차돌은 말먹이를 주지 않은 것이 마음에 걸려 말구유를 힐끔힐끔 들여다보며 변명거리를 생각하였다. 이때 김시민이 차돌에게 말하였다.

"차돌아, 네가 방어사 나리에게 불려갔다는 말을 들었는데 연유가 무엇이냐?"

차돌은 뜻하지 않는 말을 듣자 번개를 맞은 사람처럼 멍해져 그 자리에서 고개를 숙인 채 석상처럼 서 있었다.

"차돌아, 도대체 무슨 일이기에 네가 그곳에 불려갔는지 이야기를 하거라."

차돌은 등줄기에서 식은땀이 주르르 흘러내렸다. 만약 누군가가 자신이 김우서의 심복이 되었다는 말을 김시민에게 해주었다면 치도곤은 물론이요, 의리 없는 놈이라고 사람 취급도 하지 않을 것이니 자신의 인생은 이제 끝이 난 것이나 다름없었다. 그러나 차돌이 가만히 눈치를 살피며 김시민을 보니 노한 표정이라기보다는 걱정하는 모습이 역력하였다.

'아직 모르는 것 같은데…….'

차돌은 순간적으로 머리를 굴리어 김시민에게 말하였다.

"네, 방어사 나리께서 부르셔서 갔다 왔는데 나리가 무얼 하고 계시나 물어보셨어요."

"그걸 왜 너에게 물었느냐?"

"그러게 말입니다. 소인도 이유는 잘 모르겠습니다. 저는 그냥 나리가 활터에 나가셔서 활을 쏘고 계시다고만 말했습지요. 그런데 나리, 오늘 방어사 나리와 무슨 좋지 않은 일이라도 있으셨습니까?"

김시민은 오전에 김우서가 용호군을 이끌고 먼저 북방으로 가라는 것 때문에 내 눈치를 살피기 위해 차돌이를 부른 것이라 생각하곤 피식 웃으며 차돌의 머리를 쓸었다.

"차돌아, 말을 든든히 먹여라. 내일 아침에 용호군을 데리고 회령으로 갈 터이니 너도 일찍 자고 따라갈 준비를 하거라."

차돌은 알고 있었으나 모르는 사람처럼 눈을 크게 뜨고 말하였다.

"내일 회령으로 간다고 말입니까? 갑자기 그게 무슨 말인지 쇤네는 모르겠습니다."

"녀석, 드디어 야인들을 물리치러 변방으로 간단 말이다."

"네? 변방으로 말입니까?"

"그래, 그렇다고 너무 겁먹을 것은 없다. 용호군 장수들은 일당 백의 장사들이어서 아무런 문제가 없을 테니 말이다. 그리고 너는 내 곁에만 있으면 걱정할 게 없다. 허니 너는 오늘 저녁 일찍 들어가서 푹 자거라."

김시민은 차돌의 머리를 쓰다듬어 주다가 이내 용호군이 있는 막사를 향해 걸음을 옮겼다. 차돌은 멀어져 가는 김시민을 보곤 안도의 한숨을 내쉬었다. 자신을 걱정해 주는 김시민을 배신하고 김우서의 밀정이 된 자신의 처지가 가련하게 느껴졌으나 이내 양인이 된 모습, 급창, 통인이 된 자신의 모습을 떠올리곤 언제 그랬냐는 듯이 차돌은 콧노래를 부르며 말에게 여물을 먹였다.

이날, 용호군의 막사 안에서는 술판이 벌어졌다.

"오늘이 무슨 날이야? 그 겁쟁이 사또가 술을 다 내려주고 말이야?"

장단의 장사 양만석은 막걸리를 한 사발 마시곤 무슨 신기한 일이라도 본 사람처럼 눈을 부라렸다.

"그러게 잉, 내가 가서 허리가 으스러지도록 꽉 껴안아 줬음 좋겠구마잉. 좋아서 눈이 핑— 돌아가도록 말이시."

한 상을 혼자 차지하고 있던 각설이패 두령 장팔이 말에 좌중은 웃음바다가 되었다.

장팔은 몸에서 악취가 풍겨 나와 장사들이 가까이 하진 않았지만 각설이 생활에 구변이 좋아서 언제나 이야기를 할 때면 장팔이가 주가 되었다. 풍자 섞인 이야기들을 많이 해서 주로 높은 관리들 험담을 은근한 야설과 더불어 토해 내는지라 늘 그의 주변에는 사람들이 끊이지 않았다. 사람들이 그런 장팔을 보고 애석하게 생각하는 것은 오직 그의 몸에서 풍겨 나오는 코를 마비시킬 정도의 악취였다.

그때였다. 막사 안으로 김시민이 들어왔다.

"무슨 재미있는 이야길 하기에 이리도 소란스러운가? 나도 좀 끼워 주게."

웃고 떠들던 장사들은 김시민이 들어오는 것을 보곤 모두 자리에서 일어났다. 용호군은 시정백수들의 집합소이지만 김시민 같이 의기가 있는 장수들에 대해서는 깍듯한 예의를 차렸다.

임백손은 김시민이 나타나자 얼른 그에게 다가가 읍하며 말하였다.

"장군, 어쩐 일이십니까요?"

시민은 백손의 어깨를 툭 치며 말하였다.

"임 비장, 자네 들었는가? 내일 나와 함께 먼저 회령으로 간다는 소식을 말일세."

"그럼요, 들었습니다요. 그렇지 않아도 따분하던 참이었는데 잘되었지요."

백손은 고개를 돌려 장사들에게 말하였다.

"이보게들, 그렇지 않은가?"

"그렇소."

그렇지 않아도 온몸이 근질거리던 장사들이었다. 눈이 뜨이고 귀가 틔는 소식에 일제히 소리치니 마치 천둥이 치는 듯 귀가 웅— 하고 막사가 떠들썩하니 흔들릴 정도였다.

김시민은 그들을 한 사람씩 바라보다가 눈을 부릅뜨며 말하였다.

"우리가 먼저 가서 북쪽의 오랑캐 놈들을 때려잡고 크게 공을 세워보세."

"좋습니다."

김시민의 부릅뜬 눈에 장사들도 기운이 솟구쳐 너도나도 주먹을 불끈 쥐었다.

다음날 조반을 먹은 후 용호군의 장사들은 김시민과 더불어 군영을 빠져나와 회령으로 출발하였다. 선봉장수 하나에 달랑 용호군 50명이라는 것이 과히 모양새가 좋지 않아 김우서는 기병 50여 기를 앞장세우고 궁수 20여 명, 창수 20여 명, 도끼수 10여 명을 더 넣어 도합 150여 명을 만들어 김시민의 뒤를 따르게 하였다.

그리하여 선봉장으로는 김시민을 삼고 후진중군(後陳中軍)으로 임백손을 삼아—백손은 이때에 말에 올라타 갖은 위세를 부리면서—변방으로 나아갔다.

3월을 이틀 남기고 단천에서 출발한 일행은 하루에 백 리가 넘는 길을 빠른 속도로 행군하여 오늘은 길주에서 자고 다음날은 경성에서 그 다음날은 부령에 도착하였다. 삼월의 햇살이 변방에도 밝게 내리쬐어 길가에 파란 풀들이 진군하는 장병들을 맞이하고 바람도 별로 없는 따뜻한 날이었다.

부령에 들어서자마자 그들은 황급히 성을 빠져나가는 한 떼의 인마와 군사를 발견할 수 있었다. 뿌연 흙먼지를 일으키며 노도같이 달려오는 군마들의 무리는 김시민 앞에서 멈추었다. 말을 타고 갑주를 입은 사내가 다급한 얼굴로 김시민에게 소리쳤다.

"나는 부령부사 장의현이요. 그대들은 누구의 군사요?"

김시민은 말에서 내려 한 손을 가슴에 들어 읍하며 말하였다.

"저는 방어사 김우서 장군의 명을 받고 회령으로 가는 길입니다. 그런데 어딜 그리 급하게 가시는 길이십니까?"

"건원보가 오랑캐에게 포위되어 급하다는 전갈을 받았소. 나는 가오. 그대는 어서 올라가시오."

김시민이 재빨리 말하였다.

"저희 군인들을 데리고 가십시오. 병력이 모자라 보입니다."

장의현이 고개를 내저으며 말하였다.

"아니오! 군율이 엄한데 상부의 지시도 받지 않고 사사로이 병력을 데려갈 수 없소."

"이런 저런 것을 따지다보면 급한 불을 끌 수가 없습니다. 우선 제 병력 중에 용력이 뛰어나고 재주가 좋은 사람을 데리고 가십시오. 이 일은 제가 병마사님께 말씀드릴 것이니 걱정 마시고 말입니다."

김시민의 말에 부령부사 장의현은 귀가 솔깃하였다. 건원보(乾原堡)로부터 급한 파발이 닥쳐 병마사 이제신은 부령부사 장의현으로 하여금 구원하게 하였던 것이다. 부령은 회령에서 남쪽으로 100여 리 정도나 내륙에 위치하고 있어 야인의 침입을 받지 않았는데 회령과 종성, 경원은 변방에 위치하고 있어 야인들을 막기 위해 병력을 뺄 수 없는 상황이라 병마사 이제신이 부령부사에게 건원보의 구원을 지시한 것이다.

그러나 부령의 병력들 역시 창졸간에 오랑캐의 침입으로 회령을 지원하는 바람에 병력이 턱없이 부족한 상황이었다. 회령은 오랑캐 중에 가장 세력이 강한 이탕개(泥湯介)가 들고일어나 부령의 군인들이 그리로 지원하러 간 상태고 앞서 갔던 오운과 박선이 방어사

이제신과 함께 있는 힘을 다해 그들과 대적하고 있는 상황이었다.

장의현이 이제신의 명을 받고 건원보로 가려하나 부령의 방어 역시 생각하지 않을 수 없는 까닭에 가뜩이나 부족한 병력들 중에서도 몇 안 되는 인원들을 주둔시켜 놓았으니 장졸들을 모두 합쳐 봐야 50여 명 정도밖에 되지 않았다. 거기다가 건원보는 부령에서 200여 리나 되는 먼 길이라 말을 탄 기병을 데리고 가니 병력이 고작해야 30명 정도밖에 되지 않았던 것이다.

그렇지 않아도 걱정을 하고—이 무렵 변방의 사정은 대부분 이렇게 궁핍하였다.— 있던 참에 김시민이 그런 말을 꺼내니 그야말로 하늘이 무너져도 솟아날 구멍이 있다는 옛말의 신통함을 다시한 번 실감하는 것이었다.

"그렇다면 병력을 지원해 주시오."

부령부사의 말에 김시민은 얼른 뒤에 있던 임백손을 불렀다. 임백손이 황황히 말에서 내려 뛰어가니 김시민이 명을 내렸다.

"임 비장, 자네는 용호군 중에 무예가 뛰어나고 특별히 걸음이 빠른 사람을 25명 정도 데리고 부령부사를 따라가게. 걸음이 빨라야 하네. 기병을 따라 먼 길을 가려면 말일세."

"네."

그는 또 철기군의 부장 하나를 불러 25명을 데리고 부령부사를 따르라 명하였다. 졸지에 부령부사는 철기병 25기에 보병 25인이 붙어 도합 80여 명의 군사를 거느리게 되었던 것이다.

임백손은 이제야 자기가 그리도 원하던 오랑캐와 싸워 공을 얻노라 싶어 크게 기뻐하며 용호군의 무리 중에 걸음이 빠른 자들을 골랐다. 그런데 대부분이 씨름꾼이라 덩치가 산만 하여 용력이 뛰어날 뿐 걸음이 빠른 자들이 없었다.

기병을 따라 200여 리나 함께 갈 장사들은 암만 뒤져봐도 다섯 명이 채 안 되었다. 강만돌이나 길개똥, 이천의 장범이 같이 호리호리한 근육질의 장사와 각설이 행각에 도망질의 고수가 된 장팔이 외에는 걸음이 빠른 사람들이 없었던 것이다. 거기다가 자신과 범이가 들어가니 인원은 50여 명 중에 여섯 명. 임백손은 애석한 얼굴로 김시민에게 다가와 말하였다.

"용호군에는 걸음이 빠른 장사가 저까지 합쳐봐야 여섯 명밖에 안 됩니다."

"뭐야?"

김시민이 고개를 돌려 바라보니 과연 조금만 걸어도 구슬 같은 땀을 흘리는 거구의 용호군 장사들이었다.

부령부사 장의현이 이를 보고 말하였다.

"아무렴 어떻소. 시간이 급하오. 여섯 명이라도 데려가겠소."

김시민은 여섯 명의 장사들을 얼른 불러냈다. 그리하여 나온 사람이 양주에서 온 강만돌과 과천의 길개똥, 이천의 장범이와 각설이 우두머리 장팔이, 그리고 범이와 임백손이었다.

"나리, 저도 데려가 주십시오."

난데없이 김시민의 말구종 차돌이가 끼어들었다.

김시민의 차돌의 의기가 가상하여 머리를 쓰다듬으며 말하였다.

"네가 어딜 간다 그러느냐? 그곳은 싸움터야. 네가 참말로 죽고 싶은 것이냐? 너같이 어린아이가 어딜 간단 말이냐?"

차돌은 김우서에게 밀정의 임무를 받아 범이를 따라다니며 꼬투리를 잡을 만한 소식을 캐는 것이 임무라 두 사람을 놓쳐서는 아니

되겠다 단단히 마음을 먹고는 이빨을 깨물고 두 눈을 반짝거리며 말하였다.

"나리, 이래 뵈도 제가 걸음이 빠르답니다. 그리고 나라를 위하는 일인데 무어 나이를 따집니까요?"

차돌은 고개를 돌려 백손의 옆에 서 있는 범이를 가리키며 말하였다.

"저 범이라는 장사도 기껏해야 저보다 두세 살 정도 많을 뿐입니다. 그런데 어찌 제가 갈 수 없겠습니까? 나리 저도 가게 해주십시오."

김시민은 차돌이 마음속에 욕심이 있어 그러는지 모르고 크게 감동하여 차돌의 머리를 쓰다듬으며 말하였다.

"내가 그동안 너를 몰랐었구나. 네가 이렇게 의기가 높은 아인 줄은 정말 몰랐다. 그래. 이 길로 임 비장을 따라가거라. 가서 공을 세우고 돌아오너라."

차돌은 넙죽 인사를 하곤 가까운 곳에 서 있던 군기감에게 창 하나 칼 하나를 받아 범이 옆에 섰다.

부령부사 장의현이 말하였다.

"이보시오! 시간이 촉박하니 먼저 가야겠소. 병마사님께 말 좀 잘 해주시구려."

이내 장의현은 말을 몰아 서쪽으로 난 길을 따라 달렸다. 기마병들이 흙먼지를 자욱하게 일으키며 그 뒤를 쫓았다.

백손은 그 뒤를 따라 말을 타고 가고 강만돌, 길개똥, 장범이와 장팔이, 차돌이는 뛰어갔다. 범이는 그 뒤를 천천히 걸어가듯 하는데도 마냥 빠르게 가는 지라 그 모습을 보는 사람들이 이상하게 생각하였다.

김시민 역시 말 위에서 범이가 바람처럼 달려가는 모습을 보고 신기하게 생각하다가 그 전날 들은 이야기가 떠올라 홀로 중얼거리며 머리를 갸웃거렸다.

"저것이 축지법이 아닌가? 거참! 범이란 아이가 백두산에서 온 아이라 하더니, 병조판서 대감이 특별히 부른 이유가 있는 게로구나."

한편 말을 타고 달려가던 임백손은 가장 의기가 높은 차돌이가 얼마 가지도 않아 숨을 헐떡거리는 것을 보고 말에서 내려 차돌이를 안장 위에 앉혔다.

차돌이 힘은 들었으나 말구종으로 있던 아이라 장교들이나 타는 귀한 말에 올라타는 것에 질겁을 하며 말에서 내리려 하였다.

"괜찮다. 네 의기가 마음에 들어서 그런 것이니 가만히 있거라."

백손은 껄껄 웃으며 말고삐를 잡고 나는 듯 뛰어갔다.

먼 길을 쉬지 않고 달려온 길개똥과 장팔이, 장범이, 강만돌은 범이와 임백손이 먼 길을 달려가는 데도 얼굴에 땀 한 방울 흘리지 않는 것에 놀라 뛰어가면서도 서로의 얼굴을 놀란 눈으로 바라보았다.

임백손은 말구종 같이 고삐를 잡고 뛰어가고 범이는 성큼성큼 걸어가건만 속도가 뛰는 말과 같았다.

'범이가 신선의 술법을 배운 것이 틀림없어.'

길개똥이 범이의 모습을 보며 이렇게 생각할 때에 장팔이와 장범이, 강만돌도 놀라서 말로만 듣던 축지법을 보게 되었다 생각하는 것이었다.

건원보(乾原堡) 전투

그날 저녁이 되어 부령부사 장의현은 건원읍성으로 들어갈 수 있었다.

건원보 권관(乾原堡 權管) 이순신(李舜臣)이 성을 열고 이들을 맞아주었는데 얼마 되지 않는 병력으로 며칠 밤낮을 야인들에게 시달리어 야윈 듯한 얼굴에 씻지 않아서인지 온 얼굴이 검은 때로 가득하였다.

올해 초 건원보 권관에 부임한 이순신은 턱없이 부족한 군사들을 보고 어이가 없을 지경이었다. 이미 동구비보권관으로 있으면서 변방의 열악한 사정을 잘 알고 있던 이순신은 적은 군사를 열심히 훈련시키고 잘 다스려 오랑캐의 침입에도 건원보를 잘 막아낼 수 있었던 것이다.

하지만 병력이 턱없이 모자라서 걱정하던 차에 부령부사가 한 떼의 군사들을 이끌고 도착하자 기뻐하며 말에서 내리는 장의현의 손을 턱석 잡으며 말하였다.

"장 사또, 고맙소. 제때에 당도하셨소."

장의현은 성 주변에 말발굽이 가득하고 망루와 나무에 화살이 여기저기 꽂혀 있는 것을 보곤 그간의 치열한 전투를 대강 짐작하며 이순신에게 사례하였다.

"이 만호, 수고 많으셨습니다."

이순신은 작년까지 발포수군만호(鉢浦水軍萬戶)를 지냈기 때문에 장의현은 이 만호라 불렀다. 이순신이 말하였다.

"그렇지 않아도 강 건너 야인들이 내일 이곳을 크게 공격할 거라는 첩보가 있었습니다. 이제나저제나 했는데 정말로 잘 되었습니다."

당시 변방에 있는 군사들은 싸울 줄을 모르고 그저 성벽이나 지키면서 마치 먼 거리의 과녁을 맞추는 것처럼 활이나 쏠 뿐이었다. 혹시나 육박전을 하려고 성에 올라오기라도 하면 모두 겁에 질려 활을 제대로 쏘지 못하고 허둥거리다가 달아나기 일쑤라 이순신은 처음 건원보에 부임했을 때 일변 놀라운 마음이 들었고 일변 이런 한심한 군졸들을 데리고 있을 자신의 처지를 안타깝게 생각했던 것이다.

이순신은 평소에 대비하는 것을 좋아하여 두 달을 하루 같이 훈련을 시키자 건원보 내의 군사들은 제법 용맹한 태를 보이게 되었다. 그러나 그것도 성을 지키는 보병에 한에서일 뿐 기병(騎兵)들에게는 소용이 없었다.

평생을 수렵생활과 목축을 일삼아 말에서 사는 야인들과 두 달을 채 훈련받지 못한 기병이 상대가 될 리가 없었다. 설사 기병이 오래 전부터 훈련을 받았다 하더라도 같은 수가 겨룬대도 그 승패를 장담할 수 없을 만큼 야인들은 말에서는 빠르고 강하였다.

이순신은 병력이 늘어난 것을 기뻐하면서도 장의현이 대동하고 온 철기병 50여 인이 야인들을 상대로 힘을 쓸 수 있을까 의심하였다.

"이 만호, 부령에서 나오다가 방어사 김우서가 먼저 보낸 군사들을 만났는데 그에게서 기병 25인과 장교 하나, 보병 6인과 장교 하나를 데리고 왔소. 보병 6인과 장교는 용호군이라는 특수부대인데 걸음을 잘 걷고 용력이 뛰어나서 특별히 차출된 사람들이오."

"용호군이라?"

장의현이 재빨리 말하였다.

"정말 대단하긴 대단한 모양입니다. 부령에서 이곳까지 이백여 리가 넘는 거리를 다섯 차례밖에 쉬지 않고 뛰어 왔는데도 저리 멀쩡하지 않습니까?"

"그래요? 정말 장사는 장사로군요."

"내가 부령에서 용호군의 장사들을 보았는데 모두 덩치가 산만하고 얼굴이 저 장교처럼 우락부락합디다. 손에 든 무기들도 쇠망치며 도끼 같은 무거운 병기들이던데 과히 녹록지 않은 무리 같더이다. 그 김시민이란 장수는 아직 서른도 안 돼 보이던데 그런 병사들을 지휘하는 것이 부럽더이다."

장의현이 임백손과 그 일행을 가리키자 이순신은 천천히 걸음을 옮겨 그들에게 다가갔다.

백손을 필두로 달랑 여섯 사람들이 기마병 뒤에 서 있어서 볼품은 없었지만 이순신은 그들의 눈빛이 번들번들한 것이 녹록지 않아 보여 마음에 들었다.

"임 비장이라 했나? 이곳까지 뛰어오느라 수고 많았네."

임 비장은 키가 크고 위엄 있는 장수가 말을 걸어오자 눈을 부릅
뜨고 큰 소리로 말하였다.

"아닙니다. 그까짓 이백 리 길은 한달음이지 뭐가 힘들겠습니
까? 수고는 오랑캐 놈들을 때려잡는 데 해야지요."

백손의 뻣뻣하고 두서가 없는 말에 차돌은 우스워서 손으로 입
을 막고 웃었다. 이순신은 그 말을 듣고 빙그레 웃으며 백손의 어
깨를 툭툭 두드리곤 차돌과 범이를 번갈아 보다가 고개를 돌려 백
손에게 말하였다.

"임 비장, 이 두 사람은 아직 나이도 어린데 어떻게 이곳까지 따
라왔는가?"

그 말에 백손은 차돌이 자청해서 따라온 사연을 이야기하고 범
이는 씨름대회에서 차석을 한 장사로 백두산에 살고 있었는데 특
별히 병조판서의 명을 받고 데리고 왔다고 말해 주었다.

"오! 병조판서께서 직접?"

이순신은 차돌의 의기가 가상하고 범이가 모양과는 다르게 재주
가 있음을 가상하게 생각하였으나 병조판서가 명을 내렸다는 말에
감탄하며 범이의 얼굴을 뚫어져라 바라보았다.

백손은 험악한 얼굴에 미소를 지으며 말하였다.

"그렇습니다요. 보기엔 늘씬해 보이지만 힘도 천하에 당할 자가
없고 걸음도 빨라 범이가 뛰면 발이 허공에 날아다닐 정도입니다.
병조판서님이 아낄 만도 하지요."

"그럼 이 아이가 축지법을 한단 말이냐?"

"그건 아니옵고……."

이때 장팔이 불쑥 나서며 입을 열었다.

"빠르긴 겁나게 빠릅니다요."

이순신은 순간 정신이 아찔하고 머리가 어지러워 슬며시 뒤로 한 걸음 물러나며 장팔에게 말하였다.

"이 무슨 냄샌고? 자네는 좀 씻지 그러나?"

장팔은 부끄러워 한 발자국 뒤로 물러서 머리를 긁으며 실룩실룩 웃었다.

"씻기는 매일 씻는데 냄새는 떨어지지 않구먼요."

"알았네, 알았어."

이순신은 그 바람에 범이에게 무슨 이야기를 건넨다는 것을 깜빡 잊어버리고 말았다. 그러나 이들의 늠름한 모습을 대하니 마음이 든든하였다.

"내일 성을 지키는데 자네들이 큰 힘을 써 주게. 내 자네들을 지켜봄세."

"네."

백손과 여섯 사람은 이순신의 자애롭고 힘 있는 말에 일제히 고개를 숙이고 읍하였다.

다음날 날이 밝기 무섭게 망루에서 망을 보던 병졸 하나가 두 손을 입에 가져가 목이 터져라 소리를 질렀다.

"오랑캐가 온다! 오랑캐가 온다!!"

이른 아침 댓바람부터 오랑캐가 온다는 말에 밥을 먹던 군사들이 먹는 둥 마는 둥 숟가락을 놓고 성루로 우르르 올라갔다. 성 밖에는 이른 아침부터 두만강을 건너온 야인들이 수백 마리의 말 위에 앉아서 건원보를 둥글게 에워싸고 있었다.

"저 오랑캐 놈들 머리가 저게 뭐야? 깎다 만 밤톨처럼 대머리가 번쩍번쩍 하누만."

백손이 말 위에 타고 있는 야인들을 가리키며 껄껄 웃었다. 말 위에 타고 있는 야인들의 모습은 정말로 머리를 빡빡 깎고 귀밑에 까만 머리와 머리 뒤에 난 긴 머리를 땋아서 언 듯 보면 대머리 같았다. 그러나 자세히 보면 목에 땋아 늘인 긴 머리를 감고 있어 뒷머리가 조선 사람의 땋은 머리 같았다.

범이는 백두산에서 야인들의 모습을 이미 많이 보아왔기 때문에 그들의 모습이 그리 신기하지 않았으나 장팔이와 길개똥, 장범이, 강만돌과 차돌이는 신기한 듯이 서로 웃으며 야인들의 흉을 보았다.

"저놈들 머리가 왜놈들 대가리랑 비슷하네요."

"그러게 오랑캐 놈들은 되놈이나 왜놈이나 그게 그거네. 그래서 오랑캐 놈들인가 봐."

"정말로, 마빡이 뺀질뺀질한 게 천상 왜놈이네."

구변 좋은 장팔이가 빠질 리 없었다.

"저놈들 머리 보게. 까마귀 같은 낯짝에 번들번들한 이마빼기가 꼭 골난 거시기 같네그려. 대갈빡이 밤일을 하면 숫한 여자 죽어나겠네."

사람들이 '우흐흐-' 하고 웃었다.

이때 이순신과 장의현은 망루에 서서 오랑캐들의 진영을 살피며 작전을 짜고 있었다.

"내가 기마병 50을 데리고 한번 싸워보리다."

장의현의 말에 이순신은 고개를 가로저으며 말하였다.

"이른 아침이라 저놈들의 사기가 올라 있을 테니 지금은 때가 아닌 것 같소. 이 성을 지키다가 저놈들이 힘이 빠져 돌아갈 때를 기다려 후위를 치면 반드시 승리할 것이오."

장의현은 철기병 50여 명을 쓰지 못하게 하자 약간 기분이 상하였지만 이순신의 말이 일리가 있어 가만히 고개만 끄덕였다.

이때 '슝— 슝—' 하는 소리와 함께 성을 향해 화살들이 날아들었다. 성벽 아래로 득달같이 내달리며 야인들이 쏘는 화살이 메뚜기 떼처럼 성 위로 날아오자 군사들은 일제히 고개를 숙였다. 임백손은 날아오는 화살들을 동개활로 쳐서 떨어뜨리며 크게 소리쳤다.

"이눔들아… 화살을 쏘려면 제대로 쏴야지!"

백손은 허리에 차고 있던 전통에서 화살 하나를 꺼내어 가장 용맹한 척 활을 들고 앞장서서 달리는 야인을 조준하여 시위를 당겼다.

푸르르——

황토빛 깃털이 꼬리를 털며 날아간 화살은 성 앞을 지나 달려가는 야인의 등짝을 꿰뚫었다. 야인이 맥없이 땅바닥에 떨어지기 무섭게 한 떼의 야인들이 재빨리 그 야인을 낚아채어 화살이 미치지 않는 진영으로 데리고 가 버렸다.

백손의 활 실력에 성 위에 숨어 있던 사람들은 사기가 충천하여 엄지손가락을 치켜세우며 찬사를 보내었다.

"임 비장이 주몽이오."

"임 비장 활 쏘는 실력이 보통이 아니오."

"명궁이오."

"신궁이오."

백손은 우쭐하여 어깨와 목에 힘을 주며 거들먹거리듯이 소리쳤다.

"이 정도는 기본이오. 두고 보시오. 다음번엔 오랑캐놈 이마빼기에 화살을 꽂을 것이오."

이내 전통에서 뽑은 화살을 활에 먹여 야인들이 다시 오길 기다렸다. 그러나 진지로 돌아간 야인들은 세 마장 앞에서 진을 치고는 아무런 기미가 없었다.

"이놈들이 벌써 겁을 집어먹었나?"

백손은 머리를 긁적거리다가 옆에 서 있는 범이를 보곤 씨익 웃었다. 범이는 저렇게 화살을 잘 쏘아보았으면 하는 부러운 마음을 가지고 백손을 바라보다가 고개를 돌려 쥐 죽은 듯 고요한 야인들의 진지를 바라보았다.

이때 한차례 성을 어지러이 맴돌며 화살을 날리던 야인들의 진영은 그야말로 초상 분위기였다. 시천평(時錢坪)에 살고 있는 심처호(深處胡) 추장 우율란(于栗卵)이 가장 사랑하던 막내아들이 백손의 화살에 맞아 목숨을 잃어버린 것이었다.

"이놈들, 반드시 건원성을 함락해서 내 아들의 원수를 갚고 말겠다."

우율란은 노기충천하여 당장에 우을지(迂乙知)에게 병력을 보내달라고 사람을 보내었다. 한동안 아무런 기척이 없는 것을 이상하게 생각하던 이순신에게 망루 위에서 적진을 정탐하던 병사 하나가 급히 뛰어와서 소리쳤다.

"장군, 야인 다섯 명이 진지를 빠져나와 말을 타고 북쪽으로 올라갔습니다. 아무래도 우을지에게 원군을 청한 것 같습니다."

"알겠다."

이순신은 갑자기 야인들이 원군을 청하러 간다는 말에 가만히 생각해 보았다.

'우을란이 많은 병력을 가지고 있으면서도 굳이 우을지의 원군을 청한다는 것은 반드시 이 성을 함락시키려는 의도다. 원군이 오는 것을 막아야 한다.'

이순신은 고개를 돌려 부령부사 장의현에게 말하였다.

"저놈들이 오늘 결단을 내리려는 모양이오. 북쪽으로 올라갔다면 분명 아산에 있는 우을지에게 원군을 청하러 간 것일 것이오. 누가 따라가서 저놈들이 원군을 청하는 것을 막아야겠소."

장의현은 눈썹을 찌푸리며 말하였다.

"하지만 이 성은 지금 야인들로 겹겹이 둘러싸여 있는데 어떻게 한단 말이오?"

"우선 철기군을 활용해야겠소."

그는 손을 들어 야인들의 진영 중에 가운데 허약해 보이는 곳을 가리키며 말하였다.

"성동격서(聲東擊西)라. 한바탕 철기군이 나가서 적의 진영을 흔들어 놓으면 반드시 야인들이 그들을 구하러 달려올 것이오. 그 틈을 타서 북쪽으로 날랜 병사들이 야인들을 잡으러 가면 머지않아 그들을 붙잡을 수 있을게요."

"하지만 우리가 가진 철기군은 이 장군 휘하의 50기와 내가 가진 50여 기가 전부입니다. 그 수로 수백 명이 넘은 야인들을 상대해 낼 수 있겠습니까?"

"일단은 저들의 시선을 분산시키는 것이 목적이니 무사히 우리 측 사람이 후문으로 빠져나간 후 바로 철수를 하면 큰 손실은 없을 것이오."

"그럼 누구를 보낼까요?"

장의현의 말에 이순신의 눈에 들어온 것은 임백손과 범이였다. 임백손은 금방도 활을 쏘아 야인을 죽이는 것을 본 터이라 용맹이 있어 보이고 활도 잘 쏘니 추격하여 야인들을 물리칠 수 있는 사람으로 적격이고 범이는 걸음이 빠르다는 것이 마음에 들었다.

"우선 임 비장에게 철기군 10명을 붙여 아산으로 간 야인들을 따라 잡게 하면 되겠소. 범이란 아이도 함께 보냈으면 좋겠소."

장의현은 이순신의 말에 고개를 끄덕이며 북을 쳐 기마병들을 모았다.

이순신은 백손과 범이를 불러 작전을 지시하곤 기마병 8기와 말 2필을 내려주었다. 임백손은 처음부터 이순신이 자신에게 중요한 일을 지시하자 마음이 부풀어 올라 어찌할 바를 모르고 얼굴에 화색이 돌아 가슴을 두드렸다.

"맡겨만 주십시오."

이순신은 고개를 돌려 범이에게 말하였다.

"너는 임 비장을 따라가 그를 돕도록 하거라."

"네."

이순신은 미소를 지으며 범이의 어깨를 다독거려 주었다.

이윽고 장의현은 성문 안에서 90여 기의 기마병을 거느리고 이순신의 지시를 기다렸다. 이순신이 친히 북채를 잡고 있다가 갑자기 전고(戰鼓)를 두드렸다.

둥- 둥- 둥- 둥-

성문이 열리면서 90여 기의 철기군이 막혀 있던 급류가 터지듯이 문을 박차고 나아갔다.

와아아아――

지축을 울리는 말발굽 소리와 우레 같은 함성 소리를 지르며 한 무리의 인마들이 야인들의 진지를 급습하자 야인들은 당황하여 뿔 뿔이 흩어졌으나 이내 고동소리와 함께 성을 둘러싸고 있던 야인 들이 소리를 지르며 벌떼까지 달려들었다. 그때 이순신은 후문을 바라보며 손을 흔들었다. 그러자 후문이 열리고 10기의 인마들이 황황하게 북쪽을 향해 내달렸다. 이내 문이 닫히고 그들의 모습이 멀어져 가자 이순신은 다시 전고를 두드렸다.

두둥― 두둥― 두둥― 두둥――

벌떼처럼 몰려다니며 진지를 어지럽히던 장의현의 기병들은 그 소리를 듣고 부리나케 성을 향해 후퇴하였다.

어지러운 함성과 비명소리, 날아다니는 화살들 사이로 90여 기 의 철기들은 문을 연 건원보를 향해 도망쳐왔다. 그 뒤로 야인들이 활을 쏘며 달려들었는데 우리 측 철기군이 반쯤 성안으로 들어왔 을 때 이순신은 다시금 한쪽 손을 들어 성 바깥을 가리켰다.

와아아아――

천지를 울리는 함성과 함께 무수한 화살과 돌들이 허공으로 날 아갔다. 독이 올라 뒤따라오는 야인들이 미처 예상하지 못했던 터 라 불시의 공격에 몇 명의 야인들이 혹은 화살에 혹은 돌에 맞아 피투성이가 된 채 바닥으로 떨어져 비명을 질렀다.

상황이 이렇게 전개되자 야인들은 우리 측 병사를 따라 성으로 들어올 생각을 하지 못하고 다시금 뒤로 물러가게 되었다.

무사히 성으로 들어온 장의현은 땀이 범벅이 된 얼굴로 망루에 올라와 이순신의 손을 잡았다.

"다행히 우리 측 병사들은 2명이 가벼운 부상을 입었을 뿐 모두 무사합니다. 이 만호의 계책이 참으로 용하오."

이때였다. 성 앞에 진을 치고 있던 야인들이 갑자기 북쪽으로 내달리기 시작하였다. 이순신은 머리를 갸웃거렸다.

'이상하군, 뭔가 이상해.'

한편, 한참 동안 조선의 군사들과 싸움을 하던 우율란은 손안에 들어왔던 적을 놓치고 분하게 생각하며 죄 없는 채찍을 마구 휘두르고 있었다.

"막내의 원수 놈들을 이렇게 놓치다니."

이때 야인 하나가 말을 타고 달려와서 북쪽을 가리키며 말하였다.

"막내를 죽인 놈이 말을 타고 북쪽으로 갔습니다."

우율란의 눈이 반짝거렸다.

"그 놈을 잡아 사지의 심줄을 모두 뽑아버리고 말 테다."

그는 장남인 우을기(于乙其)에게 이곳을 맡기고 반수의 병력을 데리고 친히 원수를 갚기 위해 백손과 범이를 쫓기로 하였다.

200여 기의 야인들이 난데없이 북쪽으로 사라져버리자 장의현은 눈을 번쩍이며 이순신에게 말하였다.

"이 만호, 적들의 수가 200여 기밖에 아니 되오. 이제는 한번 싸워볼 만하지 않겠소?"

이순신은 원래 침착한 성품의 사람이었다. 그는 한동안 생각을 하다가 입을 열었다.

"저들이 계책을 쓰고 있는지 모르니 잠시 관망하여 봅시다. 저들이 있는 곳의 뒤쪽은 언덕이라 숨을 곳이 있으니 혹여 숨어 있다가 우리가 나아가면 협공을 해올지도 모르는 일이오. 매사 신중하게 생각합시다."

장의현은 그 말을 일리 있다 생각하고 고개를 끄덕였다. 원래 지형지물을 잘 이용하는 이순신답게 매사에 철두철미하기가 그지없었다. 그러나 우율란이 사랑하는 아들의 원수를 갚기 위해 백손을 쫓아갔다는 사실은 이순신도 모르는 일이었으니 병법에 이른바 야인들이 계책을 부려 자신들을 끌어낼 수단을 부리고 있다고 생각하는 것이다.

얼마나 기다렸을까? 갑갑증이 난 장의현이 이순신에게 말하였다.

"아무래도 야인들이 북쪽으로 가버린 모양이오. 우리가 나아가 저놈들을 쳐 예기를 끊읍시다."

그러나 신중한 이순신이 그 말을 들을 리가 만무하였다. 망루에 있는 여러 신하들의 이야기로 미루어 언덕 뒤에 숨어 있는 병사는 없는 것 같으나 아무리 생각해 봐도 야인들이 반수나 북쪽으로 가버릴 이유가 없었다.

"이상하군. 이상해. 무슨 꿍꿍이란 말인가?"

팔짱을 끼고 있던 장의현이 마침내 화를 내었다.

"이보시오, 이 만호! 그대는 너무 신중해서 탈이오."

"신중한 것이 문제가 된다고 생각한 적은 없습니다. 병서에 승산이 없으면 싸우지 않는다고 하지 않습니까? 부하들의 목숨은 소중한 것이니까요."

"부하들의 목숨이 소중한 것은 잘 알겠는데 지금은 야인들이 반수나 빠졌소. 야인들이 계략을 쓰는 것이 아니라 정말로 물러갔다면 어떡하겠소? 참을성 없는 야인들이 지금껏 숨어 있을 리 없소. 이 만호, 잘 생각해 보시오."

장의현의 말은 일리가 있었다.

야인들은 참을성이 없기 때문에 지금쯤이라면 매복한 야인들이 나타나 성을 돌면서 욕지거리를 했을 것이다.

"지금까지 나오지 않는 것을 보면 놈들이 물러간 것이 틀림없는 것 같습니다."

"이 만호, 지금 싸운다면 승산이 있겠소?"

"야인들의 숫자가 반이나 빠졌고, 방심하고 있습니다. 급습한다면 필승입니다."

"이 만호! 그렇다면 우리, 공격합시다."

이순신이 고개를 끄덕였다.

이순신은 정병들을 모아놓고 말하였다.

"야인들은 말을 타고 있어 빠르긴 하나 말에서 내리면 그야말로 무용지물이니 최대한 그들의 발을 무디게 하는 것이 승리할 수 있는 길이다. 승패의 관권은 정병들에게 달려 있으니 너희들은 기병의 뒤에 붙으며 야인들을 바닥으로 끌어내리거나 말을 공격하거라. 그럼 승리는 우리의 것이다."

이순신의 말에 정병들은 창과 칼을 들고 크게 소리를 질렀다.

이때 성문 앞에 있는 장의현이 말하였다.

"내가 앞장설 테니 이 만호는 정병을 끌고 따라오시오."

"알겠소."

이순신은 고개를 끄덕였다.

이내 전고가 울리고 성문이 열리었다. 기병들은 앞서 나아가 한바탕 몸을 풀고 온 적이 있으므로 사기가 드높아 있었다.

"나를 따르라."

장의현의 말이 끝나기 무섭게 90여 기의 인마가 지축을 울리며 성문을 빠져 나와 야인들의 진지를 향해 내달았다. 그리고 그 뒤를 벼락같은 함성을 내지르며 이순신을 따르는 창을 든 정병 100여 명이 따랐다.

야인들은 불시의 습격에 깜짝 놀라 저마다 말을 타고 뿔뿔이 흩어져 버렸으나 조선의 철기병들이 활을 쏘며 뒤를 쫓고 정병들이 땅에서 창과 칼을 휘두르는 통에 아래위로 정신을 차릴 수 없어 반격의 틈은커녕 도망가기에 바빴다.

뒤를 보면 철기요, 아래를 보면 정병들이 창을 들어 말을 찔렀다. 창에 찔린 말들은 아픔에 앞발을 들고 요동을 치다가 바닥으로 쓰러졌고 야인들은 힘없이 바닥에 떨어졌다. 이때 강만돌과 길개똥, 장팔이, 장범이 네 사람은 한 손에 쇠몽둥이를 들고 바닥으로 떨어진 야인들을 억센 두 손으로 자빠뜨린 후 몽둥이를 휘둘러 이마빼기를 바수었다. 반질반질한 머리가 쇠몽둥이에 깨어져 눈알이 빠지고 뇌수가 튀어나오는 광경에 야인들은 싸울 마음을 잃고 너도나도 도망가기 바빴다.

정말로 용호군 네 사람의 용력은 남달랐다. 그들은 싸움판에서 피를 보자 성난 맹호가 양떼 속에서 날뛰는 것처럼 이리 뛰고 저리 휘두르며 싸움판을 압도하였다. 그리하자 다른 정병들도 사기가 높아져 이리 뛰고 저리 찌르며 야인들을 공격하였고 완전히 기가 죽은 200여 기의 야인들은 한참 만에 건원성 앞에 무수한 말과 야인들의 시체들을 남겨놓고 제 살길을 찾아 뿔뿔이 흩어져 버리고 말았다.

야인들이 깨끗하게 사라진 성 앞에서 군사들은 승리의 만세를 불렀다. 저마다 핏물이 엉킨 얼굴로 이겼다고 소리를 지르며 서로를 부둥켜안았다. 아는 사람들은 저마다 그들의 이름을 부르며 살았다는 안도감에 소리를 지르고 기뻐하였다. 장팔이는 이때다 하며 길개똥과 장범이, 강만돌을 껴안았는데 그들은 승리의 기쁨 속에서도 코끝을 마비시키는 악취 때문에 기쁨의 환호성은커녕 재빨리 성안으로 뛰어 들어가 물을 퍼부어 목욕을 하는 수선을 부렸다. 이때 우리 측 부상자는 일곱 명 정도였고 죽은 사람은 한 사람도 없었다.

장의현과 이순신은 야인들이 완전히 전의를 잃고 사라진 것을 보곤 손을 굳게 잡으며 승리를 기뻐하였다. 그날 저녁 야인들의 말고기로 병사들이 배를 불린 것은 말할 것도 없고, 이날 병사들 사이에서는 용호군의 정병 길개똥과 장팔이, 장범이, 강만돌이 최고의 인기인이 되어 병사들의 사랑을 한 몸에 받았다.

온성의 철기군(鐵騎軍)

백손 일행은 오래지 않아 원병을 청하러 간 야인들을 따라잡을 수 있었다. 조그만 내를 건너는 무리들을 발견한 백손은 말을 채찍 질하여 개천을 건넜다.

"내가 놓칠 줄 알고?"

백손은 말을 달리며 화살을 재어 활시위를 힘차게 당겼다. '퉁――' 하며 시위를 벗어난 화살은 '푸르르――' 하는 소리와 함께 제일 마지막으로 개천을 건너는 사내의 목을 꿰뚫었다. 야인 하나 가 힘없이 개천에 떨어져버리자 임자 잃은 말은 제풀에 놀라 네 다 리를 버둥거리다가 앞서가는 야인들의 뒤를 따라갔다.

"저놈들을 잡아야 되는데……."

제법 넓은 내를 보며 백손이 소리를 지르는데 바로 등 뒤에서 소 란스러운 소리가 들려왔다. 백손이 등 뒤로 고개를 돌려보니 새까 만 야인들이 말을 타고 따라오고 있는 것이 아닌가.

"범이야, 큰일 났다."

백손의 목소리를 듣고 범이가 고개를 돌려보니 백손의 뒤로 수많은 야인들이 말을 타고 따라오고 있었다.

우두두두--

200여 기가 일렬로 달려오자 지축이 흔들리고 야인들의 머리 위로 누런 먼지 구름이 일었다.

"저놈들을 사로잡아라. 산 채로 저놈들의 심장을 뽑고 간을 빼내어 내 아들의 원혼을 달래주리라."

앞서가는 야인들의 우두머리인 우율란이 눈을 부릅뜨고 이를 뿌드득 갈며 소리쳤다.

백손이 어찌할 바를 몰라 하는데 함께 있던 기병 8명이 사방으로 흩어져버렸다.

"이런 제길……."

앞서가던 야인들도 뒤따라오는 야인들을 보았는지 방향을 바꾸어 백손과 범이를 향해 달려왔다.

수백여 명의 야인들과 맞부딪히는 것은 자살행위나 다름이 없어서 백손은 앞에서 달려오는 몇 안 되는 야인들을 향하여 곧장 말을 달려 나갔다. 범이도 백손의 뒤를 따랐다.

"이 자식들."

붉게 상기된 얼굴로 백손은 커다란 귀두도를 빼어 들었다.

"어차피 한 번 죽는 인생! 화끈하게 싸우다 죽자."

소리를 내어지르자 두근거리던 가슴이 차차 가라앉는 것 같았다. 뒤편에서 달려오던 범이가 앞으로 나아갔다. 범이 역시 칼을 들고 있었다.

야인들이 바로 눈앞까지 다가왔다.

갑자기 수많은 화살들이 날아들었다. 범이의 앞에서 은광이 번쩍거렸다. 날아오던 화살들이 바닥으로 후두둑 떨어졌다. 칼끝으로 날아오는 화살을 떨어뜨린 것이다.

귀신같은 칼질에 백손의 두 눈이 휘둥그레졌다. 범이가 저렇게 검술실력이 있으리라 짐작하지 못했던 일이었다.

그때였다. 허공에서 소낙비 같은 화살이 날아가 달려오는 야인들의 진영에 쏟아졌다. 때 아닌 화살비에 야인들이 갑자기 두 방향으로 갈라지며 쏜살처럼 뒤편으로 물러가고 말았다.

"뭐야?"

백손이 어리둥절하여 멀어져가는 야인들을 바라보다가 뒤편으로 고개를 돌려보니 평원 앞에서 커다란 지축을 울리며 새까만 무리들이 달려오고 있었다.

"저건 또 뭐야?"

은빛을 번쩍거리며 달려오는 무리는 야인들과는 다른 무리들 같았다.

잠시 후 그 무리들이 모습을 드러내었다.

신(申)이라는 깃발이 걸린 갑옷을 입은 무리들이었다.

"과, 관군이다. 우린 살았다."

백손과 범이가 그 무리들을 향해 말을 달리며 고개를 돌려 뒤편을 바라보니 뒤따라오던 야인들의 무리들이 흔적 없이 평원으로 사라져가고 있는 것이 아닌가.

말을 잠시 달려서 두 사람은 한 떼의 관군을 만날 수가 있었다. 수백 기나 됨직한 말을 탄 병사들은 모두 은빛으로 번쩍이는 갑옷을 입고 있었는데 말들도 머리며 가슴에 빼곡하게 철로 만든 갑옷을 걸치고 있었다.

앞서 나온 병사 하나가 손을 저어 말을 멈추게 하곤 소리쳤다.

"너희들은 어디서 왔느냐?"

백손이 말에서 내려 병사에게 말하였다.

"우린 건원보에서 나온 병사들이오. 난 방어사 김우서 장군 휘하에 있는 용호군 임 비장이라 하오."

하얗게 번뜩이는 은린갑(銀鱗甲)을 입은 사내 하나가 눈처럼 하얀 백마를 타고 임백손에게 다가왔다.

"용호군 임 비장이라고?"

"그렇습니다."

"건원보는 어떻게 되었나?"

"야인들이 성을 둘러싸고 공격하였는데 일이 여의치 않아 원군을 부르는 것 같아서 저희가 쫓아온 것입니다. 그런데 장군께서는 어디에서 오셨습니까?"

장수가 갑옷을 벗었다.

우락부락한 얼굴에 대롱 같은 코, 두 눈은 호랑이처럼 무섭게 생긴 것이 천상 장수다운 사내였다.

"나는 온성부사로 있는 신립(申砬)일세."

백손은 얼른 한 손을 가슴에 대고 읍하였다.

"아! 장군님께서 그 유명한 신립 장군님이시군요. 오면서 장군님의 이야기는 많이 들었습니다. 경원부가 포위되었을 때 겹겹으로 쌓인 적들 틈에서 한 대의 화살로 적장을 쏘아 죽인 이야기 말입니다. 온 나라가 신립 장군님의 이야기로 뜨르르 합니다."

신립은 기분이 좋은 듯 화통하게 웃다가 말에서 내려서 백손의 어깨를 툭툭 두드렸다.

"용호군의 임 비장이라면 자네가 방어사 김우서의 군대에서 가장 골칫거리라는 바로 그 용호군 임 비장인가?"

신립의 물음에 백손은 기분이 상해 두 눈을 부릅뜨며 말하였다.

"그렇소이다. 경기와 황해에서 힘깨나 쓴다는 장사들이 모여 있어 겉으로 보기에는 험악하고 문제가 많아 보이지만 알고 보면 그리 골치 아픈 부대는 아니외다. 군대에서 의리 있고 싸움 잘하면 됐지 뭐가 문제가 된다고 그런 말을 하는지 모르겠소. 되레 골치가 아픈 건 우리가 아니라 방어사지."

비아냥거리는 말에 벼슬이 높은 신립은 화가 날만도 하련만 한술 더 떠서 무릎을 치고 웃으며 소리쳤다.

"우하하하! 정말 용호군은 내 마음에 쏙 드는 부대로군. 그 겁쟁이 김우서가 무슨 복을 타고나서 이런 부하를 얻었을꼬. 하하하하."

그는 백손을 바라보며 다시 한 번 크게 웃었다.

"자넨 겁이 없군 그래."

"겁이 없어야 전장에서 적들을 원 없이 물리칠 수 있을 것 아닙니까?"

"허긴 그렇지. 자네 정말 내 마음에 드는데? 정말 마음에 들어. 우하하하!"

신립이 큰소리로 웃었다. 백손은 뜻밖에 신립이 화통하고 담대한 것이 마음에 들었다. 마음속에 들어 있던 불만이 장마철 물 씻겨 내려가듯 내려가 버리자 백손이 신립을 따라 멋쩍은 듯 웃다가 이내 허공이 떠나가라 크게 웃어버렸다.

"저도 장군님이 마음에 듭니다. 우하하하하."

신립의 성격은 원래 거칠어 지방에서 거들먹거리며 힘깨나 쓴다는 건달들과 통하는 데가 있었다. 이때 그의 나이가 36세로 온성부사로 재직하고 있었는데 어려서부터 글 읽는 것보다 무예 닦기를 좋아하여 동네의 건달들과 어울려 싸움을 일삼길 밥 먹듯 하였다. 힘 좋고 싸움 잘하고 게다가 남자다운 의리가 깊어 동네 힘깨나 쓴다는 건달들이 모두 그를 형님으로 뫼시며 따라다닐 정도였으나 마음을 잡고 23세 때 무과에 급제하여 무인의 길을 걷기 시작하였다.

그 뒤 선전관(宣傳官), 도총관(都摠官), 도사(都事), 경력(經歷) 등의 벼슬을 거쳐서 외직인 진주판관에 임명되었을 때 문장가로 알려진 진주목사 양응정(梁應鼎)으로부터 거친 성격을 고칠 것을 종용받기까지 하였으니 이것은 모두 어릴 때의 습관 때문이었다.

세 살 버릇 여든까지 간다 하였는데 그 거친 성격이 쉽게 고쳐질 리는 만무하였으니 그가 비슷한 성격의 사내답고 거친 백손을 보자마자 마음에 들어버린 이유는 당연한 일이었다.

"내가 아산(阿山)을 구원하러 가는 길이었네. 그런데 우을지가 이끄는 야인들이 안원보에 침입하였다는 소식을 듣고 달려가니 야인들의 병력이 매우 강해 보이더군. 안원보의 장수들과 병졸들의 얼굴을 보니 자네처럼 단신이나마 죽을 때까지 싸워보겠다는 의지도 없고 그저 목숨만 살아 가지고 이 성을 나갔으면 하는 겁쟁이들이었어. 어떡하나 고심하는 참에 마침 성을 넘어 도망가는 병사가 하나 있지 않겠나? 그래서 그놈을 잡아 단칼에 목을 날려 깃대에 꽂아 놓았더니 야인들이 겁을 먹고 물러가더군. 안원보가 무사한 것을 보고 나오다가 자네들을 발견한 것인데 내 마음에 드는군. 그저 군인들은 적수공권이라도 악(惡)이 있어야 되는 거야. 자네들처럼 말일세."

그는 임백손과 범이를 바라보다가 다시 말하였다.

"저 젊은이도 용호군 장사인가?"

"네, 용호군에서 가장 신망이 두터운 장수지요. 병조판서께서 특별하게 불러들인 사람인데 범이라 합니다. 야인들이 쏜 화살을 칼 끝으로 쳐 내는 신기를 가진 검객입지요."

신립이 범이를 유심히 바라보다가 말하였다.

"범이라 했던가?"

범이는 고개를 숙이며 공손히 읍하였다. 이때 백손이 재빨리 대답하였다.

"범이는 과묵한 사람이라 말을 잘하지 않습니다."

"음⋯⋯."

신립이 물끄러미 범이를 바라보던 중에 허리에 찬 비취색 보검으로 눈길이 꽂히었다.

"자네 검이 보통 검이 아닐세. 병조판서께서 특별하게 부를 정도이고, 더구나 좋은 보검이 있는 것으로 보면 무예실력도 특출하겠지? 어디 나에게 자네 무예솜씨나 좀 보여주게."

"범이야, 뭣 하느냐? 어서 네 실력을 보여드리지 않구?"

백손이 범이의 허리를 쿡쿡 찔렀다.

범이가 물끄러미 대주에게 받은 검을 바라보다가 입을 열었다.

"전장에서 보여드리겠습니다."

신립의 두 눈이 왕방울만큼 커졌다.

"이놈 보게! 네놈이 지금 나를 놀리는 것이냐?"

신립의 얼굴이 붉으락푸르락해지는 것을 보고 임백손이 끼어들었다.

"아닙니다, 장군! 범이의 실력이 뛰어나다는 것은 제가 보증하겠습니다. 그러니 노여움을 푸십시오."

신립이 범이를 노려보며 말하였다.

"범이라 했겠다? 건방진 놈! 어디 두고 보자."

신립이 고삐를 잡고 소리쳤다.

"모두 함께 온성으로 간다. 임 비장과 범이도 나를 따르라."

백손이 난처한 얼굴로 말하였다.

"장군, 죄송하지만 건원보가 신경이 쓰여서 그리로 가 봐야겠습니다."

"자네, 지금 나를 피하려는 것인가?"

"아닙니다, 제가 어찌 장군을 피하려고 잔머리를 굴리겠습니까?"

"그럼 우리가 함께 건원보로 가세."

신립은 즉시 건원보로 진군을 시작했다. 그런데 그들이 말에 올라 막 개천을 건너려 할 때 파발이 신립의 관군을 보고 물을 건너와 신립에게 아뢰었다.

"장군, 건원보의 오랑캐들이 모두 물러갔습니다. 부령부사와 건원보 이 만호가 적들을 무찔러 적들이 두만강 너머로 모두 도망가 버렸다 합니다."

신립이 백손과 범이를 바라보며 말하였다.

"건원보의 일이 해결되었으니 자네들은 나와 함께 가세. 부령부사와 이 만호에게는 내가 연락함세."

신립이 범이에게 앙심을 품지 않았다면 동행을 요구하지 않았을 것이었다. 백손은 가시방석에 앉은 것 같았다. 하지만 계급이 낮은 두 사람이 신립의 명을 거절할 수 없었기에 두 사람은 신립의 철기병을 따라 온성으로 향하게 되었다.

범이가 온성에 온 며칠 동안 변방에는 야인들이 침입해 왔다는 소식이 들리지 않았다. 특히 온성에는 신립의 용맹이 야인들 사이에 알려져서 가까운 경흥과 종성에서는 간간이 야인들이 세를 부리며 성 밖에서 야료를 부리다 간다는 이야기가 있었지만 온성은 태평무사하여 야인들의 모습을 찾아볼 수가 없었다. 그것은 신립의 호랑이 같은 용맹함과 더불어 그의 500철기군을 야인들이 무서워했기 때문이었다.

신립은 매일매일 성 앞이나 두만강 연안의 넓은 평원에서 말을 달리는 훈련을 하였는데 허수아비를 세워놓고 달리면서 활을 쏘거나, 긴 창으로 허수아비의 몸을 찌르거나, 칼로 허수아비의 목을 치게 하는 훈련을 시켜 철기 500여 명이 마치 한 몸처럼 일사불란하게 움직이도록 만들었다.

백손과 범이는 신립의 옆을 따라다니며 그들의 모습을 지켜보았는데 은빛 갑옷을 입은 500철기가 번개 같은 속도로 한꺼번에 말을 달리며 활을 쏘고 칼을 휘두르는 모습이 보기만 해도 겁이 날 정도였다. 백손과 범이가 보기에도 이렇게 무시무시한데 오랑캐들은 어떠하였겠는가?

야인들은 이 모습을 자주 보아왔기 때문에 기가 죽어 감히 온성

을 공격해 들어올 생각을 하지 못했으며 가까운 곳에 사는 번호(藩
胡)들은 온성의 신립에게 몰살당하는 것이 무서워 배반할 생각조차
못할 정도였다.

오늘도 어김없이 신립은 500철기군을 대동하고 성 앞에서 치돌
(馳突) 연습을 하고 있었다. 치돌이란 대오를 갖추어 있던 말이 갑자
기 달려가는 것으로 야인들과의 접전에서 기선을 잡기 위한 기마
전법이다. 50여 기의 철기가 한 줄로 무리 지어 설 때 신립은 늘 그
렇듯이 자신의 애마인 상산표(常山豹)를 타고 빨간 지휘봉을 머리 위
로 들어 힘차게 아래로 내렸다. 그러자 50기의 철기가 일제히 발굽
을 차고 번개처럼 내달렸다. 그들은 말 위에서 일제히 칼을 빼들어
앞에 서 있는 허수아비의 목을 쳐 올렸다. 순식간에 짚으로 만든
허수아비의 목 50여 개가 땅바닥으로 떨어졌다.

그 동작이 모두 귀신 같이 일사불란하여 백손은 눈이 휘둥그레
졌다.

"하하하, 이보게 임 비장, 우리 철기군의 실력이 어떤가?"

"정말 대단합니다, 장군. 야인들이 이 모습을 보고 어떻게 감히
덤벼들겠습니까?"

"그러게 말일세. 변방의 장수들이란 것들이 나라를 지킬 생각은
하지 않고 밤낮 기생들이나 끼고 노닥거리니 야인들이 얕잡아보고
쳐들어오는 것이지. 나처럼 이렇게 병사들을 정예군으로 만들면
어떤 야인들이 감히 쳐들어오겠나? 안 그런가."

신립이 의기양양한 표정으로 범이를 쳐다보았다.

백손은 신립이 범이에게 시비를 걸까 싶어 얼른 끼어들었다.

"매일매일 훈련하시는 겁니까?"

신립이 다시금 대열을 갖추는 50여 철기군에게 고개를 돌렸다.

"매일매일 훈련의 연속이지. 우리가 이렇게 하지 않으면 죄 없는 백성들이 야인들에게 해를 당하게 되니까. 힘이 있어야 적이 쳐들어오지 않고, 그래야 백성도 안심하고 살 수 있는 것 아닌가? 아니 그런가?"

"그, 그렇습니다요."

신립이 들고 있던 지휘봉을 아래로 내렸다. 그러자 다시 50여의 철기가 지축을 울리며 일제히 칼을 휘둘렀다. 햇살이 50여 기의 갑옷과 칼에 반사되어 물결에 반사된 것처럼 반짝거리는 것 같았다.

이때였다. 범이가 문득 멀리서 들려오는 말발굽 소리를 듣고 서쪽으로 고개를 돌려보니 서쪽 평야에서 한 무리의 군사들이 말을 타고 오는 것이 보였다. 신립이 지휘를 하다가 고개를 돌려 바라보니 곧이어 말을 탄 군사 무리가 달려왔다.

앞장서서 갑옷을 입은 사내가 신립에게 다가와 말에서 내리더니 한 손을 가슴에 대며 읍하였다.

신립이 그를 보고 반가운 얼굴로 말하였다.

"유원첨사가 아닌가? 그래 무슨 일인가? 유원에 야인들이라도 들이닥쳤는가?"

"장군, 병마사님의 급한 명령이 계셨습니다. 적호가 훈융진을 포위하고 공격을 하고 있다 합니다. 첨사 신상절(申尙節)이 하룻밤 하루 낮을 오랑캐와 싸우면서 지키고 있다 하옵는데 그 전세가 급박하다 하옵니다."

"뭐라고?"

"병마사 나리께서 급히 구하라는 명령이 있었으니 어서 차비하소서."

"차비할 것도 없다."

신립은 그 자리에서 지휘봉을 머리 위로 들어 둥글게 휘둘렀다. 그러자 대열을 갖추고 있던 기병들이 일제히 달려오더니 50여 기씩 10개의 무리가 일사불란하게 신립의 앞에 도열하였다.

"훈융진으로 가는 가장 빠른 길이 황자파(黃柘坡)이니 그리로 가세."

유원첨사 이박(李璞)은 눈을 동그랗게 뜨며 말하였다.

"그곳은 깎아지는 절벽이 있는 곳이 아닙니까?"

"그렇다네. 내가 예전에 미리 봐 둔 곳이 있어. 돌아가는 길은 두 배나 되어서 멀고 야인들도 아마 원병이 올 줄 알고 길목마다 숨어 있을 것이네. 황자파는 깎아지는 절벽이 있는 곳이라서 야인들이 숨어 있지도 못할 뿐더러 가장 빠른 길임에도 그놈들은 우리가 그리로 갈지 생각도 못할 것이네. 자네는 나만 따라오게."

신립이 고개를 돌려 범이에게 말하였다.

"드디어 기다리던 날이 왔구나. 오늘, 네놈의 실력을 보여다오. 네놈이 그 검을 가질 자격이 있는지 두고 보겠다. 만약 네놈의 실력이 내 마음에 흡족하지 못하면 네 목을 잘라 네놈의 교만함을 후회하도록 해주겠다."

신립이 차갑게 웃더니 고삐를 당겼다.

상산표가 크게 울음을 토하며 지축을 박차고 달려 나갔다. 그 뒤로 이박이 따르고 그 뒤로 범이와 백손과 500철기가 위풍도 당당하게 진군하였다. 싯누런 흙먼지가 자욱한 가운데 한 무리의 군사들은 성 동쪽을 향해 사라지고 있었다.

황자파(黃柘坡). 이곳은 두만강 연안의 황포동이라는 곳에 위치하고 있는데 수직으로 깎아지는 듯한 바위 두 개가 있어 황파진 쌍바위(黃坡鎭雙巖)라 불렸다. 온성에서 동쪽으로 25리쯤 거리에 있는 황자파의 바위는 절벽이 수십 길에 달하여 위에서 내려다보면 눈이 가물가물하고 다리가 어질어질할 정도였다. 하지만 그 경관이 매우 아름다워 한 폭의 동양화가 세상 속에서 모습을 나타낸 것 같았다.

신립이 이끄는 500철기군과 유원첨사 이박이 이끄는 50여 기의 기마병은 한참을 달려 황자파에 도착하였다. 눈앞에 보이는 커다란 바위 계곡은 그야말로 하늘에 기둥 두 개가 우뚝 솟아난 듯 위엄이 있었다. 하얀 바위 절벽 틈 사이로 연녹색의 풀들과 분홍색 진달래꽃이 만발하여 험난한 변방지방에도 봄이 찾아들었음을 알 수 있게 해주었다.

신립은 두만강 가로 내려가더니 황자파에 난 조그마한 길로 말을 몰고 들어갔다. 그 길은 아주 교묘하여 두 사람 정도가 지나갈 수 있는 길이었는데 말 한 필 정도는 쉽게 빠져나갈 수 있었다.

사방으로 깎아지는 듯한 벼랑이 창을 든 거인 병사가 노려보는 것만 같았다. 그러나 벼랑 언저리에는 화사한 진달래가 울긋불긋 피어나 전장으로 향하는 병사들의 마음에 한줄기 위안을 주었다. 벼랑 위에서 때 아닌 인기척에 놀란 산비둘기들이 허공으로 날아올랐다.

황자파 벼랑 아래로 난 사잇길로 신립이 앞서가고 그 뒤를 따라 유원첨사 이박이 따르고 백손과 범이가 그 뒤를 따라 모두 550여기가 일렬로 험난한 사잇길을 통과하였다. 그러자 눈앞에 넓은 평원이 펼쳐졌다. 끝없이 넓은 평원 위로 시름없이 아지랑이가 피어올라 멀리 보이는 나지막한 언덕이 꿈틀거리는 것 같았다.

"자, 가자."

신립이 지휘봉을 휘두르며 소리쳐 나가자 그 뒤로 기병들이 지축을 울리며 평원을 달렸다. 평원 옆으로 흐르는 두만강은 겨우내 얼었던 눈과 얼음이 녹아 기세 좋게 흐르고, 평원을 달리는 철기군들 역시 뿌연 흙먼지를 일으키며 기세 좋게 달려 사람과 자연이 하나가 된 것만 같았다.

얼마나 달렸을까. 멀리 작은 언덕 위에 세워진 돌성 아래에 개미 떼 같은 사람들의 모습이 보이고 말을 박차 더 가보니 개미떼 같은 야인들이 언덕 위에 세워진 돌성 위로 꼬불꼬불 올라가는 모습이 보였다.

"큰일이다! 훈융진이 함락되게 생겼구나. 빨리 가자, 빨리."

신립은 달리는 말 위에서 소리를 지르며 고개를 숙여 더욱 빠르게 앞장서 나아갔다.

이때 훈융진에서는 우을지와 우율란이 힘을 합쳐 성을 겹겹이 에워싼 채 맹렬한 공격을 퍼붓고 있었다. 하룻밤 하루 낮을 공격해 들어오는 야인을 막다보니 훈융진에는 화살이 다 떨어져 더 이상 쏠 화살이 없었다. 설상가상으로 성 위에 쌓아두었던 돌들도 다 떨어져 방어할 수단이 없을 정도라 야인들이 쏜 화살을 주워 쏘며 끝까지 항쟁하고 있었다.

우을지는 적들이 화살이 떨어진 것을 알고 나무로 충교(衝橋)를 만들고 네 마리 말에 통나무를 매달아 최후의 공격을 하고 있었다. 우을지의 공격신호에 따라 훈융진성과 같은 일장 높이의 충교가 움직이고, 한편으로 네 마리 말 가운데에 있는 통나무가 성문을 찧었다.

훈융진 첨사 신상절(申尙節)은 하루 밤낮을 군사들을 독려하며 죽기로 싸웠지만 이 지경에 이르자 눈앞이 깜깜하였다. 구원을 청하러 간 군사는 어찌되었는지 소식이 없고 야인들이 시퍼런 칼을 휘두르며 성문과 성 위를 뛰어오르니 백병전에 약한 군사들은 너도나도 겁을 먹고 달아나기 바빴다.

"상절아, 상절아. 너는 절개를 숭상하는 사람이다. 죽음이 무서운 사람이 아니다. 나는 신상절이다."

신상절은 부친이 절개를 숭상하라고 준 이름을 다시 한 번 외며 환도를 뽑아들었다.

"나는 신상절이다. 이놈들. 죽고 싶거든 올라 오거라."

상절은 두 눈을 부릅뜨며 크게 소리를 지르고 성 위로 올라오는 야인들에게 달려가 검을 휘둘렀다. 충교에서 성 위로 올라오던 야인은 신상절의 칼을 맞고 일합에 성 아래로 떨어졌다.

"이놈들, 내가 신상절이다."

환도를 휘둘러 잇달아 달려드는 야인들을 쓰러뜨리며 신상절이 소리를 질렀다. 우두머리인 상절이 죽음을 무릅쓰며 싸우자 도망가던 군사들도 힘을 얻어 다시 달려와 야인들과 어울렸다.

성벽 위에서 치열한 백병전이 시작되어 피가 튀고 비명소리 낭자한 가운데 일부 야인들이 쿵— 쿵— 소리를 내며 성문을 공격하니 결국 문 하나가 떨어져 버리고 말았다. 그러자 그 사이로 말을 탄 야인들이 번개같이 뛰어들었다.

야인들은 말 위에서 활을 쏘고 칼을 휘두르며 아래에서 항거하는 관군들을 쓰러뜨렸다. 성안에서 주둔하고 있던 기병들과 창을 든 정병들이 그들과 맞서 싸웠지만 빠르게 말을 달리며 쏘는 야인들의 화살에 관군은 허수아비처럼 쓰러져 갔다.

성 밖 일 마장 뒤에서 우율란과 우을지가 이 광경을 지켜보고 있을 때 야인 하나가 말을 타고 달려오며 소리쳤다.

"추장, 성문이 부서졌습니다. 성이 함락되기 일보직전입니다."

우을지와 우율란은 그 말을 듣고 고개를 끄덕였다. 두 사람의 꾹 다문 입술로 미소가 피어올랐다. 이때였다.

야인 하나가 후방에서 말을 타고 달려오며 소리쳤다.

"추장, 후방에서 조선 군사가 오고 있습니다. 수백 명의 기마병을 데리고 이리로 오고 있습니다."

급한 목소리에 우을지와 우율란은 고개를 돌렸다. 과연 후방에서 누런 흙먼지를 일으키며 시꺼먼 무리의 기병들이 무서운 기세로 달려오고 있었다.

우을지가 우율란에게 말하였다.

"추장이 저들을 맡으시오. 나는 우리 병사들과 함께 뒤를 따르겠소."

"좋소."

이내 우율란이 주변을 둘러싼 야인들을 바라보다가 허리에 찬 칼을 뽑아들며 소리쳤다.

"조선의 겁쟁이 기병들이 온다. 우리가 나아가 시천평 여진인의 저력을 보여주자."

우율란은 발뒤꿈치로 말의 아랫배를 걷어차며 앞장서 나아갔다.

그러자 우율란을 선두로 하여 시천평의 야인들이 새까맣게 몰려들어 좌우로 길게 일자를 만들며 신립의 기마병을 향해 달려 나갔다. 그리고 그 뒤를 우을지의 병력이 따랐다.

우두두두---

지축을 울리며 소 떼처럼 달려오는 그들의 머리 위로 누런 황토 구름이 일어났다. 훈융진을 함락시켜 사기가 오를 대로 올라 있는 야인들의 함성은 말발굽 소리와 더불어 천지를 삼키는 것 같았다. 바야흐로 신립의 철기병과 야인들과의 싸움이 벌어질 판이었다.

신립은 성난 물소 떼처럼 달려오는 야인들을 보자 얼굴에 미소가 피어올랐다. 이때 그의 오른쪽으로 임백손이 왼쪽으로 범이가 나타나 나란히 말을 달렸다.

신립은 가장 앞장서서 칼을 휘두르며 달려오는 여진인을 보며 한 손으로 말 등에 걸린 활을 꺼내들었다. 백손도 말을 달리며 말 등에 걸린 활을 꺼내들었다.

신립이 화살을 전통에서 뽑아들며 오른쪽에서 말을 달리고 있는 백손에게 말을 걸었다.

"저놈이 우두머리인 것 같은데 누가 맞추나 내기할까?"

백손도 화살을 시위에 꿰며 물었다.

"좋지요, 내기는 무엇으로 할까요?"

신립이 화살을 시위에 끼워 서서히 당기며 말하였다.

"자네 마음대로……."

"저도 나중에 생각해 보겠습니다. 우선은……."

백손도 신립과 같이 활시위를 팽팽히 당겼다.

퉁--

두 사람의 화살이 동시에 울면서 시위를 벗어나 누가 먼저라 할 것 없이 앞서오는 야인을 향해 날아갔다.

우율란이 적의 기병들에게 가까이 다가갔을 때 그는 앞에 보이는 장수 둘이 어디서 본 듯하다는 생각이 들었다. 그 사이에도 말은 점점 앞으로 나아가 그들의 얼굴이 시야에 자세히 드러나게 되었을 때 우율란은 깜짝 놀라 말고삐를 급히 당기며 소리쳤다.

"시, 신립이다."

바로 그때 두 개의 화살이 우율란의 벌린 입과 이마 가운데에 박히었다.

우율란은 그 자리에서 뒤로 벌렁 나자빠지며 흙바닥으로 맥없이 떨어져 버리고 말았다.

꿈에 볼까 두렵던 온성의 신립을 보기 무섭게 시천평의 심처호 추장 우율란은 이승과의 인연을 달리하고 말았다.

"신립이다."

"온성의 저승사자다."

우율란의 뒤를 따르던 시천평의 야인들은 추장이 화살을 맞고 죽어버린 데다가 눈앞에 꿈에 볼까 두렵던 신립을 발견하곤 저마다 소리를 지르며 말을 돌려 도망쳤다. 뒤따라오던 아산의 번호 추장 우을지가 그 소리를 듣고 바라보니 우율란을 쏘아 맞춘 장수가 온성의 호랑이 신립이 틀림없었다. 순간 그는 뭔가 잘못되었다는 것을 깨달았다. 이미 신립은 이곳 야인들에게 가장 두려운 인물로 알려져 있었으며 철기군의 위용을 몇 번 본적이 있었기 때문이었다.

"후퇴하라, 후퇴하라!"

야인들의 무리가 송곳처럼 찔러 들어가는 신립의 기병들 좌우로 힘없이 갈라져 일제히 흩어졌다.

신립은 한차례의 접전도 없이 훈융진 성을 향해 곧장 내달렸다. 이 사실을 모르고 훈융진 성안에서 싸우던 기병들과 야인들은 뜻밖에 조선 군사들이 성문으로 들이닥치자 어찌할 줄을 모르고 도망갈 구멍을 찾았다. 그러나 철기 550여 기가 문을 틀어막고 있으니 도망갈 틈이 없었다. 말을 타고 허우적거리며 달아나던 야인들은 철기군이 쏘아대는 화살에 고슴도치가 되어 바닥으로 떨어졌다.

성문 안으로 들어간 범이와 백손은 성 위에서 칼을 휘두르며 싸우고 있는 야인들을 발견하고는 말 위에서 몸을 훌쩍 날려 바닥에 내려앉았다.

백손은 철퇴를 휘두르며 첨사 신상절을 공격하는 야인들에게 달려들었다.

"이눔들, 내가 누군지 아느냐? 너희 놈들을 저승으로 데려갈 염라대왕이다."

임백손은 벼락같은 소리를 지르며 시커먼 철퇴를 휘둘렀다. 무거운 철퇴가 공깃돌처럼 휘돌았다.

퍽– 퍽–

머리가 빠개진 야인들의 넋 잃은 시신이 힘없이 바닥으로 굴렀다. 백손은 염라대왕처럼 신상절에게 달려들었던 야인 넷을 한순간에 저승으로 보내고 말았다.

범이는 허리춤에 찬 칼을 뽑아들었다. 비홍검이 번쩍하고 흔들리더니 칼을 휘두르며 달려드는 야인 서너 명이 맥없이 바닥으로 굴렀다. 그러나 칼날이 없는 검이라 잠시 정신을 잃었던 야인들이 곧 깨어나서는 살 맞은 뱀처럼 달아나 버리고 말았다.

문득, 무딘 칼을 물려주시던 대주 스님이 생각났다. 할아버지는 야인들을 죽인 적이 없었다. 무딘 칼은 살생하지 말고 백두산을 지키라는 대주 스님의 무언의 가르침이었다. 범이는 고함을 지르며 달려오는 야인들 가운데로 파고들어 무딘 칼을 휘둘렀다.

으악ㅡㅡ

크아악ㅡㅡ

비명을 지르면서 쓰러진 야인들이 이내 자신의 몸을 살피다가 놀란 모습으로 무기를 내던지곤 도망쳤다.

신립은 칼이 뭉툭하여 야인을 베지 못하는 것을 아쉽게 생각하면서도 범이가 혼자서 수십여 명의 야인들을 쓰러뜨리는 것을 보고 탄성을 질렀다.

"과연 대단한 실력이군. 하지만 저래서는 안 되는데?"

신립은 범이가 뛰어난 실력이 있으되 야인들을 죽이지 못하는 것을 안타깝게 생각하였다. 반면 임백손은 한풀이를 하듯 철퇴를 휘둘러 야인들을 도살하였다. 뜻을 이룰 수 없는 극심한 신분의 한을 이 싸움에서 모두 풀어버리려는 듯 달려드는 야인들을 철퇴로 부수고 또 부수었다.

"염라대왕이다."

피투성이가 된 야인들이 무기를 내던지며 너도나도 도망을 쳤다. 그러나 야인들이 성을 나가기도 전에 기다리고 있던 신립의 철기병에 의해 도륙되고 말았다. 일시에 성에 침입하였던 야인들이 전멸하고 말았다.

신상절은 긴 안도의 숨을 내쉬다가 야인들에 둘러싸여 죽음에 이른 순간 자신을 구해준 험상궂게 생긴 임백손을 보고 말하였다.

"고맙네, 정말 고맙네."

임백손이 피가 뚝뚝 떨어지는 철퇴를 어깨에 걸치며 말하였다.

"그런 소리 마십시오. 조금만 늦었다면 큰일 날 뻔하셨습니다."

"고맙네, 정말 고맙네."

신상절은 백손의 손을 잡고 성을 둘러보았다. 바닥에는 죽은 야인들과 병사들의 시신이 즐비하였다. 계단을 따라 성루로 올라가니 망루 아래에 야인들을 물리친 철기병들이 빼곡히 들어서 자신을 바라보고 있었다.

'아! 성을 지켰구나.'

신상절은 마음속에서 기쁨이 솟구쳐 눈이 뜨거워지는 것을 느꼈다. 눈물 어린 그의 눈이 기병들 가운데 백마를 타고 있는 신립을 발견하였다. 신상절은 재빨리 망루 아래로 뛰어 내려가 신립의 앞에 서서 한 손을 가슴에 들어 인사를 하였다.

"장군, 잘 오셨습니다."

"수고 많았네, 자네가 애썼네."

신립의 치하에 신상절은 감격에 복받쳐 얼른 한 손으로 눈시울을 닦고 신립에게 말하였다.

"장군, 저희가 성을 지켰습니다."

신립은 말에서 내려 신상절의 손을 잡았다.

"그래, 자네가 욕봤네. 정말 수고 많았네."

신상절은 성 여기저기에 처참하게 죽은 관군의 시신과 칼과 화살을 맞고 쓰러져 신음을 토하는 병사들을 보고 이를 뿌드득 갈며 신립에게 말하였다.

"장군, 이참에 그놈들의 부락을 쳐서 원수를 갚아야겠습니다."

신립은 이를 뿌드득 갈며 눈을 부릅뜬 신상절의 모습에 고개를 끄덕였다.

"그러세, 오늘 조선 군사의 무서움을 보여주세."

이내 신립은 상절의 어깨를 다독거리다가 상산표 위에 올랐다.

신상절은 훈융진의 군사들 중에 부상당하지 않고 온전한 기병들을 모두 끌어 모았다. 기동할 수 있는 병사들을 모으니 기병의 숫자가 50여 기 가까이 되었다.

그는 준비해 온 말에 올라 신립에게 말하였다.

"준비되었습니다."

"좋네, 그럼 가세."

신립은 말을 달려 성문을 빠져 나왔다. 그러자 터진 둑에서 가뒀던 물이 쏟아져 나오는 것처럼 말 탄 병사들이 그 뒤를 따랐다.

이리하여 신립의 철기 500과 신상절의 기마병 54, 이박의 기병 50을 합하여 모두 604기의 기병이 두만강을 향하여 출병을 개시하였다.

신립의 철기는 그 명성이 변방을 찌를 정도였으니 그 뒤를 따르는 기병들 역시 그 위세에 힘을 입어서인지 사기가 하늘을 찌를 듯 드높았다. 더구나 온산의 호랑이 신립이 데리고 다니는 임백손과 비홍검 범이의 실력을 이번 전투에서 본 터라 그 사기가 하늘을 찌르고도 남았다.

훈융진을 빠져나온 철기군은 차 한 잔 마시는 시간도 안 되어 두만강에 다다랐다. 벌써 야인들이 지나간 모양인지 가장 얕은 두만강 가에는 수많은 말 발자국들이 어지럽게 흩어져 있었다.

"음, 이놈들이 이리로 지나갔군."

신립은 발자국을 바라보며 중얼거리다가 고삐를 당겨 물을 건너기 시작하였다. 얕았지만 물살은 제법 빨랐다. 600여 기가 일제히 지나가자 검은 흙탕물이 물살에 쓸려 빠르게 하류로 내려갔다.

강을 건넌 기병들은 말발굽을 따라 서쪽으로 향하였다. 수많은 말발굽이 이른 봄 녹은 땅에 뚜렷한 흔적을 남겨 따라가는 것이 쉬웠을 뿐더러 그 속도 또한 빨랐다.

얼마를 추격했을까? 눈앞에 보이는 얕은 언덕을 올랐을 때 언덕 아래에 야인들이 줄지어 말을 타고 가는 것이 보였고 그 앞에 촌락이 보였다. 둥글게 가죽으로 지은 집도 있었고 초가집처럼 누런 풀로 이어놓은 집도 있었는데 불을 피우는 듯 하얀 연기가 이곳저곳에서 올라오고 있었다.

그 모습을 보고 있는 신상절의 눈이 번쩍거리더니 이에서 뿌드득 소리가 났다. 그의 눈에 야인들의 화살과 칼에 맞아 죽거나 다친 병사들의 얼굴이 떠오른 것이다. 그 모습이 평화로운 야인들의 촌락과 겹쳐졌다.

"이놈들, 내 눈에 눈물이 흐르게 하면 네 눈에는 피눈물이 난다는 것을 모르지?"

신상절은 분을 참지 못하고 이를 갈면서 환도를 뽑아들었다.

"죽은 병사들의 원수를 갚자."

그는 환도를 뽑아들기 무섭게 언덕 아래로 말을 달렸다. 신상절의 휘하 기마병들도 기다렸다는 듯이 일제히 칼을 뽑아들며 언덕을 곤두박질하듯 내려갔다.

"저, 저런!"

신립은 신상절이 자신의 명령도 받지 않고 기마병을 데리고 언덕 아래로 내려가자 고개를 좌우로 내젓더니 지휘봉으로 언덕 아래를 가리키며 소리쳤다.

"철기군, 공격하라!"

진격하고 싶어 안달이 나 있던 철기군 500이 일제히 언덕 아래로 내달렸다. 지축이 울리며 바닥의 흙이 파편처럼 튀어 오르는 기마병들의 모습은 번개 같았다. 치돌 훈련에 익숙한 철기군 500이 일제히 말을 달려 언덕 아래로 밀물처럼 내려가자 그 뒤를 따라 유원첨사 이박의 50기병이 달려 내려갔다.

와아아아——

하늘이 떠나갈 듯한 함성과 말발굽 소리를 내며 500철기군이 달려가자 언덕 아래로 내려가던 야인들이 고개를 돌렸다. 순간 그들의 눈이 휘둥그레졌다. 일찍이 두만강을 건넌 적이 없던 조선 군사들이 바로 눈앞에서 칼을 휘두르며 달려들고 있었기 때문이었다.

야인들은 벌떼처럼 새까맣게 달려드는 조선 군사를 보자 싸울 의욕을 잃고 뿔뿔이 흩어졌다. 그러나 복수에 불타오르는 신상절과 그의 50여 기병들이 그들을 놓칠 리 없었다. 그리고 사기가 드높은 신립의 철기병들이 도망가는 여진인들을 도륙하였다.

곳곳에서 말의 비명소리, 사람의 비명소리가 드높은 가운데 여진족 부락에 있던 노약자와 어린아이, 노인들은 가까운 언덕에서 조선군과 야인들의 싸움이 벌어진 것을 보고 서둘러 부락을 빠져나와 산으로 숨어들었다.

신상절의 군사들은 방향을 바꾸어 야인들의 부락으로 향하였다. 그러자 도망갔던 야인들이 부락 앞으로 말을 타고 모여들어 이번에는 부락 앞에서 치열한 싸움이 벌어졌다. 활에 맞아 떨어지는 기병과 야인들, 땅바닥에서 칼을 휘두르며 뒤엉킨 야인과 기병들, 말 위에서 칼을 번뜩이며 싸우는 야인들과 조선 군사들로 부락 앞은 아수라장이 되었다.

야인들은 한 치의 물러섬이 없었다. 자신의 집안과 가족을 지키기 위한 처절한 몸부림이라 할 수 있었다. 야인들에게서 자신의 집안과 가족을 지키려던 조선 군사들은 반대로 조선 군사들에게서 자신의 집안과 가족들을 지키려는 야인들과 한 덩어리가 되어 혈전을 이루었다. 신상절의 군사들은 눈에 보이는 것이 없었다. 전우들과 친지들이 야인들에게 무참히 살해되는 광경을 보았던지라 원수에 대한 복수심으로 이미 이성을 잃은 상태였다.

야인들 역시 가족과 부락을 지키기 위해 죽을힘을 다해 싸워 두 패의 싸움은 어떤 싸움보다도 치열하기 이를 데 없었다.

언덕 위에서 이를 지켜보고 있던 임백손은 피가 끓어올라 철퇴를 집어 들고 말을 내달렸다.

"이놈들! 염라대왕 나가신다."

말을 언덕 아래로 내달리던 임백손 앞에 한 야인이 말을 타고 칼을 휘두르며 달려들었다. 두 말이 교차되는 순간 야인의 시퍼런 칼이 백손의 목을 향해 날아들었다. 이때 백손은 말 위에서 좌측으로 몸을 기울여 칼을 피하며 오른손으로 철퇴를 휘둘렀다.

퍽--

야인이 얼굴에 철퇴를 맞고 땅바닥으로 쓰러졌다. 얼굴 가운데가 움푹 들어간 야인의 얼굴에서 붉은 피가 샘솟듯 품어져 나왔다.

처참하게 죽어 나자빠진 시신을 보고 백손은 침을 뱉더니 말을 달려 백병전이 벌어지고 있는 부락 앞으로 달려갔다.

"내가 염라장군이다. 이놈들, 죽고 싶은 놈은 나서라."

벌겋게 피가 묻은 철퇴를 휘두르며 백손은 무참하게 야인들을 도륙하였다.

붉은 피가 내를 이루고 시체가 된 몸뚱이가 땅바닥에 힘없이 널브러질 때 야인들의 촌락 위에서는 검은 연기가 피어올랐다. 그것은 이내 붉은 혓바닥을 가진 화마(火魔)로 변하여 긴 혀를 날름거리며 야인들의 촌락을 집어삼켰다. 미처 도망가지 못한 아이들은 불타는 집 앞에서 울었고, 아이를 구하려다가 관군의 칼에 맞은 여인네는 힘없이 땅바닥에 쓰러져 붉은 피를 새잎이 돋아나는 파릇파릇한 황토 빛 대지에 흘렸다.

매캐한 검은 연기와 붉은 화마, 소름끼치는 비명소리가 가득한 촌락은 산지옥이었다.

지옥과 같은 야인들의 부락을 바라보며 범이는 전쟁에 대한 회의가 들었다.

조선 사람을 죽이는 야인들이나 야인들을 죽이는 조선의 관군들이나 마찬가지라 범이는 생각하였다. 죄 없는 어린아이와 여자들까지 죽이는 모습이 야인과 닮았다고 생각되었다.

'싸우지 않고, 죽이지 않고 해결할 수는 없는 것인가?'

범이는 문득 백두산으로 돌아가고 싶은 마음이 간절해졌다. 설아가 기다리는 그곳에서 평화롭게 살고 싶은 마음이 밀물처럼 온몸을 휘감았다.

신립과 신상절, 이박의 기병들은 부락을 태우고 야인들의 수급 70여 개를 베어서 훈융진으로 돌아왔다. 승리하고 돌아온 신상절은 야인들과 싸우다 전사하거나 부상당한 병사들과 부상자와 사상자를 수습하고 그날 저녁 말을 잡고 소를 잡아 죽은 병사들의 제를 지내주었다. 아직도 비릿한 피비린내를 풍기는 여진인의 수급 70여 개가 제사상 앞에 놓인 가운데 신상절은 야인에게 억울하게 죽은 병사들과 양민들을 위하여 친히 술을 따르고 제사를 지내었다.

범이는 야인들에게 목숨을 잃은 억울한 사람들의 죽음을 야인들의 죽음으로 대신한 이날의 제사가 끝이 나자 홀로 망루 위에 올라가 하늘을 바라보았다. 하늘은 땅에서 일어나는 일과는 상관없다는 듯 그 자리에 그 모습으로 펼쳐져 있었다.

동쪽 하늘 아래에 빛을 잃은 초승달이 창백한 얼굴로 떠있었다. 갑자기 초승달 아래에서 하얀 별똥이 반짝이더니 긴 꼬리를 끌고 떨어졌다. 누군가 목숨을 잃으면 별 하나가 떨어진다는 이야기를 설아에게 전해 들은 적이 있었다.

설아의 말이 사실이라면 오늘 하루 얼마나 많은 별들이 떨어졌단 말인가. 여전히 을씨년스러운 핏빛 치우기는 붉은빛을 번뜩이며 머리 위에서 반짝거리고 있었다.

'세상에 평화가 오는 날은 아직 멀었는가?'

범이는 길게 한숨을 내쉬었다. 설아가 보고 싶었다. 백두산에서 홀로 지내고 있을 설아를 생각하면 절로 한숨이 났다.

이 무렵 설아 역시 종덕사 앞에서 사그라져 가는 희미한 초승달을 바라보며 범이를 생각하고 있었다.

"벌써 보름달이 두 번이나 지나갔는데……."

범이를 보낸 날이 몇 년 같이 느껴진 설아는 손가락으로 범이가 떠난 날을 세어 보았다. 하나, 둘, 셋, 넷……. 범이가 떠난 지도 두 달이 가까웠다. 하지만 소식을 알길 없는 설아는 답답한 마음을 안고 나날이 기울었다 차오르는 달을 보며 애만 태울 뿐이었다. 그러는 동안에 어둡던 하늘은 서서히 밝아오고 남빛 하늘이 점점 엷어져 가고 있었다. 하늘 위에 떠 있는 별도, 깨어진 바가지 조각처럼 희미하던 달도 서서히 사라져가고 동녘하늘부터 서서히 밝아오고 있었다.

'하루가 가고 또 하루가 시작되는구나.'

설아는 동녘하늘에 떠오르는 태양을 보며 범이가 아무 탈 없이어서 돌아오기를 기원하고 있었다.

정쟁(政爭)

이날 대궐 안 경연청(經筵廳)에서는 오랜만에 경연이 열리었다. 이탕개의 난으로 어수선하던 분위기가 변방 장수들의 선전(善戰)으로 가라앉았기 때문이었다. 이날 경서와 사서를 강론한 사람은 병조판서 이이였다.

붉은 곤룡포를 입은 왕이 납시어 경연청의 어좌 위에 앉으시고 어린 왕자들께서 그 옆에 자리하였다. 그 앞에는 여러 신하들이 내시한 가운데 이율곡은 공자(孔子) 옹야(雍也) 편에 나오는 불천노 불이과(不遷怒 不二過)에 대해 이야기하다가 자신의 과오를 돌아보지 않고 제멋대로 행동하다가 멸망한 중국의 여러 폭군에 대한 이야기들을 해주었다.

하나라 걸왕(桀王)과 은나라 주왕(紂王)이 충신의 말을 듣지 않고 그들을 도리어 죽였다가 멸망하게 된 이야기를 하던 이율곡의 말이 이내 백제의 의자왕과 성충의 이야기로 흘러갔다.

"…우리나라를 보더라도 그와 비슷한 선례가 있사옵니다. 백제의 의자왕이 주색에 빠져 있을 때 정사를 돌보지 않는 것을 막으려다가 성충이 감옥에 갇혔으나, 옥중에서도 죽기 전에 외적의 침략이 있을 것과 그 대비책을 써서 왕께 올리고 죽었으나 왕은 듣지 아니하였습니다. 과연 성충의 말처럼 당나라의 침략으로 백제가 멸망하게 되자 그때서야 왕은 성충의 말을 듣지 않아서 이 지경이 되었다고 후회하였습니다. 자신의 잘못을 인정하지 않고 고치지 않으려 함은 멸망의 지름길로 나아가는 것과 같사오니 하나의 잘못을 인정하시고 다시는 이와 같은 일을 되풀이하지 않고 점점 그 좋은 점을 고치어 나아질 때 성군이 될 수 있사옵고 더불어 만백성의 행복과 같이 할 수 있는 길이옵니다. 이것이 공자께서 말하신 노한 것을 옮기지 않고 잘못을 두 번 저지르지 않는다(不遷怒 不二過)는 의미이옵니다.”

말을 끝맺는 이율곡의 눈에 이슬 같은 눈물이 어렸다. 열심히 경청을 하던 용안에 피곤하다는 기색이 어림은 무슨 뜻인가? 이율곡은 입술을 굳게 다물고 왕께 나아가 읍하며 말하였다.

“상감마마, 소신이 드릴 말씀이 있사옵니다.”

왕은 오랜 시간 이야기를 듣느라 피곤한 모양인지 용미(龍眉)를 찡그리며 말하였다.

“무언가? 말해 보게.”

“일전에 말씀드린 바를 상감마마께서 듣지 않으셨나 싶어 이렇게 경연 자리에서 상감마마께 제가 생각하옵는 시무에 관한 건의를 올릴까 하옵니다.”

경연청에 모인 신하들이 이율곡을 따갑게 쨰려보았다.

‘저 사람이 또 무슨 분란거리를 만들려나?’

'저 사람이 또 일을 벌였군.'

'저 사람은 가만있지를 못하는 사람이야.'

율곡이 입을 열었다.

"신이 보건데 이 나라가 시급하게 개혁해야 할 6가지가 있습니다. 첫째, 현명하고 일자리가 능한 자를 임용해야 합니다. 둘째, 군민(軍民)을 양성해야 합니다. 셋째, 국가의 재정을 충족시켜야 할 것입니다. 넷째, 번병(藩屏, 변방)을 굳건히 해야 합니다. 다섯째, 전마(戰馬)를 준비해야 할 것입니다. 여섯째, 교화를 밝힐 것입니다."

먼저 포문을 연 것은 대사간 송응개였다. 동인인 송응개는 평소에 이율곡을 눈엣가시처럼 생각하고 있었던 바였다.

"대감, 대감의 말씀은 조정에서 현명하고 일자리가 능한 자를 임용하지 못했다는 말입니까?"

"내가 말한 여섯 가지 개혁은 무인을 양성하는 데 있습니다. 현명하고 적합한 자의 무인 등용을 말하는 것입니다. 북방에 이탕개의 난이 일어난 것은 변방을 맡고 있는 무장들의 탐욕과 무지 때문에 일어난 일입니다. 무인들은 칼을 휘두르고 활을 쏠 줄만 알았지 경사(經史)에 무지하니 이번 기회에 무반을 뽑는 제도를 개혁해야 할 줄로 압니다."

도승지 박근원이 말하였다.

"그럼 무반을 뽑는 시험에 경사까지 본다는 말이 아닙니까? 칼 쓰고 활 쏘는 것도 쉽지 않은데 학문까지 겸한다면 대체 누가 무과를 보려고 하겠습니까? 조선이 개국한 이래로 아무런 문제가 없었는데 갑자기 무과를 개혁한다니요? 말도 안 됩니다."

정언 정숙남이 끼어들었다.

"병판대감, 군민을 양성한다는 것은 무슨 말입니까? 군인의 수를 늘인다는 말씀입니까?"

"근래에 북방의 야인들과 남방의 왜국 정세가 심상치 않습니다. 여러 대신들도 잘 아시겠지만 이탕개의 난을 평정하는 과정에서 병사를 구하는데 애를 먹었지 않습니까? 이런 식으로 가다가 훗날 큰 병란이라도 일어난다면 돌이킬 수 없을 것입니다. 큰 계획을 세워서 군사들의 수를 늘려야 할 것입니다."

"대체 군인의 수를 얼마나 늘이려구요?"

"10만은 되어야지요."

경연청에 모인 대신들이 놀란 눈으로 서로를 바라보았다. 용상에 앉아 있던 선조의 용안도 굳어졌다.

송응개가 말하였다.

"10만이라니 터무니없는 말이오. 근래에 흉년이 이어지고, 각지에 역병이 잇따라 국가의 재정이 악화되었는데 어떻게 재원을 마련하여 10만이나 되는 병사들을 양병한다는 말이오?"

잠시 말이 없던 율곡이 무겁게 입을 열었다.

"양민들에게 부과하는 세금을 양반들에게 거두어들이는 겁니다. 양민들이 가진 토지보다 양반들이 소유한 토지가 더 많으니 양반들에게 세금을 거두면 국가에서 필요한 재원을 마련하는 것이 어렵지 않을 것입니다."

정철이 말하였다.

"양반들에게 세금을 거두다니요? 말도 안 되오. 전국의 양반들이 가만있지 않을 것입니다."

정철은 서인이었다.

동인인 성균관 전적 허봉이 말하였다.

"병판, 말이 되는 소릴 하시오. 양반들에게 세금을 거두다니? 온 나라의 선비들의 상소가 빗발칠 것이오."

대사간 송응개가 말하였다.

"말이 나와서 말인데 병판대감이 이탕개의 난이 일어났을 때 자원하여 육진(六鎭)에 나가 3년을 근무하는 사람은 서얼이라도 과거에 응시할 자격을 주고, 공사(公私)의 천인은 양민으로 면천시켜준다고 했던 것도 문제요. 용호군이라고 했던가요? 시정잡배의 무리들로 만든 군대 말이오."

"군인의 징집이 어려운 상황이었던 것을 대사간도 잘 알고 있지 않소? 그리고 그들이 천민들로 이루어졌지만 야인들과의 접전에서 큰 공을 많이 세웠소."

"공을 세웠다고 과가 묻히는 것은 아니오. 전쟁에 자원해서 참가한다고 신분을 높여준다면, 이것이 제도화된다면 조선의 근간이 무너질 것이오. 생각해 보십시오. 군대에 다녀오면 천민들이 양민이 될 것이고, 중인들이 양반이 될 것이 아닙니까? 그럼 신분제도가 무슨 소용이 있습니까? 아니 그렇습니까?"

"맞습니다. 병판의 정책은 조선의 현실을 무시한 터무니없는 정책이오. 이 제도는 폐지되어야 하오."

"그렇소. 난리가 끝이 나면 용호군을 폐지하고, 자원한 자들에게는 상목이나 몇 필 줘서는 해산시켜야 할 것입니다."

율곡이 말하였다.

"분명히 약속을 하였는데 이제 와서 없었던 일로 하자면 백성들의 신뢰를 잃을 것입니다."

"무지한 백성들이 뭘 안단 말이오?"

"분한들 어쩌겠소? 천하고 무지한 놈들이라 금방 잊어버릴 것이오."

"병판, 신분제도가 무너지면 조선도 무너지는 거요. 병판의 발언은 조선의 뿌리를 흔드는 발언이라는 말이오. 아시겠소?"

동인과 서인이 한마음으로 율곡을 다그치니 경연청이 시끄러웠다.

용안을 찌푸리며 듣고 있던 선조가 손을 들며 말하였다.

"경들은 그만 입을 다물라."

경연청이 일시 조용해졌다.

선조가 불쾌한 듯 용안을 찌푸리며 율곡에게 말하였다.

"조선이 건국된 후, 지금까지 나라가 이렇게 평화로운데 경은 갑자기 군민을 양성하여 전쟁을 대비하자 하니 이것이 솥뚜껑을 자라인 줄 알고 놀라는 것과 무엇이 다르오? 쓸데없는 걱정이오. 또 공경과 사대부가 뇌물을 주거나 개인적인 청탁을 하지 않으면 가만히 있어도 시무 6조가 될 터이니 이 모든 것은 벼슬자리에 있는 사람의 문제요. 그러니 날마다 옛 법을 고친다고 해봐야 유익함은 없고 헛수고만 될 뿐이오. 조선이 건국한 이래로 양반에게 세금을 거둔 적이 없는데, 이제 갑자기 양반에게 세금을 거둔다는 말은 더욱 터무니없는 말이오. 또 전쟁에 자원하는 것으로 신분을 올려준다고 했던 것은 사세가 급한 와중에 어쩔 수 없이 실행했던 미봉책이었소. 이것을 국가의 정책으로 한다면 조선은 신분이 무너질 것이고 뿌리가 흔들릴 것이오. 그러니 방금 들었던 말들은 없던 것으로 하겠소. 병란이 진정되면 용호군도 해산하도록 하시오."

말을 마친 선조가 경연청을 나가자 입시한 신하들이 이율곡을 불쾌한 얼굴로 노려보다가 모래알처럼 흩어졌다.

대신들로 빽빽하던 경연청에는 율곡만이 홀로 남았다. 힘없이 경연청을 나오니 영의정 박순이 긴 그림자를 끌며 우두커니 서 있었다.

"영상대감."

"이 사람아, 자네가 생각이 모자란 사람이 아닌데, 어째서 자꾸만 시비거리는 만드는 것인가? 양반들에게 세금을 부과한다니? 그것도 모자라 신분제를 무너트린다니? 자네는 동인들도 모자라서 서인들까지 적으로 만들 셈인가?"

"영상대감, 양반들이 기득권을 내려놓지 않으면 모두 자멸입니다. 그때는 후회해도 되돌릴 수 없을 것입니다."

"자네도 참 딱하네. 한 치 앞도 모르는데 자네는 무얼 믿고 미래를 그렇게 확신하는가? 설사 자네의 예언이 맞더라도 지금 사람들은 자네의 말을 믿어주지 않을 걸세. 그러니 이제는 그만하게."

박순은 등이 살짝 꼬부라진 작은 키를 이끌고 천천히 걸음을 옮겼다. 커다랗게 보이던 박 정승의 몸이 경연청으로 스며드는 은빛 광선 가운데서 작아 보이는 이유는 환갑을 맞이하는 그의 나이 때문인지도 몰랐다.

율곡은 힘없는 발걸음으로 궁궐을 나왔다. 종로 거리에는 오가는 사람들로 인산인해였다. 상인들과 행인들이 물건 값을 깎느라 실랑이를 벌이고 있었고, 떡을 파는 아낙, 술을 파는 아낙들이 길 가는 사람들을 불러 세웠다.

율곡은 아무것도 모른 채 생업에 열중하는 사람들에게 닥칠 환란을 생각하니 마음이 천 길 낭떠러지로 떨어지는 것 같았다. 모든 것이 자신의 탓인 것만 같았다.

등 뒤에서 누군가 부르는 소리가 들렸다.

"병판대감, 병판대감. 거기 병판대감 아니십니까?"

걸음을 멈추고 고개를 돌려보니 유성룡이 사람들 사이로 성큼성큼 걸어오고 있었다. 유성룡은 키가 커서 사람들의 상투 위에 얼굴이 있었다. 사람들이 북적이는 종로 거리에서 그를 찾는 것은 어려운 일도 아니었다.

"병판대감, 퇴청하시는 길입니까?"

유성룡이 다가와 인사를 하며 말을 건네었다.

"그렇다네. 자네도 퇴청하는 길인가?"

"네."

"경연청에서 한바탕 소동이 있었다면서요? 제가 승정원에 있다가 대감의 이야기를 들었습니다. 제가 대감께 드릴 말이 아닌 줄 아옵니다만 10만 군병을 양성하여 완급에 대비한다는 말은 시국에 맞는 말은 아닌 것 같습니다. 북방의 난이 가까스로 수습되는 상황에서 10만의 군병이라니요? 무사할 때 군사를 기르는 것이 화(禍)를 기르는 것이 아니고 무엇이겠습니까? 또, 양반들에게 세금을 물린다니요? 조정의 모든 조관들이 영감의 말씀이 과하다고 말이 많습니다."

이율곡이 길게 한숨을 쉬며 말하였다.

"큰일이 나기 전에는 반드시 작은 징조가 있기 마련일세. 북방 오랑캐의 난은 오히려 작은 난리라네. 자네는 일개 야인이 일으킨 작은 변란도 쉽게 해결하지 못하는 이런 상황을 눈으로 보고도 그런 말을 하는 것인가? 국사가 누란처럼 위태하다네. 속된 선비는 시무(時務)를 모르니 그들에게는 바랄 것이 없지만, 그대까지 이런 말을 하니 나는 크게 실망일세. 미리 양병을 하지 않으면 뒷날에 가서 크게 후회할 날이 반드시 있을 것이네."

이율곡이 혀를 차다가 고개를 돌려 힘없이 발걸음을 옮겼다.

용장(勇將)은 억울하게 떠나고

훈융진에 침입한 야인들을 정벌한 후에 백손과 범이는 별명 하나씩을 얻었다. 백손은 염라장군, 범이는 비홍검이라는 별명을 얻은 것이다.

모두 신립이 지어준 별명이었다.

염라장군이라는 별명은 백손이 야인들을 토벌할 때 염라대왕같이 사나왔기 때문이었다. 비홍검(飛鴻劍)은 신립이 범이의 이름없는 검에 붙여준 이름인데 자연스럽게 범이의 별명이 된 것이다.

신립은 범이의 무술실력이 뛰어난 것을 입이 마르도록 칭찬하였다. 무딘 칼로 살생을 하지 않는 것을 아쉽게 생각하였지만 적의 예기를 꺾을 수 있다는 것만으로도 만족하게 생각하였다.

신립의 칭찬 때문이었을까?

온성에 머무는 동안 두 사람의 용맹이 입에서 입으로 전해져 염라장군과 비홍검 이야기가 경흥과 종성, 회령 등지까지 크게 알려지게 되었다. 사람들 사이에서 이야기가 보태져서 백손이라는 장수는 키가 8척이요, 덩치는 큰 바위만 해서 말에 올라타기도 힘들며, 손은 솥뚜껑만 하고 주먹이 한 자요, 발이 한 자 몇 치라서 주먹을 휘두르거나 발을 꾸뻑하기만 하여도 사람이 죽는다 하고, 범이는 하늘에서 내려온 천강성(天降星)의 장수인데 칼을 빼기만 하면 수십 인의 모가지가 어디로 갔는지 모르게 땅바닥에 떨어져 있다 말할 정도였다.

허풍이 심한 사람들은 염라장군이 키는 10척이요, 밥을 한 끼에서 말씩 먹으며, 눈에서는 벌건 빛이 번뜩여 눈만 부릅뜨면 사람이 그 자리에서 죽어난다 하고, 비홍검은 도술을 부려 구름을 타고 하늘을 날아다니며 한번 칼을 휘두르면 사람이 낙엽 떨어지듯 죽어 나자빠진다는 이야기가 떠돌 정도였다.

백손은 직책이 비장이지만 염라장군 소리를 별명으로나마 듣는 것이 좋고, 야인들이 자신을 두려워한다는 것이 기분 좋아서 미소가 떠나지 않았다. 하지만 범이의 얼굴에는 수심이 가득하였다. 사람을 살상하는 전쟁이 비위에 맞지 않았고, 백두산에서 홀로 기다리고 있는 설아가 걱정되었기 때문이었다.

이날도 백손은 눈치없이 범이에게 말을 붙이고 있었다.

"범이야, 오랑캐들이 훈융진에 복수하러 왔다가 신상절에게 당했다는 소식 들었냐? 그 사람, 신상절이란 장수 정말 깡다구가 있어 보이더라. 싸움을 할 때 눈매가 무시무시하던데 야인들이 당해 낼 수 없겠더라구. 한눈에도 능력 있는 장수 같더라. 아니 그러냐?"

범이는 가만히 고개를 끄덕였다.

"그런데 그 사람 말이야. 사람이 너무 강직해서 도순찰사 정언신한테 밉게 보였나 봐. 장수야 싸움만 잘하면 되는 줄 알았는데 그것도 아닌가 봐? 나도 이참에 전쟁이 끝나거든 병조판서 대감한테 찾아가 변방의 장군 자리라도 달랄까? 아니야, 아니야! 벼슬이 높아봐야 백정 놈의 피가 어디 가겠냐? 반상의 법도가 지엄한데 말이다. 내가 임제 형님의 동생이 아니라는 것이 탄로 나면 어떡하지? 내 신분을 높은 사람이 알기라도 하면 당장에 모가지가 날아갈 텐데 말이야. 생각하니까 암담하구나. 에이, 더러운 놈의 세상! 어디 신분 같은 거 없는 세상이 있나? 있기만 하다면 당장에 짐 싸들고 그리로 갈 텐데 말이야."

범이는 혼자서 웃기도 하고 눈을 부라리기도 하며 쉴 새 없이 표정을 바꾸며 떠들어대는 백손을 보곤 미소를 지었다. 그때였다. 관졸 하나가 급하게 뛰어와서 말하였다.

"두 분 출정할 준비를 하시라는 사또의 명이십니다."

임백손의 얼굴에는 화기가 돌고 범이의 얼굴에는 수심이 어렸다. 임백손은 공을 세워 즐겁고, 범이는 언제 이 난이 평정될 것인가 알 수 없기 때문이었다.

"간다, 간다. 금방 갈 테니까 조금만 기다려라."

백손은 얼른 신립이 준 은린갑을 입고 차비를 서둘렀다. 범이는 검은 쾌자에 비홍검을 차고 있을 뿐이어서 준비랄 것도 없었다. 백손이 갑옷을 입고 철퇴를 들자 군졸이 냉큼 뛰어나가고 그 뒤로 백손과 범이가 따랐다. 백손과 범이는 바깥에 준비하여 둔 말고삐를 군졸이 건네자 말 위에 올라타 성 밖으로 나갔다.

성 바깥에는 신립의 500철기군이 위풍당당하게 도열해 있었고 어디서 왔는지 또 다른 기마병 100여 기가 도열해 있었다. 신립은 처음 보는 군관과 나란히 서 있었는데 범이와 백손이 그의 오른편에 차례로 서자 미소를 머금고 말하였다.

"이보게, 좋은 소식이네. 자네들이 큰 공을 세울 때가 왔네."

"네? 공을 세울 기회 말입니까?"

백손의 물음에 신립이 다시금 근엄한 얼굴로 돌아와 기립한 철기병들을 바라보며 큰 소리로 외쳤다.

"오늘 병마사께서 적의 소굴을 치라는 엄명을 내리셨다. 우리는 오늘 두만강을 건너 눈에 보이는 야인들의 부락을 모두 쓰러트리고 조선 군사들의 힘을 보여주자!"

그러자 도열하고 있던 말들이 일제히 앞발을 번쩍 쳐들었다. 500여 마리의 말이 일제히 앞발을 쳐들고 으르렁거리자 그 소리가 하늘을 찌르고 그 위엄이 땅을 눌렀다.

옆에 서 있는 군관은 그 모습을 보곤 혀를 차며 고개를 몇 번 끄덕였다. 소문으로만 듣던 신립의 철기는 뭔가 다른 데가 있었던 것이다.

말이 끝난 신립이 앞장서 가자 그 왼쪽으로는 군관 하나가 따르고 오른쪽으로는 백손과 범이가 나란히 가고 그 뒤로 500철기와 100대의 기마병이 위풍당당하게 따라왔다.

신립의 좌측에 있던 군관이 신립의 우측 편에 백손과 범이가 나란히 말을 타고 가는 것을 보고 이상하게 생각하며 물었다.

"저들은 뭡니까?"

"자네는 소문도 듣지 못했는가?"

"소문이라니요?"

신립이 옆에 있는 백손을 가리켰다.

"이 사람이 바로 염라장군 임백손일세."

이내 좌측에 있는 범이를 가리켰다.

"이 사람이 바로 비홍검일세."

군관의 두 눈이 휘둥그레졌다.

"그럼, 훈융진 전투에서 혁혁한 전공을 올린 염라장군과 비홍검이 옆에 있는 저 사람들이란 말입니까?"

신립은 군관의 놀라는 모습이 마음에 드는지 연방 고개를 끄덕이며 껄껄 웃었다.

"그래, 바로 이 사람들일세. 내가 가장 아끼는 사람들이지."

신립은 이내 백손과 범이에게 고개를 돌려 말하였다.

"이보게, 염라장군! 비홍검!"

백손과 범이가 고개를 돌리자 신립이 왼편에 있는 군관을 가리키며 말하였다.

"이 사람은 병마사께서 보낸 군관 김우추(金遇秋)일세. 어서 인사들 하게."

두 사람은 말 위에서 서로 인사를 하게 되었는데 김우추는 어제저녁 북도병마사 이제신(李濟臣)이 여러 장수들에게 반기를 든 여진족들을 토벌하라는 명을 내리셨다고 말해 주었다.

자신 외에도 병마사 휘하에 있는 군관 이종인과 김준민에게 각각 기병 100여 명을 주어 건원보에 가 있는 부령부사 장의현과 훈융진 첨사 신상절에게 달려가 그들을 도와 두만강 너머에 있는 야인들을 토벌하게 하였다는 것이었다. 훈융진과 건원보의 병력은 약하여 신상절은 훈융진의 추장 포다통(浦多通)과 개동(介洞)을, 건원보의 장의현은 우율란의 장남인 우을기와 거여읍을 토벌하게 하였다는 것이었다. 듣고 있던 신립이 백손과 범이를 보며 말하였다.

"자네들과 나의 용맹이 알려져서 우리는 경흥 지방에서 가장 세력이 강한 여진족 추장 김득탄(金得灘)과 안두리(安豆里), 자중도(者中島), 마전오(麻田塢), 상가암(尙加巖)에 사는 야인들을 토벌하러 가는 길일세."

백손이 말하였다.

"그렇게 많은 곳을 간단 말입니까?"

"왜 천하의 염라장군께서 겁이 나시는가?"

백손은 싱글벙글 웃으며 말하였다.

"우헤헤헤. 겁이란 놈이 염라장군을 보고 아이쿠! 무서워라 하고 모두 달아나던데 장군께선 못 보셨습니까?"

"아이쿠. 그럼 어제 나를 보고 달아나던 그놈들이 나를 보고 달아난 게 아니었던가?"

신립이 덩달아 농을 하여 모두들 웃었다.

한바탕 웃고 난 후 신립은 범이의 굳은 표정을 보고 물었다.

"허허. 어찌하여 우리 비홍검의 얼굴에 먹구름이 끼었나? 며칠 전부터 영 시원찮구나."

백손은 그 말을 듣고 범이의 눈치를 살피며 말하였다.

"그게 아니라 두고 온 색시가 생각나서 그런 거겠지요."

신립이 고개를 끄덕였다.

"참, 자네가 아내를 백두산에 혼자 놔두고 왔다며? 그 험한 백두산에 혼자 있다면 겁이 나겠군."

백손이 대답하였다.

"겁이 무업니까? 집안에 커다란 표범이 함께 살고 있는데 말입니다. 범이의 집에 찾아갔을 때 갑자기 안에서 집채만 한 표범이 뛰어나오지 뭡니까? 깜짝 놀라 죽는 줄 알았습니다."

"범이의 집에 표범이 산다, 거참 신기한 일이군."

신립이 신기하다는 듯 껄껄 웃으니 백손이 말하였다.

"정말로 그 표범이 사람의 말을 얼마나 잘 알아듣는지 신기해서 혼이 났습니다. 범이가 집을 나왔어도 또 다른 범이 지키고 있으니 제수씨가 무섭지는 않을 겁니다."

이런 저런 이야기를 하는 사이에 유유히 흐르는 두만강이 눈에 들어왔다.

봄물이 흘러내려 넓고도 넓은 뿌연 물이 흘러가는 두만강 가를 따라 내려오다가 그들은 갈대가 무성하게 우거진 작은 섬 하나를 발견하였다. 강가 한가운데 있는 그 섬을 조선 사람들은 자중도(者中島)라 불렀다. 비옥한 두만강의 고운 모래와 흙이 세월의 흐름과 함께 퇴적되어 만들어진 이 섬에는 여름철 우기 때를 제외하고는 야인들이 거주하며 농사를 짓기도 하고 말을 기르기도 하며 살았다.

주로 이곳에서 야인들이 하는 일이란 좋은 목초가 나는 땅에서 말을 기르는 것이었다. 이곳에서 나는 말은 크고 윤기가 흘러 번호의 추장들이 공물로 대신 내기도 하였다. 이 자중도 일대는 야인번호 김득탄이 관할하는 지역이었는데 이들이 우을기와 더불어 반란을 도모하였던 것이다. 방어사 이제신은 남방에서 올라온 군사들을 각 성으로 보내어 모자라는 병력을 충원하게 하곤 반란에 참가한 야인들을 토벌하게 하였다.

신립은 군사에게 자중도에 불을 놓으라고 명하였다. 그러자 철기군 20여 명이 불화살을 장전하여 자중도를 향해 쏘았다. 송진과 유황, 기름을 골고루 먹인 솜을 둥글게 만 화살촉이 벌건 불길과 검은 기름 재를 허공에 날리며 날아가 자중도의 갈대숲에 떨어졌다. 그러자 갈대숲에 허연 연기와 함께 벌건 불길이 치솟았다. 때마침 불어온 바람은 불길을 하늘 끝까지 치솟게 하며 맹렬하게 갈대숲을 불더미로 만들었다.

때 아닌 불벼락에 놀란 새떼들이 연기 위로 날아오르고 갈대밭에 숨어 있던 노루와 사슴들이 펄쩍펄쩍 뛰어다니며 불길을 피하다가 혹은 타죽고 혹은 강물 속으로 뛰어들었다가 두만강 물결에 쓸려 내려갔다.

힘이 있는 사슴들 역시 물을 건너다가 강가에 새까맣게 늘어선 철기군을 보곤 차마 물을 건너지 못하고 돌아가다가 물살에 쓸리어 하구로 떠내려갔다.

"장군, 야인들이 자중도 뒤편으로 물을 건너 달아나고 있습니다."

파수를 보던 군졸의 말에 신립은 웃으며 말하였다.

"흥, 달아나 보라지. 제 놈들이 달아나 봐야 손바닥 안이지."

신립은 무표정하게 자중도를 뒤덮은 불길과 하늘 위로 자욱하게 올라가는 검은 연기를 말없이 바라보았다.

얼마 되지 않아 자중도는 새까만 잔해로 앙상한 모습을 드러내었다. 제법 불길이 사그라져 아직도 다 타지 않은 불길이 까만 들판 위에서 붉은 혀를 날름거리고 있어서 자중도는 지옥에나 나옴 직한 섬이 되어버리고 말았다.

"자, 이제 물을 건너가자."

신립이 고삐를 흔들자 백마 상산표가 물속으로 뛰어들었다. 상산표(常山豹)란 상산의 표범이란 뜻으로 상산이란 삼국지에 등장하는 용장 조자룡의 호(號)다. 신립이 자신의 애마를 상산 조자룡처럼 용맹하고 표범처럼 날래다는 뜻으로 붙여준 이름이었다. 그 이름처럼 상산표는 능숙한 실력으로 물길을 건너갔다.

한편 자중도에 살던 야인들은 때 아닌 화공(火攻)과 새까만 관병들을 보고 놀란 마음을 안고 부리나케 안두리로 달아나 이 사실을 여러 야인들에게 알렸다. 야인들은 이내 말을 달려 여러 부락을 전전하며 이 사실을 알리자 야인들은 놀라 어쩔 줄을 몰랐다.

온산의 영공(令公, 신립)이 염라장군과 비홍검을 대동해 철기병을 거느리고 온다는 말에 추장인 김득탄은 놀란 마음을 가까스로 진정시키고 일변 노약자를 피신시키고 일변 싸울 수 있는 무리를 모아 안두리로 집결시켰다.

여러 부족에서 모인 야인들의 수가 500여 명 가까이 되었으나 그들은 온산의 호랑이 신립과 철퇴를 휘두르는 야차 같은 염라장군 임백손, 은빛 검을 휘두르며 하늘을 날아다닌다는 비홍검의 소문을 듣고 있던 터라 싸울 마음이 생기지 않았다. 그들뿐 아니라 신립의 기마병은 야인들이 가장 무서워하는 병사들이라 더욱 그러하였다.

조선의 병사들은 싸움만 잘하고 기마술에는 능하지 못한 것으로 알고 있는 그들에게 자신들보다 더 뛰어난 기마병들은 또 하나의 두려운 대상이었다. 후일의 이야기지만 누르하치가 금나라를 세우고 명(明)나라를 치고 있을 때 한족과 몽고족들을 끌어 모아 만주팔기에 편입시켰는데 그때 '열 사람의 한인을 잡느니 한 사람의 조선인을 잡아라.'는 말이 있을 정도로 조선 군사들의 힘은 막강하기 그지없었다.

김득탄이 잔뜩 굳은 얼굴로 모인 야인들에게 소리쳤다.

"지금 조선의 군사들이 이곳으로 오고 있다. 그들은 우리의 고혈을 빨고 우리를 괴롭히던 사람들이다. 바로 그들이 그대들의 여인과 자식들을 죽이려 하고 있다. 우리가 어찌해야 하겠는가? 나가 싸워 그들을 물리치자. 여진인의 힘을 보여주자."

야인들이 괴성을 지르며 칼을 뽑아 흔들었다. 그러나 이미 온성의 신립이 장수들과 오고 있다는 소문이 소리 없이 퍼져서 동요하는 야인들이 많았다.

김득탄은 안두리에 모인 병력을 데리고 앞장서 나갔다. 추장이 앞서 나가자 야인들이 일자로 늘어서 평원을 달려갔다.

얼마를 가다보니 김득탄을 지원하러 온 우을지의 막내아들 우보리(迂甫理)가 500여 기의 기병을 이끌고 합류하여 김득탄은 1,000여 기의 야인들을 대동하게 되었다. 들리는 첩보에 조선 관병의 군사는 600임에 반해 자신의 병사가 그 두 배가 되는 것을 생각할 때 김득탄은 안심이 되었다.

'온성의 신립이 자랑하는 철기군이 제아무리 대단할지라도 두 배나 되는 우리를 이길 수는 없으리라.'

김득탄은 득의양양한 마음으로 말을 내달렸다.

커다란 평원은 끝없이 넓게 펼쳐져 보이는 것이라곤 잔디가 돋아나는 파란 땅과 푸른 하늘밖에는 없었다. 평원 위에 오목하게 튀어나온 구멍 위로 토끼가 머리를 들고 진군하는 조선 군사들을 바라보다가 하늘 위의 매가 갑자기 날갯짓을 하고 내려오는 것을 보곤 재빨리 굴속으로 뛰어들었다. 수직으로 하강하던 참매는 곧바로 토끼굴 위를 스쳐 하늘로 오르더니 다시금 먹잇감을 찾는지 빙글빙글 돌았다.

느긋하게 진군을 하던 신립은 이 모양을 보고는 입을 열었다.

"토끼 놈이 영악해서 매도 먹고살기가 힘들겠군."

"제깟 놈이 영악해 봐야 결국 토깽이 아니겠습니까? 굴을 여러 개 파놓고 살려고 기를 써도 결국 기다리는 보라매의 밥이 되고 말지요."

"그러고 보니 나도 이 싸움이 끝나면 해동청(海東青)이나 한 마리 길러야겠어. 그놈들이 곧잘 토끼며 꿩 사냥을 한다며?"

"한번 길러보십시오. 조선 매들은 사냥을 잘해서 바다 건너 중국에까지 이름이 났다 합디다. 토끼를 잡으면 저도 좀 주시구요."

"이 사람아, 그깟 토끼 새끼 잡아서 누구 입에 풀칠하나?"

"장군님 먹기 싫으면 나를 주시오. 나야 힘 안 들이고 고길 먹으니 감지덕지외다."

신립은 백손의 말에 눈을 흘기며 껄껄 웃었다.

"예끼 이 사람! 덩치는 산만한 사람이 토끼 한 마리 가지고 그 야단이니 이제부터는 토끼장군하게."

옆에 있던 범이와 군관 김우추도 따라서 웃었다. 범이는 큰 덩치의 백손이 토끼장군이라 칭하니 굳었던 얼굴이 풀리며 미소가 피어났다.

백손은 굳었던 범이의 웃음을 보자 기분이 좋아져서 범이에게 말하였다.

"좋수다! 내가 토끼장군 할 테니 범이 너는 병아리검 하거라."

"아니? 비홍검이 병아리검이 되면 나는 온산의 고양이가 되게?"

신립의 말에 좌중이 웃음바다가 되었다.

일전을 앞둔 사람들이 천하태평이었다. 그만큼 자신이 있다는 말이리라. 뒤따라가던 기마병들도 그 모습에 마음이 차분하게 가라앉아 자신의 칼을 만져보기도 하고 창끝이 날카로운가 보기도 하고 화살과 활은 문제가 없는가 여유를 가지고 살피며 일전을 준비하였다.

잠시 후, 앞서 갔던 척후병 하나가 빠르게 말을 몰며 다가왔다. 다가온 병사는 말 등에서 훌쩍 뛰어내려 신립에게 보고하였다.

"눈앞에 야인들이 다가오고 있습니다. 인원수가 적게 잡아도 우리 두 배는 될 것 같습니다."

"음, 그럴 테지. 그럴 줄 알았어. 그동안 많이도 모았어."

신립은 야인들이 병력을 끌어 모으길 기다렸던 것이었다. 여러 지역을 일일이 찾아다니며 각개전을 하느니 한 번에 끌어 모은 병력을 소탕하는 것이 더 큰 효과를 불러일으킨다는 것을 잘 알기 때문이었다. 실지로 큰 병력과의 전면전은 승패에 대한 위험부담이 커서 이기기만 한다면 덩달아 그 주위부족들까지 모두 항복을 받게 되지만 질 경우에는 야인들의 기세가 더욱 커져 걷잡을 수 없게 된다.

신립이 어찌 보면 무모하다고 할 방법을 선택하는 이유는 철기군에 대한 자신감과 그의 지나치게 호협한 승부 근성 때문이었다.

김우추가 말하였다.

"장군 어찌하실 작정입니까?"

"단칼에 끝을 보자구."

신립은 한마디를 하곤 입을 굳게 다물었다.

김우추는 뭔가 계책을 내고 싶었지만 신립의 기세에 풀이 죽어 가만히 앞을 바라볼 뿐이었다. 백손과 범이는 신립의 말뜻을 알아채곤 눈앞을 응시하였다.

눈앞의 넓은 평야에 새까만 개미떼 같은 무리의 야인들이 나타났다. 야인들은 조선 군사를 보고는 그 자리에서 진군을 멈추었다.

"저놈들이 진군을 멈추었군. 하지만 우린 겁쟁이가 아니야. 그렇지 않나? 토끼장군?"

"거참 정말로 남들이 토끼장군이라 부르겠소이다. 이 백손이는 도망도 잘 못할 뿐더러 겁쟁이가 아니니 어디 내 실력을 보여드리지요."

호기가 솟구친 백손이 말을 달려 평원을 질주하였다.

"야, 이놈들아. 염라장군 나가신다. 길을 비켜라."

하늘이 무너져라 천둥 같은 목소리로 철퇴를 휘두르며 백손이 달려가자 그 뒤로 범이가 말을 달렸다.

범이는 백손이 화살 세례를 맞아 죽을까 두려웠으며 자신이 먼저 나가 싸워야 한다는 것을 알고 있었다. 자신이 먼저 나가 싸워야 야인들의 목숨을 하나라도 살릴 수 있다 생각했기 때문이었다. 그것은 몇 차례의 전투를 통하여 알게 된 사실인데 야인들은 세가 불리하면 도망을 가 버린다는 데에 있었다.

상대가 동등하다면 있는 힘을 다해 싸우지만 일단 예기가 꺾이면 그들은 뒤도 돌아보지 않고 뿔뿔이 흩어져 버렸다. 그리하여 범이는 자신이 먼저 싸우기로 마음먹은 것이었다.

백손이 소리를 지르며 달려가는데 어느새 허공을 가르며 새까만 화살비가 곧 야인들의 진영으로 날아들었다. 달려들던 야인들과 말이 화살에 맞아 비명을 지르며 평원에 나뒹굴었다.

소낙비 같은 화살비가 연달아 야인들의 진영을 뒤흔들었다.

"이놈들, 염라장군이 간다."

백손은 눈에서 불이 일었다. 그는 벼락같은 철퇴를 채찍처럼 휘두르며 야인들의 진영을 향해 달려들었다. 그 뒤로 은광이 번뜩이는 칼을 들고 달려드는 장수를 보곤 눈에 익은 야인들이 이곳저곳에서 소리를 질렀다.

"비홍검과 염라장수다."

야인들의 진영이 술렁거렸다.

"이놈들!"

천둥 같은 소리를 지르며 야차 같은 백손이 야인들의 진영으로 송곳처럼 파고들었다. 적진 속으로 파고든 백손은 무자비한 철퇴를 마구 휘두르며 닥치는 대로 야인들을 공격하며 소리를 질렀다.

"이놈들아, 나를 막아 보거라."

범이는 야인들의 진영으로 파고들어 사방팔방으로 비홍검을 휘둘렀다. 비홍검이 번득번득 지나가면 야인들이 소리를 지르며 퍽퍽 쓰러졌다.

백손의 철퇴에 스치거나 맞은 야인들과 말들이 피를 뿌리며 쓰러지거나 비명을 지르며 땅바닥에서 정신을 잃었다. 범이의 무딘 비홍검에 맞거나 베인 사람들은 자기가 죽었나 하여 간이 섬뜩하다가 상처가 없이 무사한 것을 깨닫고 싸울 마음이 없어진 까닭에 일시에 야인들의 진영이 소란스러워지면서 단단해 보이던 대열이 흩어지기 시작하였다.

"과연 비홍검과 염라장군이야."

멀리서 보고 있던 신립이 감탄하며 소리쳤다. 신립의 옆에서 그 모습을 보고 있는 군관 김우추가 벌어진 입을 다물지 못하고 말하였다.

"와! 정말 대단한 장수들입니다. 별명이 무색하지 않은 용장이로군요."

김우추의 감탄을 들으며 신립은 분위기가 무르익었다 생각하였다. 이내 신립은 지휘봉을 빙글빙글 돌리다가 야인들을 가리키며 크게 소리쳤다.

"공격 앞으로!"

이미 대열을 정비하고 있던 철기군들은 신호가 떨어지기 무섭게 땅을 박차고 앞으로 나아갔다.

우두두두두———

지축이 울리며 뿌연 먼지가 일시에 자욱하게 일어났다.

"조선 군사들이 달려온다."

백손과 범이 덕분에 흔들리던 야인들은 땅이 무너져라 지축을 울리며 새까맣게 달려드는 철기군을 보자 어찌할 줄을 몰랐다.

이미 기가 질려버린 여진인 중에는 겁을 먹고 달아나는 자가 속출하더니 철기군이 진영으로 들이닥치자 일시에 진영이 완전히 무너져서 사방팔방으로 달아나고 말았다.

철기군은 달아나는 여진인 뒤를 쫓으며 활을 쏘고 칼을 휘둘러 야인들을 도살하였다. 이미 기가 죽은 야인들은 싸워볼 엄두는커녕 말 등에 몸을 찰싹 달라 붙이고 살 맞은 뱀 모양으로 철기군을 피하여 부리나케 달아났다. 철기군 600명은 무인지경으로 싸울 생각을 않는 야인들을 베고 쏘아 넓은 평원 아래 쓰러뜨렸다. 야인들의 몸에서 흘러나온 피가 대지를 적셔 어느 틈엔가 피비린내를 맡고 몰려든 까마귀 떼들이 어지럽게 하늘 위를 날아다니고 있었다.

순식간에 싸움이 끝나 넓디넓은 평원에는 조선의 군사들만이 자리를 차지하고 승리의 함성을 내질렀다. 범이는 야인들이 150여 명만 죽은 것을 다행으로 생각하며 갑옷에 피를 더덕더덕 묻히고 있는 백손을 바라보았다.

싸움에 빠졌을 땐 피에 굶주린 야수 같더니 싸움이 끝나자 양처럼 순한 얼굴로 돌아온 백손은 싱글벙글 웃으며 범이에게 다가와 어깨를 툭툭 쳐 주었다.

"범이야, 수고했다. 그 검이 날이 무딘 명검이 아니었다면 네가 더 큰 공을 세웠을 텐데 말이다."

신립이 다가와 임백손에게 말하였다.

"그보다도 염라장군이 염라대왕을 만나 이름을 빌린 벌을 받는 것도 볼만하겠군."

백손이 화통하게 웃으며 대답하였다.

"그 이름을 장군이 지어주셨으니 당연히 그 벌은 장군이 받아야지요. 나야 염라대왕에게 일거리만 갖다 줬을 뿐 아무런 죄도 없습니다."

안두리의 일전으로 야인들은 기가 완전히 꺾여 그 다음부터는 일사천리, 파죽지세였다. 그들은 안두리, 마전오, 상가암 등의 여러 여진족 부락을 힘들이지 않고 격파하여 쌓아둔 식량과 무기에 불 지르고 저항하는 여진인 50여 명을 더하여 200여 급을 베어 다친 사람 하나 없이 온전하게 돌아올 수 있었다.

이 싸움으로 신립과 함께 염라장군과 비홍검의 이름이 더욱 크게 알려진 것은 말할 것도 없고 부령부사 장의현과 훈융진 첨사 신상절 역시 각기 반기를 든 여진족 부락을 평정하고 각각 50여 급을 베어 돌아오는 전과를 세웠는데 이로서 경원부 서쪽에 있는 여진족은 대부분 평정이 되었다.

이 무렵, 대궐에서는 양사의 조관들이 북병사 이제신을 벌할 것을 청하였다.

"북병사 이제신은 성격이 거칠고 사나우며 잘난 척 할뿐더러 일을 처리하는 데 질서가 없어서 북쪽 국경을 지키면서부터 위엄과 사나움만을 일삼았으므로 여러 진(鎭)의 인심이 이반(離反)하고 변방 지대의 오랑캐들이 원망하며 배반하였습니다. 따라서 오늘 사변을 가져온 것은 실로 제신의 탓입니다. 성을 함몰하고 나라를 욕되게 한 죄가 크오니 잡아 처단하소서."

병조판서 이율곡이 말하였다.

"야인들이 난을 일으킨 것이 어찌 이제신 때문이겠습니까? 전 만호 최몽린(崔夢麟)의 토학 때문에 불거진 일이 아니옵니까. 설사 그가 작은 죄를 지었다 하더라도 이제 그 죄를 값을 요량으로 적의 소굴을 분탕 소멸하고 적의 머리 이백여 두를 바쳤습니다. 제신이 북병사로 이탕개의 난을 평정한 공이 큰데 지금에 와서 제신을 벌주는 것은 온당치 않습니다. 이제 그런 장수를 잃게 되면 또 어디에서 그러한 장수를 구하여 화급에 대처할 수 있겠습니까? 주상전하께서는 굽이 살피시옵소서."

양사의 신하들이 눈꼬리를 치켜들고 나섰다.

"처음에 경원부에서 난이 일어났으니 경원부를 지키는 이제신의 죄가 아니라고 어찌 말할 수 있겠소. 성을 함몰당하고 나라를 욕되게 한 죄는 모두 이제신에게 있으니 제신이 공을 세웠다 한들 죄를 면할 수는 없을 것입니다."

조정의 신하들이 벌떼처럼 일어나서 한목소리로 이제신을 벌줄 것을 청하였다.

이율곡이 나섰다.

"이제 주장을 바꾼다 하시면 이제신을 대신할 사람이 누가 있단 말이오?"

좌우에 시립한 간관들이 도끼눈을 뜨며 말하였다.

"김우서가 있지 않습니까? 소문을 듣자하니 김우서가 5도에서 끌어 모은 병사들을 먼저 올려 보내 국가의 위급을 막은 공이 크다 합니다. 김우서는 남도 병사로 과거에 변방에서 재직한 경험이 있으니 이제신의 빈자리를 메울 수 있을 것입니다."

"김우서는 담이 작고 계책이 없어 북병사의 그릇이 아니올시다."

"병판은 이제신이 변무 12조를 올린 것을 높게 보는 모양이지만 그는 일개 유생일 뿐이오. 그가 원대한 계책이 있었다면 어째서 지금까지 야인의 난을 평정하지 못하는 것이오?"

"야인의 난은 변방에서 오랫동안 쌓여진 폐단이 드러난 것이오. 이제신이 현명하여 야인의 난을 진합하는 중에 그 폐단을 뿌리 뽑을 방책을 내놓은 것인데 어찌 다른 이로 바꾼단 말이오? 또한 김우서는 탐욕스러운 사람이라 변방의 폐단을 뿌리째 뽑을 수 없소. 오직 청렴하고 깨끗한 사람만이 공정한 일처리로 변방의 폐단을 일소할 수 있을 것이오."

이제신은 청렴하고 강직한 지조를 지닌 인물이었다. 변방에서 자행되던 침탈이 이제신 때문에 줄어들어 변방민들의 민심을 산 것은 말할 나위 없었고, 군율을 엄하게 하고 장수들을 적시에 배치하여 야인들을 소탕한 공이 커 북병사로서 흠잡을 데가 없는 인물이었다.

대간인 송응개가 말하였다.

"그래서 병판은 임제 같은 음란한 자를 천거한 것이오?"

"이미 죽은 기생의 무덤 앞에서 단가 하나를 지었는데 음란하다 하면 이 세상에 음란하지 않은 사람이 누구란 말이오? 제발 공정한 눈으로 인재를 봅시다."

"임제의 일은 이미 주상전하께서 윤허한 일이오. 병판대감의 말이라면 주상전하께서 공정한 안목이 없다는 말이오?"

율곡이 말하였다.

"내가 천거한 인재들을 번번이 낙마시킨 사람들은 전하가 아니라 그대들이 아니오?"

"병판은 말조심하시오. 신하들의 임명권은 주상전하에게 있소. 병판의 말은 그동안 주상전하의 판단이 잘못되었다는 말이오?"

조관들이 한목소리로 율곡을 비난하였다.

"그만들 하라."

임금이 용안을 붉히며 말하였다.

"임제는 평안감사에서 낙마한 인물이니 더 거론할 것 없다. 공론에 따라 김우서를 병마사로 임명할 것이다. 병마사 이제신은 압송하고, 경원부사 김수와 판관 양사의는 성을 지키지 못한 죄를 물어

참수할 것이다."

율곡은 또 한 번 고개를 떨구었다.

저번 경연청의 일이 있은 후로, 서인들까지 율곡을 눈엣가시처럼 보았다. 율곡이 내놓는 정책은 번번이 묵살을 당하였고, 그가 뽑은 인재는 번번이 좌천당하였다. 이제 임금의 신뢰까지 잃고 나니 율곡은 희망이 없었다. 용호군 장수들이 선전하기만을 바라는 수밖에는 도리가 없었다.

조정에서는 왕명을 받아 선전관 이극선을 보내었다. 이때 병마사 이제신은 압송되었고, 경원부사 김수, 판관 양사의는 경원성문 앞에서 참수되었으며, 이제신의 빈자리에는 김우서가 임명되어 경원 일대의 방위를 책임지게 되었다.

북병사가 된 김우서는 도순찰사 정언신과 함께 북쪽으로 올라왔는데 이때에는 벌써 김시민이 데리고 간 용호군의 장사들이 곳곳의 진보에 투입되어 제 몫을 다하고 있었고, 경원부 서쪽지방의 여진인들이 우리 군사들에게 평정을 당해 여진족의 기세가 한풀 꺾여 있었다.

경원 방어의 책임을 맡게 된 김우서는 오랑캐들이 침입해 오지 않아 그야말로 태평한 나날을 보내고 있었으나 들려오는 소문에 병조판서 이율곡이 자신을 싫어하여 정청에서 북병사의 임명을 극력 반대하였다는 이야기를 들었다. 그리고 병조판서가 천거한 백손과 범이가 전장에서 큰 공을 세웠다는 소문도 들었다.

임백손이 염라장군이라는 이름으로 불리며 큰 공을 세웠고 범이가 비홍검으로 불리며 그 이름 없던 명검이 신립에 의해 비홍검(飛鴻劍)이라는 이름을 갖게 되었다는 소식에 애가 타는 김우서는 동헌 마루의 의자 위에 앉아 중얼거렸다.

"차돌이란 놈, 도대체 어떻게 된 거야? 내가 항상 붙어다니라 일렀건만 그놈은 건원보에 가 있고 범이란 놈과 임 비장은 온성에 가 있으니. 에잉……."

그때 군관 하나가 한 아이를 데리고 들어왔다. 머리를 길게 땋은 소년은 다름 아닌 차돌이었다. 건원보에 가 있는 차돌이를 병마사의 명으로 불러들인 것이다.

차돌은 동헌 마당에서 꾸벅 큰절을 하고 얼굴에 웃음을 지으며 말하였다.

"나리, 진급을 감읍드립니다."

김우서는 차돌의 얼굴에 미소가 어리자 무슨 좋은 소식이라도 있나 하여 성을 낼 마음이 풀어져 따라온 군관을 물러가게 하곤 차돌을 가까이 불러 말하였다.

"이놈 차돌아, 무어 좋은 소식이라도 있느냐?"

"좋은 소식이 두 가지 있지요."

김우서가 솔깃하여 귀를 갖다 대며 재촉하였다.

"어서 말해 보거라."

차돌이 그 자리에서 또랑또랑한 목소리로 말하였다.

"하나는 대감께서 북도병마사에 오른 것이고, 다른 하나는 범이란 장수의 검이 비홍검(飛鴻劍)이라 천하에 이름이 난 것입니다."

김우서는 표정이 시무룩해져서 냅다 소리를 질렀다.

"이놈아, 그걸 누가 모르느냐? 좋은 소식을 말하라 하니 그딴 이야기를 하고 있어."

차돌은 얼굴색 하나 변하지 않고 말하였다.

"그것이 좋은 소식 아닙니까? 누구도 아는 사람이 없고 이름도 모르는 검이 천하에 이름 높은 비홍검이 되었으니 장차 그것의 주인이 될 나리의 명성이 또한 높아지실 것이 아닙니까?"

김우서는 차돌에게 뭔가 좋은 계교가 있겠거니 생각하였다.

"이리와 보거라. 네놈의 계교가 뭔지 들어나 보자."

차돌은 동헌마루 위로 올라가 김우서의 귀에 대고 소곤거렸다. 듣고 있는 김우서의 눈이 반짝거리고 그의 입이 실룩거리며 미소를 품었다.

"오라, 그러니까 백손이란 놈과 범이를 이리로 불러오란 말이지?"

"그렇습니다. 온성의 호랑이 신립이라도 감히 병마사 어른의 명을 거역하지는 못할 겁니다. 그리고 범이와 임 비장은 원래 나리의 군사들이 아닙니까? 그들이 이곳에 오게 되면 저를 임 비장의 말구종으로 삼아주십시오. 임 비장이 사람이 털털해서 빈틈이 많으니 같이 생활하다 보면 반드시 좋은 수가 날 겁니다. 그때 시비를 잡아 임 비장을 옭아 넣으면 그때 제가 비홍검을 나으리에게 바치겠습니다. 제가 보니 임 비장과 범이라는 장수는 형제처럼 막역한 사이라 잘만 구슬리면 비홍검은 나리 차지가 되지요."

김우서는 그 말에 득의양양해져서 금방이라도 비홍검이 자기 수중에 들어올 것만 같다. 더구나 백손과 범이는 눈엣가시 같은 병조판서 이율곡의 수족들이니 두 놈을 처단하고 보검을 빼앗아버리는 것은 자신의 입장에서는 일석이조였다.

"그래, 네 계책이 용하다."

"나으리, 저와의 약속을 잊으시면 아니되옵니다."

"오냐, 오냐. 비홍검이 내 수중에 들어온다면 내가 뭔들 못해 주겠느냐? 어서 가서 쉬어라. 나는 할 일이 많으니."

차돌이 사라지자 김우서는 온성으로 파발을 띄워 범이와 백손을 경원으로 내려오도록 하였다. 온성의 신립은 이 명을 받고 어찌할 수 없어서 그날 저녁 진수성찬을 차려 범이와 백손을 위로한 후 다음날 경원으로 두 사람을 보냈다.

염라장군과 비홍검이 경원으로 가는 날에 온성의 기병들과 군졸, 백성들이 모두 길에 따라 나와 하늘을 뒤덮는 용맹을 가진 두 사람을 배웅해 주었다. 그들은 두 사람이 있어 든든하던 온성이 일시에 쓸쓸해져 서운한 마음이 얼굴에 나타나 있었는데 어떤 이는 눈물을 흘리기까지 하였다.

신립은 온성에서 십오 리나 되는 향고개(香峴)까지 나와 백손과 범이를 배웅해 주었으니 고개 마루에서 섭섭한 마음을 안고 백손과 범이에게 정을 표시하였다.

"다음에 또 보세, 토끼장군. 다음에 또 보세, 비홍검."

"장군님, 너무 하는 거 아닙니까? 나는 염라장군이라는 이름이 있는데 어째서 토끼장군이라 그러고 범이한테만 비홍검이라 부르는 겁니까?"

"허허허, 내 맘일세. 내가 지어준 이름 내가 부른다는데 무슨 불만인가? 자네도 내키지 않으면 나한테 고양이장군하고 부르게."

신립이 껄껄 웃었다.

"고양이장군, 저는 갑니다. 담에 볼 땐 고양이 같은 성격 좀 고치쇼."

백손이 말을 놓았다.

"그러세. 그런데 자네 잘 모르지? 고양이가 화나면 토끼를 잡아먹는다는 것 말일세. 자네는 이름으로도 나한테 한 끗발 밀리네그려. 허허허."

신립이 화통하게 웃으니 백손이 고개를 내저었다.

"이런, 내가 졌수다. 투전판에서 끗발이 밀릴 때는 빠져나가는 것이 상책이라 우리는 먼저 갑니다."

"갈 때 가더라도 인사는 하고 가세."

백손이 말에서 내려 신립에게 큰절을 하였다.

"장군, 몸 건강하시고 후일에 뵈올 날만 기다리겠습니다."

범이도 웃고 있다가 이 모습을 보고 얼른 땅에 내려와 신립에게 큰절을 하였다.

신립의 눈에 이슬 같은 눈물이 잠시 어렸다. 신립은 상산표에서 내려 백손과 범이의 손을 잡아 일으켜 세우며 말하였다.

"내 자네들 같은 사람과 전장을 누볐다는 것이 생애에 더 없는 영광이네. 아무쪼록 몸 건강하고 후일에 다시 보도록 하세."

백손과 범이의 마음속에 울컥하고 무언가가 치밀어 올라 눈물을 머금으며 고개를 끄덕였다. 두 사람은 이내 말에 올라 경원으로 향하였다. 그들의 모습이 향고개 너머로 사라질 때까지 신립은 그 자리에서 돌이 된 듯 움직이지 않다가 시야에서 완전히 사라질 때 비로소 말을 돌려 온성으로 향하였다.

향고개에서 45리 남짓한 거리를 달려온 두 사람은 정오 무렵 경원에 도착할 수 있었다. 병마사 김우서가 이들을 크게 환영해 준 것은 물론이고 경원의 군사는 물론 남녀노소할 것 없이 두 사람의 모습을 보기 위해 성문 밖에서 북적거릴 정도였다. 김우서는 두 사람의 공을 치하하고 범이에게는 비장, 백손을 부장으로 한 계급 올려주는 한편 차돌을 말구종으로 따라다니게 해주었다.

백손이 이런 횡재에 입이 벌어진 것은 말할 것도 없고 범이와 더불어 한가한 경원성 안에서 군사들을 조련하며 평온한 일상을 지내게 되었다.

전날 밤에 설아의 꿈을 꾼 후로 범이는 마음이 우울하였다. 백두산에서 홀로 자기를 기다리고 있을 설아가 걱정이 되었다. 마음 같아서는 한달음에 달려가고도 싶었지만 야인들의 난이 평정되지 못했으니 도리가 없었다.

"범이야, 오늘 왜 그러는 거야? 우헤헤헤."

남철릭에 쾌자 입은 덩치 좋은 백손이 껄껄 웃었다.

"기분이 안 좋은 모양이구나. 이럴 때는 밖으로 나가 말이나 타고 오는 것이 최고야. 근 달포동안 아무 짓도 안 하고 놀기만 했더니 정말 죽겠구나야."

이내 백손이 목을 빼어 차돌이를 소리 높여 불렀다. 그러자 차돌이가 부리나케 달려왔다.

"부르셨어요. 염라장군님?"

백손은 차돌의 말에 기분이 좋아져서 싱글벙글 웃으며 말하였다.

"차돌아, 가서 말 두 필 준비시켜라. 비홍검하고 성이나 한 바퀴 돌다 와야겠다."

"알겠습니다요."

차돌이 생글거리다가 범이의 표정을 살피며 입을 열었다.

"비홍검님의 얼굴색이 안 좋아 보이는데 소인이 저녁에 술이라도 준비할깝쇼?"

백손의 눈이 번쩍 뜨이고 입이 헤 벌어졌다.

"햐! 이눔, 너는 정말 내 마음에 드는구나. 그렇게 되면 좋지. 어디 재주 있으면 좋은 안주나 기생들도 준비해 보거라."

"여부가 있겠습니까? 경원 관기들이 염라장군님과 비홍검님을 얼마나 뫼시고 싶어하는지 아십니까?"

"그래?"

"관기들의 몸이 빠짝 달아 있습지요. 제가 준비할 터이니 걱정을 붙들어 매십시오."

차돌이 굽실거리며 재빨리 관청 문을 빠져나갔다.

"우헤헤헤. 저눔이 보통 눈치가 빠른 눔이 아니라니까? 의리도 있고 비위도 맞출 줄 알구 어디 모자라는 데가 없다니까."

백손이 껄껄 웃다가 범이의 어깨를 툭 치며 말하였다.

"범이야, 우리 바람이나 쐬러 나가자. 보아 하니 아내가 생각나는 모양인데 이제 곧 난이 끝나면 갈 수 있겠지."

범이는 전장에 너무 오래 있다 보니 설아가 생각나서 그러는가 싶어 백손의 뒤를 따랐다. 동헌을 나가니 바깥에 차돌이가 말 두 필을 대령해 놓고 있었다. 백손은 차돌이의 머리를 쓰다듬었다.

"차돌아, 우리가 다녀올 테니 너는 준비나 잘 하거라."

백손이 가볍게 말에 올라 성문을 향해 나아갔다.

성문이 열리고 경원성 바깥으로 나가 가을 중 쏘다니듯 이리저리 말을 타고 돌아다니다 보니 범이의 마음이 조금은 가라앉는 것 같았다.

서산에 땅거미가 질 무렵에 두 사람은 경원성으로 돌아왔다. 기다리고 있던 차돌이가 말을 가지러 나오면서 싱글벙글 웃음을 지으니 백손이 술과 기생을 준비하였나 싶어 물었다.

"이눔아, 꾀꾀로 준비하였느냐?"

"그러문입쇼. 제가 누굽니까? 천하의 차돌이 아닙니까? 벌써 객청 안에 아리따운 기녀들을 모셔 놓았으니 그리로 가시지요."

"이눔, 차돌이 너는 어찌 그리 용하냐?"

"차돌이니까 용하지요."

차돌은 객청으로 두 사람을 안내하였다.

"형님, 저는 괜찮습니다."

백손은 범이를 향해 산 도적 같은 눈을 흘기었다.

"장부가 전장에서 술 한잔 할 때도 있는 게지. 오랜만에 회포나 풀어보자꾸나."

"저는 괜찮으니 형님이나 회포를 푸세요."

범이는 자기 방으로 사라져 버렸다.

"아! 참! 이러면 안 되는데……."

차돌이는 범이가 사라지는 것을 안타까운 눈으로 바라보다가 백손에게 은근히 물었다.

"그럼 염라장군님이라도 가셔야지요."

백손도 흥이 빠져 손을 내저었다.

"됐다. 이놈아, 너는 이야기 듣지도 못하였느냐? 문지기 말이 우리는 내일 종성으로 간다 하더라. 그런데 무슨 술이야? 불벼락 맞을라. 차돌아 술판은 다음 기회로 미루자."

이내 백손은 허탈한 발걸음으로 범이의 뒤를 따라가 버리고 말았다.

"쳇."

차돌은 자신의 계책이 실패한 것이 안타까워 눈을 흘기며 백손과 범이를 바라보다가 터덜터덜 걸음을 옮겨 김우서가 있는 동헌 안뜰로 들어갔다.

차돌이가 오기만 눈이 빠지게 기다리고 있던 김우서는 차돌이 안뜰에 들어서자마자 문을 열고 물었다.

"차돌아, 어찌되었느냐? 그놈들이 술을 먹고 계집질을 하고 놀더냐?"

"비홍검은 알고 보니 목석이데요. 돌부처가 따로 없습니다요. 그놈이 일을 망쳐버리고 말았습니다요."

"그게 무슨 말이냐?"

"비홍검이 여자하구 술에 눈을 돌리지 않아서 일이 글렀습니다요."

김우서는 눈을 핼쑥하게 뜨고 수염을 비비꼬며 중얼거렸다.

"그놈들이 칼 물고 뜀뛰기만 잘하지 머리통은 없는 줄 알았더니 그것도 아닌 모양이로구나. 벌써 오월이 다가오는데 어찌 그리 빈틈이 없을꼬."

차돌이 재빨리 물었다.

"나리, 종성으로 간다는 것은 무슨 말입니까? 임 비장은 꼬일 수 있었는데 난데없이 종성에 간다고 그만 일을 망쳐버렸지 뭡니까?"

"하늘이 그놈들을 돕는구나. 하필이면 그때 그 이야기를 들었을 꼬. 쯧쯧쯧."

김우서가 혀를 차다가 마루가 꺼져나가라 한숨을 내쉬며 말하였다.

"경원과 온산 지역의 번호들이 모두 다 항복을 하였으니 남은 것이 회령과 종성의 이탕개하고 율보리 놈이 아니냐? 여기서 죽치고 있지 말구 그리로 오란다."

"나리, 하늘이 무너져도 솟아날 길이 있다는데 무슨 수가 생겨도 생기겠지요."

김우서가 덜컥 화를 내며 소리쳤다.

"야, 이눔아! 밑 빠진데 물 붓는 것도 유분수지. 네 말만 믿다가는 늙어 죽기 전에 비홍검을 손에도 만져보지 못하겠다."

차돌이 눈을 크게 뜨며 말하였다.

"나으리, 도리어 잘 되었는데 그게 무슨 말입니까요? 이곳처럼 평안한 데서 무슨 허점이 있겠습니까요? 조금만 기다려 보십시오. 좋은 수가 반드시 생길 겁니다. 나으리는 그저 기다리기만 하십시오."

"오냐! 너만 믿어보마."

김우서가 수염을 쓰다듬으며 웃었다.

6

다음날 김우서는 휘하의 장수들을 대동하고 종성으로 향하였다. 경원과 종성은 동서 90리 길이니 가운데 증산(甑山)이 뻗어 내려온 산줄기가 경계를 이루어 목동고개라 불렀다. 그 고개를 지나면 널

찍한 평야가 나타나므로 아침에 출발한 김우서의 병력이 느긋하게 목동고개에서 점심을 먹고 늘어지게 쉬다가 출발하여도 저녁 무렵 전에 종성에 도착할 수 있었다. 아직 날이 저물지 않아 종성 읍성 의 모습을 자세히 살펴볼 수 있었는데 이곳은 일장이 조금 넘는 성 벽이 무너지고 갈라진 데가 군데군데 눈에 띄는 것이 야인들의 공 격이 무척이나 거세었다는 것을 짐작할 수 있었다.

김우서는 벼슬살이 30년에 반은 능구렁이가 되어서 걱정부터 앞 섰다. 이탕개와 율보리는 병력이 일만이나 넘는 큰 세력이었다. 앞 서 갔던 오운과 박선의 팔천 군사들도 그들을 어쩌지 못하고 있는 것을 김우서는 잘 알고 있었다.

김우서는 종성을 야인들의 손에서 잘 지켜낼 수 있을지 걱정이 되었다. 그는 경원성 밖에서 수성(守城)하지 못한 죄로 머리가 잘려 장대 끝에 매달린 김수와 양사의를 똑똑히 보았기 때문에 자신이 그야말로 사면초가, 진퇴양난의 위기에 처했다고 생각하였다.

이때 종성에서도 부사 유영립(柳永立)이 판관 원희(元喜)와 기병장 김사성(金嗣成), 군관 권덕례(權德禮) 등과 병사들을 인솔하고 성문 밖 으로 나와 김우서를 맞았다. 김우서는 그렇지 않아도 골치가 아파 서 그들의 인사를 들은 척 만 척 성안으로 들어가 동헌에 자리를 잡고 칭병하여 앓아누웠다.

병마사가 칭병을 하고 자리에 눕자 부사 유영립은 어리둥절하였 으나 소문으로만 듣던 비홍검과 염라장군을 만나게 되어 무척이나 설레었다. 이미 그곳까지 염라장군과 비홍검의 소문이 퍼져서 이 번에 병마사가 두 영웅들과 함께 온다는 소리에 종성의 군사들은 사기가 높아져 있었다. 이 소식이 야인들에게 알려져서 이틀 전부터는 산발적인 공격도 없고 그야말로 지옥 같은 종성에 때 아닌 평화가 찾아들었던 것이다.

종성에 병마사 김우서의 군대가 들어온 후 며칠은 야인들이 잠잠하였다. 그러나 이 소문을 들은 오랑캐 추장 율보리가 가만히 있을 리 없었다.

"그 염라장군이란 놈과 비홍검이란 놈이 도대체 어떤 놈인지 직접 확인해 보자."

율보리는 김우서가 종성에 온 닷새 후에 기병 일천을 거느리고 종성으로 출발하였다. 한동안 뜸하던 율보리가 두만강을 건너오고 있다는 소식이 전해지자 종성은 때 아닌 전투준비에 부산하였다.

김우서는 이 소리에 놀라 자리에서 일어나 즉시 종성부사 유영립으로 하여금 군사들을 이끌고 나가 그들을 막게 하고 자신은 종성 읍성에서 방어하였다.

"오랜만에 몸 풀 일이 생겼구면."

임백손은 이 말을 듣고 기뻐하며 갑주를 입고 말에 올라 철퇴를 이리저리 흔들며 좋아하였다. 범이는 유영립이 마련해 준 갑옷이 불편하여 검은색 쾌자를 그대로 입고 백손을 따라 성 밖으로 나갔다.

임백손과 범이가 기병장 김사성이 이끄는 기병 200여 기와 함께 강여울에 나아가니 율보리는 일천여 기의 기병들과 함께 여울 앞에 진을 치고 이들을 기다리고 있었다.

율보리는 조선 군사들이 나타나자 앞에 나와 크게 소리쳤다.

"도대체 염라장군과 비홍검이 누구냐?"

백손이 앞으로 나아가 진기를 끌어올려 크게 소리쳤다.

"염라장군이 바로 나다! 죽고 싶은 놈이 있느냐?"

마치 천둥이 치듯 커다란 백손의 목소리에 말들이 놀라 대롱 같은 귀를 쫑긋거리고 앞발을 치켜들며 '크흥- 크흥-'거렸다.

율보리는 야인들을 향해 소리쳤다.

"이중에 저놈을 쓰러뜨릴 용사가 있는가?"

야인들 사이에서 덩치가 태산 같은 야인 하나가 말을 타고 나오며 소리쳤다.

"제가 저놈을 쓰러트리겠습니다."

율보리가 바라보니 자신의 부락에서 가장 힘이 세다는 소불한개(小弗邯凱)라는 용사였다. 그는 커다란 쇠도끼를 들고 우락부락한 눈으로 율보리를 바라보고 있었는데 율보리는 그가 나타나자 고개를 끄덕이며 말하였다.

"오! 소불한개, 그대가 공을 세우고 돌아오라."

소불한개가 즉시 말을 타고 강여울로 달려오며 소리쳤다.

"나는 소불한개다. 염라장수, 나와 한번 싸워보자."

백손은 야인들이 조선말을 유창하게 하는 것을 보곤 눈이 휘둥그레져서 김사성에게 물었다.

"저놈들이 조선말을 유창하게 하네요."

"조선의 변방에 사니 반은 조선인이지요. 저놈들은 대부분 조선말을 유창하게 잘 합니다."

백손은 너털웃음을 지으며 말을 타고 나가면서 철퇴를 휘둘렀다.

"쇠불알인지 돼지 불알인지 어서 오너라. 내가 가루로 만들어주마."

소불한개는 그 말을 듣고 대로하여 시꺼먼 쇠도끼를 휘두르며 백손을 향해 달려왔다.

"이놈! 죽고 싶어 환장을 했구나. 오냐. 어디 한번 죽어 보거라."

"어디 불알 맛 좀 볼까?"

백손도 지지 않고 소불한개를 향해 달려들었다. 두 장수가 강여울에서 어울려 싸우니 그야말로 장관이었다. 커다란 쇠도끼가 백손의 머리를 겨누고 달려드니 백손은 머리를 살짝 굽혀 그것을 피하며 철퇴를 휘둘렀다. 그러자 소불한개가 미리 예상하곤 말고삐를 당겨 뒤로 피하며 다시 쇠도끼를 휘둘렀다. 백손은 철퇴를 휘두르며 쇠도끼를 막았으나 소불한개의 말 타는 솜씨가 뛰어나 사방에서 쇠도끼가 백손에게 날아와 정신을 차릴 수 없을 지경이었다. 간신히 쇠도끼를 막는 와중에 노기가 솟구친 백손은 철퇴를 소불한개에게 휘두르는 척 하면서 벼락같이 말대가리 가운데를 정통으로 때렸다.

빡—

말의 눈알이 불쑥 튀어나오고 두 코와 입에서 피가 쏟아지면서 장대한 말이 맥없이 쓰러지자 소불한개도 덩달아 말 위에서 떨어졌다.

"이눔의 새끼! 쇠불알아, 철퇴 맛 좀 보아라."

백손은 살기충천한 시뻘건 눈으로 말에서 일어서려는 소불한개의 뒤통수에 철퇴를 휘둘렀다.

뻑——

소불한개의 머리가 반쯤 깨어져 뇌수와 피가 땅바닥에 흥건하게 흩어졌다.

우아아아——

우리 편 군사들이 일제히 소리를 질렀다.

백손은 얼른 말에서 뛰어내려 바닥에 떨어진 도끼로 소불한개의 목을 댕강 잘라 말에 오르더니 머리 위로 높이 치켜들었다.

"이눔들아! 너희 놈들 중에 장수가 그렇게 없느냐? 이깟 놈을 내 상대로 붙여준단 말이냐?"

백손이 소불한개의 목을 바닥에 내던졌다.

일시에 야인들의 사기가 뚝 떨어졌다. 야인들 사이에서 한 명이 말을 달려 나오며 소리를 질렀다.

"이놈, 하눌타(夏亐陀)가 여기 있다."

하눌타가 커다란 칼을 휘두르며 말을 달려 임백손에게 달려들었다.

"형님, 제가 가죠."

군졸들 사이에서 범이가 튀어나왔다. 방금 한 야인이 처참하게 죽은 것을 본 터였다. 범이는 야인이 더 이상 백손에게 죽임을 당해서는 안 될 것 같아서 자신이 직접 나선 것이었다.

범이가 빠른 걸음으로 나가자 군사들이 일제히 소리쳤다.

"비홍검이 나간다. 비홍검이 나간다."

백손은 범이가 나타나자 얼른 자리를 비켜주었다. 하눌타는 범이가 달려들자 그쪽으로 고삐를 돌리더니 칼을 휘두르며 달려들었다. 하눌타가 일장 앞까지 다가왔을 때 범이의 몸이 땅을 차며 새처럼 허공으로 솟구쳤다. 하눌타가 허리춤에 차고 있던 반월도를 빼들기도 전에 무언가 햇살이 번쩍하는 듯하였다. 동시에 검은 그림자가 하눌타의 머리 위로 스쳐지나갔다.

순간 하눌타는 눈앞이 번쩍거리며 정신이 없었다.

범이가 칼등으로 번개같이 하눌타의 머리를 때린 것이다. 하눌타가 정신이 없는 와중에 말 옆구리를 차서 놀란 말이 쏜살같이 야인들의 진영으로 돌아가 버렸다.

와아아아아----

조선 군사들은 사기가 충천하여 창과 칼을 높이 쳐들고 환호성을 질렀다.

백손이 너털웃음을 지었다.

"하눌타? 허울 좋은 하눌타라 하더니 옛말이 그른 것이 없군. 우헤헤헤."

겨우 정신을 차린 하눌타는 기가 죽어 율보리의 눈치만 살폈다.

"염라장군과 비홍검이 유명하다더니 명불허전이구나."

율보리는 어쩔 줄을 몰라 채찍만 만지작거렸다.

"적의 예기가 꺾였소. 지금이 공격할 때요."

김사성이 칼을 휘둘러 진군 명령을 내렸다. 임백손과 범이가 김사성 옆에서 앞장서자 사기가 오른 조선 군사들이 일제히 말을 달려 공격하였다.

"철수하라, 철수하라."

율보리는 퇴각신호와 함께 제일 먼저 도망쳐 버렸다. 우두머리가 도망치자 눈치를 살피던 야인들은 꽁무니에 불을 붙인 듯 달아나 버렸다. 미처 조선 군사가 도착하기도 전에 강여울에 모여 있던 야인들은 하나도 남김없이 사라진 것이다.

김사성이 너무 기쁜 나머지 범이와 임백손을 치하하였다.

"그대들은 정말로 이름이 아깝지 않은 장수요. 그대들만 있다면 종성은 만세 무궁할 것이오."

범이는 한 사람만 죽은 것이 다행이라 생각하였고, 백손은 야인들을 좀 더 잡지 못한 것이 서운한 듯 입맛을 쩝쩝 다셨다.

이 전투로 비홍검과 염라장군의 이름이 두만강 서쪽의 야인들에게 널리 알려졌다. 비홍검은 정말로 신묘한 술수를 가지고 있으며, 염라장군은 야차처럼 잔인한 인물이어서 상대하면 안 된다는 것이었다.

율보리는 종성을 칠 생각을 단념하였는지 움직이지도 않았다. 이에 종성부사 유영립은 술과 고기를 내려 백손과 범이의 공을 치하하였다.

이날 백손은 기생들과 더불어 코가 삐뚤어지게 마시고, 늦은 밤이 되어서 다시 범이와 술을 하게 되었다.

"범이야, 아내가 보고 싶지?"

범이는 술에 취한 소눈깔처럼 졸린 눈을 끔뻑거리는 백손을 보고 빙그레 웃었다.

"나도 집에 두고 온 아내가 보고 싶다. 그 여편네가 대가 세서 바가지는 긁지만 그래도 내 자식을 낳고 나를 의지하는 조강지처란 말이야."

말술을 먹어도 끄떡없던 백손이 오늘은 좀 과하게 마신 듯 몸을 가누지 못하고 횡설수설하였다.

"아! 정말 전쟁이란 이런 것이구나 싶다. 인간이 할 짓이 아니야. 나야 원래 백정 눔이라 백정 눔이 짐승 잡는 것은 당연하지만 야인들도 따지고 보면 사람인데 말이야. 백정 눔이 양민으로 탈바꿈하더니 인간백정이 되었다. 인간백정이 되었어."

백손의 커다란 두 눈에서 눈물이 흘러내렸다.

범이는 지옥의 악귀 같기만 하던 백손이 슬피 울자 백손의 등을 툭툭 쳐주었다.

"너무 슬퍼하지 말아요. 형님 말대로 여긴 전장이잖아요."

"젠장! 내가 지금 뭘 하고 있는 거냐? 백정이 양인으로 둔갑을 하고 그것도 모자라 양반이라 사칭해서 군관이 되더니, 결국은 인간 백정이 되었다. 벼슬 한자리 해보려고 여기까지 왔더니 인간백정이 무슨 말이냐? 사람을 하도 죽였더니 피도 눈물도 메말라가는 것 같다. 범이야, 내가 도대체 뭐가 되려고 이러는지 나도 잘 모르겠다. 나도 잘 모르겠어."

백손이 한동안 대성통곡을 하다가 울음을 뚝 그치고는 바깥을 향해 소리쳤다.

"야, 이눔 차돌아! 이리 오너라."

말이 끝나기 무섭게 차돌이 바깥에서 냉큼 뛰어왔다.

"네, 네. 여기 차돌이 대령입니다요."

백손이 그 큰손으로 차돌을 텁석 껴안았다.

"나리, 이놈 죽습니다요."

"이눔아, 그래도 다행인 줄 알아라. 장팔이가 이렇게 했으면 네 코는 벌써 썩어 문드러졌을 게다."

백손이 차돌을 안은 손을 풀며 껄껄 웃다가 속살거리듯 물었다.

"오늘은 오랜만에 회포나 풀어보자."

차돌의 얼굴이 화색이 되어 냉큼 대답하였다.

"제가 이럴 줄 알고 준비하였습지요."

"그래?"

"저를 따라 오십시오. 어여쁜 관기에 술상까지 준비되어 있습니다요."

"오! 이눔, 차돌이. 너야말로 내 사랑이로다."

백손이 두 손을 펼쳐 껴안으려 하자 차돌이 얼른 내빼며 소리쳤다.

"저는 산 도적 같은 사랑은 싫습니다요."

"하하하하. 알았다, 알았어. 어서 앞장서거라."

이리하여 차돌이 앞장서고 백손이 비틀거리며 뒤따랐으니 잠시 후 그들의 모습은 동헌 담장의 문으로 사라져버리고 말았다.

"인간백정?"

범이는 길게 한숨을 내쉬다가 자신의 객방으로 걸음을 옮겼다.

백손을 관기의 방에 데려다 준 차돌은 부리나케 안뜰로 뛰어가서 김우서의 방문을 두드렸다.

"나리, 나리. 접니다요. 차돌입니다요."

어두운 방문 안에서 여인의 앙탈 소리가 들리더니 김우서의 목소리가 들렸다.

"이눔아, 다음에 오너라. 내가 일이 바쁘다."

차돌의 정신에 김우서의 일까지 생각할 여유가 없었다.

"나리, 그럼 가보겠습니다요. 대신 비홍검은 없었던 걸로 하죠 뭐."

말이 끝나기 무섭게 미닫이문이 벌컥 열리며 웃통을 훌렁 벗은 피둥피둥한 얼굴의 김우서가 숨을 헥헥거리며 차돌에게 말하였다.

"이눔아, 그게 무슨 말이냐?"

차돌은 화색이 된 얼굴로 말하였다.

"드디어 걸려들었습니다."

"뭐라? 그게 정말이냐?"

김우서의 얼굴에도 화색이 돌았다.

"네, 대감. 그런데 자리가……."

김우서는 손안에 비홍검이 있는 것만 같아 이불을 뒤집어쓰고 있는 기생 계홍이를 발로 툭툭 차며 말하였다.

"계홍아, 잠깐 물러가거라."

계홍은 이부자리를 펄럭거리며 알몸뚱이로 일어나 주섬주섬 속 고의와 치마저고리를 입고는 볼멘소리로 투덜거리며 바깥으로 나가버렸다.

"흥, 이제껏 장난만 치시더니……."

계홍이 나가자 문을 닫고 옷을 입던 김우서가 차돌을 손짓하여 불렀다.

"어서 들어오너라."

차돌이 문을 열고 들어가니 붉은 촛불이 살랑거리는 방 안에 여인의 분 냄새가 등산을 하였다.

'늙은 것이 밝히기는…….'

속으로 욕을 퍼부으면서도 차돌은 웃는 얼굴로 김우서의 앞에 앉았다.

"그래 어서 말해 보거라. 무엇이 걸려들었다는 것이냐?"

차돌은 정색을 하고 말하였다.

"나으리, 약속은 잊지 아니하셨지요?"

"오냐, 오냐. 걱정을 말거라. 내 약속하마."

김우서에게 약속은 반드시 지킨다는 당부를 단단히 받은 후 입을 열었다.

"제가 오늘 술자리에서 임 군관이 말하는 것을 다 들었습니다. 원래 그 임백손이란 놈은 백정 놈인데 앙큼스럽게 양민으로 둔갑을 했지 뭡니까? 그런데 그것도 모자라 양반으로 속여 비장질을 해먹고 그것도 모자라 지금처럼 군관이 되어 떵떵거리고 있지 않습니까?"

김우서의 눈이 휙 하고 돌아갔다.

'차돌이가 호랑이를 잡았구나.'

그는 웃는 얼굴로 고개를 끄덕이며 물었다.

"지금 그놈이 어디에 있느냐?"

"관기 삼월이네 방에 가 있는데 술 먹고 계집질하여 곯아떨어졌을 테니 지금 포박해서 잡는 것이 좋겠습니다. 그놈이 장사라서 정신이 있을 때는 백 명이 잡아도 힘드니 이참에 그놈을 잡아들이는 것이 상책입니다."

"오! 그래, 그래. 네 말이 옳다."

김우서는 냉큼 차돌을 시켜서 형방을 오라 하여 힘깨나 쓰는 관졸 20명을 거느리고 삼월이 방에 가서 임 군관을 사정 봐주지 말고 포박하여 감옥에 쳐 넣으라 명하였다.

술이 얼큰하게 취한 백손이 관기 삼월이의 권주가에 녹아나 다시 술을 마시고 쇠갈고리 같은 팔로 삼월이를 냉큼 안아 이부자리 안에서 운우의 정을 나누고 곯아떨어져 있을 때 난데없이 관졸들이 닥치어 옷도 입지 않은 백손을 잡아 몽둥이찜질을 하니 삼월이는 정신이 황황하여 아랫목에서 이부자리를 덮어쓰고 웅크린 채 떨고 있고 백손은 정신이 없는 와중에 몸을 뒤틀며 소리를 질렀다.

"이놈들아, 뭣하는 게야? 이 밤에 뭘 잘못 먹었느냐? 나다. 임 군관이다. 염라장군이다 이놈들아, 나를 모르는 게냐?"

백손은 몸부림을 치다가 관원들에게 몽둥이찜질을 호되게 당하고 간신히 바지를 입은 채 바깥으로 끌려 나가 감옥에 갇히는 신세가 되었다. 술을 진창으로 마신 백손은 아픈 것도 모르고 어째서 감옥으로 잡혀왔는지도 모른 채 코를 드렁드렁 골며 잠이 들고 말았다. 다음날 아침에 백손은 누가 건드리는 것을 느끼고 깨어나니 포승줄로 결박당한 채 장졸들이 자신을 노려보고 있었다.

"여기가 어디야? 내가 왜 감옥 안에 있는 게냐?"

어벙한 눈으로 장졸을 바라보니 발길질로 대뜸 백손의 가슴팍을 걷어찼다.

"이눔, 백정 눔이 여기가 어디라고 말대꾸야?"

"아이쿠."

온몸을 단단히 결박당한 백손이 중심을 잡지 못하고 벌렁 드러누우니 장졸 셋이 다가와 하나는 백손의 상투 끝을 잡고 둘은 백손의 겨드랑이와 어깨를 잡아 일으켰다.

백손이 순순히 그들을 따라가니 곧 동헌이라 만장 같은 마당 안에 형장들이 놓여 있고 동헌마루 위에는 김우서가 교의에 앉아 눈을 부라리고, 툇마루 위에는 부사 유영립과 판관 원회, 기병장 김사성과 군관 권덕례 이하 군관들이 눈살을 찡그리며 서 있었다. 계단 아래에는 형방 이하 육방관솔들과 급창이 나란히 서 있고 그 좌우로 커다란 곤장을 든 포졸들이 여럿 서 있었다.

"이눔, 네 죄를 네가 알렸다."

난데없는 김우서의 호령에 동헌 마당이 뜨르르 울렸다.

백손은 무슨 일인지 영문을 알길 없어서 멍하게 김우서를 바라볼 뿐이었다.

"내 죄가 뭡니까?"

"이-노-옴! 네놈이 신분을 속인 것이 죄가 아니란 말이냐? 백정

주제에 비장은 또 무엇이고 부장은 또 무엇이야? 반상을 어기는 것이 큰 죄가 아니더란 말이냐?"

백손은 그제야 사건의 발단이 자신의 신분임을 깨달았다. 눈 가리고 아웅하듯 늘 꺼림칙하게 생각해 오던 일이 들이닥치자 백손은 어떤 빌어 쳐 죽일 놈이 밀고하였냐는 원망보다는 언젠가 한 번은 올 것이 왔다 하는 생각에 담담하게 김우서를 바라보며 말하였다.

"그렇소. 나는 원래 백정이외다. 내가 죄를 지었소이다."

툇마루 위에 서 있던 유영립과 원회와 전장에서 함께 싸우던 장수들은 그렇지 않기를 바라던 사람이라 그 말을 듣고 놀라 눈이 휘둥그레졌다. 말하지 않고 딱 잡아뗀다 하더라도 당장에 아는 사람이 없으니 아무 일이 없으련만 백손이 그렇다고 시인하자 안타까운 마음에 서로의 얼굴을 쳐다보며 한숨을 내쉬었다.

김우서는 짐짓 놀란 얼굴로 물었다.

"네가 백정이면서 어찌 우리를 속였느냐?"

"백정은 충성심이 없으란 법이 있소? 나 같은 백정들도 당당하게 나라에 공을 세울 수 있다는 것을 보여주고 싶어서 일부러 속였소."

"신분을 속이는 일은 국법을 어기는 일이다. 네 죄는 극형감이다. 그것을 알고 있느냐?"

"알고 있으니 맘대로 하슈. 나는 원이 없으니까 말이우."

백손은 가만히 눈을 감았다.

판관 원회가 나서서 말하였다.

"나리, 그렇지 않아도 나라에서 서얼(庶孼)과 공천(公賤)·사천(私賤)에게 벼슬길을 터주고 종량(從良)을 다시 시행하였지 않습니까? 스스로 장비를 갖추고 변방에서 3년 동안 방수한 자도 벼슬을 터주고 종량하게 하고, 변방에 쌀을 바친 서얼도 벼슬길을 터주고 종량하게 하고 첩의 자식과 천첩의 자식들에게도 각각 공을 세우게 하여 종량하도록 하는 터에 임백손 같은 이는 벌써 여러 싸움에 공이 높고 야인들까지 두려워하는 유능한 장수가 아닙니까? 임백손이 세운 공으로 말하자면 벌써 종량이 되고도 남습니다. 용서를 한 번 해주시는 것이 어떠하온지요?"

김우서는 그렇지 않아도 나중에 백손을 살려서 자신이 뜨르르하게 생색을 내리라 생각하고 있던 차에 원회가 그런 말을 하자 선수를 빼앗긴 것 같아 눈을 흘겨 뜨며 소리쳤다.

"나라의 법이 바뀌었다 할지라도 엄연히 과거의 일은 과거의 법으로 따르는 법. 여기가 어느 자리라고 그대가 끼어드는 것인고? 어허 괘씸한지고."

원회는 김우서의 말을 듣고서 낯이 창백해져 뒤로 한 걸음 물러났다.

부사 유영립이 나서며 말하였다.

"대감, 한번 깊이 생각해 보시지요. 염라장군은 종성에서 없어서는 안 될 사람이 아닙니까? 군대의 사기도 문제가 있으니 다시 한 번 생각해 보시지요."

김사성도 나서서 말하였다.

"그렇습니다. 눈앞에 야인들이 호시탐탐 노리고 있는 이때에 염라장군 같은 이를 벌주면 아니 될 줄 압니다."

권덕례가 불끈 주먹을 쥐고 나서서 대들 듯이 말하였다.

"그렇습니다. 염라장군이 백정이면 어떻습니까? 나라를 생각하는 마음이 양반보다 낫는데 뭐가 문젭니까?"

김우서는 눈을 흘겨 뜨고 권덕례를 바라보다가 이내 고개를 끄덕이며 동헌의 오른편 문을 흘깃 보며 말하였다.

"나도 다 생각이 있소. 임백손이 비록 백정이지만 그 공이 크고 당장에 없어서는 안 될 사람인 것은 잘 알고 있소. 하지만 이 일은 좌시할 수가 없는 일이라 임금께 장계를 올리지 아니할 수 없으나 그렇게 되면 공연한 일을 만들까 두려운 것이오. 충성되지 못한 일이지만 이 일을 내 선에서 끝내고 싶어서 나름대로 생각하고 있던 중이었소."

유영립은 그 말에 기뻐 얼굴에 웃음을 지으며 말하였다.

"나라님을 속이다니요? 그것은 천부당만부당하신 말씀이십니다. 사소한 일로 장계를 올린다는 것은 큰일이 많은 임금께 도리어 불충한 일이니 이런 일은 대감의 선에서 조속히 처리함이 합당할까 합니다."

동편 문을 흘깃흘깃 바라보고 있던 김우서의 눈에 화색이 된 차돌의 얼굴이 비쳤다가 사라졌다. 문 뒤로 비취빛 검이 흔들리다 사라진 것을 김우서는 보았다.

'드디어 비홍검이 내 수중으로 오는구나.'

김우서는 일변 위엄 있는 얼굴로 백손에게 고개를 돌려 말하였다.

"임백손은 듣거라. 네가 신분을 속인 죄는 크다만 너에게 원래 충성스러운 마음이 있었고, 전장에서 싸워 이긴 공이 적지 않으니 네 죄를 묻지 않겠다. 하지만 이 순간부터 너는 비장도 아니요, 일개 군졸로 종군할 것이니 그리 알라."

판결을 내린 김우서는 몸을 일으켜 동헌 동편 문으로 나가 버리고 말았다.

유영립과 판관 원회와 김사성, 권덕례는 기뻐서 툇마루를 뛰어
내려와 백손의 몸에 묶인 포승줄을 풀더니 백손의 손을 잡으며 말
하였다.

"이보게, 임 비장! 일이 잘 되었네."

"임 비장, 몸은 괜찮은가?"

"괜찮습니다."

백손은 텁수룩한 구레나룻을 삐쭉거리며 웃었다.

"이제는 일개 관졸에 지나지 않지만 큰 벌 없이 이렇게 풀려나니
내 마음이 든든하네."

유영립이 이렇게 말하였으나 백손은 기분이 좋지 않았다. 마치
콩 떨어진 콩깍지처럼 허전한 마음을 무엇으로 표현할 길이 없어
백손은 삐쭉거리며 웃기만 할 뿐이었다.

백손이 객관에 들어서자 범이가 걱정스런 얼굴로 백손을 맞이해
주었다.

"제기… 어제저녁 극락에 갔다 좋아했더니 오늘 아침 지옥에 갔
다 왔네."

백손이 툴툴거리며 웃다가 범이의 옷을 바라보니 검은색 쾌자에
달려 있던 풍신 좋은 비홍검이 보이지 않았다.

"어? 범이야, 네 비홍검 어디로 갔느냐?"

범이는 하늘을 향해 손가락질하더니 날개짓을 하곤 웃었다.

"비홍검이 날개가 달려 날아갔다구? 너도 농담을 할 줄 알아?"

백손이 껄껄거리며 웃다가 다시 물었다.

"정말루 비홍검 어디다 놓은 거냐? 숨긴 거냐?"

범이는 고개를 내저으며 빙그레 웃었다.

이때 객관 문안으로 차돌이가 비호같이 들어와 백손을 보고 울먹거리며 말하였다.

"나리, 무사하셨네요. 저는 나리가 죽는 줄로만 알았습니다."

"오! 차돌이로구나."

백손은 차돌의 머리를 쓰다듬어 주었다. 그리곤 다시 범이에게 물었다.

"범이야, 네 비홍검이 도대체 어디로 간 거야? 나한테 말해 주지 않을 거야?"

차돌이가 거짓 눈물을 흘리며 말하였다.

"나리, 비홍검은 김우서의 수중에 있습니다요."

"뭐라고? 그게 어째서 김우서의 수중에 있다는 거냐?"

"김우서가 옛날부터 비홍검에 관심을 두었던 모양입니다요. 늘상 범 비장의 검만 보면 군침을 흘리는 것 같아 이번에 나리가 잡혀가시는 바람에 나리를 살릴 요량으로 비홍검을 바쳤더니 나리가 이렇게 살아나셨구먼요."

백손이 무릎을 치며 탄식하였다.

"아! 그랬구나. 그 위인이 나를 무사히 방면할 위인이 아닌데 어찌 이상하더라. 범이야, 미안하구나. 나 때문에 네 보검이 쥐새끼의 수중에 들어가고 말아서……."

"저는 괜찮으니 미안해 할 것 없어요."

범이가 빙그레 웃었다.

'비홍검도 다른 이의 목숨을 잃게 하면서까지 내 손에 있고 싶지는 않았을 거예요. 그 검은 생명을 소중히 생각하거든요.'

범이는 차돌이가 아침에 찾아와 백손이 감옥에 잡혀간 것을 말하고 백손이 신분을 속인 죄로 죽게 되었는데 비홍검을 김우서에게 내주면 살 길이 열릴 거라는 말에 선 듯 비홍검을 내줘버린 것이었다.

"그 귀한 검을 나 때문에… 나 때문에……."

백손은 그 귀한 보검을 자기 때문에 내줘버린 범이에게 미안하고, 한편으로 감격하여 왕방울 같은 눈이 붉어져서 범이를 껴안고 어린아이처럼 울다가 씩씩거리며 소매를 걷고 벌떡 일어났다.

"내 이 쥐새끼 늠한테서 비홍검을 되찾아 와야겠다. 이늠! 내가 가만있을 줄 알구?"

범이는 백손의 모습을 보자 뭔가 사단이 일어날 것 같아 한 손으로 백손의 손목을 굳게 움켜잡고 일어나 고개를 좌우로 흔들었다.

'그러지 말아요. 나는 괜찮으니 그러지 말아요.'

백손은 당장에 김우서를 요절내고 싶었지만 범이가 이렇게 만류하는 데서야 어쩔 수가 없었다.

"범이야, 내가 죽일 놈이다. 내가 죽일 놈이야."

백손은 범이를 껴안고 펑펑 울었다.

그날부터 백손은 일반 포졸들과 똑같은 대우를 받으며 생활하였는데 그 무서운 염라장군이 백정이라는 소문이 날개가 달린 듯 퍼져나갔다.

"염라장군은 백정이래요. 염라장군은 백정이래요."

이러한 아이들의 노래도 길가에서도 쉽게 들리고 군졸들 역시 백손을 우습게 보았다. 말단 군졸들까지 신분은 백정보다는 높았으므로 염라장군 임백손을 마치 동네 똥개 보듯 대하였다. 조선의 역사와 함께 시작된 반상의 구습은 이렇듯 재주 있는 이가 인정받지 못하고 천대받는 모순을 만들었던 것이다.

범이 역시 비홍검을 잃은 후에 사람들이 '빛 좋은 비홍검'이라 수군거릴 정도로 종성에서 두 사람의 인심은 바닥을 치고 있었다. 인정은 바람개비 같은 것. 사람들의 수군거림과 멸시에 화가 치솟은 백손은 오월을 사흘 남겨둔 저녁에 범이를 불러내어 말하였다.

"범이야, 우리 이제 그만 이곳을 떠나자."

범이도 내심 이곳을 떠나 설아가 있는 백두산으로 가고 싶었으나 갑자기 백손이 이런 말을 하자 두 눈을 크게 뜨고 백손을 바라보았다.

"이제 싸움도 지겹고, 사람 죽이는 것도 신물이 난다. 그리고 이런 썩어빠진 사람들이 있는 곳은 하루라도 더 있기가 싫다. 엊그제까지 나리, 나리하고 빌붙던 굼벵이 같은 놈들도 나를 백정이라 사람 취급도 아니한다. 옛날 아버지 맘을 내가 알겠다. 지렁이도 밟으면 꿈틀거린다 하는데 저런 멸시를 받고 우리 아버지가 어찌 양민으로 살았겠느냐? 도적의 우두머리가 되더라도 맘 편히 사는 것이 최고지. 우린 그만 손 털고 여길 떠나자."

범이는 그 말에 고개를 끄덕였다. 이리하여 두 사람은 그날 밤을 틈타 지방을 향하여 길을 떠났다.

다음날 염라장군과 비홍검이 종성을 떠났다는 소문이 퍼졌다. 염라장군이 그동안의 수모를 참지 못하고 비홍검과 종성을 떠나버렸다는 소문은 오전 중에 퍼져서 동네 아이까지 그 이야기를 떠들고 다닐 정도였다.

김우서는 밤이면 칼을 빼앗으러 오지는 않을까 노심초사하던 마음이 그 소문을 듣고 눈 녹듯이 사라져 눈엣가시 같던 두 장수가 제 발로 도망가 버린 것을 기뻐하며 날도 없이 무딘 비홍검을 어루만지며 기뻐하였다.

"이제야 내가 발을 뻗고 자겠구나. 어허! 시원하도다."

하지만 종성의 사람들은 그날부터 발을 뻗고 잘 수가 없었다. 소문을 들은 야인들이 쳐들어오지 않을까 해서였다.

천 리 길도 소문을 앞지를 수 없다 하였으니 야인들의 귀에도 소문은 퍼졌다.

종성을 호시탐탐 노리던 율보리는 크게 기뻐하였다.

"그 무서운 놈들이 떠나버렸으니 이제는 되었다. 그놈들 때문에 한 달 가까이 종성을 공격할 생각을 못하였더니 저희 스스로 분란을 일으켜 두 용장이 떠나버렸구나. 이것은 하늘이 나를 돕는 것이 아니고 무엇이냐? 이제야 때가 되었다. 이제야 때가 되었어."

율보리는 당장 파발을 보내어 이탕개에게 이 사실을 알리는 한편 출정할 것을 제의하였다. 이탕개도 이 사실을 듣고 기뻐하였으나 혹시 거짓일지 모르니 종성에서 가까운 동관진을 공격하여 종성에서 나오는 군사 중에 염라장군과 비홍검이 있나 없나 확인한 후에 종성을 치기로 약속하였다.

오월 초하루. 범이와 임백손이 떠난 지 사흘째 되는 날 율보리가 기병 오천을 거느리고 동관진을 포위하였다. 동관진은 종성에서 북쪽으로 30리쯤 떨어진 곳인데 율보리는 다시 기병 몇을 보내어 국사당고개(國師堂嶺)에서 기다리다가 종성에서 나오는 장수들 중에 염라장군과 비홍검이 있는지 살펴보라 명하였다.

동관진에서는 때 아닌 야인들이 급습을 하자 첨사 정곤(鄭鯤), 조전장(助戰將) 박선(朴宣) 등이 힘껏 성을 지켜 물리치는 한편 파발을 종성으로 보냈다.

이 기별을 받고 종성은 난리가 났다. 한동안 조용하던 야인들이 염라장군과 비홍검이 사라졌다는 소문을 듣고 쳐들어왔다고 후회도 하고 한탄을 하는 중에도 부리나케 군사를 징발하여 원군을 나섰다.

김우서는 야인들이 종성에 쳐들어온 것이 아니어서 안도의 숨을 내쉬면서 어서 동관진으로 원군을 보내었다. 기병장 김사성과 군관 권덕례가 기병 100과 보병 100을 거느리고 종성문 밖을 나서 북쪽으로 십오 리쯤에 있는 국사당고개를 넘을 때에 야인들은 앞에 오는 장수 중에 염라장군과 비홍검이 보이지 않는 것을 확인하고 화색이 되어 재빨리 말을 타고 한 무리는 동관진의 율보리에게 가고 한 무리는 두만강 서편에서 기다리는 이탕개에게 달려가 이 사실을 아뢰었다.

"이제는 종성을 치게 되었다."

율보리는 크게 기뻐하며 철수를 명하였다.

이때에 동관진 첨사 정곤과 조전장 박선이 수하의 장병들과 힘껏 싸우고 있었는데 갑자기 야인들이 물러가자 이긴 줄만 알고 환호성을 지르며 파발을 보내어 적들이 물러갔음을 종성에서 오는 원군에게 알리게 하였다.

국사당고개는 증산(甑山)이 서쪽으로 뻗어 내려와 만들어진 높은 고갯마루이고 산 아래로 평지가 대부분인지라 위에서 보면 주변의 상황이 어떻게 움직이고 있는지 훤히 보였다. 기병장 김사성이 동관진을 지켰다는 파발을 국사당고개 위에서 들었는데 이때 동쪽 평지에 개미떼처럼 새까만 야인들의 무리가 두만강 변을 따라 아래로 내려가고 멀리 두만강 뒤로 또 까만 무리의 병력들이 나타나자 깜짝 놀라 권덕례에게 말하였다.

"이것 큰일이오. 동관진의 야인들 수가 적지 않은데 그놈들이 두만강을 따라 내려가는 것을 보니 아무래도 종성을 공격할 모양이오."

김사성은 파발꾼에게 야인들이 이번에는 종성을 공격할 것 같으니 종성으로 원병을 보내달라는 말을 전하게 하였으나 첨사 정곤이 무슨 소리냐고 이를 받아들이지 않아 결국 원군은 좌절되고 말았다.

이 사실을 모르는 김사성과 권덕례는 일변 기마병 둘을 먼저 보내 야인들이 종성을 공격할 테니 준비를 단단히 하라 이르고 일변 부사 유영립으로 하여금 강여울에서 합하여 적을 물리치자고 미리 말해 놓았다.

김사성이 무리를 이끌고 강여울에 도착하였을 때 부사 유영립이 기병 200과 보명 100을 거느리고 강여울로 나와 있고 나머지는 종성의 방어를 위해 성안에 주둔하고 있었다.

강 건너편 이 마장 뒤에는 새까만 야인들이 진을 치고 있는 데 그야말로 개미떼처럼 새까맣게 보였다. 적의 병력을 보니 그 수가 일만을 족히 넘을 것 같고 고개를 돌려 우리 편 군사를 보니 기껏해야 기병 300에 보병 200이라 아예 상대할 병력이 아니었다.

"이때 염라장군과 비홍검이라도 있다면 얼마나 좋을꼬?"

유영립이 탄식하자 김사성과 권덕례도 고개를 푹 숙였다. 이때에는 그들도 김우서가 겁쟁이라는 사실을 알고 있어 겁쟁이를 대장으로 삼게 된 자신들을 부끄러이 생각하였다. 또한 가장 용맹하던 두 장수들이 겁쟁이 우두머리와 자신들 때문에 종성을 떠난 것을 뒤늦게 후회하였다.

"그때 내가 군사들에게 명을 내려 임 비장에게 아무 소리 못하게 할 걸 그랬소."

유영립이 한숨을 내쉬며 중얼거리자 김사성이 말하였다.

"저도 기마병들에게 당부를 하였건만 몇 백 년을 내려오는 고질병 같은 관습은 어쩔 수가 없나 봅니다."

"제기랄 그딴 신분이 이런 전쟁터에서 뭐야?"

권덕례가 길게 탄식을 하다가 고개를 돌려 강여울에서 창을 들고 서 있는 병사들을 바라보다가 크게 소리쳤다.

"죽일 놈들! 어중이떠중이 같은 놈들이 신분이 뭐라고 임 비장을 천시한단 말이냐? 막상 어려움에 닥치면 손가락 하나 까딱하지 못하는 네놈들이 임 비장을 천시할 값어치라도 있느냐? 이제 야인들에게 죽임을 당하더라도 남 원망을 마라. 네놈들이 네 목숨 줄을 내쳤으니 이제 그 값을 받는 게야."

권덕례가 앙천대소를 하다가 군사들을 노려보곤 다시 유영립과 김사성이 있는 곳으로 말을 몰아 다가왔다.

"이 사람, 이제 곧 전투를 할 군사들에게 그게 무슨 말인가?"

유영립이 책하자 권덕례가 비장한 얼굴로 말하였다.

"나는 아무래도 이번에 죽을 것 같소이다. 내 죽더라도 꿋꿋하게 잘 지켜주시오."

"예끼 이 사람, 농담이 심하네."

"……"

권덕례의 말없이 부릅뜬 눈에 살기가 가득한 것이 보통 때와 달랐다. 권덕례는 말도 아니하고 멀리 있는 야인들을 노려보기만 할 뿐이었다.

이때, 지축을 울리는 듯한 소리가 나더니 새까만 야인들이 몰려들었다. 개미떼 같은 야인들의 머리 위로 누런 먼지구름이 끼이는 듯하더니 어느새 훌쩍 그 모습이 가까워져 있었다. 두만강의 물결이 말발굽 소리에 놀랐는지 물방울을 일으키며 튀어 올랐다.

병사들은 야인들의 수가 전에 보지 못할 만큼 많아서 모두들 눈이 휘둥그레지며 기가 질려서 싸우려는 마음이 일시에 사그라들고 있었다.

유영립은 야인들이 점점 가까워지자 가슴이 떨리고 오금이 저릴 지경이었다. 김사성 역시 눈앞에 수를 헤아릴 수 없을 만큼의 야인들이 빠른 속도로 다가오자 어찌할 줄을 몰랐다. 새까만 야인들은 이내 두만강 물을 건너기 시작하였다.

덤벙… 덤벙…

물결이 놀라 소용돌이치고 흙탕물이 강물을 덮었다.

"활을 쏴라."

권덕례의 호령에 군사들이 일제히 활을 당겼다. 수많은 화살이 날아가자 물을 건너던 야인들이 '풍덩- 풍덩-' 떨어지고 화살을 맞은 말들이 비명을 질렀다. 소란스런 와중에도 수많은 야인들은 물을 건넜고 그 모습을 본 권덕례와 김사성이 칼을 휘두르며 달려들었다.

"공격하라! 물을 건너지 못하도록 공격하라."

기병 500이 그 뒤를 따라 달리며 물을 건너는 야인들을 공격하였다. 이리하여 물가에서 한차례 전투가 벌어졌다. 화살이 날아다니고 칼이 번뜩이며 비명소리 가득하니 물가는 피바다가 되었다.

김사성과 권덕례는 야인들이 물을 건너지 못하도록 이리저리 말을 몰면서 야인들을 쓰러뜨렸다.

권덕례에게 화살이 몇 개 날아왔으나 모두 갑옷에 맞아 힘없이 떨어져 버렸고 간혹 화살이 갑옷에 끼여 살갗에 통증은 있었으나 싸우는 데 정신이 없어 통증을 느낄 새가 없었다. 그들이 선전하는 사이에 벌써 천여 명이 넘는 야인들이 물을 건너 강여울에서 커다란 전투가 벌어졌다. 병사들이 그들과 싸우고 있는 사이에 야인들은 꾸역꾸역 물을 건너 강여울이 온통 야인들 판이었다.

"이놈들, 죽고 싶으냐?"

권덕례는 일기필마로 야인들 가운데를 뚫고 들어가 칼을 휘두르며 도륙하였다. 닥치는 대로 칼을 휘두르는 중에 권덕례는 자신이 야인들에게 둘러싸여 있음을 깨달았다. 어느새 야인들이 권덕례를 빙 둘러싸고 활을 겨누고 있었다.

권덕례는 이미 죽음을 각오한 까닭에 겁이 날 이유가 없었다.

"이놈들, 내가 권덕례다."

칼을 휘두르며 권덕례가 달려들자 야인들의 활에서 일제히 화살이 날았다. 이내 말과 사람이 고슴도치가 되어 모래 바닥에 쓰러졌다. 권덕례는 온몸에 화살 세례를 받았으나 갑옷을 입은 탓에 정신은 있었지만 왼쪽 눈에 통증이 심하여 모래 바닥에서 몸을 일으키기가 무섭게 한 손을 들어 왼쪽 눈을 만져보다가 손에 잡히는 것을 뽑아버렸다.

뜨거운 핏줄기가 얼굴로 쏟아졌다. 권덕례는 손에 든 화살을 바닥에 팽개치고 칼을 휘두르며 소리쳤다.

"이놈들, 내가 권덕례다. 내가 권덕례다."

이때 야인들이 권덕례를 향하여 말을 달려오더니 일제히 칼을 휘둘렀다. 야인들의 머리 위로 한동안 칼이 번뜩이더니 이내 권덕례는 싸늘한 주검이 되어 있었다.

야인 하나가 말에서 내려 피범벅이 된 권덕례의 목을 베어 긴 창에 꽂으며 크게 소리치니 그 모습을 본 군사들이 소리를 질렀다.

"권덕례가 죽었다. 권덕례가 죽었다."

겁을 먹은 군사들이 앞을 다투어 달아나기 시작하였다. 군사들이 전의를 잃고 도망가니 야인들이 기세를 타 도망가는 군사들을 도륙하였다. 화살에 맞아 바닥에 고꾸라지는 자, 칼에 맞아 쓰러지는 자, 그 수가 헤아릴 길이 없었다. 말을 탄 기병들이 애써 막아보다가 성문으로 들어가고 그 뒤를 따라 보병들이 들어가기 무섭게 문이 닫히니 걸음이 늦어 성문으로 들어가지 못한 자들은 꼼짝없이 야인들의 장난감이 되고 말았다.

목에 줄을 매어 성 앞을 이리저리 끌고 다니며 데리고 놀다가 목을 베어 죽여 버리거나, 혹은 여러 야인들의 화살 받이가 되어 힘없이 죽어갔다.

"저놈들을, 저놈들을 그냥……."

야인들이 시체의 목을 베어 긴 창에 꿰어 들고 성 앞을 무인지경으로 돌아다니니 성벽 위에서 이를 보는 장수와 군졸의 눈에 피눈물이 나는 듯 분한 마음에 울면서 가슴을 치지만 마음만 분할 뿐 밖에 나가 싸울 힘은 없었다. 벌써 군관 권덕례의 장렬한 죽음이 알려져 사람들은 그의 의기와 용맹을 생각하곤 눈물을 흘리며 복수를 다짐하는 사람이 적지 않았으나 당장에 복수할 힘 역시 없었다.

이때에 장수들과 병사들은 염라장군 임백손과 비홍검 범이를 생각하였다. 그들이 이 성에 있었으면 이런 일은 일어나지 않았을 텐데, 백손을 멸시하지 않았으면 그가 사라졌을 리 없는데 하고 땅을 치며 후회하였지만 그들은 이 성에 없고 바깥에는 흉맹한 야인들만 득실거렸다.

'첩첩산중이라더니 그놈들이 사라져 발 뻗고 자나 했더니 이 난리가 났구나.'

김우서는 범이에게 빼앗은 비홍검을 차고 망루에 올라가 새까맣게 성을 둘러싼 야인들을 보고 놀라 말을 못하고 혹여 눈먼 화살이라도 날아올까 뒷걸음쳐서 망루의 방패 안에 있는 교의에 앉아 한숨을 내쉬었다.

"그놈들이 있을 때가 차라리 속은 편했는데……."

유영립이 김우서에게 다가와 말하였다.

"장군, 어찌할까요?"

김우서는 한숨을 내쉬며 한마디 할 뿐이었다.

"원군이 올 때까지 기다려보세."

야인들은 무서운 염라장군과 비홍검이 없으니 자기 세상이라 생각하며 틈나는 대로 성을 공격하여 사상자들이 하나둘 늘어나고 있었다.

어느덧 해가 지고 땅거미도 완전히 내려와 온 세상이 어둠으로 물들자 야인들은 공격을 멈추고 성의 일 마장 앞에 진을 치고는 불을 높이 피워놓고 노래를 부르고 춤을 추며 왁작하게 떠들고 놀았다. 오랜만의 승전에 축제 분위기라 용맹하던 야인들은 술을 마시고 노래를 부르느라 정신이 없었다.

김우서는 망루 위에서 한숨을 쉬며 유영립에게 물었다.

"저놈들이 아직도 물러갈 생각이 없으니 도대체 어찌 된 일인고?"

"아무래도 단단히 작정을 하고 온 것 같습니다. 보아하니 오늘은 성 앞에서 주둔할 것 같은데 야인들이 방심한 틈을 타 공격을 해보시는 것이 어떻습니까?"

부사 유영립의 물음에 김우서는 얼굴을 찡그리고 손을 내저었다.

"그런 생각 말게. 저놈들이 술을 먹고 노는 것 같아 보여도 그게 아닐세. 우리를 꾀는 수작이 분명한데 무엇하러 나가 저놈들의 술수에 말려든단 말인가? 생각도 말게."

'겁쟁이 눔, 이런 눔을 누가 병마사에 뽑았을꼬?'

유영립은 망루를 내려와 아래에서 서성거리는 판관 원회를 불러 말하였다.

"오늘밤이 깊거든 기병장과 함께 문밖으로 나가 기습을 펼치게."

원회의 두 눈이 동그랗게 되어 되물었다.

"병마사님의 허락을 받으셨습니까?"

"쥐새끼같이 겁 많은 눔이 이런 지시를 내리겠나? 내가 내린 것일세. 덕례의 원수는 갚아야 할 것이 아닌가?"

"하긴 그럴 리 없겠지요."

원회가 껄껄 웃다가 이내 정색을 하며 말하였다.

"당연히 죽은 덕례의 원수를 갚아야지요. 그럼 오늘밤에 준비하겠습니다."

판관 원회가 기병장 김사성의 막사로 가서 권덕례의 원수를 갚자는 이야기를 하고 김우서가 허락을 아니하였지만 야인들이 수가 많은 것을 자랑하여 겁도 없이 성 앞에서 진을 치고 있으니 오늘밤 기습을 하는 것이 어떤가 하고 김사성에게 물어보았다.

"겁쟁이 눔의 허락이 없어도 응당 덕례의 원수는 갚아야지요. 제가 오늘 믿을 수 있는 날랜 군사들을 뽑아 기습을 하겠습니다."

김사성은 이 모든 일이 겁쟁이 김우서 때문에 일어난 일이라 생각하고는 막사 바깥으로 나와 기병들을 집합하게 하였다. 기병 300 중에 죽은 자가 50여 명이고 다친 자가 30여 명 정도 되어 싸울 수 있는 자는 200여 명이 넘었으나 김사성이 앞으로 나아가 소리쳤다.

"오늘 저녁에 오랑캐 진지로 기습을 나갈 터인데 용기 있는 장수는 나오라. 억울하게 죽은 덕례의 원혼도 위로하고 대장부의 울분을 같이 풀 용사, 죽음이 두렵지 않은 용사 나오라."

몇 명 병사들이 앞으로 튀어나왔다. 눈치를 보는 놈들은 여전히 눈치를 보고 용기 있는 자들은 겁 없는 발걸음으로 앞으로 나와 반수가 넘는 기병들이 앞에 도열하고 서 있었다.

"그래도 100여 명이나 넘는 장수들이 있다니 다행이로다."

김사성이 기뻐하며 술과 고기를 가져오라 명하였으니 그날 저녁

배불리 먹고 밤이 이슥해질 무렵을 기다렸다. 따로 김사성이 날이 더 어둡기 전에 성문 위를 돌아보며 적의 진지를 살펴보니 가장 약해 보이는 것이 동문 밖이라 그곳에는 말이 어지러이 흩어져 있어서 대열이 산만하고 군사들의 기강이 제대로 서지 못한 듯하여 김사성은 그곳을 오늘 밤 목표로 삼았다.

오월 초하루 저녁이라 달도 없고 사방이 암흑 천지여서 망루에 밝힌 불과 간간이 붙여놓은 화톳불 이외에는 세상이 온통 깜깜하였다.

김사성이 공격하기에 앞서 망루 위로 올라가 사방을 살펴보니 기세 좋게 놀던 야인들도 모두 잠을 자러 들어갔는지 타다 남은 장작만이 빨간 숯을 남기고 진중에 스러져 가는 것이 보이고 대부분 불도 없이 조용하였다. 가끔씩 말 울음소리만 들릴 뿐 모두들 잠이 든 것 같아 김사성은 기병 100여 기를 동문 안으로 집결시켰다.

말발굽 소리가 들릴까 저어되어 헝겊으로 말의 발굽을 싸서 소리가 나지 않도록 하고 동문을 지키는 수졸들에게 미리 신호를 해두었던 탓에 동문이 조금씩 열리고 소리 없는 말들이 그곳을 빠져나갔다. 앞서 나간 김사성이 성 앞에서 100여 기가 다 나올 때를 기다렸다가 수졸을 향해 손을 흔들어 문을 닫게 하였다. 문지기 병사와는 이미 이야기가 다 된 상태여서 야인들의 진영이 소란해지고 불이 올라오거든 지체 없이 성문을 열도록 조처해 두었다.

죽음을 각오한 사내들이 술을 거나하게 먹어 담력이 무궁하고 덕례의 원수를 생각함에 용기가 불끈불끈 솟아올랐다.

김사성이 칼을 빼들고 앞장서 나아가니 그 뒤로 소리 없는 기병들이 따랐다. 일 마장이나 떨어진 야인들의 막사에서는 밤에 적군이 공격하지 않을 것이라 마음을 놓고 잠을 자고 있었는데 도둑고 양이 같이 다가온 김사성과 100여 기가 예상을 깨고 일시에 들이 닥쳤다.

"덕례의 원수를 갚자."

우레 같은 고함을 지르며 김사성이 칼을 휘두르며 달려가자 일 시에 100여 기가 폭풍처럼 질주하여 진영을 쑥밭으로 만들었다.

불시의 습격에 자다 말고 정신이 황황한 야인들이 말을 집어타 려 막사를 나오자 기병들의 칼과 창이 그들을 향해 날아갔다. 일시 에 야인들의 비명 소리 말울음 소리가 진동하는 가운데 막사에 불 이 붙어 사방이 환해지고 불빛에 번득이는 은빛 검광과 더불어 야 인들이 칼을 맞고 쓰러지는 모습이 곳곳에서 목격되었다. 제법 빠 른 야인들은 말을 타고 달아났지만 느린 놈들은 여지없이 칼에 맞 아 땅바닥에 피를 뿌리고 시신이 되었다.

그야말로 무인지경이 따로 없었다. 백여 기가 피에 굶주린 승냥 이처럼 눈에 보이는 야인들을 쫓아가 죽이니 동문 앞의 적진이 모 조리 무너져버렸다. 적의 목을 베어 공을 탐하기보다는 한 명이라 도 더 죽여 처참하게 죽은 권덕례의 원수를 갚기 위해 부산하게 움 직였다. 동문 앞 진지에는 시체들이 즐비하게 늘어졌다.

동문 앞 진지가 기습으로 쑥밭이 되었다는 소문을 듣고 야인들 이 달려오니 그제야 김사성이 후퇴 명령을 내렸다.

후퇴 명령에 100기가 성문을 향해 일제히 달려가니 동문이 신호 와 동시에 열려서 안전하게 성안으로 들어갈 수 있었다. 야인들이 달려오니 조선 군사는 간 데 없고 시신들만 즐비하였다.

"이놈들이 다시 습격할지 모르니 진지를 후퇴시켜야겠다."

율보리가 야밤에 다시 조선 군사가 습격해 올까 두려워 일 마장 뒤로 진지를 옮기게 하였으나 야인들은 두려운 마음에 잠을 자지 못하고 그날 밤을 꼴딱 새우고 말았다.

성안에 들어온 김사성이 병사들의 수를 확인하니 기병 100여 기가 아무 탈도 없이 적의 수급 5개를 베어 들어와 있었다. 김사성이 흡족하게 생각하고 장병들을 위로한 후 모두 눈을 붙이라 돌려보내고 이 사실을 판관 원회와 부사 유영립에게 알렸다.

적의 수급 5개를 본 그들은 크게 기뻐하며 김사성의 공훈을 치하하고 날이 밝기가 무섭게 부사 유영립이 병마사 김우서에게 이 사실을 알렸다. 그런데 병마사가 승전 소식에 기뻐하기는커녕 노발대발 한바탕 사단이 일어나고 말았다.

"이놈들이 군법이 지엄한 줄 모르고 말도 없이 나가 제멋대로 행동해? 어서 김사성과 판관 원회를 잡아오너라."

두 사람이 동헌 마당에 붙잡혀 들어왔다.

공을 세운 사람에게 상을 주진 못할망정 이게 무슨 날벼락인가? 포박 당한 원회와 김사성이 어이가 없다는 듯이 동헌마당에 무릎을 꿇고 앉아 있는데 툇마루 위에서는 유영립이 똥마려운 강아지마냥 서성거리고 대청마루 교의 위에는 김우서가 한쪽 팔을 의자에 기댄 채 한 손으로 턱을 기대고 두 사람을 노려보며 이를 갈고 있었다.

'이놈들이 군명을 어기고 야인들을 건드렸으니 공을 세운 것이 좋아 보일 듯하지만 좋은 것이 아니요, 잠자는 호랑이의 코털을 건드린 것이나 다름이 없는 것이 아니냐? 가만히 놔두었으면 물러갈 놈들을 괜히 밤에 나가 일을 만들었으니 복수에 눈이 먼 놈들이 다시 이 성을 공격할 것은 당연한 일. 그럼 이 성이 온전하겠는가? 공연히 가만히 있는 벌집을 왜 건드려서 나의 심기를 이토록 상하게 하는고.'

김우서가 이런 생각을 하며 못마땅한 눈으로 유영립과 원회, 김사성을 바라보고 있을 때 속 모르는 부사 유영립이 나서서 말하였다.

"장군, 어제 일은 내가 시킨 것이니 모든 책임은 나에게 있소이다."

"부사는 가만있으시오. 내가 알아서 하오."

김우서가 유영립에게 면박을 주곤 그렇지 않아도 백손을 놓아줄 때 미운 털이 박힌 원회에게 물었다.

"원 판관, 그대가 어제 밤에 기병장에게 그 일을 명하였는가?"

원회는 김우서가 안중에도 없다는 듯이 당당하게 말하였다.

"그렇소이다. 내가 어제 기병장에게 야인들의 진영을 기습하도록 하였습니다."

김우서는 원회의 태도가 마음에 들지 않아 빼쪽이 웃으며 고개를 끄떡끄떡하더니 소리쳤다.

"네놈이 무언데 그런 일을 나에게 묻지도 않고 멋대로 실행하는 것이냐? 네놈이 무언데?"

원회가 코웃음을 치며 대답하였다.

"나는 종성의 방어를 책임지는 판관이외다. 내 비록 싸우지 못하는 연약한 문관이지만 병마사라는 높은 지위에 있으면서 겁이나 내어 싸움도 한번 하지 않고 문이나 닫아걸고 종일토록 지키고 있는 겁쟁이는 아니외다."

김우서가 눈을 동그랗게 뜨고 교의에서 벌떡 일어났다.

김사성이 그 말을 듣고 껄껄 웃었다.

"원 판관님께서 말 잘하셨소. 그야말로 쥐새끼에게 감투를 씌어 놓은 것이 아니고 무엇이겠소?"

"뭐, 뭐라고? 쥐새끼."

김우서가 화가 머리끝까지 올라 당장에 물고를 내버리고 싶었으나 김사성은 당장에 이 성의 방위를 위해 없어서는 안 될 인물이고 자신의 목숨을 보전하기 위해서라도 필요한 인물이라 어찌할 수 없어서 그 노기를 원회에게 돌렸다.

"이-노-옴, 원회야! 네놈이 나를 업신여기니 기병장도 나를 업신여기는 것이 아니냐? 네가 백손이라는 흉악한 놈을 두둔할 때부터 이런 일이 일어날 것을 알았느니라."

김우서가 소리를 지르자 원회는 어이가 없는 듯 눈을 크게 뜨고 김우서를 바라보았다.

"무슨 소리 하시오? 그대가 겁쟁이라는 사실은 삼척동자도 다 아는 일인데 그 책임을 나에게 돌리려하니 참으로 용하오. 백손이라는 자는 마땅히 구해야 할 인물인데 그대가 비홍검이 탐나 쥐벼룩에게 일을 만들어서 비홍검과 백손을 내쫓아버리고선 또 누구에게 그 탓을 돌리려 하오?"

김우서는 가슴이 날카로운 창에 찔리는 듯하였다. 비홍검과 염라장군이 사라진 지 얼마 되지 않아 김우서가 비홍검을 가지고 있는 것을 본 관졸이 있어 금세 종성 안에 소문이 퍼졌는데 비홍검을 빼앗기 위해 김우서가 차돌이라는 말구종과 모의하여 죄 없는 임백손에게 없는 죄를 날조하였다는 것이었다.

소문이 발이 달릴 리는 없으나 김우서가 비홍검을 차고 있고 임비장과 범이가 종성을 떠났으니 사람들이 의심하지 않을 수가 없었다. 그리하여 쥐새끼가 비홍검을 빼앗았다는 말과 함께 차돌이는 쥐새끼의 피를 빨며 기생하는 놈이라 해서 쥐벼룩이라 하여 사람들이 멸시하며 따돌렸다. 차돌이 애써 아니라고 부인을 하였지만 자신이 따라다니던 사람을 배신한 의리 없는 놈이라 사람들의 눈밖에 나버려서 차돌은 사람 대접도 못 받고 쥐벼룩처럼 숨어 다니는 꼴이 되고 말았다.

김우서는 원회가 자신의 아픈 곳을 건드리자 대로하여 소리쳤다.

"나장은 뭘 하는 게냐? 저 앙큼스러운 놈을 장 50대에 처하라."

나장이 그 말을 듣고 원회를 형틀에 결박시킨 후 배 젓는 노 같은 곤장을 들고 엉덩이를 힘껏 내리치니 '펑- 펑-'하는 소리와 함께 원회의 작은 몸이 꿈틀거렸다. 이를 악물고 고통을 참으며 소리쳤다.

"나리, 이 일의 사단은 모두 나리로부터 일어난 것이오. 나리가 비홍검을 탐내지 않았더라면 이런 일도 없었을 뿐더러 종성도 무사했을 것이오. 이 일은 모두 그대 탓이오."

"저놈이 아직 정신을 못 차렸구나. 더욱 거세게 치지 못할까? 네놈이 물고가 나고 싶은 것이냐?"

김우서가 나장을 다그치니 장졸이 창졸간에 흙빛이 되어 때리고 싶지 않은 원회를 정신없이 때렸다.

장 30대에도 꿋꿋하게 견디던 원회는 40대 즈음에는 신음을 토하고 50대가 될 즈음에는 정신을 잃어버리고 말았다.

김사성이 이를 보고 있다가 울분이 솟구쳐 바닥에 엎어졌다.

"나리, 나도 명을 어겼으니 때려보시오. 판관이나 내 죄가 매한가지니 혼자만 맞아서야 쓰겠소? 쥐새끼 나리, 나도 때려보시오."

"에잉, 군율이 바로 서지 않으니 어찌 될라고?"

김우서는 일이 이상하게 틀어졌다 싶어 자리에서 벌떡 일어나 안뜰로 걸어가며 유영립에게 모두 풀어주라 명을 내리고는 뒤도 안 돌아보고 동헌을 나갔다. 유영립은 김우서가 동헌에서 사라지자 얼른 마당으로 뛰어 내려와서 원회의 포박을 풀어주며 눈물을 흘렸다.

"원회, 이 사람! 원 판관, 괜찮은가? 자네 괜찮은가?"

원회가 정신을 차린 듯 눈을 뜨고 말하였다.

"쥐새끼, 가셨소?"

이렇게 말하고 배시시 웃더니 이내 정신을 잃어버렸다.

이날 아침부터 야인들이 복수라도 하려는 듯 거세게 공격하니 김우서는 자신의 생각이 맞아 떨어졌다 하며 군사들을 독려하여 성을 지키게 하곤 허리에 찬 비홍검을 바라보며 말하였다.

"비홍검아, 너 때문에 큰일 나게 생겼다. 어쩌면 좋으냐?"

이내 성 바깥에서 말을 달리며 요란한 소리를 내지르는 야인들을 보고 눈물을 찔끔찔끔 흘렸다.

"비홍검아, 염라장군아! 어디 갔느냐? 이때에 너희들이 있다면 얼마나 좋으냐?"

한편 범이와 백손은 홀가분한 마음으로 남쪽으로 내려가다가 용호군의 장사들에게 작별인사나 할까 하고 북쪽으로 가서 여러 진보를 들러 그날 저녁 온성의 신립을 만나 하루를 머물고 다음날도 함께 있자는 것을 애써 이별하고 훈융진에 들러 경원에서 하룻밤을 자며 장사들을 만나고 다음날 아침 일찍 경흥으로 출발하여 점심도 채 안 되어 경흥에 도착하여 용호군의 장사들을 만난 후 그날 오후에 건원보에 도착하여 길개똥, 장팔이 등 여러 장사들과 이순신의 환대를 받으며 하루를 보냈다.

며칠 더 묵어가라는 것을 뿌리치고 다음날 남쪽으로 내려온 범이와 백손은 급할 것이 없어서 300리 길을 걷다가 달리다가 하여 연천에서 하루를 묵고 다음날 점심 무렵 수성에 도착하였다. 수성은 부령과 나진으로 갈라지는 곳이라 과거 이곳을 통해 김시민과 부령으로 올라갔던 것이다.

주막집에서 국밥 한 그릇을 먹고 내려오는 참에 급한 파발 하나가 쏜살같이 두 사람의 옆을 지나쳐 가다가 갑자기 멈추었다.

말을 탄 병사가 말을 돌려 다가오다가 백손과 범이를 보곤 눈이 휘둥그레져서 말에서 내리더니 백손에게 말하였다.

"혹시 임 비장 나리 아니십니까?"

"그렇다. 너는 누구냐?"

"저는 찬식이라 하는데 나리는 모르실 겁니다요. 전에 김시민 장군과 함께 부령으로 올라갔었는데 저는 용호군도 아니고 말단 군졸이라서……"

찬식이라는 군졸이 벙거지를 들쳐 머리를 긁적이다가 갑자기 뭐가 생각난 듯이 말하였다.

"소문으로 나리의 용맹은 들었습니다요, 염라장군이라고요. 근데 나리께서 종성에 계신 줄 알았는데 이곳에서 보게 되네요."

"어, 그리 되었어."

"아! 다행입니다요. 지금 제가 파발을 가는데 종성이 오랑캐 놈들에게 함락이 될 지경이라고 합니다요."

"뭐라고?"

백손의 두 눈이 황소처럼 휘둥그레졌다.

"오늘 아침에 야인들이 쳐들어왔다는 기별이 왔는데 잠시 후에 야인들의 수가 일만이 넘어 종성이 함락이 될 지경이라고 원군을 청하는 파발이 왔지 뭡니까? 그래서 급히 가던 길이었는데 이렇게 나리를 뵙게 되네요."

찬식의 말에 백손은 고개를 끄덕이며 말하였다.

"이럴 게 아니라 자네는 어서 가 보게. 급한 전갈 같은데."

"그래야지요. 그런데 당장에 도움을 줄 군사들도 없는데 무작정 파발만 보내면 어쩌라는 건지 정말 알 수가 없네요. 군율이 엄해서 할 수 없이 갑니다만 이 짓도 보통 일이 아니네요. 그럼 저는 갑니다요."

찬식은 머리를 내젖고는 말에 올라타 남쪽으로 부리나케 사라져 버렸다.

백손은 입맛을 쩝쩝 다시다가 범이를 바라보곤 입을 열었다.

"범이야, 우리 올라갈까? 그놈들이 얄밉긴 하지만 죄 없이 오랑캐 놈들에게 죽어서 쓰나? 이번 한 번만 가서 구해 주고 오자. 어때, 네 생각은?"

범이는 백손의 얼굴을 보고 씽긋 웃었다.

백손은 손가락 하나를 들어 범이에게 다짐을 주는 듯이 말하였다.

"그래, 딱 한 번이야. 딱 한 번만 도와주고 우리는 미련 없이 사라지는 거야. 집으로 돌아가는 거라고. 이젠 지네들이 죽든지 살든지는 모르는 거야. 알았지?"

범이는 백손이 사람을 구하러 간다는 말에 가만히 웃으며 고개를 끄덕였다.

범이의 마음은 백두산을 향하고 있었다. 별빛이 지새지 아니한 이른 새벽 무렵, 설아와 함께 보았던 찬란한 밤하늘, 동녘에 동이 트기 시작하면 펼쳐지는 광활한 산하의 모습, 거대한 폭포와 무성한 수림, 수림 속에 숨겨진 아름다운 자연 광경이 눈앞에서 되살아났다. 범이의 기억 속에서 아름답고 행복했던 시간들이었다.

옛적에 대주 할아버지가 그랬던 것처럼, 종성 일이 마무리되면 백두산에서 설아와 함께 우리의 산을, 우리의 땅과 강을 지키며 행복하게 살겠노라고 범이는 생각하였다.

"자, 어서 가자. 여기서 종성까지는 대략 300리 정도니 우리 비행술로 달린다면 오늘 저녁 무렵에는 종성에 도착할 수 있을 거야. 그렇지?"

말이 끝나기 무섭게 백손이 앞서 달렸고, 범이는 그 뒤를 따라 종성을 바라보며 달려 나갔다.

율보리가 종성에 원한이 깊은 데다가 어제저녁 조선군의 습격으로 아군이 100여 명 가까이 피해를 입은 것을 보곤 분이 솟구쳐 오늘은 반드시 종성을 함락하리라 생각하였다.

율보리는 나무를 베어 오게 하여 일변 군사를 시켜 충교(衝橋)와 사다리를 만들고 일변 성문을 부수기 위해 말 등에 통나무를 얹어 단단히 준비하곤 오후부터 총공격에 들어갔다. 이탕개는 율보리를 도와 성을 빙 둘러싸는 한편 원군을 막기 위해 북으로는 국사당고개에 병사를 풀어놓고 남으로는 금산(禁山) 고갯마루에 군사들을 매복시켜 혹시라도 올 원군에 대비하였다.

그야말로 거칠 것이 없는 율보리는 전고를 두드리며 성을 총공격해 들어갔다. 수많은 돌과 화살이 비 오 듯 쏟아져서 종성을 방어하는 군사들은 참으로 정신이 없었다. 사방팔방으로 쳐들어오는 야인들을 막느라 기병들도 말에서 내려 성루 위에서 화살을 쏘며 사다리를 밀쳐내었으며 거동할 수 있는 노인들과 아낙들과 아이들도 너도나도 돌을 주워서 돌팔매질을 하며 야인들이 성으로 올라오는 것을 저지하였다.

이 와중에 성루에서 분전을 하던 병사들도 하나둘 화살에 맞아 쓰러지고 그 뒤를 이어 성곽을 지키던 병사들이 화살에 맞아 쓰러져 성루 위에는 쓰러진 관졸들이 하나둘 늘어만 갔다.

끝없이 밀려드는 야인들은 성 밖에서 주검이 되어 쌓여 가는데도 지칠 줄 모르고 성을 타고 오르며 방어하는 이들도 화살을 맞으며 이를 지키느라 여념이 없는 사이에 북문이 뚫려간다는 소리가 들려왔다.

"이놈들아, 어서 수레를 가지고 성문을 막아라."

김우서가 소리치자 성문을 지키던 사람들이 수레를 끌어 문 뒤에 차곡차곡 쌓았다. 이를 동문과 서문, 남문에 알리자 문을 지키는 장정들도 문에 수레나 돌무더기를 쌓아 올려 철통같이 방어를 하였다.

"휴, 멍청이 같은 놈들."

서당 개 삼년이면 풍월을 읊는다고 오랜 변방 생활 속에서 요령을 아는 김우서는 이마의 땀을 닦으며 안도의 숨을 내쉬었다. 이때 화살 하나가 김우서의 수염을 스쳐 망루 위에 꽂혔다.

"에구머니."

김우서는 자라처럼 목을 오그리고 귀면상이 그려진 방패 안으로 숨어 들어가 소리를 질렀다.

"화살을 쏘아라! 돌을 던져라!"

당장에 그 모습을 보는 병사들과 장수들은 김우서를 죽일 듯 미운 마음이 들었지만 이 성이 함락되면 처자식과 자신 역시 야인들의 손에 비참한 죽음을 맞이하게 된다는 생각에 젖 먹던 힘까지 쏟아내는 것이었다.

동문에 불이 붙더니 이내 불화살이 날아 들어와 성문 안에 불이 붙었다. 화공작전을 개시한 것이었다. 땅거미가 내려앉아 어둑어둑해지자 야인들은 손에 불화살을 들고 성안으로 활을 쏘았다. 성안에 불이 붙자 대낮처럼 환해지고 사방에서 고함 소리와 함께 사람들이 불을 끄느라 여념이 없었다.

"불이야!"

엎친 데 덮친 격으로 성 바깥에서는 거인처럼 우뚝 서 있던 충교가 움직이기 시작하였다.

"충교의 아랫부분을 향해 불화살을 쏘아라."

유영립의 명령이 떨어지자 궁수들이 일제히 불화살을 쏘아 충교 아랫부분을 맞추니 야인들이 불을 끄다가 불화살에 맞아 죽기도 하고 혹은 끄기도 하였는데 화살 공격이 너무 거세서 대부분의 충교는 불이 붙어 위에 올라타고 있던 야인들이 성 위로 올라와 보지도 못하고 바닥으로 뛰어내려 도망쳐 가는 형국이었다.

동문에 붙은 불이 이번엔 서문과 남문에 붙어 그 형세가 자못 위험하기 그지없었다. 불에 타버린 문이 무너져 내리면 야인들이 들어올 것이고 그렇게 되면 처참한 살극이 벌어짐은 당연한 일이 아닌가.

김우서는 야인들에게 잡혀 목이 베여 긴 장대 위에서 까마귀들과 얼굴을 마주할 생각을 하니 눈앞이 막막하고 정신이 없어서 눈물을 찔끔거리며 애꿎은 비홍검을 빼어 땅바닥을 두드렸다.

"욕심이 화를 부른다더니 내가 너 때문에 죽게 생겼구나. 죽게 생겼어……."

이때 성 밖에 있는 야인의 진영이 소란스러웠다.

"비홍검이 나타났다, 염라장수가 나타났다!"

멀리서 들려오는 소리에 김우서가 벌떡 일어나 밖을 바라보니 어두컴컴한 야인들의 진영이 떠들썩하고 말울음 소리와 비명 소리가 들리는 것이 심상치 않아 보였다.

"이게 무슨 일이냐? 비홍검과 염라장수라니……."

이때 유영립이 피투성이가 된 얼굴로 웃으며 뛰어와 말하였다.

"염라장군과 비홍검이 돌아온 모양입니다."

김우서가 맥이 풀려 바닥에 털썩 주저앉으며 비홍검을 바라보고 말하였다.

"이제는 살았구나, 이제는 살았어."

비홍검과 염라장군이 나타났다는 말에 군사들은 사기가 솟구쳐 더욱 분전하여 싸우니 야인들이 성 위로 넘어올 수가 없었다.

범이와 임백손은 날이 저물어갈 무렵, 금산 고갯길 위를 올라오다가 야인들의 무리를 발견하고 한바탕 싸움을 벌였다.

범이는 가까운 곳에서 나무 두 개를 꺾어들고 싸우고 백손은 커다란 몽둥이 하나를 꺾어들었다. 상대가 상대인지라 야인들은 상대가 되지 않았다. 더구나 평야도 아닌 산지였다. 천하의 염라장군 임백손의 몽둥이에 야인들이 머리가 깨져 여섯 명이나 죽고 열 명이 피투성이가 되어 도망가 버렸다.

"이눔들아, 염라장군과 비홍검이 그리로 간다고 전하거라."

백손이 그들을 쫓아 보낸 후 금산 고개 위에서 종성을 바라보니 종성이 불바다가 된 것이 심상찮아 보였다.

두 사람이 종성에 도착했을 무렵에는 야인들이 충교를 이용하여 성 위로 올라가려 할 때였다. 백손과 범이는 야인들이 후방을 신경 쓰지 않고 있는 것을 확인하고는 서로의 얼굴을 마주보며 씽긋 웃었다.

"이번 한 번만이야."

백손이 다짐을 하곤 몽둥이를 움켜쥐고 진중으로 달려갔다. 범이가 그 뒤를 따랐다. 백손은 뒤에서 멀찍이 성이 불타는 것을 구경하는 야인의 등 뒤로 다가가 등줄기를 쇠갈고리 같은 손으로 붙잡아 말 아래로 끌어내려 우악스런 몽둥이를 휘둘러 대갈통을 부수고는 말을 타고 진중으로 내달리며 하늘이 무너져라 소리를 질렀다.

"이눔들, 염라장군이 여기 있다."

며칠 굶은 야수가 철창을 벗어난 것처럼 백손은 어두운 진중을 질풍처럼 질주하며 몽둥이를 휘둘러 야인들을 무찔렀다. 몽둥이가 철퇴보다는 가볍고 휘두르기도 편하여 눈에 보이는 야인들의 머리를 향해 마구 휘두르니 허수아비처럼 픽—픽 쓰러지며 달아나기 바빴다.

범이도 어둑어둑한 진영을 질풍처럼 누비며 야인들을 쓰러트리니 그야말로 무인지경이었다. 일전에 백손과 범이를 본 야인들이 두 사람의 모습을 보고 깜짝 놀라 비명 같은 고함을 질렀다.

"비홍검이다."

"염라장군이 나타났다."

단번에 야인들의 진영이 혼란스러워졌다. 사기가 꺾인 야인들이 흩어지니 철벽같은 군진이 단번에 와해되었다.

"뭐라고? 염라장군과 비홍검이 나타났어?"

후진에서 이 소문을 들은 율보리와 이탕개가 동시에 얼굴을 찡그리는데 국사당고개에 매복하러 갔던 야인 하나가 피투성이가 되어 나타나 보고를 하였다.

"추장! 큰일났습니다. 온성의 영공이 철기병을 이끌고 국사당고개를 넘어 이쪽으로 오고 있습니다. 매복하러 간 군사들은 영공의 군사인 줄 모르고 공격하였다가 몰살을 당했습니다."

이탕개와 율보리가 서로의 얼굴을 멍하니 바라보았다.

이탕개가 입을 열었다.

"염라장군과 비홍검에 온산의 영공까지 합세하면, 그야말로 우린 개죽음이오."

율보리의 얼굴이 붉으락푸르락하더니 장탄식을 연발하였다.

"아! 종성을 함락시킬 수 있었는데……."

이탕개가 결심을 굳혔는지 급히 말을 당기며 말하였다.

"후퇴합시다."

"일단은 후퇴합시다."

놀란 율보리도 고삐를 당겨 이탕개를 따라 달아났다. 이때 북쪽에서 신립의 철기군이 봇물처럼 들이닥치니 야인들은 그야말로 아비규환이라 번개 같은 신립의 철기군에 힘도 제대로 못써보고 거꾸러지고 엎어지며 일시에 강여울을 향해 달아났다. 같은 시각 김우서도 온산의 신립이 북문 쪽에서 야인들을 격파하고 있다는 말을 듣고 기뻐하였다.

"온산의 신립이 구원하러 왔다니 이제는 완전히 근심을 덜었다."

기병장 김사성이 재빨리 말하였다.

"장군, 야인들이 달아나는데 저희가 적의 뒤를 쫓아 공격하겠습니다."

"그러게, 그러게. 어서 나가 염라장군과 비홍검도 돕고 온산의 신립도 돕게나."

김사성이 재빨리 성문을 열게 하고 기병 100여 기를 끌고 나가 후위를 쳤다. 일시에 세 방면에서 정신없이 공격해 오니 야인들이 살 맞은 뱀처럼 달아나는데 어떤 이는 정신이 황망하여 말에서 떨어졌다가 오금아 날 살려라 발바닥이 보이지 않도록 뛰어 말을 잡아타고 달아나고 어떤 이는 말도 없어 똥줄이 빠지도록 도망을 치니 뒤쫓는 군사들이 거침없이 칼을 휘둘러 야인들을 도륙하였다.

죽음 전의 회생이라 원한도 복받치고 사기도 오를 대로 올라 강여울까지 무인지경으로 들이치니 야인들은 대항도 못해 보고 강을 건너 황황히 달아나 버리고 말았다.

야인들을 강 건너편으로 몰아낸 후 김사성이 비홍검과 염라장군을 찾으니 그들의 모습이 보이지 않는지라 군사들을 풀어 두 사람을 찾게 하고 신립을 맞으니 신립은 얼굴 가득 비통함과 불만이 가득하여 대꾸도 하지 않았다.

그 역시 비홍검과 염라장군이 위험한 종성을 구하였다는 말을 듣고 군사들을 풀어 사방으로 두 사람을 찾게 하였으나 종종 무소식이라 가슴 가득 슬픔이 피어올라 대꾸할 마음이 생기지 않았던 것이다.

이때 성안에서 군사가 달려와 신립에게 말하였다.

"장군, 병마사 나리께서 보시자 하십니다."

"되었네. 그깟 쥐새끼를 만나서 무엇하겠는가? 나는 비홍검과 염라장수나 찾으러 가겠네."

신립은 그렇지 않아도 김우서가 두 사람을 쫓아냈다는 소문을 들은 바였다. 신립은 김우서에 대한 원망이 가득하여 군사들을 이끌고 남쪽으로 내려가 버리고 말았다.

김우서가 신립을 데려 오라 보낸 군사에게 그 소리를 들었으나 할 말이 없어 고개만 숙인 채 부끄럽게 생각하였다.

이 싸움 이후에 야인들은 종성에 더 이상 침입하지 않았다. 언제 다시 비홍검과 염라장수가 나타날지 모르는 까닭에 그들은 다른 곳을 몇 번 더 침입했다가 뜻을 이루지 못하고 심처로 숨어 들어가 다시는 변방을 침입하지 않았고 이탕개의 난 역시 평정되었다.

신립이 비홍검과 염라장수를 찾아 회령까지 내려갔으나 찾지 못하고 다시 온산으로 올라오면서 수소문하여 보았지만 두 사람의 행방을 아는 이가 없어 두고두고 이 일을 안타깝게 생각하였다.

김우서가 빼앗은 비홍검은 그날 밤에 잃어버려 자취를 찾을 수가 없었는데 사람들은 김우서에게 억울하게 빼앗긴 검이 주인을 찾아갔다고 수군거렸다.

후일 임제가 변방에 와서 두 사람의 이야기를 전해 듣고 안타깝게 생각하며 지은 시가 있었으니 바로 출새행(出塞行)이다.

烈士生何事	열사(烈士) 태어나 무슨 일을 이루었는고
當封定遠侯	마땅히 정원후(定遠侯) 봉을 받아야 하나니
金戈辭漢月	칼과 창 버리고 고향을 떠나
鐵馬向邊州	철마타고 변방을 향해 갔노라
殺氣浮寒磧	살기는 사막에 떠다니는데
陰風動戍樓	음풍은 수루를 뒤흔들어라
腰間白羽箭	허리에 들러찬 백우(白羽) 화살은
射取右賢王	우현왕(右賢王)의 머리를 쏘아 떨구련만

변방에 나아간다는 뜻인 출새행이란 시에서 첫구의 열사(烈士)란

임백손과 범이를 말함이다. 둘째 구의 정원후(定遠侯)란 동한(東漢)의 반초(班超)를 말한다. 반초는 일찍이 변방으로 나아가 서역(西域) 50여 국을 정복하고 정원후(定遠侯)의 봉(封)을 받은 위인이다. 출신이 변변치 못하였으나 타고난 용맹으로 왕의 신임을 얻어 서역을 정벌한 공으로 정원후의 봉을 받았지만 범이와 임백손은 그렇지 못하였다. 임제 역시 마찬가지 신세로 전락한 것을 한탄하여 당시의 조정대신들이 인재를 구하지 못하는 것을 역설적으로 풍자한 것이었다.

마지막 구의 우현왕(右賢王)은 옛날 흉노(匈奴) 귀족의 봉호로 김우서 때문에 범이와 임백손이 이탕개와 율보리 같은 오랑캐 우두머리를 베지 못한 것을 한탄하고 있다.

임제는 동서간의 당파싸움과 백손과 범이같은 용맹한 사람들을 바로 쓰지 못하는 나라에 불만을 품고 범이와 백손을 찾아 산천을 누비다가 4년 후(1587년) 서른여덟이란 한창 나이에 요절하고 말았으니 죽기 전에,

"천하를 호령하지 못하는 나라에 태어난 것도 한인데 이 땅에 묻혀서 무엇하나?"

하고 자신의 시신을 땅에 묻지 말라 하였다 한다.

사향노루가 봄 산을 지나니

이탕개의 난이 평정되고 얼마 되지 않아 한 장의 상소가 임금에게 올려졌다. 병조판서 이율곡이 시국을 걱정하여 올린 이 상소는 앞서 올린 시무 6조보다 더 상세하게 십만양병(十萬養兵)의 계책을 적어놓은 글이었는데 그 내용을 전부는 적을 수 없고 그 상소의 대략의 요지를 설명하자면, 첫째로 동(東)·서(西)로 분류된 당파(黨派)를 조화롭게 하여 당파에 연연하지 말고 인재를 등용하고 악인을 벌하라 것이고, 둘째는 인물을 쓰는 데 출신성분을 따르지 말고 골고루 그 합당한 재능에 따라 쓰라는 것이었다.

폐정을 혁신하는 문제는 공안(貢案)을 개정하고, 군적(軍籍)을 고치고, 주현(州縣)을 병합하고, 감사(監司)를 구임하라는 네 조목뿐이었는데 앞서 말한 두 가지 계책은 근본이 되는 상책이고, 뒤에 말한 네 가지 조목은 말단을 따르는 네 가지 하책이다. 이 후자가 바로 십만양병설(十萬養兵說)인 것이다.

국가의 후한 은혜를 받았으니 몸이 가루가 되어도 보답하기 힘들지만 나뭇가지에 불이 붙는 것을 빤히 보면서 제 몸만 돌보는 생각을 품을 수 없어 글을 올렸다는 애절하고 곡진한 이율곡의 상소문을 보고 왕은 이렇게 말씀하셨다.

집이 우연히 연전에 경이 올린 상소를 보던 중이었는데 이번에 올린 경의 상소가 마침 들어왔다. 전후에 걸쳐 정성어린 상소를 보건데 용렬한 임금을 잊지 않는 경의 고충(孤忠)이 정말 아름답게 여겨지도다. 나랏일은 훌륭한 대신들에게 맡겨야 마땅하다. 남행(南行)을 대간으로 삼았던 것이 이미 지나간 일로 후회해도 돌이킬 수 없다. 그러나 공안에 관한 일은 그 논의가 일치하지 않으므로 감히 다시 고치지 못한 것이다. 더구나 변방에 오랑캐가 침입한 때를 당하여 아울러 거행하면 어려울 것이다. 군적에 관한 일은 본조에서 경이 어떻게 시행하느냐에 달렸을 뿐이다. 주현을 병합하는 문제는 과연 나의 밝지 못하고 얕은 생각에서 나온 것이다. 그러나 다른 폐단을 끼치게 될까 하여 감히 스스로 옳다고 여겨 변경하지는 못하였는데, 경이 지극히 청하여 마지않으니 한번 시험해 보겠노라. 감사를 구임하는 일 역시 경의 계책에 따라 먼저 양남에서 시험하도록 하겠다. 서얼 공천·사천을 허통해 주는 일은 언관이 논박하고 있으니 다시 비변사에 물어서 상의하여 거행하도록 하겠노라.

이율곡은 천근같이 무거운 발걸음으로 근정전을 빠져나왔다. 두 차례 올린 상소가 허무하게 좌절된 것이다. 언뜻 보기에 왕께서 많은 부분을 허락해 준 것 같지만 근본이 되는 두 가지 문제는 여전히 생각조차 하지 않고 있으며, 허락한 일이라는 것이 주현을 병합하는 문제와 감사를 구임하는 일, 서얼과 천인들을 허통해 주는 말엽적인 일이었다.

양병을 육성하는 문제에 대해 공안(貢案)을 고치지 않으면 그 모든 일이 물거품인 것을 이율곡은 잘 알고 있었다. 공안이란 세금으로 징수해 올리는 군포와 식량의 문제를 말함인데 이것이 해결되지 않고서는 나머지 세 가지 조항도 소용이 없게 되는 것이다.

마지막 남은 희망은 신분의 변화를 통한 군력의 증강이지만 범이와 백손의 경우를 생각할 때에 조선 사회에 뿌리내린 신분제를 뿌리째 흔드는 제도는 천지가 개벽하는 일이 아니고선 시행될 것 같지 않았다. 아니 시행되지 않을 것을 율곡은 확신하였다.

인재의 빈천을 구별하지 않고 적재적소에 쓰는 것이야말로 국가의 부강을 꾀할 수 있는 길임을 율곡은 잘 알고 있었다. 그렇지만 그 길은 현실에서는 이룰 수 없는 것임을 율곡은 비로소 깨달았다.

먼 앞일을 생각하니 한숨이 절로 나왔다. 작은 난리에 흔들리던 사직이 큰 난을 만나 어떻게 대처할 수 있단 말인가. 현재의 평온에 눈이 멀어 먼 훗날의 위급을 대비치 않는 조정의 모습을 바라보니 율곡은 가슴이 답답하였다. 갑자기 현기증이 일어났다. 기둥을 붙잡고 잠시 서 있었다.

"병판대감, 나 좀 보세요."

고개를 돌려보니 광해군 혼(琿)이 내시를 앞장세우고 두 팔을 크게 저으며 다가왔다.

"왕자님."

이율곡이 국궁을 하고 눈을 들어 샛별처럼 반짝거리는 어린 혼의 눈망울을 바라보았다.

"무슨 일이십니까?"

"제가 작년에 보여드린 시 있잖아요. 그 뜻을 이제야 알았어요."

율곡이 시름을 감추듯 빙그레 웃으며 물었다.

"어떤 뜻이 숨어 있었습니까?"

광해군이 또랑또랑한 목소리로 시를 읽어나갔다.

험난한 심곡에서 수많은 사람 일어나니　　　十千千人深谷興

황량한 계곡의 흙먼지 어지러운데 오랜 달이 밝구나　荒谷紛塵古月明

"앞 구의 십간(十千)이란 열 번째 천간을 뜻해서 계(癸)라는 글자가
되고, 천(千)과 인(人)을 붙여보면 아닐 미(未)란 말이 되며, 깊은 골짜
기(深谷)와 황폐한 계곡(荒谷)은 거친 변방을 뜻하며 분진(粉塵)이란 군마
(軍馬)의 흙먼지를 말하고, 오랠 고(古)와 달 월(月)을 붙여보면 오랑캐
호(胡)가 되는 것이니, 계미년 북방에 변란이 생긴다는 말이었어요."

"과연 그렇군요. 그런 뜻이 숨어 있었군요."

"대감은 알고 계셨지요?"

율곡이 말없이 미소를 지었다.

"지금은 남사고가 했던 시를 풀고 있는데 앞일을 생각하면 답답
하기만 하군요. 그런데 어떻게 됐나요? 대감의 상소가 받아들여졌
답니까?"

광해군이 걱정스러운 얼굴로 율곡을 바라보았다.

율곡은 마음이 착잡하였다. 그 옛날 예안으로 퇴계 선생을 찾아
갔을 때 선생께서 은연중에 이 나라가 머지않아 산수의 즐거움을

누리기 힘들 것이다 하며 한숨을 쉬던 모습이 떠올랐다. 그 불행이 머지않아 닥쳐올 것이고, 이 어리고 총명한 대군이 죄 없이 그 불행을 겪을 걸 생각하니 가슴이 미어지듯 아팠다.

"병판 말을 해보시오. 어떻게 되셨소? 아바마마께서 병판의 상소를 받아들이셨소?"

또랑또랑한 목소리가 울리듯이 들려왔다.

'왕께서 이 어린 대군의 총명을 반만 닮으셨어도……'

광해군의 얼굴을 바라보는 이율곡의 마음에 문득 생각이 일어났다. 언젠가 경운궁의 오찬에서 임금에게 반드시 힘을 길러 옛 우리 땅을 회복해야 할 것이라고 당당히 말했다는 이야기가 떠올랐다. 어린 왕자가 생각하는 것을 어찌하여 다른 이들은 생각하지 않는 것인가. 온고지신(溫故之新)의 옛말에 왜 기울이지 않는 것인가.

"병판대감, 무슨 생각을 하는 건가요?"

"아, 아니올습니다."

"아바마마께서 병판대감의 상소를 받아들이셨습니까?"

"아닙니다."

광해군은 얼굴이 담홍색이 되어 자신의 장딴지를 치며 소리쳤다.

"아! 정말 세상이 어찌 되려 하는가? 언젠가는 아바마마가 후회하시게 될 날이 반드시 있으리라. 병판, 그대는 힘을 내시오. 나는 병판을 가장 믿고 있소. 그대는 오래오래 이 나라에 남아 지주가 되어주셔야 하오."

율곡은 나이보다 성숙한 광해군을 지긋이 바라보다가 입을 열었다.

"왕자님, 나중에 이 나라에 큰 난리가 일어나면 어떻게 하실 겁니까?"

"외적들이 침입해 온다면 군사들을 이끌고 나가 이 땅에서 쫓아 내야지요."

율곡이 빙그레 웃으며 물었다.

"그때도 지금처럼 조정 대신들이 둘로 갈라진다면 어떡하지요?"

"단결하지 않으면 이 나라를 구해 낼 수 없어요. 어떻게든 대신 들을 한마음으로 단결시키는 것이 중요하겠지요. 그럼 백성들도 한마음으로 단결이 될 것이고, 외적들에게서 이 나라를 지키는 것 은 어렵지 않겠지요. 그런데 병판을 보면 그게 마음처럼 쉽지 않을 것 같아요. 아무리 애를 써도 들어주는 사람이 없으니 말입니다."

"세상일이란 마음먹은 대로 되지 않는 일이 더 많답니다."

"그러니 병판대감 같은 분이 필요한 것이 아니겠습니까?"

이율곡이 빙그레 웃으며 말하였다.

"왕자님께서 많이 공부하시고 식견을 넓게 쌓으시는 것이 저를 기다리는 것보다 더 빠를 듯합니다."

이율곡이 품속에서 책 한 권을 꺼내어 광해군에게 내어주었다.

"이것이 무엇이오?"

"왕자님, 이것은 육도삼략(六韜三略)이라는 책이옵니다. 육도(六韜)란 옛날 강태공이 문왕과 무왕에게 치국의 요체를 말해 준 것이고, 삼 략(三略)이란 황석공이라는 이인이 장량(張良)에게 주었다는 병서(兵書) 인데 나라를 다스리는 요체가 이 속에 숨겨져 있사옵니다. 훗날 반 드시 필요할 날이 있을 터이니 틈나는 대로 공부하시어 이치를 궁 구하시옵소서."

"이 책을 정말 나에게 준단 말이오?"

"네, 제가 없더라도 훗날 왕자님에게 크게 도움이 될 것입니다."

"그런 말씀 마시오. 책은 잘 보겠소."

광해군은 밝게 웃으며 이이에게 가볍게 국궁을 하곤 내시를 앞장 세워 근정문으로 들어가 계하를 가로질러 동편으로 난 문을 향해 성큼성큼 걸음을 옮겼다.

이율곡은 멀어져 가는 광해군을 안타까운 눈으로 바라보다가 길게 한숨을 내쉬곤 무거운 발걸음을 옮겼다.

그날 밤, 율곡이 꿈 하나를 꾸었다. 하얀 젖빛 안개 사이에 아름다운 관청 하나가 있어 그 문으로 들어가니 아전 하나가 문부를 점열하고 있었다.

"지금 뭣하고 계시오?"

"보면 모르오? 양계(陽界) 사람들의 명부(命簿)를 확인하는 것이오."

"양계의 명부라면 그대가 사람들의 수명을 관장하는 분이시오?"

"난 명부의 아전일 따름이오."

아전이 흘끔 이이를 바라보곤 물었다.

"그런데 댁 이름이 어떻게 되시오?"

"난 이이라 하오."

아전이 명부를 살펴보다가 말하였다.

"병인생이시오?"

"그렇소."

"급하기도 하시오. 한 달 후에나 오시구려."

"한 달 후에 다시 오란 말입니까?"

"네, 그때 다시 오시구려."

율곡이 머리를 갸웃거리면서 돌아서는데 아전의 목소리가 들려왔다.

"명부를 보니 당신은 예사 사람은 아니구려. 이름에 시구 하나가 있는데 보시겠소? 내가 적어주리다."

율곡이 고개를 돌리니 아전이 명부에 있는 글귀를 종이에다 적어 주었다.

麝過春山草自香　사향노루가 봄 산을 지나가니 풀이 스스로
　　　　　　　　향기롭구나

율곡이 시구를 읽다 말고 정신이 번쩍 들었는데 꿈이었다. 창문에 뿌옇게 비치는 아침 햇살을 멍하게 바라보며 생각하니 꿈이라 하기엔 현실의 일처럼 생생하게 기억이 되었다.

"아! 내 명이 다한 모양이구나."

율곡이 시구를 몇 번 되뇌다가 길게 탄식을 하며 쓴 입맛을 다셨다.

"사향노루가 봄 산을 지나가니 지나간 흔적은 있으되 이루어 낸 업적은 없으니 남아 일생이 참으로 허망하구나."

며칠 후, 율곡의 집에 손님이 찾아왔다. 홍문관 부제학 유성룡이 모친의 병구완을 위해 벼슬을 버리고 낙향하던 길에 율곡을 찾아온 것이었다.

"병환으로 입궐을 못하신다는 소식을 듣고 고향집으로 가는 길에 대감을 찾아왔습니다."

"그렇지 않아도 자네를 부르려 했는데 마침 잘 왔네."

율곡이 자리에서 일어나 마당에 서 있는 유성룡을 안으로 들였다.

유성룡이 걱정스런 얼굴로 율곡을 바라보았다.

"병환이 심하시다더니 전보다 수척해지셨군요. 걱정입니다."

"내 걱정은 말게나. 모친의 병구완으로 고향집에 내려간다고?"

"어머님의 병환은 핑계고, 사실은 당쟁이 격화되어 피난(避亂)하는 길입니다."

유성룡이 빙그레 웃었다.

"피난? 허허허, 피난이라……."

율곡이 힘없이 웃으며 고개를 끄덕였다.

"고향에 돌아가면 당분간 서울 땅을 밟을 수 없을 것 같아서 대감을 찾아왔습니다. 몇 가지 물어볼 것도 있고요……."

"무엇이 물어보고 싶은가?"

"그동안 저는 대감께서 이탕개의 난을 평정하는 과정을 두 눈으로 목도하였습니다. 대감의 뜻이 공론에 막혀 꺾이는 것도 모두 보았습니다. 대감, 장차 이 나라는 큰 병란을 맞게 되겠지요?"

율곡이 고개를 끄덕끄덕하였다.

"어찌하면 좋겠습니까?"

"해결방법을 묻는 것인가?"

"네."

율곡이 유성룡의 눈을 바라보다가 빙그레 웃으며 입을 열었다.

"우리나라는 여러 세대를 평온하게 지내왔지만 군병을 기르고 백성을 안돈하는 데에 힘쓰지 않아 지금은 열 집에 아홉이 텅 비고, 사졸이 도망해 텅 빈 병부가 태반이 되었네. 지금 백성들이 날로 흩어져서 군병이 나올 데가 없으니 작은 난리에도 조정이 물 끓듯 놀라고 백성들이 고스란히 그 피해를 받게 되었네. 이것이 오늘날의 현실이네. 그러나 옛적의 현성한 임금은 그 백성을 잘 길러 병사로 다 쓸 수 없을 만큼 넉넉하였다네. 한 마을의 백성들은 농사를 짓다가도 나가면 대오 속의 군사가 되어 사냥놀이로서 무예를 삼아 병(兵)이 곧 농(農)이 되고 농이 곧 병이 되어 병농의 구분이 없었으니, 백성들을 다스리는 것이 곧 병사들을 기르는 것이었네. 허나 조정이 두 갈래로 나뉘어 백성의 고통보다는 눈앞의 감투에 급급하니 백성을 기르는 것이 여의치 않고, 더욱이 군대를 기르는 것이 요원하게 되었네. 이는 근본이 잘못된 것이니 어디서부터 바로잡아야 할 것인가?"

"병농일치는 큰 비용을 들이지 않아도 되지만 현실과는 맞지 않습니다."

"군병을 양성하려면 재원이 필요한데 자네라면 어떻게 재원을 마련할 것인가?"

"글쎄요… 딱히 생각이 나지 않습니다."

"세금이지. 나라에서 양민들에게 부과하는 세금을 양반들에게도 내게 하는 거야."

"그것은 경연청에서 대감이 말씀하셨다가 동서조관들의 분노를 샀던 말이 아닙니까? 그 세금개혁안은 통과할 수 없을 것입니다."

"기득권이 권리를 내려놓지 못한다면 나라의 미래는 없네."

"상업을 장려하는 방법은 어떨까요? 이를테면 외국과의 교역을 늘려서 세금을 늘이는 겁니다."

"그것도 좋은 방법이겠지. 하지만 그것으로는 충분치 못하네."

"군포를 거두던 것을 미곡으로 대신 내게 하는 것은 어떨까요?"

"그것도 좋은 방법이네. 하지만 그것도 기득권의 반발을 사게 될 걸세."

유성룡이 고개를 끄덕이다 율곡에게 물었다.

"군제를 개편하는 것은 어떨까요?

"어떻게 말인가?"

"오늘날의 군제는 제승방략의 체제로 편성되어 있습니다. 이것은 전투가 벌어질 경우 수령들이 휘하의 군사들을 전장으로 인솔해 가면서 중앙에서 파견된 지휘관의 명령을 받아 움직입니다. 이것은 군사력을 집중할 수 있고 기동전에 대응하기에는 좋습니다. 하지만 중앙에서 파견된 지휘관이 도착할 때까지 기다려야 하기 때문에 급변하는 전세에 대처하기는 어렵습니다. 지휘관이 오지 않으면 군사들은 두려움에 무너지기 쉬운 단점이 있습니다. 어리석은 지휘관이 지휘를 할 경우에도 낭패를 볼 수가 있지요. 이탕개의 난을 보면 지휘관 하나가 바뀐 후에 문제가 드러났지 않습니까? 만약 김우서가 종성에서 야인들의 공격에 무너졌다면 후방은 걷잡을 수 없었을 것입니다."

"자네는 어떻게 바뀌면 좋겠는가?"

"건국초기에는 각도의 군사들을 진관이 나누어 붙여서, 사변이 생기면 진관에서 그 소속된 고을을 통솔하여 정돈하고 주장의 호령을 기다렸습니다. 경상도는 여섯 고을이 있는데 이것이 여섯 진관이 되니 한 고을이 무너진다 하더라도 다른 고을은 지킬 수 있으니 한꺼번에 망할 염려는 없는 것이지요. 또 주장의 명령에 따라 여섯 고을이 힘을 합칠 수 있으니 군사력을 집중할 수 있고 기동전에 대응하기에는 좋습니다."

"좋은 생각이군. 하지만 조정의 공론이 문제일세. 군사제도를 하루아침에 개편하려 하겠는가?"

"그도 그렇군요."

유성룡이 고개를 끄덕이다가 다시 물었다.

"그도 어렵다면 다른 방법은 없겠습니까?"

"결국은 인재일세. 신분을 따지지 않고 뛰어난 인재를 얻어 적합한 자리에서 능력을 발휘하도록 하는 것이네. 그것이 병란을 막을 수 있는 유일한 방법이네."

"허나 당파의 구별 없이 인재를 쓰는 것도 지금은 무리이고, 용호군처럼 자원하여 변방에 나가면 신분을 올려준다는 것은 임금께서도 반대하셨지 않습니까?"

"무엇하나 방법이 없으니 걱정일세."

율곡이 길게 한숨을 내쉬었다.

"작년 6월에 오다 노부나가가 죽었어. 수족처럼 믿었던 부하가 배신을 했다고 하더군."

"그럼 오히려 잘 되었지 않습니까?"

"반드시 그렇다고는 볼 수 없네. 오다 노부나가에게 히데요시라는 부하가 있는데 그 자가 오다 노부나가를 배신한 자를 처단하고 권력을 잡은 모양이더군. 대마도주의 편지에는 히데요시라는 자의 세력이 오다 노부나가를 능가한다고 하니 걱정이 되는구면. 만약 그자가 무력으로 왜국을 통일한다면 조선의 운명 역시 온전하진 않을 걸세. 오랜 전쟁으로 경험이 풍부한 군사들이 조총이라는 신무기를 들고 조선을 침입한다면 어찌되겠나? 군병을 양성하지 않은 상황에서 우리는 어떻게 대응할 것인가? 과거에도 이야기한 바가 있지만 서얼과 천인들의 신분을 올려주려는 것은 눈앞의 불을 끄기 위한 미봉책(彌縫策)이라 할 수 있네. 허나 지금 생각하면 그것 외에는 방법이 없네그려."

"하지만 신분제를 무너트리는 일은 나라의 근간을 무너트리는 일입니다. 조정의 누구도 이 같은 일에 찬성하지 않을 것입니다."

"자네 말이 맞아. 하지만 궁하면 통하는 법이지. 이 문제는 조선의 운명이 풍전등화가 되어야 시행될 수 있을 걸세. 그래도 고집을 부리는 자가 있다면 이렇게 이야기하게. 본래 백성은 인군의 하늘이니, 인군은 하늘의 명을 받아 백성들을 다스린 것일세. 요순시대에는 백성들은 평등하였지만 세월이 지나며 신분과 계층이 나눠진 것이지. 그러니 천인들의 신분을 올려주는 것은 하늘이 내린 본래의 지위를 회복시켜 주는 일이지 나라를 무너트리는 일은 아니라고 말이네."

율곡은 길게 한숨을 내쉬다가 말을 이었다.

"서애, 잘 듣게. 이 나라가 부강해지는 길은 인재를 잘 쓰는 것밖에는 없네. 인재는 대소장단은 있지만 재질에 따라 활용하면 모두 쓸모 있는 그릇이 된다네. 빈천을 나누는 것은 인재를 구하는 길을 없애는 것이나 다름없네. 계명구도(鷄鳴狗盜)의 고사를 보게. 맹상군(孟嘗君)은 도적까지 그 재질을 보아 쓰지 않는가. 천출이라 하더라도 그 능력에 따라 적재적소에 사용한다면 좋은 결과를 이룰 수 있을 것이지만 유용한 인재를 천출이라 쓰지 않는 것은 옳지 못하네. 그것은 국익에 도움이 되지 못할 뿐 아니라 망국의 지름길이라네. 자네는 이탕개의 난을 평정하는데 큰 공을 세운 비홍검과 염라장수가 왜 떠났다고 생각하는가? 신분이 낮다는 이유로 인재를 배척하는 것은 망국으로 가는 지름길이 아니고 무엇이겠나?"

유성룡도 이탕개의 난을 평정할 때 공을 세운 두 사람이 사라진 것을 아쉽게 생각하던 사람이었다.

"비홍검과 염라장군은 영원히 사라진 걸까요?"

"이 땅에 위급이 닥치면 다시 나타나겠지. 그들의 충성은 궁궐에서 말로만 충성하는 우리들과는 다르네. 나라에 위급이 닥치면 대주와 같은 사람들이 스스로 모습을 드러낼 걸세. 나는 그들을 믿네."

유성룡은 스스로 부끄럽게 생각하였다.

잠시 유성룡을 말없이 바라보던 율곡이 입을 열었다.

"서애, 높은 자리에 있는 사람이라면 공정한 눈으로 사물을 봐야 할 것이네. 모든 사물은 그 쓰임이 있는 것이니 집을 짓는 장인은 작은 나무 하나도 헛되이 쓰는 법이 없고, 쇠를 다루는 대장장이는 작은 쇳조각도 버리는 법이 없다네. 나무나 쇠가 인재라면 장인과 대장장이는 인재를 쓰는 조정의 대신들이니 높은 자리에 있는 자는 무릇 사람 보는 눈을 길러야 할 것이네. 무왕(武王)이 주(周)를 세운 것은 문왕(文王)이 태공망(太公望, 여상)을 알아본 때문이고, 제(齊) 나라가 부강해진 것은 관중(管仲) 때문이 아니라 관중이라는 인물을 알아본 포숙(鮑叔)이 있었기 때문이네. 한고조(漢高祖, 유방)가 천하를 통일한 것도 그것 때문이며, 소열제(昭烈帝, 유비)가 촉한을 세울 수 있었던 것도 그 때문이네. 높은 자리에 있는 자는 무릇 천리마를 알아보는 백락(伯樂)의 눈을 가지는 것이 중요하네. 자네는 내 말 뜻을 알겠는가?"

"네."

유성룡이 말없이 고개를 숙이고 앉았다가 율곡에게 말하였다.

"대감, 신립을 어떻게 생각하십니까?"

"신립은 좋은 장수요, 기백도 뛰어나고. 하지만 이탕개의 난을 평정하는 과정에서 상관을 업신여기는 태도는 문제가 있다고 생각하네. 교만한 마음이 있는 장수는 병사들을 사지(死地)에 빠트리기 쉽다네. 또 생각해 보면 왜군과의 접전에서 기마군이 얼마나 효율성이 높을지도 생각해 봐야 할 것이네. 드넓은 평원과는 달리 습지나 계곡에서 싸운다면 기마군은 큰 효과를 보지 못할 거요. 더구나 왜병들은 조총이라는 신무기가 있으니 그에 대한 대책도 세워야겠지."

"대감, 왜병들은 단병전에도 강하다고 하는데 어떻게 상대해야 할까요?"

"왜병들과 육전에서 싸우는 것은 어렵다고 보네. 단병접전에 강한 데다가 조총까지 있으니 말일세. 최소의 희생으로 최대의 효과를 낼 수 있는 다른 방법을 찾아봐야 할 것이네."

"수전(水戰)은 어떻습니까?"

"수전은 배를 타고 오는 왜군들을 제압하는데 좋은 방법이네만 우리 수군보다 왜군들이 수전에 더 능하지 않을까?"

"우리 바다의 지형을 잘 안다면 유리하지 않겠습니까?"

"그도 그렇군. 조선은 대마도 정벌 이후로 오랫동안 수군에 대한 운영이 미흡하였네. 모든 부분의 대비가 충분하지 않을 걸세. 지금부터라도 수군에 대한 운영에 신경을 써야 할 것이네. 그렇게 되기 위해서는 적절한 인재가 필요할 것이네. 자네는 그런 인재를 보는 눈을 키워야 하고 말이야. 지금부터라도 늦지 않으니 장수들의 장단점을 잘 파악해야 할 것이네."

"그래서 말인데 제가 보아둔 장수가 하나 있습니다. 지금 말씀드려도 되겠습니까?"

"자네가 보아둔 사람이 있는가?"

"네, 건원보 권관으로 있는 이순신이라는 자입니다. 이순신도 이번에 야인들을 격파하는데 공을 많이 세웠습니다."

"이순신? 그 사람이 동인인가? 서인인가?"

"대감께서도 당파를 나누십니까?"

유성룡이 어리둥절한 얼굴로 율곡을 바라보았다.

율곡이 웃으며 말하였다.

"사람도, 농담일세."

유성룡이 뒤늦게 큰소리로 웃었다.

"대감께서 농을 다하십니다. 하하하."

율곡이 웃음을 멈추고 물었다.

"그가 벼슬한 지는 얼마나 되었는가?"

"병자년(1576년)에 식년병과에 급제하였으니 벼슬한 지 7년 되었습니다."

"관직에 오른 지 7년 치곤 낮은 관직이네그려."

"네, 위인이 청렴하고 강직한 데다가 과묵하여 윗사람의 비위를 맞추는 부류는 아닙니다만 사려가 깊고 지략이 출중하여 대장감의 재목이라 사료됩니다."

율곡은 임제와 이제신을 떠올렸다. 당파의 틈바구니에서 이슬처럼 사라진 두 인물을 생각하고 자신의 처지를 떠올리니 왠지 서글퍼졌다.

율곡이 유성룡에게 말하였다.

"자네가 대장감이라 생각하는 사람이라면 지금은 가만히 지켜만 보게."

"무슨 말씀이신지?"

"장차 큰일을 할 사람이라면 더더욱 숨겨두게. 보물처럼 아껴두게. 때가 무르익으면, 그럴 수 있는 조건이 되는 사람이라면 언젠가 기회가 오기 마련이니까 말일세."

율곡이 빙그레 웃다가 갑작스런 현기증으로 눈을 감았다.

유성룡이 머리를 갸웃거리다가 율곡의 얼굴빛이 밀랍처럼 창백해지는 것을 보고 자리에서 일어났다.

"병중에 계신데 시간을 너무 많이 빼앗은 것 같습니다. 저는 이만 가보겠습니다."

유성룡이 조심스레 방문을 열고 나갔다.

"잘 가게나. 훗날 자네가 할 일이 많을 거야."

"네? 그게 무슨 말씀이십니까?"

유성룡이 고개를 갸웃거렸다.

"세상을 변화시키려는 사람이라면 남의 이목을 두려워해서는 안 되네. 그것이 올바른 일이라면 더더욱 소신 있게 밀어붙여야 하는 것이네. 결국, 그런 사람이 세상을 바꾸고 백성을 구할 수 있는 거라네."

이율곡이 미소를 지으며 손을 저었다.

"그만 가 보게나."

"대감, 부디 강녕하십시오."

유성룡이 목례를 하곤 몸을 돌려 사립문을 나갔다.

"피난, 피난이라……."

율곡이 골목길로 멀어져가는 유성룡의 뒷모습을 한동안 바라보다가 서글픈 미소를 지었다.

다음해 정월 십육일. 율곡이 아침 일찍 일어나 손톱을 깎고 몸을 씻은 후 조용히 앉아 방문을 열고 밖을 바라보았다.

거뭇거뭇하던 하늘에 걸린 반달이 밝아오는 동녘 사이로 사라져 가고 있었다.

"찬바람은 몸에 해롭습니다. 문을 닫으시지요."

동생인 이우(李瑀)가 근심어린 얼굴로 문을 닫으려 하였다.

"놔 두거라."

희미한 달이 지새는 빛에 차차 사라지더니 붉은 빛을 띤 태양이 거뭇거뭇한 어둠을 몰아내며 솟아나고 있었다.

"동 트는 아침에 힘없이 스러져 가는 달빛이 가련하구나."

먼동을 바라보는 율곡의 입가에 서글픈 미소가 걸렸다.

율곡이 고개를 돌려 방 안에 있는 세 사람을 지그시 바라보았다.

그의 동생 이우와 어린 두 아들이 수심이 가득한 얼굴로 앉아 있었다. 보름 전부터 지병이 악화된 까닭에 동생 이우가 황급히 파주에서 내려와서 율곡의 어린 두 아들과 함께 방을 떠나지 않고 지키고 있었던 것이다.

검고 긴 눈썹 아래로 깊은 수심을 담은 율곡의 눈은 이제 10살이 된 아들 경림(景臨)과 6살이 된 경정(景鼎)의 얼굴을 뚫어지게 바라보다가 동생 이우의 얼굴을 지나쳐 동산에 떠오른 태양으로 옮겨갔다. 그 엄숙하고 무거운 분위기에 이우가 입을 열었다.

"형님, 건강에 해롭습니다. 문을 닫겠습니다."

이우가 문을 닫으려 하였다.

이틀 전, 순무어사(巡撫御使) 서익(徐益)이 변방 순행 길에 율곡에게 들렀는데 율곡이 아픈 몸으로 6조 방약을 써주었다.

6조 방약이란 변방을 편안케 하는 여섯 가지 방법을 말함인데 첫째는 임금의 인덕을 앞세워 이전에 귀순한 오랑캐들을 충의로써 감동시켜야 하고, 둘째로 임금의 위엄을 떨쳐 복종시키되 듣지 않는 자는 처자나 노약자를 볼모로 하여 투항하도록 하고, 셋째로 북방 변경과 관련된 공무로 인하여 백성들에게 가해지는 괴로움을 될 수 있는 대로 덜어줄 것이며, 현지 사령관인 원수(元帥)를 예우해야 하고, 넷째는 현지 여러 고을의 장수들이 지닌 재략과 무예를 관찰하여 후일 적재적소에 쓸 수 있도록 해야 하며, 다섯째는 현지 지휘관 사이에 불화가 있는지 잘 살펴서 서로 융화토록 해야 하고, 여섯째는 변방 장수들의 실정과 그 재능을 잘 살펴야 한다는 내용이었다.

율곡이 무리하게 6조 방약을 쓴 이후에 병이 더욱 깊어져서 이틀 동안 정신을 차리지 못할 정도로 앓다가 이날 새벽 비로소 정신을 차렸던 까닭에 이우가 율곡의 건강을 걱정하여 방문을 닫으려 한 것이었다.

율곡이 손을 저었다.

"놔 두거라. 아침 해를 보는 것도 이것이 마지막이니라."

"네?"

이우가 놀란 얼굴로 율곡을 바라보았다.

율곡이 힘없이 미소를 지으며 말하였다.

"오늘이 내가 세상과 하직하는 날일세."

"형님, 그게 무슨 말씀이세요? 앞으로 큰일을 하셔야 할 분이 이렇게 약한 소리를 하시는 겁니까?"

고개를 설레설레 젓던 율곡이 길게 한숨을 쉬며 하늘로 솟아오르는 태양을 물끄러미 바라보다가 입을 열었다.

"때가 되었어. 꽃은 묵묵히 피었다 묵묵히 지는 것, 사람의 목숨도 그와 마찬가지니 인생(人生)의 길이란 그런 것이 아니겠는가. 떠날 때도 있고 만날 때도 있으니, 떠날 때가 될 때에는 아니 떠날 수가 없는 것이다. 오늘이 바로 그날이네."

"형님."

율곡이 좌우에 앉아 있는 두 아들에게 손짓하였다.

"이리 오너라. 너희들을 한번 안아 보자."

어린 두 아들이 눈치를 살피다가 무릎걸음으로 조심스럽게 율곡에게 다가섰다. 율곡이 힘없는 손을 뻗어 두 아들을 껴안았다.

"나랏일을 하느라 너희를 안아줄 시간이 없었구나. 미안하다."

"아버님."

"아버님."

경림과 경정이 율곡의 가슴에 머리를 파묻고 구슬피 울었다.

율곡이 두 아들의 머리를 쓰다듬었다.

"슬퍼 말거라. 이별이 반드시 슬픈 것만은 아니다. 모든 있는 것은 없어지는 것이다. 삶이란 그런 것이다. 죽음 앞에 스러지는 것이 삶이니 삶은 그 형체가 없어질 것이기 때문에 슬프기도 하거니와 또 아름답기도 한 것이다."

이우가 말하였다.

"형님, 약한 소리 마십시오. 이제 형님이 떠나신다면 남은 경림이와 경정은 어떡하란 말씀이십니까? 두 아들을 봐서라도 약한 말씀 마시고 쾌차하셔야지요."

"네가 있어 어린 아들을 남겨 두고 가는 것은 걱정되지 않으나 이 나라의 불행을 막지 못하고 가는 것이 한이구나."

"형님."

"머지않은 장래에 이 나라에 반드시 큰 병란이 있을 것이다. 내 짐작으로는 이 나라가 병화를 감당해 내지 못할 것이니……."

잠시 말을 맺지 못하던 율곡이 이우를 바라보았다.

"우야, 네가 화석정(花石亭)을 알고 있느냐?"

"그럼요. 형님과 제가 자주 찾던 정자가 아닙니까?"

"지금 생각하니 그 정자의 이름에 숨은 뜻이 있었구나."

율곡이 서글픈 미소를 지었다.

"무슨 말씀이신지?"

"훗날 화석정이 화석(火石, 부싯돌)의 용도로 쓰일 날이 있으리라. 나 죽은 후에 때때로 기름칠을 하여 후일을 대비하도록 하거라."

이우가 영문을 알 길 없어 머리를 갸웃거렸다.

길게 한숨을 쉬던 율곡이 힘없이 아들을 잡고 있던 손을 풀었다.

"피곤하구나. 나를 눕혀다오."

이우가 근심어린 얼굴로 율곡을 이부자리에 눕혔다. 파리하고 창백한 율곡의 얼굴이 죽은 사람처럼 생기가 없었다. 아니 눈을 감고 누워 있는 모습은 영락없는 죽은 사람이었다.

"형님, 죽지 마시오. 살아서 형님의 한풀이를 하시고 가시오. 이 나라를 불행에서 막아 주고 가시오. 형님, 제발 부탁이오. 형님!"

이우의 눈에서 닭똥 같은 눈물이 뚝뚝 떨어졌다.

눈을 감고 있던 율곡의 눈에서 두 줄기 눈물이 뺨을 타고 흘러내렸다. 갑자기 율곡이 두 눈을 번쩍 떴다.

"아! 이 나라의 미래가 이 두 눈에 환하게 보이는데 어찌 죽는단 말인가. 나를 데려가지 마시오. 나를 데려가지 마시오."

누군가에게 하소연을 하듯 허공을 향해 부르짖던 율곡의 손이 부르르 떨렸다. 이내 힘을 잃은 율곡의 손이 서서히 기울어졌다.

"아버님!"

"형님!"

이우와 두 아들이 울부짖으며 율곡을 바라보았다.

일생의 한을 풀지 못한 사람처럼 괭한 두 눈을 부릅뜨고 이를 악문 채로 이승과의 인연을 달리하고 말았으니 그때 율곡의 나이 49세였다.

후회 (後悔)

삼 줄기처럼 쏟아지는 빗소리가 백성들의 흐느낌 같았다. 임진
강을 흐르는 격류가 백성들의 분노에 찬 함성소리 같았다. 먹장 같
은 어둠속에서 장대비는 쉴 새 없이 쏟아졌다. 질척거리는 흙탕물
을 밟으며 장대비 속에서 살길을 찾아 피난하는 임금의 행차는 구
슬펐다.

이율곡이 세상을 떠난 후에 유성룡은 이미 변란의 수많은 징조
를 보았다.

한양의 도성 안에서는 유림 사대부 자제들이 떼를 지어 미치광
이 짓을 하며 놀았다. 유건을 쓴 젊은 선비들이 미친 척 노래하고,
춤추고, 웃고, 울고, 별의별 짓을 다 하면서도 부끄러워하는 기색
조차 없었고, 방자하게 귀신이나 도깨비 같은 모습을 하여 노래를
불렀다. 사람들은 그것을 등등곡(登登曲)이라 하였다.

도성 안의 백성들은 남산, 관악산, 무악산에 모여 날마다 해가
지도록 술 마시고 노래하며 춤을 추었다. 그들은 마치 세상이 곧

끝나버릴 것처럼 염세적인 노래를 불렀고, 도성 주변의 모든 왕릉에서는 밤마다 귀신 울음이 들려왔다.

사람들은 그것을 망할 징조라고 하였다.

풍수쟁이 남사고의 예언이 맞나 틀리나 모이는 사람마다 갑론을박이 벌어졌다. 온 나라가 뒤숭숭하고 어수선하였다.

통신사로 왜국에 다녀온 김성일과 황윤길도 왜국의 변화를 놀라워하였다.

통신사의 소식에 의하면 도요토미 히데요시라는 자가 왜국을 무력으로 재패하고 관백이 되었다고 하였다. 왜국의 모든 권력이 도요토미 히데요시의 손아귀로 들어간 것이다. 황윤길은 왜란을 걱정하였고, 김성일은 민심이 흔들릴까 걱정하였다.

동인과 서인의 통신사들은 각기 다른 해석을 하고 있었지만 왜국의 팽창이 두려운 것은 사실이었다.

율곡이 죽기 전에 했던 예상은 빗나가지 않았다.

도요토미 히데요시는 시퍼렇게 벼린 칼끝을 조선으로 돌릴 것이 분명하였다. 강력한 군사력과 신무기인 조총에 대응하기에는 조선의 대비가 터무니없이 부족하였다.

미래의 병란을 대비하고 싶었지만 방법을 찾을 수 없었다. 당파가 분열되어 공론을 모을 수 없었고, 필요한 재원조차 마련할 수 없었다. 진관체제로의 전환은 매번 퇴짜를 맞았고, 무역을 개설하는 것은 공론으로 부칠 수도 없었다. 모든 개혁안이 당쟁 속에서 함몰되어 갔다. 충성에 대한 좌절감은 무능에 대한 답답함으로 이어졌다. 방향을 잡지 못하는 소모적인 논쟁은 말할 수 없는 절망감으로 이어졌다.

유성룡은 비로소 이율곡의 마음을 알 것 같았다.

당쟁이 계속되는 동안 무서운 병을 앓고 있는 사람처럼 조선은 치유할 힘을 잃고 점점 병들어 가고 있었다. 그러나 어쩌면 이것은 스스로에 대한 변명일지도 몰랐다.

이율곡이 살아 있었다면, 아마 그는 끝까지 자신의 뜻을 관철시키기 위해 노력했을 것이었다.

'훗날 자네가 할 일이 많을 거야.'

10여 년 전, 벼슬을 그만두고 고향으로 돌아가던 날, 율곡의 마지막 말이 귓전을 맴돌았다.

'세상을 변화시키려는 사람이라면 남의 이목을 두려워해서는 안 되네. 그것이 올바른 일이라면 더더욱 소신 있게 밀어붙여야 하는 것이라네. 결국, 그런 사람이 세상을 바꾸고 백성을 구할 수 있는 거라네.'

그때는 율곡의 말을 이해하지 못하였다. 그러나 시간이 흐른 지금, 이제는 그 말의 의미를 알 것 같았다.

"나는 율곡처럼 최선을 다하지 못하였다."

유성룡의 두 눈에서 후회의 눈물이 뺨을 타고 흘러내렸다. 알면서도 대비하지 못한 스스로를 향한 통한의 눈물이었다. 귓가에 이율곡의 목소리가 들려오는 것 같았다.

'방법을 찾아야지. 길이 하나만 있는 것은 아니라네. 궁하면 통한다네. 포기하지 말고 다른 방법을 찾아야지. 자네가 나를 따라 올 텐가?'

유성룡은 고개를 들어 화석정을 바라보았다.
세차게 퍼붓는 빗줄기 속에서 환하게 타오르는 화석정의 불빛이 홀로 어둠을 밝히고 있었다.

終

작가의 말

역사란 현재를 바라보는 거울이라고들 말한다. 산업화와 개방화로 하루가 다르게 대국화되고 있는 중국과 영토분쟁이 끊이지 않는 일본의 우경화를 바라보면서 그 사이에 끼여 있는 우리나라의 현실은 마치 임진왜란이 일어나기 전 조선의 모습과 흡사하다.

임진왜란이 일어나기 10여 년 전, 북방에서는 누르하치가 이끄는 여진족들이 들불처럼 일어나고 남방에서는 도요토미 히데요시가 100여 년의 전국시대(戰國時代)를 마감하고 있었다. 하지만 동서로 나누어진 당쟁의 그늘은 조선사회를 약화시키고, 끝내는 조선 백성들을 병란의 불길 속으로 던져 넣었다. 피비린내를 불러오는 당쟁의 한가운데에서 조선의 하늘을 짙은 먹구름으로 에워싼 병란을 막기 위하여 홀로 고군분투하던 이가 있었으니 바로 이율곡이었다.

이율곡은 임란과 호란을 미리 내다본 선각자였다. 율곡은 당쟁의 틈바구니에서 조선사회의 구조적 문제점을 정확하게 파악하고 있었다. 그는 병란의 원인을 근원적으로 파악하고 문제를 해결하려고 노력하지만 당쟁의 어두운 그림자 속에서 빛을 잃고 말았다. 자칫 꺼질 뻔한 빛을 살려낸 사람이 있었으니 다름 아닌 유성룡이었다.

서인인 이율곡과 동인인 유성룡.

정반대의 노선을 걷고 있던 두 사람은 실제로 친분이 두터웠다. 흔히들 이율곡의 십만양병설을 반대한 사람이 유성룡이라고 알고 있지만 사실은 그와는 다르다. 이율곡은 서인이었지만 당파를 구분하지 않았기 때문에 외톨이 신세였다. 유성룡은 동인이지만 유연한 사고를 가지고 있었기 때문에 이율곡과 소통하는 몇 안 되는 사람 중 한 명이었다. 두 사람은 시비로는 다투지 않고 정책으로만 다투었다. 그것은 합리적 소통이었다. 후일의 이야기지만 유성룡은 그의 후손들이 동인의 배척을 받을까 염려하여 이율곡과 관계된 편지나 문집들을 다른 사람들에게 보이지 못하게 했다고 전한다.

유성룡이 저술한 징비록은 이순신의 난중일기와 더불어 임진왜란을 기록한 글이다. 징비록과 난중일기는 임진왜란을 이해하는데 좋은 자료이지만 조선의 문제점은 암세포가 자라듯 그 이전부터 서서히 진행되어 오고 있었다.

어떤 일이 일어나기 전에는 반드시 여러 가지 조짐이 나타나기 마련이다. 임진왜란이 일어나기 10여 년 전에 일어난 이탕개의 난에서 우리는 그 징조를 찾아볼 수 있다.

이탕개의 난은 임진왜란이 일어날 수밖에 없었던 조선사회의 구조적 문제점을 드러내고 있었다.

이탕개의 난을 통해 이율곡은 조선이 안고 있는 심각한 문제를 실감하고 미래를 예견하였다. 그는 살아생전에 선조에게 무수하게 많은 정책을 쏟아놓는다. 하지만 그의 정책은 당파에 함몰되어 폐기되어 버린다. 아이러니하게도 폐기된 율곡의 정책들은 동인인 유성룡의 손에서 되살아나게 된다. 그것은 우리가 알고 있는 『징비록』으로도 현재까지 전해지고 있다.

이탕개의 난에 등장하는 신립, 이순신, 김시민과 같은 젊은 장수들은 훗날 임진왜란에서 큰 몫을 담당하게 된다. 풍전등화의 위기에서 조선을 구원한 이순신과 권율을 천거한 사람이 바로 유성룡이었다. 또한 왜란을 극복한 파격적인 정책 또한 유성룡에게서 나왔다.

당시 병조판서로서 이탕개의 난을 진압하는 임무를 담당하던 율곡과 가까이에서 그의 행적을 지켜보았던 유성룡은 후일 임진왜란을 극복하는 정책의 원동력을 얻게 되었던 것이다.

어떤 사건을 이해하기 위해서는 앞과 뒤의 인과관계를 잘 알아야한다.

『임란전록』이 『징비록』을 이해하기 위한 지침서라는 것은 바로 이 때문이다. 『임란전록』을 읽다 보면 유성룡이 왜란을 극복할 수 있었던 사상적 배경이 어디에서 왔는지, 그가 『징비록』을 쓴 이유가 어디에 있는지 한눈에 알 수 있게 된다.

당파의 분쟁 가운데서 신념을 지키며 죽기 전까지 나라의 위급을 구하기 위하여 몸을 바쳤던 이율곡의 삶은 오늘날 재조명되어야 할 필요성이 있다고 본다. 또한 병란의 위기에서 파격적인 정책으로 나라를 구원했던 유성룡의 사상 또한 재조명되어야 할 것이다. 이와 더불어 무엇보다 나라에 큰 병화가 생겼을 때, 몸을 바쳐 싸웠던 이름 없는 민초들의 희생을 잊어서는 안 될 것이다.

『임란전록』을 통해 강대국의 틈바구니에서 살아가는 대한민국과 미래를 대비하지 않으면 몰락한다는 역사의 교훈을 한번쯤 되돌아보는 성찰의 계기로 삼았으면 한다.

권오단